Gabriele d'Annunzio

Vielleicht – vielleicht auch nicht

Roman

Mit einem Nachwort von
László F. Földényi

Matthes & Seitz

Die Übertragung ins Deutsche besorgte Karl Vollmöller
1910.

 Umschlaggestaltung: Willem Weijers, München. Herstellung: Bettina Best, München. Gesamtherstellung: Ludwig Auer GmbH, Donauwörth.
ISBN 3-88221-757-X

INHALT

Dieses Buch über die Freundschaft
ist Francesco Coselchi gewidmet

ERSTES BUCH

Vielleicht», sagte sie und stemmte ihr Lächeln gleichsam gegen den kühnen Luftzug der Geschwindigkeit, indes ihr großer Schleier bald grau, bald silbern wehte, wie die Weidenbäume der fliehenden Ebene.

«Nein, nicht vielleicht, es muß sein! Es muß sein! Was du tust, Isabella, ist entsetzlich: nicht zu entschuldigen, nicht zu beschönen. Ist eine Ruchlosigkeit beinahe, eine entsetzliche Versündigung gegen Körper und Seele, ein unmenschliches Verkennen der Liebe. Und jeder Schönheit und jeder Süßigkeit der Liebe, Isabella. Was willst du aus mir machen? Willst du mich noch verzweifelter machen und mich foltern?»

«Vielleicht», sagte sie, und eine Schärfe kam in ihr Lächeln, das der Schleier in grauen Reflexen löste und wie verwischte. Sie lächelte unter den beiden rostbraunen Flügeln an ihrem helmartigen Hut von grobem, starkem Strohgeflecht hervor, die sich schützend über ihre Ohren legten.

«Ah! Wäre die Liebe ein lebendiges Wesen mit lebendigen Augen, könntest du ihm ohne Scham in die Augen sehen?»

«Ich sehe ihm nicht in die Augen.»

«Liebst du mich?»

«Ich weiß nicht.»

«Alles ist Spiel!»

Ein dunkler Grimm erfüllte die Brust des Mannes am Lenkrad der roten Maschine. Der Wagen lief stürmisch die alte römische Straße entlang mit einem kriegerischen Dröhnen, wie der Wirbel einer ungeheuren metallenen Trommel.

«Wärst du fähig, das Leben auf die letzte Karte zu setzen?»
«Ich bin zu allem fähig.»
Ihr scharfes Lächeln schien jetzt aus dem Weiß ihrer Zähne und ihrer Augen hervorzuleuchten wie das Blitzen einer zweischneidigen Waffe. Voll Grimm umklammerte Paolo den Hebel und beschleunigte die Fahrt wie im Fieber eines tödlichen Wettkampfs. Er spürte in seinem eigenen Herzen die heftigen Schläge der vollkommenen Maschine. Der Wind verstümmelte die Worte auf seinen trockenen Lippen.
«Jetzt halte ich dein Leben in meinen Händen! Wie dies Rad.»
«Sicherlich.»
«Ich kann es zerstören!»
«Sicherlich.»
«Ich kann es in einem Augenblick in den Staub schleudern, gegen die Felsen schmettern! Ich kann in einem Augenblick dich und mich in einen einzigen blutigen Knäuel verwandeln!»
«Sicher.»
Vornübergebeugt wiederholte sie die gleichen zischenden Silben, mit einer Mischung von Gereiztheit und wilder Wollust. Und in der Tat kreiste ihr beider Blut heftiger und bäumte sich: eins gegen das andere schienen sie aufzuflammen und sich zu entzünden, wie das Benzingemisch, das unter den Funken des Magnets in den Zylindern unter der langgestreckten Motorhaube explodierte.
«Sterben, sterben!»
Trunken, furchtlos beobachtete sie das Spiegelbild ihres

Freundes auf der Rückwand des großen mittleren Scheinwerfers, der ihr wie ein beohrter Schädel, aus drei Metallen gefertigt, erschien: die konvexe Oberfläche von Messing spiegelte seinen Kopf ganz verkleinert wider, den unteren Teil des Körpers übertrieben breit und massig, die Linke auf dem Lenkrad ungeheuerlich vergrößert. Dann brach die Sonne in die spiegelnde Fläche und ihr Feuer verzehrte sein Gesicht.
Von dem Bild blieb nur noch der ungeschlachte kopflose Rumpf und die riesenhafte Faust im rotbraunen Handschuh.
«Willst du mich wieder versuchen und wieder enttäuschen?»
«Vielleicht.»
«Siehst du den Karren da vorne?»
«Ich sehe ihn.»
Ihre Worte glichen rasenden Funken, die nicht dem atemlosen Mund, sondern der Tiefe der kämpfenden Herzen selbst zu entfahren schienen. Der Luftzug riß sie mit sich und mengte sie in den ungeheuern Staubwirbel, der in der brausenden Spur des Wagens aufstieg. Sie schienen nicht mehr die Erscheinungsform des Klanges zu haben, sondern die des Feuers. Entmenschlicht in ihrer Kürze im Licht, ihrer Einsamkeit im Raum.
«Schließ die Augen! Reich mir die Lippen!»
«Nein.»
«Dann laß uns sterben!»
«Ich bin dabei.»
Sie kämpften miteinander, ohne sich zu berühren, vom gleichen Wahnsinn getrieben, der die Liebenden voll von Bitterkeit und Haß des Fleisches auf dem Lager hin und

her wirft, wenn Verlangen und Zerstörungssucht, Wollust und Vernichtung sich in *einem* Fieber vermengen. Die Welt war nichts mehr als ein Wirbel von Staub hinter ihnen, ihre Kräfte strömten von einem zum andern und verstrickten sich. Sie saß auf ihrem getrennten Sitz und streifte nicht einmal mit dem Ellenbogen den Mann, der neben ihr saß. Aber sie litt und genoß, als führten seine beiden herrischen Hände nicht das Rad, sondern hielten sie selbst an den Schultern gefaßt und schüttelten sie.
Und die gleiche Empfindung lebte in ihm, als fühlte er unter seinen Händen im Anschwellen der Geschwindigkeit das wachsende Zucken des Körpers, den er begehrte. Wie im nackten Kampf der Leiber hatten sie beide Glut im Gesicht und eisige Schauer im Rücken.
«Du hast keine Furcht?»
«Ich habe keine Furcht.»
Sie sah dem Tode entgegen und glaubte nicht an den Tod. Sie sah auf der leuchtenden Straße den Schatten einer Silberpappel. Sie unterschied an der grünen Böschung die vom Wind unberührte Blume, ein gebrechliches Rund von Flaum auf dünnem Stengel. Sie zog sich in sich zusammen, plötzlich ganz Lebensgier vom Nakken bis zur Ferse, wie die schwirrenden Schwalben, die die dröhnende Motorhaube streiften.
Und nie zuvor hatte sie so ihren eigenen Körper gekannt wie jetzt, nie in ihrem Bett, nie im Bad, nie vor dem Spiegel: ihre langen Beine, glatt wie die an den hellen, silbernen Kruzifixen von tausend gläubigen Lippen poliert; die Dünne ihrer feinen Kniegelenke, Geheimnis ihres Ganges; die wunderbaren kleinen Brüste auf ihrem breiten Brustkorb, breit wie die Brust der tönenden Mu-

sen, mit dem Knochengerüst, das unter den schlanken Muskeln hervortrat; ihre Arme, nicht voll, aber fest und schön geformt, die die frischeste Fülle des Lebens in sich zu tragen schienen, wie eine Girlande, die sich mit jeder Frühe erneute; und verschlossen in den weichen Handschuhen ihre mageren Hände, bis zu den weißen Tupfen unter den Nägeln, empfindlich wie das rote Herz, begabt mit einer geheimnisvollen Kunst, geheimnisvoller als die Zeichen in der Fläche der Hand geschrieben, und alle Wärme, die ihr unter der Haut strömte wie eine goldene Jahreszeit, und die Unrast der Adern und den tiefen Duft.
‹Nein, wir wollen nicht sterben, dein Herz zittert! Dein Zorn ist eitel, genieße und leide an mir! Nie war ich so stark und so begehrenswert.›
Ihre Gedanken schienen unmittelbar aus den Schauern ihres Herzens aufzusteigen. Und sie trug unter den beiden niederen Flügeln ihr Gesicht, das Gesicht eines Dämons, nicht wie eine Maske aus Fleisch und Blut, nein, wie den letzten Ausdruck ihrer Seele selbst, die verschleiert von Tücke im tönenden Wind glühte.
«Isabella!»
Wie ein feinnerviges Pferd, das kurz vor dem Hindernis spürt, wie dem Reiter der Mut entfällt, und das sicher fühlt, daß es die andere Seite nicht erreichen wird, so fühlte sie jetzt ein Zaudern in den Händen des Fahrers. Und schon maß sie mit den Augen den Raum zwischen dem Karren und dem Kanal, auf dem die Wasserrosen leuchteten. Ein Schrei entfuhr ihr unwillkürlich, wie eine Schwalbe gegen die Bienenkorbfläche des Kühlers stieß und zerschellte.
«Furcht?»

«Für die Schwalbe.»
«Willst du?»
«Es sei.»
«Isabella!»
Jetzt sah sie wieder das bartlose Gesicht ihres Freundes, nicht in der Halbkugel aus Messing gespiegelt, nein, im Rauschen der Gefahr, die ihm zur Seite flog. Sie sah dies bronzene Gesicht, durch dessen ausgedörrte und verhärtete Züge die Knochen sichtbar waren, bis zum Kinn herab in eine Art von Sturmhaube eingehüllt, aus der nur der etwas fleischige Mund wie aufgetrieben von Durst und Verzweiflung hervortrat. Dann sah sie geradeaus. Sofort erstarrte sie vor Entsetzen. Da war der Karren, vollbeladen mit ungeheuern Holzstämmen, die noch weit über das Gehörn des Doppelgespanns von Ochsen vorn hinausragten. Mit einem letzten Blick unterschied sie noch deutlich die Zeichnung der Jahresringe im Schnitt der Stämme. Dann schloß sie die Augen. Sie spürte den Stoß eines plötzlichen, heftigen Ausweichens, hörte das Geschrei der Ochsentreiber und ein unheilvolles Aufbrüllen der Tiere, als rase die tödliche Maschine über verstümmelte Leiber.
Sie schlug die Augen auf: etwas Grünes, Reines, Frisches strömte in ihre Augen. Die Maschine stürmte unter dem Heulen der Sirene am grünen Rand des Kanales entlang, auf dem die Wasserrosen zahllos schwammen; hinter ihr verhüllte der Staubwirbel den Zug des Todes. Und ein unvermitteltes Lachen brach plötzlich unter dem wallenden Schleier hervor, hervor unter den Helmflügeln, hervor aus dem unverletzten, unbesiegten Antlitz. Es war ein unfreiwilliges Lachen, ein konvulsivisches, weibli-

ches Lachen, das ihr Tränen in die Augen trieb, ihren Körper in der Mitte bog und sie bei jedem Anfall zu zersprengen schien. Aber sie gab ihrer Schwäche und ihrem Leiden den Anschein siegreichen Hohns.

«Sterben! sterben! Da hast du's», brach es aus ihrer geschnürten Kehle. «Die letzte Karte! Du hast eine Schwalbe getötet und vier friedliche Rinder zum Brüllen gebracht.» Es war ihr unmöglich, das Lachen zu unterdrücken, das wirklich aus ihren innersten Eingeweiden hervorbrach. Aus ihrem tiefsten Ich, aus dem unbekannten Abgrund ihres Seins, mit einem unnachahmlichen Klang, der trotzdem ihr selbst und dem, der ihr zuhörte, falsch schien. Und der Mann an ihrer Seite schwieg, ohne sie anzusehen, bedrückt von einer unklaren Befangenheit, einer Art untätigen Grimms, die es ihm unmöglich machte, den Hohn aufzufangen und in leichten Scherz zu wenden.

«Alles ist Spiel!» sagte er.

Er verlangsamte die Fahrt. Die Straße war jetzt leer und einsam.

Die ganze Ebene war eine einzige, ferne Einsamkeit, wie ein musikalisches Thema aus lauter gleichen Noten und Intervallen: die grünen Dämme mit den blassen, geraden Straßen, die weichen Kanäle und die langen Reihen von Weiden, von Pappeln, von Erlen. Alle Linien klangen überein mit der des Horizontes und dehnten sich in harmonischer Langsamkeit ins Unendliche.

Das Reich aber war des wolkenlosen Himmels; denn etwas Luftiges, Himmlisches aus den vielen stillen, spiegelnden Wassern nahm auch der Erde von ihrer Schwere, so wie die lichten Augen dem menschlichen Antlitz die

Schwere nehmen. Über den Schlag des Motors hinaus und über das Lachen der Frau, die beide aus derselben maschinellen Unbewußtheit zu kommen schienen, vernahm er das grenzenlose Schweigen. Und aus dieser lichten Freiheit des reinen Himmels, aus den weißen Bändern, die das Grün durchzogen, aus dem Aufblitzen der Schwalben über dem starren Blick der Teiche erwuchs ihm die Vision des Fluges. Er sah sich selbst, wie er nicht mehr die Schnelle lenkte, die am Boden streift, sondern die Schnelle, die sich hebt. Er sah sich selber in dem langen, schlanken Gerippe sitzen, das den Körper seines dädalischen Flugzeugs bildete, zwischen den beiden großen trapezförmigen Flügelflächen aus Stahlrohr und Leinen, hinter dem Fächer der Zylinder, starrend von Kühlrippen, und weiter vorn kreisend eine Kraft, unbeschreiblich wie die Luft selbst: die Schraube mit ihren göttlichen Kurven.

Die Frau hatte ihr Lachen, das von Zeit zu Zeit wiederkam wie das Schluchzen eines Kindes, endlich unterdrückt. «Ich glaube, wir sind toll, Paolo», sagte sie mit einem Ton, der sich ihm aufs Herz legte, wic eine behutsam zugreifende Hand, die im Begriff ist, etwas Fliehendes wieder einzufangen. Er sah, wie im Schein eines Blitzes, Isabella Inghirami wieder unter dem Dach seines Schuppens, auf das der Frühlingsregen prasselte, zwischen den Bündeln von gerolltem Stahldraht, zwischen langen, hölzernen Spieren, im Knirschen der Bohrer, im Ächzen der Säge, im Fauchen der Feile, im Schall des Hammers, mitten im stummen Fieber menschlicher Arbeit, das den großen seelenlosen Vogel verklärte, dessen Flügel schon die Leinwandbespannung trugen.

Ah! warum war dies Werk, zart und geheimnisvoll wie das Werk der Geigenmacher, ganz nur Geduld und Leidenschaft und Mut und ewiger Traum und alte Sage, warum war dieses Werk mit einem Mal ein zweifelhaftes Wrack erschienen, neben dieser Summe von Leben, aus allen Enden der Welt zusammengeströmt und wunderbar vereint in einem blassen, fast blutleeren Antlitz, dessen wechselnde Röten an das Herz rührten, wie die sublimsten Töne der Beredsamkeit oder wie das Jubeln von Kindern!
Im Werk wieviel angespannte und hartnäckige Erfindung, wieviel Aufmerksamkeit und Geschicklichkeit, wieviel Versuche und Wiederversuche, um die beste Art von Bindungen, Schweißungen, Verzahnungen zu finden! Und durch welchen geheimnisvollen Zauber, siehe da, war es möglich, daß die zarten Phalangen dieser um einen halbgeöffneten Mund gebogenen Finger plötzlich einen Wert gewinnen konnten, der allen Scharfsinn des Forschens, alle Freude der Erfindung verblassen ließ!
Er sah die Besucherin wieder, den Ellenbogen leicht auf den Mittelkörper seines Fliegers gestützt, nahe beim aufrechten Schwanzsteuer, unter einem straffen Kabel aus Stahl, die Hand ohne Handschuhe zwischen Wange und Kinn, um das im Ausdruck des Zuhörens geneigte Gesicht zu stützen, indes der Schatten ihres beflügelten Hutes die geschmeidige Findigkeit und schlaue Verführung des bartlosen Merkur anzudeuten schien.
«Denkst du immer noch schlecht von mir, Paolo? Oder denkst du an den Flug von morgen?«
Es schien ihm, als rinne in ihr ein leichter Schauder. «Ich denke», sprach er, «an den Tag, wo du zum erstenmal in meine kleine Werkstatt am Prato di Settefonti kamst.»

«Ich entsinne mich.»

Sie fühlte wieder die schüchternen und mißtrauischen Blicke der Handwerker, die Kühle eins großen Regentropfens, der ihr vom Dach herab auf die nackte Hand gefallen, das Rascheln der Hobelspäne am Saum ihres Rockes, den Schmerz am Knöchel, der sich in einem Stahldraht verfangen hatte, den Geruch von Firnis und Regen, die versteckte Bangigkeit ihres Hezens unter ihrer künstlichen Sicherheit.

«Du kamst herein wie einer, der eine Tür aufmacht und einem Fremden zuruft: ‹Laß alles liegen und komm mit!› Und der des Gehorsams sicher ist.»

«Ich kannte», sagte sie, «ein schönes, fremdes Wort, schön und fremd wie der Name einer Zauberin, und das bedeutete: ‹Komm mit!› Und ich habe es vergessen.»

«Dein Name.»

«Für dich allein oder für *alle?*»

Plötzlich fühlte er die tiefe Verletzung, ohne zu verstehen, ohne zu bedenken. Wie konnte diese Stimme mit irgendeinem beliebigen Wort so viel Weh beschwören? Wie konnte sie mit einem einzigen Ton so viel trübe Dinge aufrühren, das ganze Dunkel der undurchdringlichen Vergangenheit und die Ungewißheit des befleckten Morgen?

In einem Körper, den er begehrte, vereinigte sich für ihn alles Verlangen der Welt. Und alles Grenzenlose des Lebens und des Traumes begrenzte sich für ihn in einem heißen Schoß. Er sah sie an. So verwischt der zornige Künstler mit einem Strich seines Modellierholzes ein Relief im feuchten Ton und läßt es in die formlose Masse zurücktreten. Er empfand ein wildes Verlangen, sie möchte nicht mehr diese Wimpern haben, diesen Mund, diesen Hals, sie möchte aufhören zu sein, die sie war. Und er dachte wieder an den schweren Karren, an die langen Baumstämme, die sich dem tödlichen Zusammenprall entgegenreckten.

«Ah, wenn die Liebe, die du so wahnsinnig beleidigst und erniedrigst, eines Tages an dir sich rächte! Wenn sie dich marterte, wie du mich marterst! Wenn du eines Tages nicht mehr schlafen könntest, nicht mehr lächeln, nicht mehr weinen!»

«Die Liebe, die Liebe!» seufzte sie und legte den Kopf zurück, schloß die Wimpern halb und ließ Arm und Hände ohne Spannung sinken wie in einem Spasma, den Mund lüstern geöffnet, als tränke sie den goldenen Trank des Sommers aus der geneigten, laubumwundenen Schale des Himmels.

«Wenn du wüßtest, wie ich die Liebe liebe, Paolo.»

Sie sprach diese Worte, das verschleierte Gesicht dem Freunde zugeneigt, mit einem Ton, wie der Geschmack einer fremden Frucht und wie ein geheimnisvolles Parfüm, gleichsam als wäre die Stimme auf ihrem Weg zu den Lippen durch die tiefsten Tiefen der Sinnlichkeit gegangen. Er erbleichte, sank etwas in sich zusammen, zerbrach wie eine Opfergabe, die mit tausend andern zusammen in die Flamme wandert.

Für ihn war das Begehren ein unlösbarer Zauber geworden, indem ihm diese beiden Arme die einzige Stätte von Licht und Luft erschienen. Ihr Begehren aber, war es nicht grenzenlos, schrankenlos, zeitlos, wie der Schmerz des Seins und die Melancholie der Erde?

«Liebe ist Schenken», sagte er.

«Liebe ist Erwarten», sagte sie.

«Aber nicht dies naturwidrige Verzögern», entgegnete er. «Jede Stunde bist du im Begriff, dich zu schenken, und hältst dich zurück, willst dich gewähren und verweigerst dich. Seit dem ersten Tag, als du unter meinem Schuppen um die leblosen Flügel strichst, heuchelte dein Gang die Bewegungen der Lust.»

«Deine Augen sind krank.»

Er sah sie wieder, wie sie sich um den großen Flieger schlängelte mit der flüssigen Biegsamkeit der tückischen Muränen im Aquarium.

«Warum jammerst du immer wie ein launisches Kind? Du gefielst mir doch nur als Genosse der Fährnis. Bedenke, deine größte Fährnis bin ich, Tarsis! Die Liebe, die ich liebe, ist die, die unermüdlich wiederholt: ‹Mache mich mehr leiden, mache mich immer noch mehr leiden!› Keiner Peinigung werde ich je aus dem Wege gehen, sei sie für mich, sei sie für dich. Flieh! Du hast ja Flügel. Flieh, Herr der Winde!» Sie lächelte nicht. Sie schien sich auf jedes Wort zu legen, um ihm sein volles Schwergewicht zu geben, das ganze Gewicht ihrer Macht und ihrer Unvollkommenheit und der unbekannten Welt, die sie in sich trug. Und das Schrillen der Schwalben über den Teichen ritzte ihre Seele, wie der Diamant das Glas ritzt, und niemand weiß, ob es der Diamant ist, der ächzt, oder das Glas.

«Mein Freund, mein Freund!» rief sie, plötzlich von einer bangen Entmutigung befallen, als nehme ihr die verlangsamte Fahrt und der sinkende Tag den Atem.

«Nein, höre nicht auf meine Worte! Antworte mir nicht! Sprich nicht mehr!

Ich will nicht mehr sprechen, ich werde dich nie so viel

leiden machen können, als mich das kleinste dieser Blätter leiden macht und dieser ganze Himmel.»

Göttlich erschienen die Süßigkeit und die Trauer des Tages über dem Frieden der Ebene, wo die Schatten und die Wasser und das Werk des Landmannes eine so einfache Ordnung der Linien geschaffen hatten, als führe sie der Klang der dreitönigen Flöte, aus Sumpfrohr geschnitten. Die nackten Weiden, am Wipfel noch eine dünne Laubgirlande, spiegelten sich so gesellig in den Teichen, als hätten sie sich bis jetzt bei den Händen gehalten und sich eben erst nach einem frohen Tanze voneinander gelöst. Und so frisch erschienen die Wasserrosen in den Kanälen, daß die Frau ihre kühle Feuchte um ihre brennenden Augen zu verspüren meinte.

«Aldo und Vana sind wohl noch weit zurück?» fragte sie mit der gleichen dunklen Bangigkeit, die sie nicht verlassen wollte.

«Sie werden uns nicht einholen.»

«Vorwärts – vorwärts!»

Paolo Tarsis fuhr schneller, der Staubwirbel, das kriegerische Dröhnen des Motors, das Heulen der Sirene übertönte die milde und ergreifende Melodie. In der Ferne erschienen die rötlichen Mauern, die gezackten Zinnen, die viereckigen Türme der festen Stadt.

«Gefiel dir meine Schwester anfangs nicht besser als ich?» sagte sie noch mit einem bitteren und herausfordernden Klang und zog die Mundwinkel beinahe bis zum Zahnfleisch empor, in einem Lächeln, voll von Gereiztheit, und in dem gleichsam etwas rotes Blut zu schimmern schien.

«Du wolltest nicht mehr sprechen, Isabella.»

Eine unerträgliche Unruhe befiel die Frau, als müßte sie etwas tun und sagen, das ihr allein in diesem Augenblick bewußt war, und völlig bewußt war, und als könnte sie jetzt ebendies weder tun noch sagen, ja als sträube sie sich eben dagegen mit jedem Gedanken, jedem Wort, mit jeder Bewegung, mit jedem Pulsschlag, jedem Atemzug. Sie krümmte sich wie vor einem Gewitter, wie um ihre Lebenskraft zusammenzuhalten, wie um sich einem plötzlichen Aufwogen entgegenzustellen, von dem sie nicht wußte, ob es Lachen oder Weinen bedeute. Sie empfand einen dumpfen Schmerz an den Schläfen und pflanzte selbst mit Willen diesen Schmerz fort bis in die Spitzen ihrer Zehen, ihrer Finger, mit einem gleichzeitigen Gefühl von Mitleid über diesen Schmerz. Und siehe, die Müdigkeit befiel sie, wie der dunkle Druck eines Schlaftrankes, und erweckte in ihr ein sehnsuchtsvolles Verlangen, den Kopf auf die Schulter des Mannes neben ihr zu legen und sich in einem Schlaf ohne Ende zu vergessen; und siehe da, alle Mächte ihres Begehrens und alle Bilder der Lust stürmten auf sie ein und drehten sich in einem Wirbel des Wahnsinns.

«Heute ist der längste Tag», sagte sie, wie aus dem Rausch der Erinnerung erwachend. «Heute ist der längste Tag, Sommersonnenwende, weißt du's nicht?» Einige Augenblicke lang wartete sie darauf, daß die Linke ihres Freundes das Rad verlasse und sie berühre, in der stürmischen Hoffnung auf etwas Neues, das aus dieser Berührung kommen würde. Und ihre ganze Seele kämpfte erschrocken gegen vielfältige Schauer, gerade als wären alle jene lebendigen Schwalben in einem einzigen Netz gefangen und schlügen entsetzt mit den Flügeln.

Er schwieg gehalten, voll Aufmerksamkeit, sich selbst zu beherrschen und seine Maschine, die treue und treulose. Sie suchte wieder nach seinem verzerrten Bild im Messing des Scheinwerfers, sie fand grausame Worte, um ihn zu verletzen, aber sie wählte keins davon, hielt sie zurück und steigerte damit ihre Bitterkeit. Dann suchte sie nach etwas anderm, um es diesem Übel entgegenzusetzen. Etwas, das sie dieser Art von krankem Hunger vorwerfen könnte, der jetzt in ihr die ganze Fülle des gelebten Lebens zerstörte und auf ihrer Zunge nur einen Geschmack von Blut und Staub zurückließ. – Rohe Flüche und geballte Fäuste von Pferdehirten veranlaßten sie, sich in einem energischen Zusammenraffen aufzurichten; ihr Rücken schmerzte.

«Weiter! Halte nicht!»

Die Herde sprengte, schlug und scheute rings um die dröhende Maschine: lange Mähnen, lange Schwänze, rötlich verfärbt von Wind und Wetter, ramsnasige Köpfe mit dem weißen Funken des Entsetzens im Winkel des Auges, Fohlen, zottig wie junge Bären, auf hohen, feinen Beinen, und Schlag der Hufe, und Wogen der Kruppen, und Geruch von Wild in einer einzigen, erstickenden Staubwolke.

«Ich sterbe vor Durst!» sagte sie, als Aufruhr und Geschrei hinter ihnen lagen. «Ich habe Durst nach diesem grünlichen Wasser. Ich möchte mich am Rand niederknien und mein Gesicht zwischen zwei Seerosen eintauchen.» Sie hob ihren Schleier und zeigte ihr nacktes Gesicht.

Er wendete sich etwas, um sie anzusehen mit dem Gefühl von etwas Hohlem in der Brust, wie von einem Abdruck dieser immer neuen Nacktheit. Sie nahm ihre Lippen abwechselnd zwischen die Zähne und befeuchtete sie mit einem letzten Tropfen, den sie mit Mühe aus der Kehle sog. Ihre Augen schienen die Pupille verloren zu haben; sie waren ohne Mittelpunkt, voll von einem hellen Spiel von Kräften, die aus dem Dunkel schossen, wie das Aufwirbeln der festen Blasen im Bett einer Quelle. Die schwarze Linie am unteren Rande des Augenlides, die sie am Morgen gezogen, war noch deutlich und erhöhte noch die unmenschliche Helligkeit ihrer Iris.

«Was für ein Himmel! Siehst du nicht?» Der Himmel war blaß, fast weiß, von gleichmäßigem Ton und doch überall ein wenig flimmernd, wie von einer unbestimmten Mischung von Gluten, die aus der Erde stiegen und sich von oben senkten, wie ein fortwährendes Wogen von durchsichtigen und lebendigen Dingen, die dies emporgewandte Antlitz mit den Wimpern auffänge und mit einem Schlag der Wimpern zu den äußersten Grenzen des Schweigens zurücksendete.

«Was sollen wir tun?» Ihre Bangigkeit sagte ihr, daß ihr Schicksal im Licht des längsten Tages über ihr hing. Sie sah vor sich das Bild ihres Glückes, emporgewandt wie ihr Antlitz, das bereit schien, den Schmerz zu zerbeißen, wie eine reife Frucht, die sie mit ihrem roten Saft erfrischen sollte. Sie wußte nicht, wünschte sie diese Fahrt ohne Ziel fortzusetzen, oder wünschte sie Ruhe in einer unbekannten Einsamkeit. Ein unwillkürlicher Gedanke gab ihrer Schulter eine Biegung, wie unter der Umarmung eines Mannes.

«Wollen wir Vana und Aldo vor dem Tor erwarten?»

In einer mit Maulbeerbäumen bestandenen Wiese, auf

der isabellfarbene Pferde weideten, stand eine rote Kapelle, weiter hinten erschienen die Mauern der Stadt mit Rissen und Breschen.

«Paolo, Paolo!» rief sie und gab sich rettungslos der Angst hin, die sie nicht mehr zu beherrschen vermochte, «ich bitte dich, bleiben wir hier und sehen wir den Palast an. Ich muß ihn sehen, es ist der Palast der Isabella! Ist er wohl um die Zeit noch offen? Ich muß um jeden Preis hineinkommen! Ich bitte dich. Ich muß ihn heute sehen, mach mir dies Geschenk!»

Ihre Aufregung und ihr Rausch von Sinnlichkeit und ihr Widerstreben und ihr Stolz und ihre Müdigkeit und ihr Durst lösten sich jetzt mit einem Male und flossen in eine berauschende Vision der Liebe auf den Trümmern zusammen. Sie sah nach der sinkenden Sonne, wie um sie durch ihren Wunsch aufzuhalten.

«Es ist der Palast der Isabella. Ich muß ihn sehen.»

«Vielleicht ist es zu spät!»

«Es ist nicht zu spät.»

«Es ist sechs Uhr vorüber.»

«Es ist bis neun Uhr Tag heute.»

«Der Kustode wird uns nicht aufschließen.»

«Er muß uns aufschließen! Ich will!»

«Versuchen wirs.»

«Es geht gewiß. Ich will!»

Die Maschine hielt am Stadttor. Die Beamten des Dazio traten heran. Im betäubenden Knattern des Motors wandte sie ihnen ihr brennendes Gesicht zu, das zwischen den beiden Flügeln ihres Hutes wie verklärt schien von ihrer plötzlichen Eingebung. Sie atmete heftig. «Wo geht es nach der Corte Reale?»

Einer der Wächter zeigte erstaunt die Straße. Schweigsam und verödet lag die Stadt, hingestreckt inmitten ihrer Sümpfe und ihrer Trauer. Erinnerung erfüllte sie mit einem Schweigen, das die Schwalben mit ihrem Schrei zerrissen und in Fetzen in ihren zarten Krallen in den silbrigen Himmel trugen.
«Und Vana? und Aldo?»
«Sie werden gewiß am Stadttor fragen, ob wir schon durchgefahren sind.»
«Sie werden fragen, meinst du? Hier ist die Piazza.»
Der Platz lag leer und langgestreckt da, zwischen Palästen, Türmen und geweihtem Gemäuer, mit großen Schatten, die in einer Vergangenheit von Pracht, Grazie, Üppigkeit, Mord und Verrat zu atmen schienen. Die Schwalben trugen einen fast irren Lärm in diese Stille. Der Palazzo ducale war geschlossen. Der liebenden Frau erschien es, als liege hier ihr tiefstes Geschick verriegelt. Sie sprang atemlos zu Boden. Und wie die vertriebene Tochter, die ihm Wahnsinn zurückkehrt, fing sie an, mit ihren beiden geballten Händen gegen das Tor zu pochen.
«Was für eine Hast, Isabella! Du wirst dir an den Händen wehe tun. So wirst du nur den Kustoden erschrecken, und er weigert sich dann gewiß, um diese Stunde eine kleine, staubbedeckte Närrin hereinzulassen.»
Paolo lachte, im Grunde bezaubert von dieser beweglichen Lebenskraft, von dieser Vielseitigkeit im Ausdruck und Ton, von dieser Glut und diesem Aufruhr, die den Ort, wo sie gerade war, zum Mittelpunkt des Weltalls zu machen schienen.
«Dort ist die Glocke», sagte eine bescheidene Stimme. Und beide bemerkten erst in diesem Augenblick, daß

hinter den beiden Vordersitzen, inmitten eines Stoßes aufeinandergeschnallter Reifen, der Mechaniker auftauchte. Er glich in seiner Staubmaske einer redenden Gipsfigur.
Die ungeduldige Herrin stutzte und brach dann in Lachen aus, suchte nach dem Glockenzug und zog dann mit aller Kraft. Der Klang der Glocke pflanzte sich ins unbekannte Innere fort, ein Schritt wurde hörbar, ein Murmeln, ein Knarren des Schlosses. Die Tür öffnete sich. Der Kustode erschien auf der Schwelle. Silberweiß und bärtig, die übliche Darstellung des Kronos, es fehlte nur Sanduhr und Sense. Die Frau ließ ihm keine Zeit, den Mund zu öffnen, sondern überschüttete ihn sofort mit ihren unwiderstehlichen Bitten.
«Lassen Sie uns bitte herein! Wir sind auf der Durchreise. Wir fahren heute abend noch weiter. Wir kommen vielleicht nie mehr hier durch, bitte, bitte! Niemand bemerkt es, es kann Ihnen nichts geschehen; lassen Sie uns herein, einen Blick möchten wir wenigstens hereinwerfen! Ich heiße Isabella.»
Mehr als ihre kindliche Grazie, als diese verworrene bittende Stimme und der herrische Name wirkte die Gabe ihres Begleiters. Kronos lächelte in seinen gelblichen Bart und trat zur Seite.
Jetzt legte sie ihren Schleier ab, legte sie ihren Mantel ab. Und so strahlend war das Licht ihrer jungen Augen, daß sie für einen Moment nur in dieses Licht gekleidet schien. Dann, als sie gegen die breite Treppe gingen, spürte Paolo Tarsis in sich die dumpfen Schläge ihres Herzens, als trüge er sie auf seinen Armen: ‹Wog sie schwer? wog sie leicht?› Auch ihr Körper war trügerisch, gleichsam

von doppelter Natur, wie versteckt und dann wieder enthüllt in ewigem Wechsel. Da stieg sie nun von Stufe zu Stufe mit einer Biegsamkeit, die ihre Beine gleichsam verlängerte, ihre Hüften noch schmäler, ihre Taille noch feiner erscheinen ließ. Sie war schlank, geschmeidig, behend wie ein Jüngling, der zum Schnellauf trainiert ist. Da hielt sie jetzt auf dem Treppenabsatz und holte tief Atem, und das Auge entdeckte plötzlich mit Erstaunen die Breite ihrer Schultern, die Tiefe ihres Brustkorbes, die Kraft ihres Rückens, die Geradheit ihres ganzen Skeletts auf ihren nicht kleinen, aber hochgewölbten Füßen, die nur auf Zehe und Ferse standen wie die der libyschen Sibylle.
Sie hielt. Dann machte sie ein paar Schritte auf den ersten Saal zu. Das Spiel ihrer Knie gab ihrem Rock eine Art innerer Eleganz, eine wechselnde Grazie, die von innen heraus jede Falte beseelte. Sie hielt noch einmal, jetzt ohne jede Spur von Lächeln und Fröhlichkeit, wie unter dem Druck eines lastenden Vorgefühls, und die Augen gesenkt. Ihr Freund stand nicht weit von ihr, ganz beherrscht von einer Bangigkeit, die alles in ihm zu erstikken schien und die ihm nichts anderes ließ, als die Möglichkeit einer einzigen Geste seiner herabhängenden Arme, in der die ganze Erwartung zum Ausdruck kam. Sie blickte nicht nach ihm hin, sondern sah zu, wie in ihrem eigenen Körper ein Geheimnis wogte und zusammenfloß, über das sie nicht Herr war und das ihr doch so gehörte wie ihr innerstes Mark.
Und plötzlich löste sich aus ihrem Körper, ihrer Grazie, aus ihrer Macht, aus allen Falten ihres Kleides, aus allen Linien ihrer Gestalt, aus dem, was ihr Leben war und aus

dem, was an ihrem Leben hing – löste sich mit der Notwendigkeit des Wassers, das zum Hange strömt, des Dampfes, der zur Höhe steigt, etwas Kurzes, Unbestimmtes los, etwas Flüchtiges und Ewiges, etwas Gewöhnliches und Unvergleichliches: ein Blick. Dieser Blick. Und das war alles. Sie nahmen sich bei der Hand, blaß, wortlos, bezwungen von einer Liebe, die mehr war als ihre Liebe, als träten sie in das Haus ihrer verschlungenen Seelen und ihrer verwachsenen Schatten. Ihr erschreckendes Glück suchte nicht mehr den Schmerz zu zernagen, sondern horchte auf den Schrei der zerfetzten und verlassenen Schönheit ringsumher. Geborstene Wände und Wölbungen, durchlöcherte alte Bilder, Tische und Stühle mit ausgerenkten, wackligen, vergoldeten Beinen, zerrissene Tapeten neben zerfallenen Mosaiken, bröckelnde Ziegel, ungeheure prächtige Betten, Reflexe aus schielenden Spiegeln, Balkengerüste, um die Decken zu stützen, Geruch von vertrocknetem Moder und feuchtem Kalk.

Und im Ausschnitt eines Fensters zwei rote Türme im Himmel, ein Gilfen von Spatzen, Lärmen von Straßenjungen. Im Ausschnitt eines andern eine verlassene Straße, eine Kirche ohne Gebete, das Klappern von zwei Krücken. An der Decke ein Lüster mit kristallenen Tropfen und ein schräger Sonnenstrahl auf dem Estrich. Und noch ein Lüster und wieder ein Sonnenstreifen: trauriger noch die leuchtenden Dinge als die toten. Und noch eine lange Reihe von Kronleuchtern, lose herabhängend wie gebrechliche, vereiste Skelette. O Trauer! Trauer ohne Schönheit! ‹Was soll aus unserer Seele werden?›

«Ein Garten!» rief die Frau und zog ihren Begleiter auf

ein Fenster zu, durch einen Saal, der sich mit Darstellungen von Flüssen weitete. Beide sahen hinaus. Keines ließ des andern Hand los. Gespannt und horchend wie auf ein fernes Wogen von Musik.
Es war ein hängender Garten, umschlossen von einem hübschen Portikus mit doppelten Säulen. Die verschiedenartigsten Pflanzen wuchsen durcheinander. Büsche und Hecken verschlangen sich. Aber alles Grün diente nur dazu, um hier und dort das leidenschaftliche Schmachten einer weißen Rose noch mehr hervortreten zu lassen.
Als Paolo sein Gesicht dem begehrten Gesicht näherte, so daß Atem sich mit Atem mischte, zog sich seine Freundin zurück, wandte sich um und sah hinter sich. Dann sagte sie mit weichem Mund: «Nein, ich weiß noch einen andern, schöneren.»
Ihr wars, als hörte sie das unbestimmte Präludieren einer Melodie, die bald mit der Gewalt eines Wildbachs losbrechen würde. Sie überschritten eine Schwelle. Über ihnen war ein Plafond vom dunklen Blau des nächtlichen Himmels, in dem die Bilder des Tierkreises funkelten und im Dunkel des Raumes in den stehenden Wassern der Spiegel widerschienen. Vom Fensterbogen drang der heiße, starke Duft der Magnolien.
«Noch ein Garten?»
Es war ein trauriger, verlassener Hof. Und wieder Lüster von blassem Glas in prächtigen, leeren Sälen, und wieder Betten ohne Schlaf. Und die alten, blinden Stoffe schimmerten rot und schwärzlich an den Wänden langer Galerien, wie Tierhäute, vom Gerber aufgehängt und gespannt. Von den geborstenen Dachplatten kreischten die

Sperlinge, herab durch die klaffenden Fugen des Gebälks, herab durch die rissigen Sparren, herab durch die zerfetzten Stoffplafonds in zerfallenden Logen. Und wieder war alles Trauer ohne Schönheit.

«Vana! Aldo und Vana!»

Der Schreck selbst erstickte den Schrei Isabellas. Sie sah im Schweigen eines Gemachs, das der Schatten eines Betts, düster wie eine Bahre, beherrschte, zwei Gestalten auf sich zukommen, still und starr wie die, die tränenlos aus der Tiefe ihres Lebens einem tränenvollen Geschick entgegenschreiten.

«Aldo! Vana! Seid ihrs? Seid ihrs?»

«Nicht doch, Isabella! Wir sinds selbst, im Spiegel. Was zitterst du?»

«Wir sind es?»

Es war ein hohes Glas, das zwischen zwei Säulen bis auf den Boden hinablief und die ganze Figur von Kopf bis zu den Füßen widerspiegelte. Ein Zauber ging von ihm wie von einem magischen Parallelogramm.

«Warum zitterst du so?»

Nachgiebig und doch widerstrebend nahm sie ihren besorgten Freund bei der Hand und ging auf die Erscheinung zu. Sie trat in den Todesschatten des Betts. Sie erkannte ihren eigenen Blick nicht wieder in diesen Augen, die sie wie nackt ansahen, gleichsam wimpernlos, gleichsam liderlos, ungeheuer, geheimnisvoller als das Grab, geheimnisvoll wie der Wahnsinn.

«Nein, nein! Ich fürchte mich!»

Sie fuhr zurück und floh durch die anstoßenden Gemächer, unter Decken von Gold und Kobalt, unter Decken, weißlich wie kranke Türkise und abgestorbene Vergol-

dung, unter bleichem Prunk, der verstreut umherhing, unter einem Schweigen, steinern und unentrinnbar.
«Isabella!»
Die Verzweiflung legte sich. Es wandelten sich die unbestimmten Wogen von Tönen, die um die weißen Rosen des träumerischen Gartens schwebten, in Fetzen einer pathetischen Melodie, pathetisch wie der Schrei der Sehnsucht und der Lust.
Der verfallene Palast erschien plötzlich befreit vom Einbruch menschlicher Eitelkeit und menschlichen Elends und atmete in seiner alten Größe aus allen Nüstern seiner Wunden, atmete, litt und starb stöhnend mit dem singenden Sommersonnentag. Alle Zeichen wurden beredt, alle Erscheinungen sangen. Die Siegesgöttinnen zeigten das eiserne Gerüst unter dem zerbröckelten Stuck und hielten statt der Lorbeerkrone einen Reifen rostigen Eisens. Die erhabenen Adler umkrallten Bündel von verfaulenden und fallenden Früchten.
«Isabella!»
Sie lief und lief, immer schwankend zwischen dem einen und dem andern Gemach, als wüßte sie nicht, in welchem von den Räumen ihre Seele den tiefsten Seufzer fände. Die Zahl der Gemächer schien sich zu vervielfachen. Schönheit wechselte mit Verfall; und der Verfall war schöner als die Schönheit. Und ihre Augen weiteten sich, um alles zu schauen, alles zu fassen. Und ihr ganzes Gesicht lebte das Leben des Schauens. Ihre Seele war voll Erinnerungen. Die verschwundenen Formen lebten wieder in ihr auf und fügten sich musikalisch zusammen, und sie sog die Lust der Vollkommenheit aus dem, was unvollkommen war, und die Lust der Fülle aus dem, was

verfiel. Ein Wunder schien den Tag zu dehnen; aber es galt, nicht zu zaudern, bei jeder neuen Schwelle fürchtete sie sein Entweichen, und doch war die Schwelle des Abends noch fern.

«Dort drüben ist noch ein anderer Garten», flüsterte sie umhereilend.

«Noch ein anderer Garten?»

Durch ein Gitter sahen sie einen Hof voll Schutt und Gestrüpp, zwischen geborstenen Mauern, an denen noch die Spuren von gemalten, verschlungenen Ornamenten sichtbar waren.

Über den Mauern draußen glänzte ein Ausschnitt des Sees. Dazu klang das Zwitschern der Schwalben und das Quaken der Frösche. Im Himmel, im Wasser ein einziges, glühendes, verworrenes Leben, und die Klage des Sommers lebte in diesen Stimmen.

«Das ist er nicht.»

Sie strauchelte auf dem rissigen, hier und dort grünlichen Fußboden. Über ihr verdunkelten große Flecken von eingedrungenem Regenwasser die blauen Felder der Decke, an der prächtigeres und besser erhaltenes Gold in Voluten, Rosetten und Knäufen von römischer Gedrungenheit sich zusammendrängte. Sirenen kauerten zwischen Laubwerk, in einem Fries von so starkem Relief wie der Rhythmus der großen, unvergeßlichen Verse.

Längs der hohen Fensternischen trugen die Siegesgöttinnen in ihren verstümmelten Armen die Reifen von rostigem Eisen.

«Nein, Paolo, nein! Nicht hier, nicht hier! Ich flehe dich an!»

Sie löste sich aus den bebenden Händen ihres Begleiters

und zeigte ihm ein Antlitz, das zu verlöschen und wieder aufzuglühen schien, wie in einem Wechsel von Entsetzen und Berauschtheit. Und beide jagten sie von Schwelle zu Schwelle, vom Licht ins Dunkel, vom Dunkel zum Licht, ihrer eigenen grenzenlosen Bangigkeit nach.

«Ist es der hier?» sagte Paolo und beugte sich über ein Fenstersims. Es war der blasse Abglanz eines andern hängenden Gartens, voll von Büschen, von Mauerwerk und alten gewundenen Wasserkünsten. Ein Triton blies die Muschel auf einer durchlöcherten, fleckigen Mauer, Mohn brannte hier und dort wie zerstreute Flammen. Schwärzer hoben sich die Schwalben ab, ferner schien der Himmel. «Kann es etwas Traurigeres geben auf der ganzen Erde?» sagte Isabella und trat vom Fenster zurück.

Und wieder begann die Trauer der Verwüstung: der zerstörte Aufsatz eines Kamins, schwarz von Rauch, eine Flucht von zugemauerten Fenstern, ein Korridor mit Kalkschutt besät, eine weiße Halle, an den Wänden Spuren von Kot und von früheren Zwischenböden, dann eine ausgetretene Steintreppe, wieder ein Korridor, kahl wie der Gang eines verlassenen Hospitals, und dann eine andere ungeheure Treppe, die zwischen leeren Nischen zu einem schauerlichen Tor hinabführte, das, aus schlechtgefügten Bohlen und Querbalken gezimmert und doch undurchdringlicher als dreifaches Erz, einen unbekannten Durchgang sperrte.

«Isabella!»

«Ich fürchte mich.»

Sie fühlte in ihrer Kehle den wilden Pulsschlag ihres Lebens. Sie war in sich verloren, außer sich verloren. «Wo sind wir? Wird es Nacht?»

Er hatte wieder ihre Hand ergriffen, wie um sie zu führen, in sich und außer sich verloren. Sie gingen auf ihrem eigenen Schauder wie auf einer gespannten, schwingenden Saite.

«Ich kann nicht mehr!»

Welchem von den beiden entrang sich dieses Stöhnen? Noch waren ihre Lippen getrennt, aber im Drange waren sie eins.

«Ich kann nicht mehr!»

Jetzt waren sie wieder im Gemach von Blau und Gold, hörten wieder die tragende Melodie, sahen wieder den Abglanz des längsten Tages.

‹Vielleicht, vielleicht, vielleicht.›

Sie hatte ihr Gesicht gegen das Blau und Gold der Decke erhoben. Ihre Seele lag wie aufgelöst über ihrem Haupt, reich und unentwirrbar, in ihren tausend Rätseln erscheinend. Sie las mit schwimmenden Augen das entsetzliche Wort, das da oben zwischen den labyrinthischen Linien unzählige Male in den tiefblauen Feldern geschrieben stand.

‹Vielleicht, vielleicht, vielleicht.›

Er flüsterte ihr das Wort in den Mund, unter ihre Zunge. Er flüsterte ihrs tief in die Kehle. Seine Finger hielten ihr Kinn und seine Lippen ihren Atem, ihren tiefsten Atem, den Atem, von dem nur das Blut weiß, die Träume und die Gedanken.

Sie waren in diesem Augenblick wie zwei Geschöpfe, die wirr und brennend durch eine Wüste von beweglichem Sand mit dem gleichen fliegenden Atem zum geheimen Brunnen gelangen, zusammen niedersteigen, zusammen hinabstürzen und sich zum Wasser beugen, das sie nicht sehen können, und sich drängen und stoßen. Jedes will zuerst trinken und mehr, jedes spürt hinter seinen schlaffen Lippen die zerfleischende Gier wachsen, und jedem ist in seiner Raserei Dunkel, Wasser und Blut nur ein einziger nächtlicher Geschmack.

Er tat den ersten Trunk. Ein göttlicher Saft hatte ihm mit einem Male den nackten Kelch bis zum Rand gefüllt. Und um keinen Tropfen zu verlieren, legte er die Linke hinter ihren Nacken – mit der Rechten hatte er ihr Kinn gefaßt – und hielt so ihr schönes Haupt, wie man ein Gefäß ohne Henkel hält.

Und hielt es fest, umklammerte es zu fest. Ein Instinkt weckte in seiner Wollust etwas von der Idee des Saugens, etwas von jenem ersten Trieb des blinden, neugeborenen Menschenkindes. Ihm wars, als stillte er zum erstenmal seine eigene, tiefste Unschuld.

Sie schüttete sich aus vor Süßigkeit, wurde ganz leer und leicht, als fülle eine heiße Luft die Höhlung ihrer Knochen, nicht mehr das fühllose Mark. Ein unterdrücktes Stöhnen, fast wie eine Klage ohne Ton, begleitete dies Wunder. Dann, als sie sich bis in den Grund vernichtet fühlte, kam die Lust, wieder aufzuleben. Sie schüttelte ein wenig das Haupt, um den Griff zu lockern, löste ihre Lippen von den seinen und drückte sie dann wieder fest auf, um jetzt das zu empfangen, was sie vorher geschenkt. Und der Wechsel ward heftig wie ein Wettspiel zwischen Kämpfern. Jedes von beiden suchte noch tiefer zu dringen, zu etwas noch Lebendigerem und Geheimerem, zu den Quellen und Geistern des inneren Lebens. Jedes fühlte die harten Zähne des andern auf seinen Lippen, die bluteten.

Ein breiter, träger Strom ging von ihnen aus, gezeugt aus ihrer Umarmung und aus jener Unendlichkeit von Lust, die sie bisher unbewußt verhalten hatten, überschwemmte den Palast, bespülte die unzähligen Schwellen, über die ihre Beklemmung geirrt, führte alle Trümmer der Schönheit mit sich, mündete in die Gärten, die sie zusammen betrachtet, und in die andern, ungesehenen, durchströmte die Sümpfe, durchschnitt die Ebene und verlor sich ohne Mündung in der Unendlichkeit des Sommers da draußen. Und das unterdrückte Stöhnen, schwach wie das Wimmern eines kranken Kindes, begleitete das Wunder. Selbst im Biß ließ die Frau nicht von dieser tonlosen Klage, die die Wollust mit Schmerz übergoß und den Kampf mit Mitleid verschleierte.

«Genug.»

«Mehr noch! Mehr noch!»

«Genug.»

Mit einem Ruck riß sie sich von ihrem Freund los. Ihre schweren Lider schlugen, wie um die dichte Wolke zu zerstreuen und das Licht wiederzufinden, wie um das Phantom vom Wirklichen wieder unterscheiden zu können. War dies noch das Bild im Spiegel? War dies noch der Blick des Wahnsinns in ihren eignen, entfremdeten Augen? War dies die Blässe ihrer Verlorenheit? Sie hätte nie gedacht, daß sie so blaß sein könnte. Es war Vana. Vana, totenbleich, aber atmend, gegen einen Schrank gelehnt, wie jemand, der gleich zu Boden stürzen wird, mit Augen, weit geöffnet, wie jemand, der sie nie mehr schließen könnte. Es war ihre kleine Schwester – Vana.

Und es war die Stimme Vanas, die jetzt sprach, obschon fast unkenntlich. Mit atemloser Hast und ohne sich noch rühren zu können, sagte sie:
«Gleich kommt Aldo.»
Man hörte den Schritt des Bruders im nächsten Zimmer. Alle machten die gleiche Anstrengung, unbefangen zu erscheinen. Der junge Mann erschien auf der Schwelle, unwillig:
«Ah, da seid ihr. Finden wir euch endlich! Ihr hättet wohl auf uns warten können! Ein Wort konntet ihr uns wenigstens hinterlassen an der Porta Pusterla.»
«Wir dachten, du kämst dicht hinter uns», sagte Isabella und wurde des Aufruhrs Herr. «Wir glaubten euer Signal hinter uns zu hören, Aldo. Und dann ließen wir auch den Kustoden unten.»
«Ein Glück, daß Vana eine halbe Hellseherin ist! Auf dem ganzen Weg haben wir nichts getan als Staub zu schlucken.»
«Habe ich dir beim Aufbruch nicht selbst angeboten, vorauszufahren?» sagte Paolo Tarsis.
«Aber du fährst mit einer Rennkanone, und ich auf einer Sumpfschildkröte.»
«Paßt also ausgezeichnet für das Land hier.»
Paolo sehnte sich danach, zu verschwinden und in irgendeinem fernen Teil der Erde wieder aufzutauchen. In dieser falschen Fröhlichkeit also endete die purpurne Lust. «Auf, mein Junge, sei mir nicht bös! Immer unzufrieden bist du», sagte Isabella weich und glättete mit dem Zeigefinger die feingezogenen Augenbrauen des Bruders, die aussahen wie mit Puder bestreut.
«Isa, versprich mir, daß du jetzt für die letzte Strecke in

meinen Wagen kommst! Die Schwarze kann mit Paolo fahren.»

«Gut, wenn du willst.»

«Ich will es, ich will es. Was hast du da im Mund?»

«Was meinst du?» Sie zog den Mund zusammen und strich rasch mit der Zunge an den Zähnen entlang.

«Auch an der Lippe?»

«Was soll ich haben?»

«Ein bißchen Blut.»

«Blut?» Sie suchte nach ihrem Taschentuch, trat mit einem versteckten Ausdruck etwas zurück und bog das Gesicht, in dem sie die flammende Röte zu spüren glaubte, zur Seite. Mit besorgter Zärtlichkeit, die ihr gegenüber zur unbewußten Grausamkeit wurde, bemühte sich der Bruder noch näher um sie, streckte die Hand nach ihr aus und nahm ihre Unterlippe zwischen Daumen und Zeigefinger: «Ein kleiner Riß», sagte er. Unwillkürlich wendete sich Paolo nach der andern Seite, als betrachtete er den Barockspiegel in einer Umrahmung von geflügelten Amoretten, der über dem Kamin von rotem Marmor hing, gepeinigt von Unruhe und voll Angst, das gleiche Mal könne auch an ihm zu sehen sein. Er sah Vana, den Kopf nach dem Bild des Labyrinths an der Decke zurückgebogen, von einem unheimlichen Lichtschein getroffen. Er hörte mit einer dumpfen Beklemmung im Herzen den Ton der Stimme, wundervoll auch in der Lüge. Er empfand diesen neuen Reiz der Stimme, die jetzt sprach:

«Ah, gewiß, vielleicht vorhin, als ich fiel, eben da unten. Ich kam mit dem Fuß in eine Lücke im Estrich...»

Und sie suchte nach ihrem Taschentuch, um ihren

Mund zu bedecken, als wäre er eine einzige glühende Wunde.

«Hier», sagte Vana und reichte ihr das ihre.

Sie war die ganze Zeit dagestanden, das Gesicht nach der Decke gerichtet, als höre sie nur auf die Erzählung des Kustoden vom Abenteuer Vincenco Gonzagas, auf das sich die Darstellung des Labyrinths an der Decke bezog. Aber sie hatte nie das Auge ganz von der Schwester gewendet: ihre helle Iris, die sich dabei so hart im Augenwinkel zwischen den Lidern zeichnete. Paolo sah im Lichtschein, der auf sie fiel, den Glanz ihres Augenweißes, das grell wie Email im Olivton ihres schmalen Gesichtes stand. Er sah die Bewegung ihrer Hand, und in diesem Gesicht und in dieser Handbewegung lag eine solche Macht von Ausdruck und Durchleuchtung, daß sie sich gleichsam über die Wirklichkeit erhoben und in den Himmel des Geschickes sich einzugraben schienen, wie wenn die Kämme der Dolomiten allein noch in die Dämmerungen eingebettet leuchten, wenn alles schon Schatten ist und jedes ihrer Profile in die Seele des Beschauers eindringt und sich verewigt.

«Vielleicht, vielleicht auch nicht», las der junge Bruder mit einer Stimme, die schon von Wehmut verschleiert schien, den Sinnspruch in den Feldern des gemeißelten Labyrinthes. «Sag, Isa, warum ist da zwischen den beiden ‹Vielleicht› ein Ölzweig ausgehauen und kein Flügel? Dein Flügel, Tarsis? Der Flügel des Dädalus und der Faden der Ariadne? Warum nur ein Ölzweig?»

«Ich weiß nicht», sprach der geküßte Mund.

«Ich weiß nicht», sprach der Herr der Flügel, den die Erde in Ketten hielt.

«Warum nur, Schwarze?»
«Ich weiß nicht», sprach die dunkle Jungfrau, die gern von einem Tropfen des Blutes der Lust befleckt gewesen wäre.
«Ich weiß nicht», sprach der Jüngling zu sich selbst, bedrückt von seinen Jahren, so wenig an Zahl und schon so schwer an unbekannter Pein.
Sie wußten es nicht. Sie fühlten alle die gleiche fremde Unentschlossenheit, diesen Raum zu verlassen und sich anderswohin zu wenden, weiterzugehen oder umzukehren, als senkten sich vom hohen Plafond die goldenen Mäander des Labyrinths mit biegsamen Windungen auf sie nieder und hielten sie unsichtbar umstrickt.
«Gehen wir», sagte Aldo zuletzt und schob seinen Arm unter den der Schwester.
«Das ‹Paradiso› der Isabella möchte ich noch sehen. Sonst nichts.»
Wie sie der Kustode über die dreizehnstufige Treppe zum ‹Paradiso› führte, wie sie von neuem in der aufgehängten Perle des Tages das Schrillen der Schwalben hörten, wühlte sich ihnen die chimärische Macht des Lebens tief ins Herz, und heftiger schmerzten die ungestehbaren Leiden und Träume: der Mann in der Vollkraft seiner Männlichkeit, jeder Gefahr, jedem Ziele gewachsen, frei von Furcht und Gewöhnung, gewappnet mit Mißtrauen und Verachtung, betrachtete den wundervollen Bau des ihm jetzt verfallenen Körpers und beschwichtigte die Ahnung des kommenden Verderbens mit den Bildern der befreienden Orgie. Er dachte an den Schiffer, der im Hafen landet, um am andern Morgen leichter aufs Weltmeer hinauszusteuern. Und die Unrast

nach Sättigung schwellte ihm die Adern. Die Frau, kundig in Lust und voll dunkler Notwendigkeit, leidend zu genießen, voll irren Dranges, sich über den Abgrund der heftigsten Versuchungen zu beugen, mit einem Herzen, furchtsam und tollkühn, weich und erbarmungslos, atmete gierig das Schwelen der Leidenschaften, das in der Lust lag, wie der Schwefelgeruch der Gewitter. Sie entwarf keinen Plan, erdachte keine Verteidigung. Der Rhythmus ihrer Knie trug die göttliche Tierheit ihres Körpers, in dessen tiefster Glut ihre Verschlagenheit und Wollust brütete.

Nur die beiden jungen Menschen waren wehrlos gegen ihre Pein, wehrlos gegen den Duft der Magnolie, gegen die sehnsüchtige Blässe des Wassers, gegen den Rausch, der in der Luft lag. Beide waren sie erfüllt von widerstreitenden Kräften, die sich mit dumpfem Brausen bei jedem Lufthauch senkten und erhoben.

«Seht doch, das ist mein Garten!» sagte Isabella und beugte sich über die Fensterbrüstung. Sie sagte es mit einem Ausdruck, als wolle sie ein stürmisches Geständnis beginnen und sagen: ‹Seht doch, das ist meine Schuld, seht her, dies ist mein Stolz!›

Ein perverser Taumel ging von ihr aus, halb Unbewußtheit, halb Künstlichkeit, floß bald aus dem Spiel ihres nackten Gesichts, bald aus dem ihrer Maske, bald aus der Affektation einer bewußten Schauspielerin, bald aus der unbewußtesten körperlichen Grazie.

«Hast du ihn dir so gedacht, meinen Garten, Aldo?»

Der Bruder beugte sich neben ihr über den warmen Stein. Er hatte den Arm um sie gelegt.

«Schau doch, Vana! Sieh her, Tarsis!»

Vana und Paolo kamen herbei. Sie rückte zur Seite, damit sie die Rosenbüsche sehen könnten. Sie zog Vana an sich, um ihr Beben zu spüren, und warf über ihren gebeugten Kopf hinweg dem Freund einen Blick zu, einen Blick, der nichts Blitzartiges hatte, sondern etwas Schweres, Fließendes, wie eine Masse, die zu schmelzen beginnt. Da standen sie alle vier zusammengedrängt, in der Wärme, im Duft, wie in einer leichten Erstarrung, die der Anfang einer Verzauberung schien. Auch der Garten schien erstarrt, wie getränkt mit einem dickflüssigen Schweigen, zäh wie Honig, wie Wachs, wie Kautschuk. Es war eine Verlassenheit und eine Trauer, die sich in einem späten Parfüm verzehrten. Die Essenzen des Öls stiegen aus der Retorte des Lavendels und des Rosmarins. Die Aprikosen hingen überreif im schlaffen Laub, die eine und die andere schon geplatzt, mit einem Riß bis zum Kern, aus dem der Saft tropfte. Die verdursteten Rosenstöcke hatten so lange und dünne Sprosse, daß sie sich unter einer dürftigen Rose bogen. Und draußen der virgilische See schimmerte durch hohe Schwertlilien, die sich unter dem Übermaß von Blütenstaub beugten.
«Zu meiner Zeit», sprach die Zauberin leise und mit einem seltenen Lächeln, das ihr Gesicht gleichsam zu entkörpern schien, «zu meiner Zeit war der Garten voll von Bienen und Eidechsen.»
Eine Biene flog tönend herein. Die Augen des Jünglings folgten ihr mit einer Verwunderung, die den Flug zum Wunder machte. Alle vier lauschten sie im Rahmen des Fensters zusammengedrängt dem langgezogenen, hin und her irrenden Summen. Dann sahen sie sich flüchtig

untereinander an und bemerkten, daß sie alle vier helle Augen hatten – hell, und doch so verschieden –, und waren voll Staunen, als entdeckten sie diese unähnliche Ähnlichkeit jetzt zum ersten Male.

«Ah, wie verstand ich zu leben!» fuhr Isabella fort und geriet mehr und mehr in den Zauber ihres Spiels.

«In meinen kleinen Gemächern am Rande des trägen Wassers hatte ich die Bilder der berühmten Städte. Seht doch, seht: die Städte des Nordens und die des Südens, die blonden und die dunklen, graue und weiße...»

Sie betrachteten in den Lünetten die gemalten Risse der Städte mit Mauern und Türmen, vom Meer bespült, von Flüssen durchströmt, am Berge gebaut: Paris und Jerusalem, Ulm und Lissabon, Bern und Marseille. Und jene, die der Phantasie wie Parfüme sind, wie Fieber, wie Pfühle, wie Zaubertränke und wie Tanz: Algier, Toledo, Messina, Malta, Alexandrien.

»Isa, Isa«, seufzte ihr Bruder, «warum sind wir nicht heute nacht im alten Algier, auf einer weißen Terrasse, in seidene Gewänder gehüllt, mit vielen Kissen, mit vielen Getränken, mit einem, der uns eine lange Ballade singt, die wir anhören und nicht verstehen.»

«Still, still!» sagte sie, den Finger auf die Lippen legend, und ging mit leichtem Schritt gegen das anstoßende Gemach zu. «Hör, die Biene!»

Die Biene summte jetzt im nächsten Zimmer, und ihr Ton schien stärker und tiefer, wie von einer Schallplatte vervielfältigt und fast wie das Schwingen der Baßsaite.

«Hört, was für eine Musik!»

«Sie spielt die Baßviola», sagte Aldo leise und näherte sich auf den Fußspitzen. Mit dem mimischen Instinkt

der Verehrung ahmte er unwillkürlich die Bewegungen der Schwester nach.
Sie stand jetzt auf der Schwelle, die Hände zu beiden Seiten auf die Türfüllung gestützt, und saß sich rings um, sah nach der Decke. Dann wandte sie sich wortlos wieder zu den andern zurück. Auf ihrem Gesicht lag ein Widerschein der Herrlichkeiten, die sie entdeckt. Und die lichten Augen hinter ihr empfingen etwas von dem großen Glanz. Traten sie in den vergoldeten Schrein eines Klavizimbels? Traten sie in einen heiligen Schrank, vom Fürsten der Goldschmiede gearbeitet, um das wundertätige Elfenbein der heiligen Cäcilie zu bewahren? Das Summen der Biene klang wie die Schwingung einer Saite unter dem Schlag der Rabenfeder in einer langgehaltenen Kadenz. Die Stille aber war wie die Stille in Reliquienschreinen.
«Isabella... Isabella...» wiederholte fortwährend der junge Bruder. Überall an den Wänden las er den Namen der göttlichen d'Este. Und Isabella sah mit einem Lächeln kindlichen Glücks im Kreise umher und beobachtete fragend den Grad der Bewunderung auf jedem Gesicht, als handle es sich um eine Erfindung ihres Geschmacks, als habe sie eine neue Toilette angelegt, und frage jetzt: ‹Gefällt sie euch? Gefällt sie euch? Sie ist ganz von mir.›
«Zu meiner Zeit», sagte sie leise, «wurde hier musiziert um diese Stunde; entsinnst du dich, Vanina?»
«Ich entsinne mich», sagte Aldo und machte mit den Fingern der Linken die Bewegung wie auf dem Hals seines Violoncello. «Vielleicht ist meine Viola da Gamba noch da im Schranke eingeschlossen.»
Zarter als Filigran war die Zeichnung des Plafonds,

ringsum das Wappen mit den zwei Adlern und den drei Lilien von Gold. An den Wänden waren die Schränke für die Instrumente und für die Noten, auf den Türen in Intarsia die Darstellungen der Oboe, der Viola, des Virginals, der Harfe, dazwischen fremdartige Bilder von Schlössern und Lusthäusern, wie um die unwirklichen Örter anzudeuten, zu denen die Seele auch vom schönsten Aufenthalt auf dem Strome der Melodie sich zu entschweben sehnt. Auch hier war auf einem Banner der liebliche Name ins Holz eingelegt.

«Gewiß ist sie noch hier, deine Viola», sagte die Schwester nickend, mit unverwandtem Blick. «Ich sehe sie genau, Aldo. Ihre rotbraune Farbe, die ich mir immer für mein Haar wünschte, und die gelblichen Flecken des Lacks an den Seiten, durchsichtiger als Ambra. Und auf der Mitte des Bodens die Vergoldung in Querstreifen, reich und weich wie das Halsgefieder eines tropischen Vogels. Die Rückseite des Halses ist heller, von deiner Hand abgeschliffen.»

«Und die schöne Laute, Vana, zu der du zu singen pflegtest!» rief der junge Bruder, berauscht vom Spiel. «Ihr Körper war wie ein Schiffsrumpf gebaut aus langen Längsstreifen, abwechselnd hell und dunkel. Dabei war sie leichter als eine Nußschale. Und das Schalloch war so fein durchbrochen gearbeitet, daß kaum ein winziger Sonnenstrahl hereinfiel, wenn du sie gegen das Licht hieltest, um im Innern den Namen des berühmten Lautenmachers abzulesen.»

Isabella lächelte zustimmend bei dieser Phantasterei des Bruders, mit einem langen Lächeln, das an der kleinen Wunde auf ihrer Lippe aufgehängt schien.

«Vanina», sagte sie, «warum nimmst du nicht deine Laute und singst uns mit halber Stimme ein Lied?»
«Das Lied des Thibaut von Champagne, Königs von Navarra: ›Amors me fait commencer une chanson nouvelle...‹,» rief Aldo.
«Oder das englische, süße, auf die Worte Ben Jonsons, wo es am Schluß heißt: ‹O so white, o so soft, o so sweet, so sweet is she!› Woran denkst du?»
Vana zögerte mit der Antwort. Es war, als fürchtete sie, ihre jungräuliche Stimme verloren zu haben, als müßte sie gleichsam zum erstenmal mit gewechselter Stimme sprechen. Endlich sagte sie:
«Ihr wollt, ich solle singen, und ich denke gerade an die Worte deines anderen Dichters: ‹O rondine, sorella rondine, io non so come tu abbia cuore di cantare... Ti prego di non cantare almeno per un poco!› Also bitten wir erst die Schwalben, etwas aufzuhören.»
«Du hast recht», sagte Isabella.
In der Tat zerriß das Schreien der Schwalben die Verzükkung des längsten Tages. Von Zeit zu Zeit schossen ganze Scharen am Fenster vorüber, wie wilde Schwärme von Pfeilen.
«Wie liebe ich heute deine Melancholie, Vana», sagte Aldo.
«Ich auch», sagte Isabella.
Vana stand mit dem Rücken an einen Schrank gelehnt, den Kopf auf die Intarsien zurückgelegt, die Hände ohne Handschuhe schlaff herabhängend, die langen, dunklen Wimpern halb geschlossen über dem leuchtenden Email der Iris. Sie hatte einen Ausdruck im Gesicht wie einer, der fühlt, daß er ohnmächtig wird, und die Seele noch

mit den Zähnen festhält und sie genießt. Ihr Mund war leicht verzerrt von einem fremden Geschmack, ähnlich dem von gewissen Kräutern, die beim Kauen die Muskeln des Mundes zu einem Lächeln verziehen.

«Isa, entsinnst du dich an das kleine Bild von Cesare da Sesto in dem verblaßten Goldrahmen, das wir in Frankfurt sahen?» fragte Aldo.

«Es ist die heilige Katharina von Alexandria, in einer Landschaft mit Büschen, Wassern und Bergen. Sie hat ein grünes Kleid und hält die Hände auf dem gezackten Rad ihres Martyriums. Die Spitzen ihrer schlanken Finger liegen zwischen den Spitzen des grausamen Eisens. Aber das Musikalische in diesem Bilde drang uns ins Herz. Ich erinnere mich, du sagtest: ‹Sie hält ihre Finger so weich auf dem Rad, als berühre sie die Tasten eines Harfenklaviers.›

«So war es.»

«So sieht Vana heute aus.»

Paolo Tarsis hörte schweigsam diesem phantastischen Zwiegespräch zu. Die Erscheinung und die Stimme des jungen Menschen weckte in ihm eine dumpfe Eifersucht, die Enge des Raums und die Stickluft von Vergangenheit und diese weichen Spiele nahmen ihm den Atem. Von Zeit zu Zeit sah er die nackte, ferne Heide, seinen großen weißen Vogel unter dem Schuppen von Eisenträgern und Brettern, die blauen Blusen seiner Mechaniker, die an der Maschine arbeiteten. Und aus der Verwirrung, die diese musikalischen Phantasien in ihm erregten, lösten sich ihm die Formen großer Wolkenberge los, die dem Himmel seines Siegestags ein Pathos verleihen würden. Und beim Vorbeischießen der Schwalbenschwärme

durchlief ihn eine Art von Unrast in den Muskeln und er glaubte in sich das Sausen seiner Schraube zu vernehmen.
«Wie ich dies alles liebe», sagte Isabella nach einem Stillschweigen mit einem Ton, wie jemand, der in das Rund einer Frucht beißt und, den Mund noch triefend vom Saft, ihre Süßigkeit lobt. Ihre Stimme gab auch den feinsten Feinheiten des Intellekts einen Glanz von Sinnlichkeit.
«Bleiben wir jetzt hier?» sagte Aldo. «Nimmst du wieder Besitz von deinem Paradies, Isabella? Heute nacht erleben wir die größte Symphonie von Fröschen, die je gehört wurde. Die Frösche von Mantua sind berühmt. Sie stehen in musikalischer Begabung noch über denen von Ravenna.»
«Heute ist die kürzeste Nacht.»
«Ich möchte heute nicht zu Bett gehen.»
Er hatte sich mit der Grazie eines Pagen wieder mehr der Schwester genähert. Paolo folgte ihm voll Unruhe mit den Augen. Er war so schön, daß er an Schönheit die beiden andern geschwisterlichen Geschöpfe weit übertraf. Die Bildung seiner Stirn über den Bogen der Brauen erinnerte an die eines jungen Gottes. Wer ihn ansah, vermochte nicht den Blick von dieser Stirn zu wenden, denn unwillkürlich glitt das Auge wieder empor zu dieser Vollkommenheit. Er hatte bemerkt, daß der Blick der andern sich nie auf seine Augen richtete, sondern auf eine Stelle über seinen Augen, und dies gab ihm das Gefühl, als trüge er eine unsichtbare, wundervolle Krone. Und dies Gefühl mehrte die Flamme seiner Geistigkeit und die Leichtigkeit seiner Bewegungen.
«Müssen wir weg?» sagte Isabella.

Sie schaute nochmals empor zum Filigran der Decke, an dem noch die vergessene Biene entlang summte, als seien es die Zellen ihres Korbes. Sie sah nochmals in den Feldern ihren erhabenen Namen, das Alpha und das Omega, die geheimnisvolle Zahl XXVII, die musikalischen Darstellungen, den dreifüßigen Kandelaber und die verschlungenen Initialen.

«Nec spe, nec metu!» las sie. «Aber ich hoffe, was ich fürchte, und fürchte, was ich hoffe.»

«Was bedeutet die Zahl siebenundzwanzig?» fragte Vana, die in der Verwirrung ihrer Seele mit ängstlichem Aberglauben nach Bedeutungen und Vorzeichen suchte.

«Ich weiß nicht mehr», antwortete Isabella; «aber es ist eine Zahl, die ich vielleicht nie mehr vergessen werde.» Und sie sah zu dem Schweigsamen hinüber, um ihn daran zu erinnern, daß der siebenundzwanzigste das Datum des ersten Tages vom großen Wettkampf der Lüfte war. In ihrem Blick lag das Geheiß: ‹Warte!› und die Verheißung: ‹Nachher.› Und dieser Blick erschien ihm wie das Wehen der langen Wimpel auf den Pylonen der Flugbahn.

«Gehen wir jetzt!» sagte sie.

Sie wandte sich gegen das anstoßende kleine Gemach.

«Wie, das haben wir ja noch nicht gesehen!» rief sie mit einem Schrei der Verwunderung und blieb stehen.

Vor ihr lag eine kleine, marmorne Pforte mit Gemmen, auch sie wie die Tür eines Hostienkästchens mit dem Ziseliereisen eines Goldschmieds gearbeitet. Die Kreise von antikem, schwarzem Marmor, die mit schneeweißen, runden Basreliefs wechselten, gaben ihr etwas Grabmalartiges, gerade als führe sie zur Gruft einer der großen mantuanischen Hetären, zur Gruft der Livia oder der Belia, von der man sagt, daß sie durch Küsse den Tod gefunden. Ein Fries von Greifen lief über dem Architrav. Der Grund der Kassettierung glänzte von goldenen Lichtern, als seien sie mit Aventurin eingelegt. Die Figur im gefalteten Peplon mit der Flöte des Pan war die Musik, war Isabella selbst. Wer aber war auf dem Basrelief darunter die nackte Frau, auf dem Kopf geschlossene Folianten, unter den Füßen einen Totenschädel?

«Eine dunkle Allegorie», sagte Aldo und kniete nieder, um die Darstellung zu untersuchen.

Sie beugte sich, mit beiden Händen auf seine Schultern gestützt, um besser zu sehen.

«Sie gleicht dir», sagte er mit halber Stimme.

«Wahrhaftig!» erwiderte sie leise.

Und beide verharrten aufmerksam in ihrer Stellung. Die dumpfe Eifersucht fraß am Herzen des Schweigsamen. Die nackte Figur war wie auf einer Kamee geschnitten und hatte die gleichen langen, schlanken Beine, das gleiche, weit vorgesetzte Knie, mit jener freien Bewegung im Ausschreiten, die dem Gang der jungen Frau solche Biegsamkeit gab und im wechselnden Spiel den engen Rock spannte, so daß die Zeichnung der feinen Hüfte und der Ansatz des zurückweichenden Schoßes sichtbar wurde.

«Aldo, Aldo, jag sie weg!»

Sie richtete sich auf und suchte sich zu schützen. Sie hatte das Summen der Biene nahe ihrer Wange gespürt. Mit einem Sprung war sie im nächsten Zimmer. Ihre kleinen Schreie hallten jetzt vom goldenen Plafond wider, denn die Biene verfolgte sie. Und ihre Hände bewegten sich in kindlicher Abwehr.

«Sie hat mich gestochen!»
In einer dieser unwillkürlichen Bewegungen hatte das gereizte Tier sie in die linke Hand gestochen, in den Ballen des Daumens.
«Wie weh das tut! Du mußt tüchtig saugen, Aldo!»
Aldo lachte nicht mehr. Sie hielt ihm die Hand hin, ganz hoch, und er drückte seine Lippen auf die Wunde, um sie auszusaugen.
«Ja, so ist es gut.»
Er sog noch mehr.
«Genug, genug!»
Sie lachte mit einem Lachen, das Paolo in seiner Bestürzung vorkam wie jenes Lachen am Kanal mit den Wasserrosen, nachdem sie den Karren mit den Baumstämmen passiert hatten.
«Genug so. Es tut nicht mehr weh. Es brennt nur noch ein wenig.» Das Auge Vanas war böse. Die Schwester füllte schon wieder das ganze Zimmer mit ihrer Heiterkeit und lief rings umher mit einer so wunderbaren Anmut der Bewegungen, daß von ihr jener besternte Reichtum von Azur und Gold auszugehen schien, wie wenn der Pfau sein stahlblaues Rad schlägt.
«Ich erkenne alles wieder! Ich erkenne alles wieder! Hatte ich nicht in diesen Wandschränken meine schönsten Gewänder? Waren meine Truhen nicht mit kirschrotem Samt ausgeschlagen?»
Sie hatte in einer Ecke auf dem bloßen Holz einen Überrest des kostbaren Stoffes entdeckt.
«Hatte ich nicht hier meine Brokate verwahrt, meine Seidenstoffe, meine Zeuge?»
«Isabella ... Isabella ...»

Aldo las wieder den Namen auf den Tafeln, die der Mäander von Ölbaumholz verband.
«Du warst damals schon die eleganteste Dame Italiens», fuhr er einschmeichelnd wie immer fort. «Heut hast du Luisa Merati zur Rivalin, Ottavia Santeverino, Doretta Ladini. Damals war es Beatrice Sforza, Renata d'Este, Lucrezia Borgia. Die Markgräfin von Cotrone bat dich damals durch einen Boten um das Modell zu einer Haube, wie heute Giacinta Cesi einen Mantel bei dir holen läßt. Was waren gegen den einen die großen Brautschätze der Ippolita Sforza, der Bianca Maria Sforza, der Leonora von Aragon? Nur diese Beatrice war dir wirklich ein Stachel im Herzen. Sie hatte vierundachtzig neue Kleider machen lassen in zwei Jahren. Du brachtest es letztes Jahr auf dreiundneunzig. Die Borgia brachte bei ihrer Vermählung mit Alfonso zweihundert wundervolle Hemden mit! Du übertrafst sie alle. Du beauftragtest deine Korrespondenten in Mailand und Ferrara, dir genaueste Nachricht über Toiletten und Wäsche der beiden Herzoginnen zu geben, um nie hinter ihnen zurückzustehen. Damals schon warst du Erfinderin neuer Trachten. Du führtest die Mode. Nach Rom brachtest du die erste Equipage. Du hattest ein fieberhaftes Verlangen nach neuer Eleganz. Damals schon liebtest du die Smaragde und du brachtest es dahin, den schönsten seiner Zeit zu besitzen. In Venedig, in Mailand, in Ferrara hattest du Agenten bei den Goldschmieden. Es war dir nicht genug, die schönsten Juwelen zu besitzen, du wolltest sie auch in vollendeter Fassung haben. Ringe, Halsbänder, Gürtel, Knöpfe, Armspangen, Ketten und Siegel. Der Goldschmied, den du vor allen bevorzugtest, war jener

getaufte Jude mit Namen Ercole de Fedeli, der unvergleichliche Arbeiten in Niello und Ziselierung ausführte, darunter wahrscheinlich den berühmten Degen des Cesare Borgia und den Kameo der fünf Göttinnen des Markgrafen von Mantua, der jetzt im Louvre ist.»
Es war, als hätte er vierhundert Jahre alten Wein aus einem der goldbeschlagenen Gefäße von Chalcedon oder Jaspis getrunken, die die Prinzessin von Este zu Hunderten in den Schränken der Corte Vecchia gesammelt hatte. Er war trunken von Vergangenheit, aber er empfand ein fast perverses Vergnügen, die lebenden Dinge mit den toten zu vermengen, die gegenwärtige Eleganz und die vergangene in eins zu verschmelzen und im intimsten Leben der beiden Frauen zu wühlen.
«Erinnere mich noch weiter!» sagte sie, um ihn anzufeuern, als erzähle er ihr nicht Neuerfundenes, sondern rufe ihr Altes ins Gedächtnis zurück.
«Die Herzogin von Camerino, Catherina Cibo, ließ in Mantua ihre Gewänder unter deiner Aufsicht anfertigen, ganz wie heute Giacinta Cesi, die nicht zur Schneiderin geht, wenn du nicht mitkommst.»
«Noch mehr!»
«Auf deiner Reise nach Frankreich fanden deine Gewänder einstimmige Bewunderung, wie jetzt die Frauen von Paris dich mit den Augen verschlingen, wenn du aus einem der Theater kommst oder einen eleganten Salon betrittst. Franz I. erbat sich sogar von dir ein paar Gewänder für seine Frauen. Und Lucrezia Borgia, deine Rivalin, mußte sich an dich wenden, um einen Fächer mit goldenen Stäbchen und schwarzen Straußenfedern zu bekommen, nachdem sie vergeblich versucht hatte,

deine turbanartige Kopftracht nachzuahmen, die du auf dem Porträt von Tizian trägst.»

«Hatte ich braunes Haar wie jetzt?»

«Braun, mit starken blonden Lichtern. Und während du sie damals zu einem Turban aufzubauschen liebtest, flichst du sie jetzt in zwei Strähnen und legst sie rundherum, steckst sie mit Haarnadeln fest und machst dir einen kleinen Kopf, der mir viel, viel besser gefällt.»

«Hatte ich schöne Hände?»

«Die deinen jetzt sind schöner. Sie sind schlanker und länger. Die rechte Hand auf dem Bilde des Vecello, mit dem Ring am Zeigefinger, hat feine Finger, aber die Hand selbst ist etwas zu voll. Um deine Hände zu pflegen, suchtest du überall nach den schärfsten und feinsten Scheren und nach den feinsten Nagelfeilen. Und deine Handschuhe bezogst du aus Ocagna und Valencia, wo die weichsten der Welt gemacht wurden und die am schönsten rochen.»

«Ich liebte wohl auch damals die Parfüme?»

«Sie waren deine Leidenschaft. Du mischtest sie selbst. Dein Ehrgeiz stand nach dem Namen einer ‹perfecta perfumera›. Deine ‹Mischung› war von einem unübertrefflichen Wohlgeruch. Alle flehten um das Gnadengeschenk eines kleinen Flakons davon. Du machtest dein Parfüm Königen zum Geschenk, Königinnen, Kardinälen, Fürsten und Dichtern. Und Federigo schrieb dir aus Frankreich nie um Geld, ohne dich gleichzeitig auch um Parfüme zu bitten, und das eine, glaube ich, so oft wie das andere.»

«Da warst du also wohl Federigo damals? Ich erkenne dich wieder.»

Sie lachten beide laut, nahmen sich bei den Händen und sahen sich in die leuchtenden Augen.

«Aber du schicktest oft anstatt Geld nur ein kleines Fläschchen, denn du warst voll Schulden.»

«Aber nein!»

«Gewiß, gewiß! Schulden bis über die Ohren! Du ersticktest in Schulden.»

«Federigo!»

«Du hattest immer eine tolle Lust, alles einzukaufen, was dir gefiel, und dann konntest du's nicht zahlen. Deshalb Schulden über Schulden.»

«Ist nicht wahr!»

«Bis zum Papst hinauf, und dann beim Sermoneta, beim Chigi ... alles weiß ich. Da existiert noch dein Brief an den Trissino: ‹Miseria extrema di dinari ...›»

«Federigo saugte an mir.»

«... per non haver ancora restituiti molti ducati tolti in prestito ...»

«Federigo!»

«Du pflegtest deinen Schmuck zu versetzen.»

Sie lachten wie Gassenjungen, mit einer unwiderstehlichen Fröhlichkeit, die den Traum durchbrach, mit einem verschlagenen Ausdruck im Winkel des Auges, als wären sie ganz unter sich und dächten nicht an die beiden, die ihnen von der Nische des Fensters aus wie ein paar Schauspielern zuschauten.

«Und dann die Masken! die Masken!»

«Was für Masken?»

«Wie liebtest du die Masken! In Ferrara stellte man sie zu Hunderten her; hundert schenktest du allein dem Valentino, hundert Masken dem Cesare Borgia.»

«Wie mir das gefällt!» sagte Isabella mit einem plötzlichen Umschlag im Ton. Denn sie spürte die Feindlichkeit der beiden Zuschauer und war von neuem gerüstet, weh zu tun.

«Ob ich hier in den Schränken noch eine finde?»

«Eine alte Maske, ein altes Gewand, eine alte Kette. Mach auf, mach auf!»

Sie machte auf. Der traurige Geruch ließ sie zurücktreten. «Alles voll von Spinnweben», sagte sie und schloß wieder zu.

«Das sind gewiß die wunderbaren Gewebe jener griechischen Sklavin, die du von Constanza Avalos erhalten hattest.»

Und dies war das letzte Lächeln in diesem Spiel, denn aus dem Schrank, den sie geöffnet, hatte sich ein Hauch von Melancholie verbreitet.

«Gehen wir! Gehen wir!» Sie ging durch die kleine Marmortür zurück, zurück durch das Gemach, das aussah wie ein vergoldeter Klavizimbelkasten ohne Tastatur, und stieg dann die Treppe mit den dreizehn Stufen hinab. Die anderen folgten ihr schweigend. Ihre Schritte hallten in einem langen, weißen Gang. Dann noch eine Treppe hinunter, dann durch das Dunkel eines Saals mit muschelförmigen Nischen rings an den Wänden und grünlich wie eine Meeresgrotte. Dann ächzte eine Pforte in verrosteten Angeln, und das ganze Silber des Abends strahlte im Türausschnitt durch ein großes, zerrissenes Spinnennetz. Auf dem Stein lagen eine schwärzliche Fledermaus und eine graue Lazerte, und die eine schoß weg, und die andere flatterte davon, daß es aussah, als hätten die Fetzen von Spinnweben plötzlich Leben bekommen.

«Beginnt der Zauber immer von neuem?» flüsterte der Jüngling und trat mit einem tiefen Atemzug auf die offene Loggia hinaus.
Alle atmeten sie empor zum Himmel Virgils und empfingen den unendlichen Frieden in der erregten Brust.
«Tag ohne Ende...»
Ein kühler Atem stieg von den Weiden, dem Rohr und dem Schilf, nahe wie der Atem aus einem Mund, der eben in großen Zügen eiskaltes Quellwasser getrunken und noch nicht abgetrocknet ist.
«Was werden wir tun? Was werden wir tun?»
Sie standen jetzt alle vier in einer vergitterten Nische, die aufs Wasser hinausging. Hinter ihnen lag schweigend und verlassen der weite, grasige Hof der alten Turniere, umgeben von Loggien mit gewundenen Säulen, die einst das Gewieher der Barbaresken vernommen hatten. Vor ihnen dehnte sich eine erhabene Reinheit aus, wie in einer Welt, die keinen Schatten kannte.
«Siehst du nicht, Schwester? Siehst du nicht?»
Eine grundlose Angst zog das Herz des jungen Menschen zusammen und dehnte es dann plötzlich mit maßlosem Sturm, als brächen Scharen von eisernen Reitern aus seinen Tiefen und galoppierten über die ganze Erde.
«Isa, deine Hände sind wie vom wunderbarsten Marmor!»
Und wunderbar hoben sich vom Rost des Gitters die beiden bloßen Hände, wie poliert in den Gelenken und in der Tat wie von Marmor, als sei das Blut des Lebens aus ihnen gewichen, als hätte sie eine göttliche Kunst verklärt. Sie stand da, ein lebendiges Geschöpf, bebend und atmend von Traurigkeit, von Sehnsucht, von Erinne-

rung, von Furcht und Verheißung, und mit den Händen einer Statue.
«Tut dir der Stich noch weh?»
«Er brennt noch ein wenig.»
«Zwei Wunden hast du jetzt schon. Mache dich auf die dritte gefaßt!»
Die Hand von Marmor wies mit einer bittenden Gebärde auf die Schönheit des blassen Abends. Dann berührte sie leicht, leicht mit dem Rücken die Lippe, die nicht mehr blutete. Das verzweifelte Schrillen der Schwalben klang über dem reglosen Silber. Das brüderliche Haupt neigte sich nach der Schulter der geliebten Schwester. Er erwartete ein Geschenk, das er noch nicht empfangen hatte, und wußte nicht, was für eins. Die Stimme seiner Seele war ein einziges hohes Trauerlied, wenn sie sich auch in kleinen Worten ausgab.
«Was werden wir anfangen? Jetzt sperrt ihr mich dann bald in ein Hotelzimmer, da unten, nicht wahr? Aber ich will nicht schlafen gehen.»
Paolo Tarsis beobachtete dies Gesicht, das an einen jungen, gefallenen Gott erinnerte und das die Leiden der Sterblichen so wild bedrängten. Die Bitterkeit seiner fünfunddreißig Jahre voll Härte und Erfahrung verstärkte sich beim Anblick dieser jungen Grazie, ruhelos wie fiebernde Genesung. Und jede Bewegung des jungen Menschen gegen seine Schwester füllte ihn mit einem unbestimmten Schmerzgefühl.
«Komm mit mir aufs Feld», sagte er, «wir werden den Tag erwarten.»
«Unter einem Flügel deiner Maschine?»
«Vor Tagesanbruch mache ich einen Probeflug. Die Zeit

der ersten Sterne und der letzten ist die beste für diese neue Kunst.»

Aldo sah nicht nach ihm hin, sondern blickte, den Kopf an der Schulter der Schwester, unverrückt in den Himmel Virgils hinein. Alles war von einer Reinheit wie die göttlichste Ekloge. Kein Hauch berührte die Spitzen des Rohrs, die Kolben des Schilfs, die Blüten des Mohns, den Spiegel des Wassers. Einzig der Chor der Frösche verbreitete Bewegung in der Form von Rhythmus, ähnlich den Schwingungen der Weiße ringsumher.

«Welchen Himmel kann man Firmament nennen, wenn nicht den hier? Heute nacht könntest du ins Unendliche fliegen. Ah, laß mich es lernen!»

Ganz in Träumen wandte er sich um und sah Tarsis an: er sah an seinem Schädel die Knochenform des kühnen Willens, sein galliges Gesicht, abgezehrt von der fiebernden Gier nach Sieg, das blitzende Auge des Eroberers, die scharfen Kanten des Kinns, die zum Spalten von Widerständen geschaffen erschienen wie Keile, und die starken Kiefer, die zum Gegensatz den roten fleischigen Mund trugen wie eine weiche Frucht in einer Zange von Stahl. Und ein plötzlicher Schrekken befiel ihn: dieser hier war kein Freund und kein Lehrer für ihn.

«Gewiß sollst du's lernen», sagte Paolo Tarsis mit einem Ton von Nachgiebigkeit wie gegen ein Kind, das sein Spielzeug verlangt... und lächelte.

Dunkel umhüllte mit einmal die Augen des Träumers, ein verworrenes Dröhnen erfüllte sein Ohr, und das Herz klopfte ihm im Hals: er hatte im Munde Paolo

Tarsis' zwischen zwei Zähnen ein kleines Rinnsel Blut entdeckt und eine leichte blasse Quetschung an der im Lächeln entblößten Lippe.

«Aldo, was ist dir?» fragte Vana; «wie blaß bist du auf einmal?»

Das Bild des wilden Kusses entstand in blitzartiger Eingebung in ihm.

«Sehe ich blaß aus? Es ist das Licht. Ihr seht gerade so aus.»

Es gelang ihm nicht, seines blinden Entsetzens Herr zu werden. Die Gelenke gaben ihm nach wie unter einem panischen Schrecken. Er lehnte sich über die Brüstung, es war ihm, als klänge der Schlag seines Pulses auf dem Eisen, wie der Hammer auf dem Amboß. Die irren Schwalbenschwärme hatten sich entfernt und verloren sich drüben am Rande des Wassers. Er hörte sie jetzt gegen die Loggia zurückkommen, wie eine zerstörende, brausende Gewalt, die ihn mit sich reißen würde. In den Augenblicken der Erwartung sah er im Geist die fernsten Dinge seiner Kindheit. Dann brach der verzweifelte Sturm durch seine gequälte Seele.

«Fahr wohl! Fahr wohl!» wiederholte er in seinem Innern, ohne zu wissen, wie das Wort sich in ihm formte und sich von seinem Herzen löste. Es war nur wie ein innerlicher Schmerzlaut, ähnlich dem dumpfen, unartikulierten, den die Tortur dem gemarterten Fleische entringt.

«Fahr wohl! Fahr wohl!»

Er raffte ein bißchen Kraft zusammen, um seine Züge etwas in Ordnung zu bringen, und um die Verstellung zu verbergen. Dann stand er auf und drehte sich um, wie um die verlassene Trauer des bewachsenen Hofs zu betrachten, machte ein paar unbemerkte Schritte gegen die Tür, die sich mit Dunkel füllte. Er fühlte sein Inneres schwer von verhaltenem Weinen. Ein wahnsinniges Verlangen zu fliehen packte ihn und trieb ihn zwischen unbekannten Mauern von Schwelle zu Schwelle, von Gang zu Gang, von Saal zu Saal, durch die unwiderrufliche Verwüstung. Erst lief er keuchend, mit einem Schleier über den Augen, wie einer, dessen Kleider brennen und der im Luftzug der Flucht die Glut noch mehr entfacht. Dann erstanden die überlebenden Gestalten in diesem ungeheuren Verfalle aus dem Dunkel wieder und fielen ihn an und wuchsen riesenhaft unter seinem Schmerz. Die Verrenkungen der großen, rötlichen Leiber an den schlachtenbedeckten Wänden waren wie das Fieber seines Wahnsinns. Die Breschen und Spalten und Schutthaufen waren wie Trümmer seines eigenen Zusammenbruchs, und alles Gold, das an den Skulpturen über ihm hing und bröckelte, erschien ihm wie der Untergang seines reichen Traums.

Und er lief und lief, von Schwelle zu Schwelle, von Gang zu Gang, von Saal zu Saal, in der unrettbaren Verwüstung. Und von Zeit zu Zeit, wie im Wehen eines Windhauchs, drang das Lied der Frösche zu ihm, das hartnäckige Schrillen der Schwalben, das Geläut des Englischen Grußes und das Stöhnen seiner eigenen Seele. «Fahr wohl! Fahr wohl!»

Das Dunkel drang nicht durch die Fenster herein, sondern entstand im Innern, stieg aus jeder Höhlung, erfüllte alle Tiefen, häufte sich wie eine trübe Asche, drängte sich zusammen wie eine schweigende Menge. Eine Tür erschien voller Drohungen, eine Treppe voll von Schrecknissen, ein Gang wie ein Abgrund.

«Isabella! Isabella!»

Der Name hallte wider wie in einer Höhle.

«Isabella!»

Verloren in der Wirrnis des zerfallenen Palastes, irrte er über geborstene Fußböden, stieß gegen herabgestürzte Deckenbalken, fand die Ausgänge, indem er nach den kalten Türpfosten tastete, erschauerte bis ins Mark, wenn er sich unbekannten Dingen und Formen näherte, und mehr als alle Schrecknisse lebte in seinen Augen die Vorstellung des wilden Kusses, das Bild der blutenden Wollust, in Unterbrechungen aufleuchtend und blendend wie Lichterscheinungen in kranken Augen. Vielleicht war er an der Stelle vorbeigegangen, vielleicht ging er eben an der Stelle vorbei, wo die grausamen Lippen sich vereinigt hatten. Und das Meer des Weinens schlug hohe Wellen ganz oben in seiner schmächtigen Brust, ganz oben in seiner unbegrenzten Seele. Und um das Schluchzen zurückzudrängen, wiederholte er immer den einen Namen, der vorhin im Spiel leicht geklungen hatte, wie die aufspringenden Perlen eines gelösten Halsbandes.

«Isabella!»

«Aldo, Aldo, wo bleibst du? Hast du dich verirrt?»

Er fuhr zusammen beim Klang der angsterfüllten Stimme, drehte sich um und sah am Ende des düsteren Ganges etwas Dunkles im Dunkel.

«O Vana!»

Und sie eilten aufeinander zu und sagten kein Wort, denn beide strömten sie von Weinen über. Sie waren allein, und nichts war hörbar als der vorsichtige Schritt des

Alten. Und sie sahen sich nicht an, sondern fielen sich nur verzweifelt in die Arme.

Da mit einem Male erwachte in den Stämmen Italiens die Erinnerung an jenes erste Flügelpaar, das ins Griechische Meer gestürzt, an die ikarischen Flügel, aus Haselruten gefertigt, mit Rindersehnen verbunden, mit Geierfedern beschwingt. ‹Un' ala sul mare è solitaria!› erscholl der Ruf des Dichters auf der Wacht.

‹Chi la raccoglierà? Chi con più forte
Lega saprà rigiugnere le penne
Sparse per ritentare il folle volo?›

Und mit einem Male gedachten sie des Niflungentraumes, der schon über der Wiege Leonardos geschwebt, des neuen Dädalus, des Bildners von Kunstwerken und Maschinen, des neuen Prometheus ohne Fesselung. Und wie sieghaftes Wetterleuchten erschienen auf den Ebenen, Hügeln und Seen Italiens neue Menschenflügel, vom Blut des Wagnisses gerötet, zerschmettert wie die Glieder der Kühnen, zerfetzt wie ihre Leiber, reglos wie der Tod, unsterblich wie in der Seele der Menschen die Gier zu fliegen.

Ein Barbar des Nordens hatte den Schatten des Ikarus beschworen, hatte den Rippen von Rohr die lebendige Kurve gegeben, das leichte Gerüste mit leichtestem Stoff bespannt, hatte auf den Wind gelauscht und auf das Wort des Großen: ‹Nichts fehlt dem Menschen als die Seele des Vogels, und diese Seele mache er sich zu eigen in seinem eignen Geist.› Er hatte sie sich zu eigen gemacht und schwang sich nun mit seiner eignen bewußten Kraft in die Lüfte, flog jeden Tag länger, jeden Tag höher, stürzte zuletzt und zeichnete mit seinem Blut den herben märkischen Boden, wie der mythische Athener den Azur des Griechenmeers mit seinem Namen gestempelt.

Jünger waren erstanden, hatten die Trümmer gesammelt und das Flugzeug verdoppelt, hatten sich mit ihrem Traum in einsame Heiden zurückgezogen, in Sand und Dünen, und von neuem war Blut über Gerüst und Leinwand geflossen. Endlich – in der großen, ruhigen Brise des Atlant, nicht im lichten Westwind des Mittelmeers – erhob sich und wuchs die Hoffnung des Sieges über die Höhlung des Himmels. An einem rauhen Wintermorgen, über nackten Dünen und im Anblick einer Bucht, die sich zum Ozean öffnete, war das Wunder geschehen. Zwei schweigsame Brüder, Söhne des friedlichen Ohio, unermüdlich in Versuchen und Wiederversuchen, hatten ihr Fahrzeug mit der Kraft von zwei Schrauben ausgerüstet.

Jetzt schickten auch die Italiker sich zum Wettkampf an. Das neue Fahrzeug schien den Menschen über sein Geschick zu erheben, schien ihm nicht nur ein neues Reich, nein, auch einen sechsten Sinn zu verleihen. Wie die schnellen Wagen von Stahl und Feuer Zeit und Raum verzehrt hatten, triumphierten jetzt die dädalischen Flügel über beide Mächte und über die Schwere selbst. Die Natur senkte eine ihrer Schranken nach der andern. Der Dämon des Wettkampfes lockte den Kämpfer an die schauerlichsten Abgründe. Wie einst ganz Hellas zum Kampf um den Olivenkranz strömte, ward der Sommer jetzt wieder den Kämpfern heilig. Der Mensch schickte sich an, gegen den Wind und gegen den Mitstreiter in der Luft zu kämpfen, nicht mehr mit dem Diskus aus Erz, sondern mit den Flügeln aus Linnen. Der Himmel, der sich über die Ebene wölbte, war ein einziges ungeheures Stadion, umrahmt von Wolken, von Bergen und Hainen. Die Menge strömte zum Schauspiel wie zur Verklärung des ganzen Menschengeschlechts. Die Gefahr ward zum Pol des hohen Lebens. Alle Stirnen richteten sich zur Höhe. Das Flugfeld hatte in seinem Aussehen etwas von einem Arsenal oder einer Zitadelle. In langer Reihe standen die hölzernen Hangars, und ihre nach beiden Seiten abfallenden Dächer erinnerten an die Werftschuppen, in denen in alter Zeit die Galeeren abgetakelt und repariert wurden. An den Masten, auf den pyramidenförmigen Pylonen, auf den Beobachtungstürmen flatterten Banner und bunte Wimpel wie bei einer großen Flaggenparade. Und wie die Banner der alten zünftischen Kompagnien war die Front der Schuppen lustig bemalt: mit den Nationalfarben der Konkurrenten, den Emblemen der Fabriken, den Namen der Flieger.

Inmitten dieser provisorischen Bauten ein Bild der Ewigkeit, zwischen all der kunstlosen Architektur aus nacktem Holz ein Gleichnis vollkommener Schöne, erhob sich mitten im Feld auf einer römischen Säule das Standbild der Viktoria. Aus dem trüben Kerker des Museums, voll von Altären, Plinthen und Amphoren, war sie über verlassene, grasbewachsene Stufen ans Licht gestiegen und aufs freie Feld gefahren, nicht auf ihrer alten Quadriga, nein, auf einem einfachen bäuerlichen Karren, den sechs starke lombardische Ochsen über die Straße zogen, die zum Geburtsort Virgils führt. Das begeisterte

Volk hatte sie geleitet. Jetzt stand sie auf dem korinthischen Kapitell mit verwitterten Akanthen lebendig im Blau, wie zur Zeit, als ihr junges Haupt und ihre starken Schultern und die Spitzen ihrer adlergleichen Flügel den Tempel des Flavius Vespasianus krönten. Grünlich wie das Blatt des Lorbeers, gräulich wie das Laub des Ölbaums stand sie auf der schlanken, kannelierten Säule, mit der ewigen geheimnisvollen Geste ihrer fingerlosen Hände, an denen noch ein letzter Rest cäsarischen Goldes glänzte.

Die modernen Kämpfer wußten nichts von ihr, sahen ohne Schauer zu ihr hin, fürchteten sie nur als ein Hindernis, das es zu vermeiden galt. Sie hatten alle nur Augen für den Signalmast und die Flaggenzeichen.

«Wie steht das Windsignal?» fragte Paolo Tarsis, der über seine Maschine gebückt die Spanndrähte prüfte, während sein erster Mechaniker eben mit der *mise au point* des Motors fertig wurde und mit prüfendem Ohr die siebenfache Explosion überhörte.

«Über zehn Sekundenmeter», antwortete Giulio Cambiaso und sah nach dem Signalmast, an dem die weiße runde Scheibe neben den beiden roten und schwarzen Quadraten aufgezogen wurde. «Es wird nicht geflogen.»

Man hörte draußen vor der Umzäunung das Lärmen der ungeduldigen Menge.

«Riskieren wirs?» sagte Paolo Tarsis.

Er trat unter die Öffnung der Halle, sah nach den Bewegungen der Wimpel an den Masten, musterte den Horizont mit dem Blick des Jägers oder des Seemanns. Es blies aus Westsüdwest über das Feld. Der Himmel war pompös, wie die Himmel auf alten Seeschlachten, wo die

Wolkenberge nicht weniger heroische Formen annehmen als die Buge der Schiffe und die wehenden Standarten. Unter großen, strahlenden Kumuluswolken dunkelte das Blau der Berge um den Gardasee, ganz in der Ferne nahmen die weichen Höhenwellen den Charakter einer Meerlandschaft an. Silbern lief ein endloser Zug von Pappeln gegen Ghedi. Der ungeheure Luftraum lag stumm und verlassen: kein Flügelschlag, kein Vogelruf. Alles wartete auf den Flug der Menschen.

«Der Wind läßt nach», sagte Paolo; «ich will heute versuchen, den Rekord Edgar Howlands zu brechen.»

«Ich auch», sagte Giulio Cambiaso. Sie schauten sich lächelnd in die freien, offenen Augen, voll Wetteifer und doch brüderlich. Ihre Freundschaft stammte schon aus jungen Jahren; auf dem Deck eines Schlachtschiffes war sie geschlossen worden, in den ersten Dienstjahren, als sie noch mit jedem Frühjahr den Augenblick erwarteten, in dem die Mündung der Geschütze in den Panzertürmen sich auf ein anderes Ziel richten würde als die Scheiben auf der Reede von Gaeta. Dann hatte sie sich im Höllenraum der Unterseeboote gefestigt, im hermetisch verschlossenen Raum, in dem für jeden Mann nicht mehr Platz ist als der Platz zum Manövrieren und zum Gefecht: im Rauch verbrannten Öls, im Dunst von Naphtha, im Gemisch von Wasserstoff und Sauerstoff, das die Akkumulatoren ausströmten, in der beständigen Explosionsgefahr, in der plötzlichen Finsternis infolge eines Kurzschlusses, im ewigen Kampf gegen die Schlafwirkung der Kohlengase, im Schweigen der Stunden, lang wie Tage, das Auge fest auf die Zeiger der Kontrollapparate geheftet, das Ohr gespannt auf die metallene Sprache der Meßinstrumente und der Steuerung lauschend. Damals hatten sie beide angefangen, sich den Orientierungssinn in der dritten Dimension zu erwerben, im Handhaben der Tiefensteuer und im fortwährenden Korrigieren der Längsstabilität, die beim geringsten Versagen das Boot aufrichtet und mit dem Schnabel aus dem Wasser drängt oder bugvornab in die Tiefe schießen läßt. Als ihnen die äußere Disziplin unerträglich wurde, hatten sie gleichzeitig ihre Entlassung aus dem Dienst genommen. Sie reisten zusammen jahrelang im äußersten Osten, durchquerten Korea, China und die Mongolei, der Großen Mauer folgend über Berge, Flüsse und Steppen. Dann kamen sie über die Philippinen, den Zulu-Archipel und Australien, über Tasmania, Britisch-Indien und Arabien nach Ägypten. Sie hatten Körper und Geist daran gewöhnt, das Letzte herzugeben, hatten ihre Haut gegen Kälte und Hitze abgehärtet, indem sie in der gleichen leichten Kleidung dem koreanischen Winter und dem tropischen Feuer von Mindanao trotzten. Ohne Nahrung hatten sie einen viertägigen Marsch von hundertunddreißig Meilen im wüsten Altai ertragen, auf der Insel Negros achtzig Meilen in zweiunddreißig Stunden zu Fuß zurückgelegt, um noch ein spanisches Boot zu erreichen, das erst nach sechs Wochen zurückgekehrt wäre. Achtzehn Stunden von vierundzwanzig waren sie in der Steppe zu Pferd gewesen, ohne zu ermüden. Von Abenteuer zu Abenteuer, von Kampf zu Kampf hatten sie sich jene Gewandtheit erworben, die die Kräfte durch die Meisterschaft in ihrer Anwendung verzehnfacht, unterstützt von genauester Kenntnis der Anatomie des Körpers beim Placieren des Schlags. Der eine von ihnen hatte es fertiggebracht, einen außerordentlich schweren Steinblock in einem indischen Tempel zu heben, und dies nur durch eine besondere Technik der Balance. Seine Hände hatte er zu solcher Biegsamkeit trainiert, daß es ihm in Luzon, wo er gefesselt gehalten wurde, gelang, sie aus den Eisenringen herauszuziehen. Dabei waren sie so stark, daß er mit dem Fingerabdruck eine Pression von achtundneunzig englischen Pfund auf dem Meßapparat erzielte und den stärksten Vorderarm zu brechen vermochte.

Eines Tages stießen sie zufällig in Kairo in der Nähe eines Schlachthauses auf einen eigentümlichen Menschen, mit einem leichten Leinenturban um den Kopf, der ohne zu zucken mit bloßen Augen starr in den leuchtenden Himmel emporsah, als hätte er noch das dritte Lid über den Augen, und den Flug der Raben, der Gabelweihen und der Geier verfolgte, die hoch oben kreisten. War es ein wahnsinniger Augur? Es war ein Ornithologe, der alles daransetzte, um den Raubvögeln das Geheimnis des Segelflugs zu entreißen. Sein Name war Leon Dorne. Für einige Zeit halten sie ihn als erfahrenen und begeisterten Helfer in ihrem Ringen um einen neuen Traum. Und so begannen sie das statische Gefühl für die Dreidimensionalität, das sie im Unterwasserboot sich angeeignet, auf das Reich der Luft anzuwenden. Kaum in die Heimat zurückgekehrt, machten sie sich mit leidenschaftlicher Ausdauer an das große Werk.

Im Anfang waren die Apparate, die sie sich erbauten, einfach – wahrhaftig dädalisch einfach – und ohne motorische Kraftquelle, ähnlich denen, die die ersten Erfinder bei ihren ersten Versuchen verwandt hatten, ohne jedes Hilfsmittel als die Tragfähigkeit der Luft, ohne jede andere

Steuerung als die instinktive Bewegung des Körpers, der sich ihnen anvertraute. Zu ihren Übungen im Segelflug hatten sie sich die Terrasse von Ardea im alten Latium ausgesucht, diesen künstlich behauenen Tuffelsen, die italische Burg des Turnus, die den Namen des Vogels trägt, der am höchsten fliegt.*

Was für ein Ort hätte besser für ihr verwegenes Unternehmen gepaßt? Kraft und Größe spricht aus jeder Mauer der uralten Stadt, Siedlung einer kleinen Schar von Argivern, die der Südsturm an diese Küste verschlagen. Das Tal des Incastro ist wie eine Muschel voll des gleichen Schweigens, das die ausgehöhlten Gräber der alten Rutuler füllt. Der Kranz der Berge, von denen Aricias bis zu denen von Lanuvium, von den Albanischen bis zu denen von Velletri, ist wie ein Ring zu Stein gewordener Mythen. Im epischen Lichte weben die Geister der verschollenen Völker. Die geborstenen Massen hält noch das Wort Virgils zusammen: ‹Et nunc magnum manet Ardea nomen›.

Hier hatten die beiden Freunde mehr als irgendwo anders auf der Erde empfunden, ein wie fröhlicher Tagelöhner der Tod ist.

Nach immer neuen Versuchen hatten sie schließlich eine leichte und starke Maschine erbaut, deren Schatten dem des Reihers gleich. Und der Name ‹Ardea› war ihr geblieben. Und im Namen die Vorbedeutung des Fluges über den Wolken.

Diese erste Maschine und daneben eine zweite, vollkommen gleiche, standen jetzt im Schuppen und warteten auf den Führer.

* Ardea lat. = Reiher.

«Wir startem am besten, ehe das kleine Geflügel den Anlaufplatz überschwemmt», sagte Paolo Tarsis mit einer Anspielung auf die zahllosen knatternden Gestelle, die nie vom Boden loskommen konnten.

«Weißt du schon», sagte Giulio Cambiaso lachend, «daß der schwarze Boxerkönig Sam Mac Vea sich auch schon dem Flugsport widmen will?»

«Ja, und der Jockei O'Neil.»

«Shrubb, der Dauerläufer.»

«Der Radrennfahrer Mazan.»

«Der Schwimmer Geo Read.»

«De Koning, der Schlittschuhchampion.»

«Der baskische Pelotaspieler Chignito de Cambo!»

Und sie lachten beide mit ihrem starken, einmütigen Lachen, mit dem sie sich oft die Stunden der Ruhe hinter einer Hürde oder unter dem Zelt erheitert hatten, mit jenem besonderen Lachen, das sie nie im Verkehr mit anderen brauchten; denn es war ein Ausdruck ihrer Gemeinsamkeit und des gemeinsamen verächtlichen Stolzes, mit dem sie Menschen und Ereignisse beurteilten. In ihnen lebte schon der Hochmut der kleinen Aristokratie, die sich in der Masse der herzugelaufenen Flieger zu bilden begann.

«Hast du Adolfo Pados Ornitoptere gesehen?»

«Und den Zwanzigdecker von Guido Longhi?»

Die neuen Schuppen bargen in ihrem Inneren die verschiedenartigsten Ungeheuer, aus dem verschiedenartigsten Material und nach den verschiedenartigsten Prinzipien konstruiert. Zwischen den großen Vorhängen aus Segeltuch, die im Luftstrom der Schrauben flatterten, zeigten sich zuweilen die seltsamen Formen dieser schimärischen Gebilde ohne Schönheit und ohne Leben, aus hartnäckigen Wahnideen hervorgegangen oder aus der Einbildung eines Unwissenden und jetzt erbarmungslos dazu verdammt, nur Staub aufzuwirbeln und den Rasen zu furchen: gekrümmte, spitze Schwingen, die sich mit einem Ton wie von rostigen Türangeln auf und ab bewegten, Konglomerate von viereckigen Zellen, wie ein Haufen von Schachteln ohne Boden, leichte Tragkörper, die von enormen Aufbauten erdrückt wurden, lange eiserne Wellen mit großen Kreisen aus leinwandbespannten Stäben an jedem Ende, ähnlich den Schaufelrädern einer Schiffsmühle, Gebilde aus Stangen und Fächern, ähnlich den tragbaren Ventilatoren, die in tropischen Ländern zur Kühlung der Zimmer dienen, komplizierte Gewirre von Spanndrähten, Stützen, Langhölzern, Röhren, Spieren und Bügeln, alle erdenkbaren Verbindungen von Holz, Metall und Leinwand, aber keine Möglichkeit zu fliegen.

Und jede Maschine trug wieder in ihrem Innern ihren Erbauer, wie das Spinngewebe in sich seine Spinne trägt. Über oder unter den Flugflächen saßen sie zwischen granatenförmigen Reservoirs, hinter der Schraube oder hinter dem Bienenkorbkühler, bald frei, bald hinter Windfängen, bald überlegen, bald unterlegen. Und jeder dieser Menschen erschien als der Gefangene des Ungeheuers, das er erzeugt.

Da handhabte einer mit den unablässigen Bewegungen eines Irren seinen Steuerhebel und drehte sich unablässig nach hinten, um die Wirkung zu beobachten. Dort saß einer, glatt rasiert, rundlich, mit roten Backen, und lachte stillvergnügt, die schweren Füße auf den Pedalen, fest überzeugt, sein fetter Körper werde nun zu den Sternen fliegen. Da saß ein anderer, hager und durchgeistigt, wie ein Asket, wie vor dem Webstuhl der Phantasie, und schien seinen Traum ohne Ende weiterzuweben. Ein anderer, verbittert und düster, schäumte vor innerer Wut über das leblose Gebilde, das ihn jetzt nach zehnjährigen Mühen enttäuschte. Ein anderer wieder erschien bleich und sanft, wie ein Verwundeter auf der Bahre, und schüttelte nur von Zeit zu Zeit entmutigt den Kopf. Wieder ein anderer mit einem Stiernacken und hervortretenden Halsadern füllte die Pausen, in denen sein Motor aussetzte, mit lauten Flüchen.

Von Schuppen zu Schuppen wechselte Tragik und Lächerlichkeit wie im Gang eines Irrenhauses.

«Trotz allem», sagte Giulio Cambiaso, «diese Ikarusse sind mir noch lieber als die bezahlten Söldner da, mit ihren Landsknechthosen, der lederen Sturmhaube und der ewigen Zigarette der Verwegenheit im Mund.»

Er meinte die Helden vom Automobil, die professionellen Sieger der großen Rennen, die die neue Maschine einfach als einen erleichterten Rennwagen ansahen, mit drei gefederten Rädern und dem Zusatz einer einfachen oder doppelten Tragfläche. Sie waren von den Fabriken der Flugapparate engagiert und schlugen Geld aus ihren Knochen und aus ihrer professionellen Verwegenheit. Sie hatten schon ihre besondere Kleidung, ihre besonderen Manieren, ihren Jargon, ihr Fliegerlatein, ihre Tricks und ihre Intrigen.

«Was suchst du, Paolo?»

«Nichts!»

«Auf den Tribünen sind heute wieder mehr Federn als im

größten Geflügelhof. Jetzt fängt wieder die Völkerwanderung nach den Hangars an. Die Kommissare haben den Zugang freigegeben.»

«Der Wind dreht. Man zieht die rote Scheibe herunter und die Schwarze hinauf. Sieben bis zehn Meter. Der weiße Wimpel ist gehißt worden.»

«Schade, daß wir nicht daran gedacht haben, ein paar von unseren Schutzvögeln mitzubringen und in Binsenkäfigen am Schuppengebälk aufzuhängen... den Damen und Dämchen zum Zeitvertreib.»

«Du bildest dich zum Weiberhasser aus?»

«Ich scherze nur. Immerhin, es liegt etwas Unheimliches in gewissen Sphinxen, die zwischen leeren Benzinkannen und den Feldbetten der Mechaniker ihr Geheimnis brüten.»

«Geht das auf mich?»

«Aber nicht im Traum! Hast du die Freundin Roger Nèdes beobachtet?»

Sie war in der Tat unheimlich: fast immer im Hintergrunde des rohgezimmerten Schuppens, wie im Dämmer eines üppigen Alkovens, zwischen Stahldrähten und dem Staub, den die Schraube vom rötlichen Boden aufwirbelte, zwischen den Explosionen des laufenden Motors, zwischen den blauen Blusen der Mechaniker, die von Öl und Schweiß glänzten, erschien sie in einer enganliegenden, schlangenhaften Toilette de chez Callot, glatt, parfümiert und lüstern, mit Rot auf den Lippen. Und andere Wesen, die ihr glichen, erschienen überall, wo die Männer sich zum Spiel rüsteten, das leicht ein Spiel mit Blut und Feuer werden konnte, lebensvoll und doch künstlich, verderbt und unergründlich, jetzt nah

wie eine Drohung, jetzt fern wie Larven, ähnlich der einen und alle unter sich ähnlich, in der Maske, in der Haltung, in der Kleidung: und in ihrer Ähnlichkeit untereinander ein Symbol des ungeheuren, unsichtbaren Lasters mit den hundert Köpfen.
Andere Schuppen wieder schienen friedliche Heime mit ehrbaren Ehefrauen, blühenden Kindern, ja mit Ammen und Hauslehrern. Die ganze erregte Familie wachte bei dem Wundervogel, der in ihrem Schoß entstanden war, wischte die Tropfen von der geliebten erfinderischen Stirn, hielt sich mit vielen Fingern die vielen Ohren zu, wenn das Knattern des Motors den Anbeginn des Wunders verkündigte, und überzählte schon im Geiste das Gold, das wohlverdiente Preise bringen sollten.
«Der Wind dreht. Westsüdwest», sagte Paolo Tarsis. «Er kommt jetzt stoßweise. Stoß gegen Stoß, wie? Ich starte. Und du?»
Er hatte von weitem den wiegenden Gang Isabellas erkannt. Eine Bangigkeit, die fast Entsetzen war, befiel ihn. Und ohne sich über den Grund klar werden zu wollen, versuchte er auch jetzt wieder, ein Zusammentreffen der geliebten Frau mit seinem Freunde zu vermeiden.
«Und du, Giulio?»
«Gleich nach dir.»
«Hast du die Schraube ausgewechselt?»
«Ja.»
«Bist du fertig.»
«Ja.»
«Also auf Wiedersehen in der Luft.»
«Ich hoffe, ich werde dich einholen.» Sie gaben sich die

Hand und trennten sich. Jeder ging an sein Werk. Paolo Tarsis eilte dem Freunde nochmals nach, winkte ihm nochmals zu.

Es war, als wollte er sein Herz ganz mit dem Geschenk dieses großen männlichen Gefühls erfüllen, das ihm das rauhe Geschick in dieser Freundschaft beschert hatte.

Fast jede Freundschaft unter Menschen beruht auf Ungleichheit. Wo der eine mehr nimmt, als was er gibt, hat der andere immer die Gebärde des Schenkens und Entsagens, er unterwirft und demütigt sich, ahmt nach und gibt zu, läßt sich tyrannisieren und beschützen. Ihre Freundschaft dagegen war auf zwei Persönlichkeiten von gleichem Wuchs gegründet, auf zwei gleiche Energien, auf ein zwiefaches Gefühl der Unabhängigkeit und eine zwiefache unerschütterliche Treue. Wie oft hatten sie nicht abwechselnd füreinander gewacht in Nächten der Gefahr und die Hand an der Waffe. Und nichts Süßeres und nichts Schwermütigeres als diese Nachtwachen, in denen abwechselnd die großen Sternbilder der südlichen Hemisphäre beim Schlafenden ein tieferes Schicksal zu bereiten schienen.

Jetzt lebte im Auge des Freundes eine hartnäckige Frage, die nie bis an die Lippen kam: ‹In was für Hände willst du jetzt dein Leben legen? Welche polierten Nägel werden deine Härte zerfasern?›

Er war dem Freunde nachgegangen, um ihm diese Antwort auf seine stumme Frage zu geben: ‹Erinnerst du dich an den Viehhirten, der damals an einem Markttag auf der Besitzung des Cesarini, nur um groß zu tun, einem jungen Rind allein die vier Füße zusammenband und das Tier hochstemmte? So tue ich jetzt mit dem dunklen Tier, das in mir wuchs und mich überwältigen wollte.›

Aber der Freund, den plötzlich eine lastende Traurigkeit überkommen hatte, wandte sich nicht mehr um.

Giulio Cambiaso konnte durch die Zeltwand hindurch im Nebenschuppen die Stimme Isabellas deutlich hören, mit allen ihren Modulationen, Dissonanzen, Läufen und Sprüngen, wie einen zauberischen Gesang, bald tief, bald hoch, bald kindlich, bald gekünstelt, jetzt männlich und fast heftig, jetzt durchdringend und rauh, wechselnd und vieldeutig wie manche Stimmen, die in den Wechseljahren eben zu brechen beginnen. Etwas außerordentlich Lebendiges und Ungewohntes, etwas Unwahrscheinliches lag in dieser Stimme, das ihn zu gleicher Zeit anzog und reizte. Er faßte selbst die beiden Flügel seiner Schraube und warf den Motor an. Das Knattern der Maschine ließ die Bretter zittern, bewegte die Vorhänge und hob den Staub auf. Da erschien zwischen den flatternden Leinwandfalten am Eingang seines Schuppens ein olivfarbenes Gesicht. Der Luftstrom jagte die künstlichen Rosen auf dem großen Hut durcheinander, prallte gegen die langen Wimpern, die sich rasch über ein Paar hellen, erschrockenen Augen senkten.

«Vorsicht, bitte, gnädiges Fräulein!» rief er mit einer heftigen Gebärde. «Sie können da nicht stehenbleiben.»

Vana zog sich nicht zurück, sondern kam vollends herein und huschte an der schlagenden Zeltwand entlang.

«Ist es gefährlich?»

«Wenn die Holzschraube bricht oder splittert, ist die Durchschlagskraft des geringsten Bruchstücks enorm.»
Sie öffnete weit ihre großen Augen, licht wie Wasseropale. Die Mechaniker sahen nach ihr hin und hielten mit geschwärzten, öligen Armen die Rippen des Mittelkörpers fest. Ein schräger Sonnenstreifen, wie damals in den herzoglichen Gemächern zu Mantua, fiel durch einen Spalt in der Wand, ließ eine Rippe des Flügels durchscheinen, glänzte auf den stählernen Spanndrähten und auf dem Metall des Motors.
«Kann das vorkommen? Und wenn dann die Schraube in der *Luft* bricht?»
Sie hatte etwas Bebendes in der Stimme. Es war ihr, als tönte das Strohgeflecht ihres blumengarnierten Hutes wie das Erz einer Glocke.
«Bitten Sie Gott, daß das nicht vorkommt!» antwortete Giulio.
Er empfand beim Anblick dieses schönen Geschöpfes, das er kaum kannte, etwas wie ein plötzliches Pausieren der Wirklichkeit. Sein Geist war wie im Zustand eines verschwommenen Erinnerns.
«Also der Tod lauert immer dabei?»
«Wie bei allem.»
«Aber hierbei mehr als sonst!»
«Tod ist bei jedem Spiel, das wert ist, gespielt zu werden.»
«Entsetzlich!»
Der Motor stoppte plötzlich. Die Falten des Vorhangs hingen still. Der Staub senkte sich. Die Muskeln der dunklen Arme entspannten sich. Die göttliche Schraube war nichts mehr als ein aufrechtstehendes Brett. Es war,

als tötete die Stille ein großes phantastisches Geschöpf, das den ganzen Raum erfüllt hatte, ein Wesen wie ein großer schimmernder Engel, der unter dem Gebälk sich abgekämpft hätte und dann zu Boden gesunken und erloschen wäre wie ein erdfarbenes Tuch. Und der Sonnenstreifen erschien traurig wie im Gemach des Palastes von Mantua. Und die traurigen und beredten Dinge tauchten auf: die zusammengeklappten eisernen Feldbetten, aus denen die zerdrückten Leinentücher und die bräunlichen Wolldecken heraushingen, die plumpen Stiefel, rot geworden und verstaubt, die alten Kleider an den Nägeln, schlaff wie von einer schmierigen Müdigkeit, zerstreute Blechbüchsen, Papierfetzen und Lumpen, ein Waschbecken, ein Schwamm, eine leere Flasche.

«Seien Sie vorsichtig!» sagte Vana und senkte noch ihre Stimme, die bebte, und mit einem bittenden Ausdruck, der eigentlich nicht am Platze war.

«Vorsicht hilft nichts. Nur Instinkt, Mut und Glück.»

«Ihr Freund ...»

Sie brach ab. Dann fuhr sie rasch fort:

«Ihr Freund Tarsis startet vor Ihnen?»

«Seine Leute schieben schon seine Maschine auf den Startplatz.»

«Er ist zu tollkühn!»

«Für ihn braucht man nie zu zittern.»

«Warum?»

«Es gibt Menschen, die in der Gefahr geboren werden. Für sie gibt es keine Gefahr.»

«Glauben Sie daran?»

«Gewiß.»

«Auch für sich selbst?»

«Auch für mich. Auf Madura in der Pagode Wischnus hat uns ein alter, betelkauender Wahrsager mit glattrasiertem Kopf vorausgesagt, daß wir beide, so wie wir ein gleiches Leben lebten, gleichen Todes sterben würden.»
«Und glauben Sie an diese Weissagung?»
«Gewiß.»
«Warum lächeln Sie dann?»
«Weil ich mich jetzt auf einmal erinnere.»
«Woran erinnern Sie sich?»
Man vernahm von der Umzäunung des Flugfeldes her das Geschrei der Menge, bald nah, bald fern. Das Pferd eines Lanciers wieherte. Der Galopp einer Patrouille erklang gedämpft auf dem Rasen.
«Ist es voll?» fragte Giulio Cambiaso den Mann, der das Benzin in den Behälter füllte.
Er hatte seine Aufmerksamkeit gleichsam auf diese Tatsächlichkeit hingezwungen, wie um des unbeschreiblichen Gefühls von Abwesenheit und Ferne Herr zu werden, das die Tiefen seines Seins erfüllte. Er sah im Geist die Höfe der Pagode wieder, die Wasserbassins, voll von nackten Körpern mit rasiertenSchädeln, die Scharen von Göttern, von Dämonen und Ungeheuern, überall in Stein gehauen, in den langen, düsteren Gängen, in den Kapellen, in Nischen, an Pilastern und voll vom Kot der zahllosen Fledermäuse. Er hörte das Brüllen der Rinder wieder und das Trompeten der Elefanten, die sich in ihrem eigenen Mist niederknieten.
«Es fehlt nicht mehr viel», antwortete der Arbeiter und zog das Stöckchen heraus, das er in die Öffnung des Reservoirs eingeführt hatte, um den Benzinstand zu messen.
«Füllen Sie ganz auf! Bis zum Verschlußstück.»

Der Mechaniker stand aufrecht auf einem Bock, das Gesicht glänzend von Schweiß, und fing wieder an, das Benzin langsam aus der viereckigen Kanne in den Trichter zu gießen, der einen Filter aus gelblicher Leinwand trug. «Woran erinnern Sie sich? Sagen Sie!» drängte Vana mit schüchterner Hartnäckigkeit und errötete leicht unter ihrem Hut.

«Ich erinnere mich, daß während der Prophezeiung des alten Wahrsagers eine junge Indierin mit silbernen Fußspangen am Tisch eines Händlers stand und sich nach uns umwandte.»

Er richtete auf Vana einen träumerischen, verlorenen Blick.

«Sie war olivfarben und hatte jene Reinheit der Linien, die den zartesten indopersischen Miniaturen eigen ist, auf denen die Schöne sich neigt, um die Seele der Rose zu trinken, während ein Reiter in goldenen Gewändern auf einem kirschfarbenen Zelter mit drei weißen Fesseln vorüberzieht. Wie sie Ihnen glich!»

«Nein wirlich?»

«Wenn ich die Augen schließe, sehe ich sie lebendig vor mir. Wenn ich die Augen öffne, sehe ich sie noch lebendiger dastehen.»

«Nein wirklich?»

«Heut ist sie ohne Schmuck. Damals beim Opferfest war sie schmucküberladen. Sie kaufte vom Händler Purpursafran, gemahlene Betelnüsse, eine Girlande von gelben Rosen.»

«Nein wirklich? Die hier vielleicht?»

Vana trug sie aus Stoff am Hut, frisch vom Stock geschnitten am Gürtel.

«Die hier. Gewiß! Aber sie waren fürs Opfer bestimmt, für die Götterbilder. Wir hörten das Klirren der silbernen Spangen an ihren Knöcheln, wie sie auf die zwei großen polierten Statuen aus Diorit zuging, die schon fast unter Blumen begraben waren. Eine Rose entfiel ihr und glitt an ihrem blauen Gewand herab, nieder auf die Fließen, in denen sich ihre nackten Füße spiegelten. Ich bückte mich schnell, um sie aufzuheben; aber die fromme Beterin war schneller als ich.»

«Da ist sie», sagte Vana und zog eine gelbe Rose aus ihrem Gürtel und reichte sie dem Beschwörer hin und war voll Verwunderung, daß dies Wort und diese Gebärde von ihr ausgegangen war, aus einer geheimnisvollen Empfindung heraus, die sie erfüllte, aus einem unbeschreiblichen Gefühl von Erinnerung und Rückkehr, das ohne Grund in ihr aufgestiegen war. Aber als sie dann ihre Rose im Knopfloch dieses Mannes sah, den sie kaum kannte, war es ihr, als müßte sie weiter sagen: ‹Nicht, nicht! Es war nur zum Scherz. Ich weiß nicht, warum ich es getan habe. Geben Sie sie mir zurück! Werfen Sie sie weg! Ich bin ein törichtes Mädchen . . .›

Und doch gefiel es ihr, in der Fiktion zu verweilen. Wie ihre Schwester, wie jede Frau, gefiel sie sich darin, in ein ungewohntes Gleichnis von sich selbst hineinzuschlüpfen, in eine imaginäre Daseinsform. Um das Märchen zu verlängern, wollte sie noch sagen: ‹Und dann? Wo ging sie hin, die Inderin mit den silbernen Knöchelspangen, zart wie eine Miniatur? Was machte sie mit ihrem Safran, mit ihrem Betelmehl und mit ihrer Girlande? Sie fühlte die Olivfarbe ihres eignen Gesichts, das Oval ihrer eignen Zartheit. Sie fühlte in ihrer Phantasie die Kühle der polierten Steinplatten unter ihren nackten Fußsohlen, ahnte etwas Unbestimmtes, etwas wie ein Fürchten und ein Hoffen ohne Gegenstand, wie ein Ereignis ohne Zeit, wie ein geheimes Ungeheures, ähnlich den großen steinernen Götterbildern unter Blumen. Und nicht weniger traumhaft erschien ihr ihre Gegenwart unter den Dingen der Wirklichkeit.

Ihre Gedanken fielen Blatt für Blatt von ihrem Herzen, wie Blatt für Blatt von der Rose an der Falte ihres Rocks herabfiel, die neben der andern, unbedacht verschenkten in ihrem Gürtel steckte.

‹Kann es sein, daß auch ich mich daran erinnere? Man träumt ja immer. Warum stehe ich hier? Auch das ist nur ein Traum. Isabella sucht nach mir. Aldo sucht nach mir. Wie ein Strohhalm bin ich in den Luftzug der Schraube geraten. Niemand hat mich gesehen. Ja, ich weiß mich vor euch zu verbergen! Ich bin fern von euch, fern! Eine plötzliche große Liebe? Zuweilen wandert die Liebe mit nackten Füßen vom fernsten Ende der Welt, um eine Rose zu bringen. Er ist der Freund Paolos. Er hat kleine weiße Zähne wie ein Kind. Ich will nicht mehr weinen. Könnte ich mich vielleicht trösten? Zuweilen erhebt sich ein leiser Windhauch und bringt uns unser wahrstes Geschick. Was würde Paolo dazu sagen? Und Isabella? Einmal müssen auch sie leiden. Vielleicht liebt er mich schon. Ich bin töricht. Aber wie seltsam das alles wäre! Jetzt fährt er gleich los, fliegt, erhebt sich in die Luft, fährt mit meiner gelben Rose am Himmel hin. Und alles ist zu Ende. Alles vergessen. Eines Tages bekomme ich ein Buch mit Miniaturen...

Ah, vielleicht ist Paolo schon gestartet. Für ihn braucht

man nicht zu fürchten. Warum? Sie werden den gleichen Tod sterben! Paolo ist nicht freundlich zu Isabella in letzter Zeit. Was gehts mich an? Was kann es mir helfen? Ich will nichts mehr wissen, will nichts mehr sehen. Er hat gelbbraune Augen. Was wird er von mir denken? Ich komme von Madura mit einem Wahrsager, der Betelblätter kaut ... Ah, es ist nicht wahr. Mein Herz ist anderswo. Soll ich ihm zum Abschied die Hand drücken? Wird er nachher nach mir suchen? Wird er mich wiedersehen wollen? Das Licht quält mich, die Menge quält mich. Könnte ich hierbleiben und mich auf eine von den Bettstellen setzen und auf ihn warten ... mit einem Buch mit Miniaturen ... ‹Törichte Vanina, kleines gefangenes Indiermädchen!›

So entblätterten sich ihre leichten Gedanken und fielen von ihrem Herzen. Aber im Innern dauerte die quälende Unruhe fort, die sie an diesen unbekannten Ort wie zu einem Asyl geführt.

‹Oh, ich weiß mich vor euch zu verbergen! Fern bin ich, fern!›

Sie war fern von ihren Henkern, entflohen der Tortur. Sie atmete wieder in einem glückverheißenden Luftzug, der sie noch weiterführen würde. Und in ihre Qual und Verwunderung, in ihr Fürchten und Hoffen, in ihr Erinnern und ihr Ahnen mischte sich etwas wie eine rachsüchtige Freude, wenn sie in den gelbbraunen Augen ein Leuchten erblickte und die kleinen Zähne im Goldblond des Bartes blitzen sah. Und diese Freude war die einzige Gewißheit; alles andere war unklar und verworren. Sie fühlte die Jugend in sich wie eine Unsterblichkeit.

«Eine Rose verloren, eine Rose gefunden! Wer schickt sie mir? Kommt sie wirklich von Madura? Kommt sie so weit her? Es ist das erstemal, daß ich eine Blume in der Luft trage. Halten Sie die Blume für leicht? Vielleicht wiegt sie schwer wie ein zwiefaches Schicksal! Hoch tragen werde ich sie, hoch. Ich verspreche Ihnen, daß ich sie zu einer Höhe tragen werde, die keiner erreicht hat, höher als die Wolken!»

«Nein! Nein!»

«Aber haben Sie sie mir nicht deshalb gegeben? Ist nicht deshalb Ihr Gürtel himmelblau? Vom kleinen blauen Kreis steigt sie zum größten Kreise.»

Eine ungewohnte Erregung belebte ihn. Ein wunderbares Lächeln milderte die Energie und den Ernst seines Ausdrucks. Mißtrauen und Verachtung entschwanden ihm. Seine ganze Seele legte sich um ein neues Geschick wie ein reicher Schleier um eine nächtliche Lampe. Welcher Gott hatte ihm dieses Geschöpf zugeführt, das die Schwester der Frau war, die sein Freund liebte? Und kraft welcher geheimen Harmonie?

«Fertig!» rief er seinen Leuten zu und machte die Rose sorgfältig an seiner Brust fest.

Kämpfte wieder der große schimmernde Engel unter dem Dachgebälk? Der Schuppen füllte sich wieder mit Wirbel und Getöse. Die Schraube drehte sich wieder und war nicht mehr ein sichtbares Stück Holz, sondern ein Stern aus Luft, der in Luft wirbelte. Die Mechaniker maßen den Zug. Sie hatten den Körper der Maschine mit einem Seil an ein metallenes Meßinstrument gebunden, das an einem Pfosten befestigt war. Das Seil spannte sich unter dem Zug der Schraube, als warte der große gefangene Reiher ungeduldig auf den Flug. Einer kniete am Boden und beobachtete den Zeiger auf der Skala.

«Fertig!»
Die Schraube stand still. Der Reiher wurde losgebunden. Sein siebenfacher Pulsschlag war verstummt. Die Mechaniker faßten ihn an den Querstäben des Mittelkörpers und an den Bügeln der Schwingen und schoben ihn gegen den Startplatz. Die Vorhänge wurden auseinandergezogen. Ein reiches blondes Licht ergoß sich, als ströme es aus dem Gold der fernsten italischen Ernten. Ein Wolkenhaufen wurde sichtbar, luftige Gebirge von Schnee und Bernstein. Das Lärmen der Menge brachte etwas vom Rauschen des Meeres in die einsame Ebene. Ein Mensch zeichnete sich am Himmel ab, gebrechlich und siegreich, mit dem ganzen Oberkörper aus dem Leib des Vogels hervorragend, dunkel gegen die unendliche Weiße.
Vanas lichte Augen erkannten ihn zuerst.

Wie der Adler im sandigen Tal nicht mit einem einzigen Schwung sich erhebt, sondern mit immer kräftigeren Flügelschlägen seinen Anlauf nimmt, sich langsam in leichter Steigung von seinem Schatten trennt und dann endlich frei auf der Breite seiner Schwingen sich im Wind emporschraubt – erst zeichnen seine Krallen tiefe Spuren, dann werden sie leichter und leichter, bis sie zuletzt kaum noch den Sand zu ritzen scheinen und die letzte Spur fast unsichtbar wird –, so stürmte die Maschine auf ihren drei leichten Rädern in ihrer blauen Rauchwolke, die aussah, als brenne die dürre Heide unter ihr, dahin und erhob sich von der Erde.
Sie gewann rasch an Höhe. Unter dem Druck des Hö-

hensteuers bäumte sie sich auf und vermied die Luftwirbel, die vom heißen Boden aufstiegen und sie zu drehen versuchten. Dann drehte sie in den Wind, mit oszillierenden Bewegungen, wie die Gabelweihe, wenn sie emporkreist, wie der Akrobat auf dem gespannten Draht. Neigte sich in der Kurve etwas gegen die erste Zielstange, richtete sich wieder auf, flog rasch und gerade wie ein Pfeil die grüne Linie der Pappelallee von Ghedi hinab, überflog die Gehöfte, kämpfte mit den Böen unter fortwährendem Anluven, schwebte im weißen Abglanz der Wolken, schön wie das Bild des Sonnengottes von Edfu, ganz nur Schwinge wie das Emblem über den ägyptischen Tempeln.

Giulio Cambiaso hatte nie so wie diesmal die Zusammengehörigkeit zwischen der Maschine und seinem Körper gefühlt, zwischen seinem geübten Willen und dieser bezähmten Kraft, zwischen seinen instinktiven Bewegungen und den Bewegungen dieses Mechanismus. Von den Flügeln der Schraube bis zur Flosse des Steuers fühlte er dies ganze schwebende Gebilde wie eine organische Verlängerung und Bereicherung seines eigenen Seins. Wenn er sich über die Steuerung beugte, um einen Windstoß zu parieren, wenn er sich mit dem Körper gegen das Innere der Kurve neigte, um mit der Hüfte die Verwindung der Flügelenden zu betätigen, wenn er beim Anluven mit unfehlbarem Gefühl das Gleichgewicht wiederherstellte und von Zeit zu Zeit die Flugachse versetzte, hatte er die Empfindung, mit seinen beiden weißen trapezförmigen Schwingen durch lebendiges Gewebe verwachsen zu sein, lebendig wie die Brustmuskeln der Geier, die er im Abflug von den Felsen von

Mokkadam und in ihrem Kreisen über den Sumpf von Sakur beobachtet hatte.
‹Einsam sind wir nun, Bruder, frei, fern von der quälenden Erde›, dachte Paolo Tarsis, der schon die erste Runde hinter sich hatte und jetzt vor dem Winde flog, um seinen Freund einzuholen. ‹Ich will nicht mehr trauern, mir nicht mehr das Herz zermartern, dir meine Folter nicht länger verhehlen. Ich muß dir zurufen, muß deine Stimme im Flug vernehmen. Siegst du, siege ich. Siege ich, siegst du. Wie groß und männlich der Himmel heute ist.›
Er ließ alles hinter sich: den Wirbel seiner Leidenschaft, das erregende Lachen Isabellas, den fiebernden feindlichen Blick des jungen Bruders, die Eitelkeit der Freundinnen, die Banalität der Bekannten. Er fand seine Stille wieder, seine Einsamkeit, sein Werk.
«Der Reiher!»
Tausend und tausend Stimmen schrien es einstimmig. Von den Tribünen, von den Schranken, von den Karren, die auf der Landstraße nach Calvisano und auf der nach Montichiari hielten, von den Böschungen der weißen Straßen, aus den Wespennestern von Menschen, die in den Bäumen hingen, aus den schwarzen Haufen auf den Dächern der Bauernhäuser, aus der zahllosen Menge von Gesichtern, die zu den Pfaden der Luft emporgerichtet waren, aus dem unvermeßlichen Staunen stieg der Ruf wie Donner oder wie Meeresrauschen.
«Der Reiher!»
Paolo Tarsis holte seinen Freund ein, flog in Rufnähe an ihm vorüber, kam in den Wirbel seiner Schraube, rollte, stampfte, schoß aus der Geraden, stieß nach unten wie

ein Habicht, stieg steil empor wie die Wildente, zeigte gegen das Licht die Rippen seiner Schwingen, umflog das Ziel so knapp, daß sein innerer Flügel fast die Spitze des flatternden Wimpels berührte. Er hatte, als er Giulios Maschine passierte, den gewohnten Erkennungsruf ausgestoßen, den sie auf Streifzügen, auf der Jagd, im Biwak gebrauchten. Hatte er ihn vernommen, war der Ruf im Knattern der Motore verloren gegangen?

«Der Reiher!»

Die Menge wiederholte den Ruf, berauscht von diesem eleganten und gefährlichen Spiel, von diesem Fest der Grazie und der Kühnheit, von diesem Wettkampf der beiden brüderlichen Flieger.

In einer tiefblauen Bucht, zwischen hohen, gelblichen Wolkenbergen, tauchten sie jetzt beide auf, verfolgten sich wie zwei Störche vor der Brutzeit und verloren sich wieder in der großen Weiße. Vom Beispiel angefeuert, stiegen andere auf, erhoben sich, flogen ihnen nach. Alle Hangars dröhnten und fauchten, voll von Winden wie die Häuser des Äolus. Von der Mannschaft aufs Feld geschoben, von starken Armen gehalten, vom rasenden Stern der Schraube endlich in die Lüfte entführt, entflog eine Maschine nach der andern, um den prunkenden Himmel zu erobern: die einen gelb wie Fischadler, andere rosa wie Flamingos, andere rostfarben wie Kraniche. Sie schossen pfeilschnell wie die Schwalben, streiften wie Kondore, strichen dahin wie Schnepfen. Alle Mächte des Traumes schwellten die Brust der Sterblichen zur Verklärung des Menschen. Die Seele der Menschheit hatte das Jahrtausend überschritten, die Zeit beflügelt, den Ausblick in die Zukunft vertieft, das neue

Zeitalter begonnen. Der Himmel war jetzt zum dritten Reich geworden, nicht mit titanisch getürmten Blöcken erstürmt, sondern mit dem Blitz, der gefesselt und zum Sklaven geworden.
Und lebendig wie die Menge war der Himmel, trunken wie sie von Lust und Wundern, von Stolz und Schrecknis, von Leidenschaft und Unendlichkeit. Es war einer jener sublimen italienischen Himmel, die in einer einzigen Stunde die hundertjährige Wandlung erneuen, die die Künstler an den Decken der Paläste und in den Kuppeln der Basiliken vollbracht, einer jener Himmel, die alle Bilder von Größe erwecken und vernichten, die die silbrige Luft des Veronese mit den steinernen Schauern des Buonarroti vereinen. Die Wolkenmassen waren wie Architektur, wie geformte Materie aus den Händen eines Bildhauers, ein Chor von Engeln, eine Rotte von Ungeheuern, ein Paradies von Blumen. Sie stiegen vom Gebirge auf, schmiegten sich an die Hügel, zerfetzten sich an den Spitzen der Pappeln. Wie milchige Wasserhosen waren die einen und bebten oben in einem Licht von der sensitiven Durchsichtigkeit der Seetiere. Andere wie lichter Ton auf der Scheibe eines Töpfers, der sie mit unsichtbarem Finger zu einer Urne formte. Ein Henkel schoß aus der Seite des Gefäßes und bog sich gefügig nach oben zum Rand. Im Innern der Urne aber war das Blau, und alles Blau ringsum am Himmel kam diesem wenigen Blau nicht gleich. Andere glichen andern Figuren, andern Geschöpfen, andern Sagen, andern Künsten. Die Welt der Mythen und Träume, vom neuen Mythus und vom neuen Traum beschworen, erfüllte die Wölbung des Himmels.

Jetzt schoß einer der großen Vögel zur Erde, erhob sich wieder, legte sich auf die Seite, schlug in einer engen Kurve gegen den Boden und blieb reglos auf dem zusammengebrochenen Flügel liegen, während der andere unbeschädigt in die Höhe ragte, ohne Zuckung, ohne Todeskampf, ein lebloser Haufe von Rippen und Leinwand, schmutzig von Öl und Ruß. Der Führer der Maschine stieg aus den Trümmern, sah nach seiner Hand, die blutete, und lächelte.

Nicht lange darauf sah man einen anderen Flieger, der wie ein lichtgeblendeter Nachtvogel gegen die Schranken stieß, unter dem Geschrei der Menge eine weite Strecke der Umzäunung niederriß und sich dann mit zerfetzter Bespannung, mit zerrissenen Drähten und verbogenem Gerippe überschlug. Lautlos lag er in einem Kreis des Schreckens, ein stummes Wrack über dem metallenen Herzen, das noch warm war und rauchte. Die erschreckte und lüsterne Menge beroch das Aas. Vom Mann sah man nur die Beine, die in den Stahldrähten verwickelt waren. Aber man zog ihn aus dem Gewirr, grub ihn aus, richtete ihn empor. Er war totenblaß, schwankte, verbiß einen Schmerzensschrei, wie man ihn betastete. Er hatte den Oberschenkel gebrochen. Zwei Soldaten trugen ihn auf einer der niedergerissenen Planken weg. Er lag auf dem Rücken, die Augen zu den Wolken gerichtet. Der Schatten eines siegreichen Fluges glitt über ihn und seine Verzweiflung weg.

Jetzt erblickte man eine andere Maschine, die plötzlich von einem Feuer ohne Farbe ergriffen ward. Im Tageslicht war nichts zu sehen als die Leinwand, die sich mit einem Male bräunte und von den Rippen aus Esche und

Pappelholz löste, die schon wie Reisig knisterten. Das Feuer griff rasch um sich; die Flamme schlug aus den halboffenen Ventilen. Wie ein großer Brandpfeil, der mit Werg umwunden und mit Brennöl getränkt von der Balliste geschleudert wird, schoß die Maschine zu Boden und grub sich in die Erde ein. Im Aufprall explodierte das Benzingefäß und überschwemmte den zerschmetterten Rumpf und den Mann, der noch lebte. Der Körper der Maschine brannte wie ein Scheiterhaufen. Am pfeilartigen Schwanz knarrten die beiden Steuerruder.
Der Mann sprang, umgeben von farblosen Flammen, auf und wälzte sich im schwelenden Gras mit solcher Wut, daß sich sein Kopf in den weichen Boden wühlte. Die Menge brüllte auf, bis in die Eingeweide gepackt, nicht von Mitleid für den Verwundeten, sondern von der Leidenschaft des tödlichen Spiels. Ein anderer Flieger, der hoch oben kreiste, schoß mit einer kühnen Wendung des Höhensteuers herab wie der Geier auf das Aas. Wenige Meter über der Erde richtete er die Maschine auf und flog hart über dem Verunglückten weg, der sich immer noch unaufhörlich wälzte. Er beugte sich etwas, um zu sehen, wer es sei, und sah, wie er jetzt still lag. Dann schwenkte er rasch ab, stieg wieder höher, erschien bläulich im Wolkenschatten, vergoldet im Sonnenlicht, und setzte ruhig seinen Flug fort. Das Geschrei der Menge stieg zu ihm auf.
«Tarsis! Tarsis!»
Der Mann, dem es gelungen war, das Feuer zu ersticken, hatte sich auf seine Beine erhoben und stand jetzt schwarz, verrußt, ölbeschmutzt da, die Haare versengt, die Kleider verkohlt, die Hände verbrannt, schauerlich-

lebendig. Zweihundert Meter von ihm war von seiner zerstörten Maschine nur noch der glühende Motor zu sehen, die Rohre verbogen und abgerissen. Der Mann betrachtete seine Hände, mit denen er das hartnäckige Feuer erstickt hatte.
Ein grausamer Taumel trieb das Blut in die Augen der Tausende, die nach dem Kampfspiel der Lüfte in die Höhe starrten. Die blutige Lust am Zirkusspiel war in jeder Brust erwacht. Eine plötzliche Steigerung des Lebensgefühls wallte unter der drohenden Nähe des Todes auf.
«Tarsis! Tarsis!»
Der Reiher zog seine Kreise weiter und umflog eben schon in der fünfzehnten Runde das Ziel. Alle Herzen beflügelten sich gleichsam, um ihm im heroischen Fluge zu helfen. Alle Kehlen schrien dem kühnen Flieger seinen Namen zu wie einen tönenden Lufthauch, der seine Geschwindigkeit erhöhen sollte. Die Menge *befahl* ihm gleichsam zu siegen.
«Tarsis!»
Er hielt seinen Flug mit aller seiner Geduld durch, beschleunigte die Fahrt mit all seinem Fieber. Von Zeit zu Zeit, bald gegen eine Wolke, bald gegen das Blau, wurde sein Oberkörper sichtbar, vornübergebeugt, wie um sich instinktiv zu verkleinern und der Luft weniger Angriff zu bieten, wie um sich der Form der Spindel und des Pfeiles anzugleichen. Die schärfsten Augen oder die besten Gläser konnten seinen unbedeckten Kopf erkennen – der Wind hatte ihm die Haube entführt –, sein scharfgeschnittenes Gesicht, aus dem die Energie zu strömen schien wie die Hitze von den Kühlrippen des Motors.

«Tarsis!»

Er war jetzt allein. Der Himmel hatte sich entvölkert. Hier und dort auf dem Feld landeten die letzten Flieger. Sie ließen sich nieder wie erschöpfte Wandervögel, legten sich auf die Seite oder stießen mit dem vorderen Sporn auf wie verwundete Falken. Ein falbes Licht, wie ein ferner Abglanz des ringsum reifenden Hafers, verbreitete sich über das Feld. Die tannenen Bretter der Schranken leuchteten wie poliertes Gold. Die Mauern der Gehöfte, der Kirchen und der Villen, die Spitzen der fernen Glockentürme glühten. Die Schatten der Zielmasten, der Stangen und Pylonen verlängerten sich.

Er war allein. Er sah nichts vor sich als den wirbelnden Stern seiner Schraube, hörte nichts als den gleichmäßigen Pulsschlag seines Motors. ‹Wo war sein Freund? Was war vorgefallen? Was hatte ihn schon zur Landung gezwungen?› In diesem Augenblick hörte er, wie einer seiner Zylinder aussetzte, dann noch einer. Sein Herz krampfte sich zusammen; er kam sich plötzlich wie ein Verblutender vor, als ströme es aus seinen Adern in die metallenen Rohre. ‹Verriet ihn das Glück im letzten Augenblick?› Er luvte gegen einen Windstoß an, manövrierte mit aller Macht, hielt sich so dicht als möglich am Wind, umflog den letzten Pylon wenige Zoll vom Wimpel, zog im Geist eine gerade Linie bis zum Ziel, gerader als die Linie, die der Zimmermann mit Richtschnur und Mennig zeichnet. Als die Spannung nachließ, hörte er mit ruhigerem Ohr, daß der Motor wieder gleichmäßig arbeitete, hörte den exakten, kräftigen Schlag. Unwillkürlich, als säße sein Freund neben ihm, stieß er einen leisen Kehlton aus, der in ihrem bizarren Jargon ein Zeichen von Ge-

nugtuung ausdrückte. Ein Ton, den sie auf Jagden und Streifen gleichsam dem gezähmten Raubtier und wilden Stämmen abgelauscht hatten. Er lachte in sich hinein beim Gedanken, wie der große, hervortretende Adamsapfel John Howlands erregt auf und ab zucken würde. Dann schweifte er in unbestimmten, unwillkürlichen Vorstellungen ab, als sei mit einem Male seine Aufmerksamkeit entspannt, als habe das gegenwärtige Geschehen plötzlich jede Bedeutung verloren. Und nun schoß ihm plötzlich das Bild Isabellas durch die Brust: er sah ihr Gesicht voll Zauberei und Fährnis vor sich, sah das Spiel ihrer Knie im grauen Rock, dem zwei kunstvolle, unerklärliche Falten das Aussehen von zwei zusammengeschlagenen Flügeln gaben. Er war voll von Leidenschaft und voll von Rachgier. ‹Noch ein Tag des Harrens!›
Plötzlich schloß sich der Stromkreis seiner Energie wieder. Er fühlte von neuem, wie sein Körper die ganze Maschine regierte, daß im Innern seiner Flügel wie in den hohlen Knochen der Vögel die gleiche Luft kreiste wie in seinen Lungen. Wieder ward das Gefühl in ihm lebendig, nicht mehr ein Mensch in einer Maschine zu sein, sondern ein einziger großer Körper mit ihr. Die Empfindung des unerhört Neuen lebte in jeder seiner Bewegungen. Er flog dahin wie auf seiner eigenen schwellenden Lust.
«Der Reiher! Tarsis!»
Er sah auf dem Signalmast die Scheibe aufsteigen, die seinen Sieg anzeigte, hörte das Meeresbrausen, das zu ihm aufstieg, sah hinab, überblickte die graue Masse der Volksmenge mit tausend weißlichen Gesichtern, tausend gereckten Händen. Obschon er von der Kurve am Ziel

sich abwärts senkte, war es ihm doch, als stiege er schwindelnd hoch über eine starre Warte. Er schoß abwärts, wendete, flog vorbei, in einem Dröhnen des Siegs, einem Wirbel von Glanz, weiß und leicht, funkelnd von Messing und Stahl, ein Bote des höchsten Lebens.

Während der Sieger seinen Flug fortsetzte, um den eigenen Sieg noch zu übertreffen, wurden am Signalmast die beiden schwarzen Dreiecke und das weißrote Quadrat aufgezogen, die den Start Giulio Cambiasos für den Höhenrekord anzeigten.

In der Menge dauerte die schwere Dünung noch an, die auf einen heftigen Sturm folgt. Die Ankündigung des neuen Wettbewerbes war für sie eine herrliche und erregende Verheißung, im Abendrot schwebend. Als der Freund Paolos den Reiher bestieg, schwieg der Lärm. Die Schraube brauste in der Stille ringsum.

‹Die Rose von Madura!› Die wiedergefundene Rose. Zum erstenmal trage ich eine Blume in die Luft. Wo ist wohl jetzt die kleine olivfarbene Indierin? Vielleicht sieht sie nach mir hin und ängstet sich. Was für ein seltsamer Besuch. Werde ich sie wiedersehen, wenn ich lande? Werde ich ihr später wieder begegnen? Findet Paolo vielleicht wieder neue Vorwände, um mich von ihr fernzuhalten? Die gelbe Rose von Madura! In die Höhe will ich sie tragen, in die Höhe...›

Die Wölbung des Himmels im Zenit war vollkommen wolkenlos, wie eine ungeheure Kuppel, rings von den kolossalen Pilastern, Bogen und Säulenhallen der Wolken gestützt. Die Glut des Abends war erloschen. Ein mystischer Hauch belebte die formlosen Gestalten, die sich auf der Höhe der Wolkenfirste dahinter neigten und ausstreckten, wie die Figuren der Nacht und der Frühe auf den Mediceergräbern. Die Stadt von Brettern verschwand jetzt mitsamt all ihren kleinen Dingen, und die großen Dinge wurden größer im Anwachsen des Dunkels und der Erwartung. Die Nike auf der römischen Säule erschien jetzt von gigantischer Größe.

‹Zu unerreichten Höhen will ich sie tragen.›

Der Reiher beschrieb einen weiten Bogen um das bronzene Standbild. Seine geradlinigen Flügel waren von einer Schönheit wie die heiligen Sonnenflügel in ägyptischen Tempeln. Das Volk, das am Tage die Göttin auf dem Wagen hergezogen, empfand die zwiefache Schönheit. Nun begann für die Menge ein grausames Freudenfest.

Der Reiher stieg in Wellenlinien und Kreisen empor. Von Welle zu Welle, von Kreis zu Kreis klang das Knattern des Motors schwächer, verlor in gewissen Momenten jede Härte, wurde gedämpft wie der Schlag des Dreschflegels auf der Tenne, wie das Summen eines Schwarmes im Korb, wie die ländlichen Geräusche, die in Traum wiegen, die Lieder, die sich entfernen, schien sich ins Blau zu verlieren wie die Maschine selbst und der Mann auf der Maschine: verstummte endlich ganz, war nicht mehr da, war nur noch für den einen da oben hörbar.

Die Menge reckte sich und horchte, die ganze Seele in den Augen und mit verhaltenem Atem. Das stufenweise Abnehmen des Geräusches erweckte in jedem ein so tiefes Gefühl von Entfernung, daß der Gesichtssinn sich täuschen ließ. Der Mann da oben schien bereits in unbe-

rechenbarer Höhe, gänzlich losgelöst von seinesgleichen, einsam, wie keiner je einsam war, gebrechlich, wie keiner je gebrechlich, jenseits des Lebens wie ein Hingeschiedener. Die Bangnis des Unbekannten lastete auf jeder Brust. ‹Nicht weiter, nicht weiter!› flüsterte die Stimme des Bangens. ‹Höher! Höher!› rief die Stimme des Rausches.
‹Nicht weiter! Es ist schon zu hoch! Es macht einen schwindeln!›
‹Weiter! Höher! Noch bis zu dem Wolkenrand dort wenigstens!›
‹Genug! Ein Lufthauch kann dich stürzen, ein Nichts: ein Draht, der reißt, ein Funke, der ausbleibt.›
‹Weiter! Laß nicht nach! Die Höhe, in der du jetzt bist, erflog schon einer vor dir. Höher steigen mußt du, um neue Himmel zu erobern!›
Ein Ruf aus tausend Kehlen stieg zu dem Kühnen empor. Am Signalmast war das weiße Zeichen des Sieges erschienen. Schon schwebte der Reiher in neuen Himmeln.
‹Genug! Der Sieg ist dein!›
‹Höher! Siege doppelt!›
Der Rausch der Menge war wie das Pochen eines gemeinsamen Fiebers, das sich der fühllosen Luft mitteilte und bis zu dem menschlichen Vogel da oben drängte. Der Himmel erschien wie ein drohendes Geschick.
‹Höher! Höher!›
Es schien, als sei jenseits der Grenze die Gefahr verschwunden, als sei der Mensch durch das Übermaß der Kühnheit selbst kraftlos und sicher geworden. Die Maschine erschien jetzt nur noch wie ein dünner Pfeil, der wie durch Zauber im blassen Himmel hing. Der Augen-

blick schien endlos. Keiner vermochte ein Wort auszusprechen.
«Er kommt herunter! Er kommt herunter!»
Der Bann war gebrochen. Erst leise wurden die Worte ausgesprochen, dann mit ungleichen Ausrufen.
«Er kommt herunter!»
Man sah, wie der Pfeil größer wurde, rasch wieder die Form eines beschwingten Fliegers annahm. Etwas Glänzendes und Dunkles zugleich, etwas, das einmal leicht aufleuchtete und dann unbestimmter Schatten war, durchschnitt unterhalb der Maschine die Luft. Vielleicht sah so die erste Feder aus, die aus den Schwingen des Ikarus aufs Meer fiel.
Eine Stimme voller Schrecken rief: «Die Schraube! Der Schraubenflügel!»
Und Schrecken breitete sich über die ganze Menge, nicht von Stimme zu Stimme, nein, von Fleisch zu Fleisch.
«Er fällt!»
Alle Stimmen und Geräusche hatten einen unnatürlichen Widerhall, nicht in der Luft, in den Herzen selbst.
«Er fällt, er fällt!»
Nun schrie keiner mehr, keiner holte mehr Atem. Man sah, wie der menschliche Vogel schwankte und sich von einer Seite auf die andere legte wie ein wahnsinnig rollendes Schiff. Man sah, wie der lange Mittelkörper unter dem Druck des Steuers sich bäumte und aufrichtete, einen Augenblick die Flugflächen in die richtige Lage zum Abstieg brachte und einen Moment lang Hoffnung weckte, dann plötzlich vorwärts stürzte, ohne Halt, mit der Geschwindigkeit eines toten Kör-

pers gerade herabkam und gegen die Erde prallte mit einem Dröhnen, das in der lautlosen Stille der Herzen wie Donner klang.

Kein Schrei erscholl, keine Hand hob sich. Für einen Augenblick schien die Menge leblos wie der weißliche Trümmerhaufen von Stoff und Rippen, wie das große Leichentuch, das zehn Schritte vom Fuß der römischen Säule lag. Es war nicht das Licht des Abends, sondern der Schein des Geschehnisses, das Menschen und Dinge zu beleuchten schien. Die Ebene war wie ein Meer, die Wolken wie ein Kreis von Welten, der Himmel wie ein undurchdringlicher Demant. Die ewigen Naturkräfte herrschten wieder.

Dann wurde der Galopp der herbeisprengenden Reiter vernehmbar. Die Menge durchbrach die Barrieren und überschwemmte das Feld, lüstern nach dem Anblick von Blut und zerschmetterten Gebeinen. Und hoch über der Menge, die voll Wildheit sich um das greuliche Schauspiel stieß und schlug, erhoben sich einsam Säule und Standbild, zwei unsterbliche Geschöpfe sterblicher Künstler, in Schönheit für den unbesiegten Stolz des Menschen zeugend. Und es zeugten die Flügel aus Erz für die gebrechlichen Flügel aus Linnen.

«Ist er tot? Atmet er noch? Hat er den Kopf zerschmettert? das Rückgrat gebrochen?»

Von den Lanciers zurückgedrängt, wogte und tobte die Menge. Die Pferde bäumten sich und schnaubten, Schweiß auf den Flanken, Schaum am Gebiß. Um sehen zu können, krochen die Neugierigsten unter dem Bauch der Pferde durch, preßten sich zwischen Kruppe und Kruppe, zwischen Sporn und Sporn.

Als die Trümmer entfernt, die Drähte entwirrt, die Leinwandfetzen weggezogen waren, wurde der leblose Körper des Helden sichtbar. Der Hinterkopf klebte am Motorgehäuse derart, daß die sieben Zylinder mit ihren Kühlrippen eine Art von schauerlichem Strahlenkranz um sein Gesicht bildeten. Die lichtbraunen Augen waren starr geöffnet, der Mund ruhig und unverzerrt, im hellen, weichen Bart glänzten die reinen, weißen Zähne. Die große Schläfenader war von einem gerissenen Spanndraht glatt durchschnitten, wie von einem Rasiermesser. Aus der Wunde strömte ein roter Bach, der sich über das Ohr, den Hals, die Schulter und die halbgeschlossene Faust ergoß. Ein Arzt, der sich über seine Brust beugte, um das Herz zu behorchen, das längst nicht mehr schlug, spürte an seiner Wange die kühle Frische eines Rosenblattes.

«Tarsis! Tarsis!»

Ein neuer Schauer durchlief die trunkene Menge, die plötzlich erschüttert schien, als strahle der Schmerz des überlebenden Freundes auf sie über. Man hörte deutlich in der erhabenen Stille des Abends den Motor des unermüdlichen Fliegers näher kommen, der immer noch Runde um Runde zurücklegte.

Der Abend auf allen Straßen war wie der Abend nach einer Schlacht. Die knatternden Wagen, wie rasend von verhaltener Geschwindigkeit, drängten und stießen sich, in endlosen Reihen hintereinander fahrend, formlose Gebilde aus unbestimmten Schatten und blendendem Licht. Zwischen dem Dröhnen und Fauchen der Motoren er-

klang der rauhe Ton der Hupen, das unheimliche Heulen der Sirenen. Staub und Rauch wirbelten in abgegrenzten Zonen von greller Helle. Ein schwelender Geruch vergiftete die Schwüle des Abends. Die Gesichter der Menschen tauchten auf und verschwanden wie Larven, wie verloren auf diesen Ungeheuern der Zerstörung.
«Entsetzlich, zu entsetzlich!» stöhnte Isabella Inghirami. dicht in Mantel und Schleier gehüllt, und zog Vana an sich, deren Zähne wie im Fieber aufeinanderschlugen. «Wir kommen niemals an. Fahr vor, Aldo, fahr vor!»
Eine zornige Ungeduld lag in ihrer Stimme. Das Warten inmitten des Getöses und des Entsetzens schien kein Ende zu nehmen.
«Rechts ist der Graben.»
«Einerlei. Fahr vor!»
«Da. Jetzt geht es vorwärts.»
Dic Maschine kam für eine kurze Strecke voran, die Scheinwerfer dicht hinter dem Benzinkasten des vorausfahrenden Wagens; dann blieb sie wieder knatternd und stoßend stehen. Die Sirenen heulten. Ein Hund bellte an der Sraßenböschung. Vom grellen Licht getroffen, funkelten seine Augen mit einem dämonischen Leuchten, grüner als Smaragde in der Sonne.
«Vana, deine Zähne schlagen!»
«Ich friere.»
«Frierst du so?»
«Ja.»
«Hast du vielleicht etwas Fieber?»
«Ich weiß nicht.»
Beide waren dicht verschleiert und sahen nicht einmal ihre Gesichter. Der Juniabend war feucht und gewitter-

haft. Drüben gegen den Gardasee wetterleuchtete es. Vana hielt die Rosen aus ihrem Gürtel auf ihren Knien, um sie nicht zu zerdrücken. Alles in ihr war Verzweiflung, Kühnheit und Beherrschung.

«Bist du wieder unwohl?»

«Nein.»

«Ich werde Giacinta Cesi sagen lassen, daß wir nicht zum Abendessen kommen.»

«Ja. Aber vielleicht könntest du allein gehen.»

Vana hatte schon ihren geheimen Plan.

«Meinst du?»

Beide hielten sie sich unter der schützenden Maske ihrer Verstellung und betasteten sich vorsichtig mit der Stimme, wie man etwas Schmerzendes betastet, für das jede noch so leise Berührung einen Stoß bedeutet, der verletzen und zerreißen könnte. Seit dem Tag von Mantua waren sie durch eines jener kleinen Ereignisse getrennt, die wie der Schnitt einer Schere durch einen straffgespannten Faden wirken. Seitdem suchten sie sich zu behorchen, sich auszuforschen. Unter dem Schein ihrer gemeinsamen Existenz brüteten ihre Instinkte von Leiden, Lüge und Kampf: stark die eine durch die unheimliche Beherrschung, die im Grund ihrer glühenden Natur lag, die andere sich verzehrend in den Wallungen, Widersprüchen und Sehnsüchten ihrer Jungfräulichkeit, die zwischen höchster Unbewußtheit und letzter Bewußtheit schwebte. Zuweilen stimmte sie eine vorübergehende Wallung von Güte weicher, befiel sie ein fast fleischliches Bedürfnis, sich aneinanderzupressen und zwischen ihren beiden Körpern die uneingestandene Qual zu erdrücken.

«Vana, ich kann nicht hören, wie deine Zähne aufeinanderschlagen.»
«Verzeih! Ein nervöses Frieren. Ich kann nichts dafür.»
Sie nahm ihren Schleier zwischen die Zähne und nahm ihre Vernunft und hielt sie fest, wie man den Kopf zwischen die Hände nimmt, der schmerzt und schwankt. Aber sie entwich ihr, schien sich aufzulösen und sich zu zersetzen in lauter Vorstellungen, die so plastisch waren wie die Dinge der brutalen Wirklichkeit. Sie sah die Zähne Giulio Cambiasos vor sich, die kleinen weißen Zähne, das entrückte Lächeln, die Bewegung seiner Lippen in dem Moment, da er die Worte des Traumes formte: ‹Eine Rose glitt an ihrem blauen Gewand herab, auf die Fliesen, in denen sich ihre nackten Füße spiegelten.› Die Kühle, die sie jetzt leiden machte, kam ihr von dem stummen Toten. ‹Das erstemal, daß ich eine Blume in die Lüfte trage. Sie wiegt leicht, meinen Sie? Vielleicht wiegt sie schwer wie ein zwiefaches Schicksal. In die Höhe will ich sie tragen. In die Höhe ...› War nicht diese Rose sein Tod gewesen? Die Rose von Madura?
Sie fuhr mit einem wilden Zucken vom Sitz empor.
«Mein Gott, was ist dir? Was ist dir, Vana? Wie bist du verstört! Beruhige dich doch!»
«Verzeihe, Isabella! Ich werde mich beruhigen. Achte nicht auf meine Nerven.»
«Du tust mir zu leid, arme, arme kleine Vana.»
Jetzt lag nichts als einfache Zärtlichkeit in ihrer Stimme, ohne Vorsicht, ohne Hintergedanken. Sie zog die junge Schwester an sich, wie um sie einzuwiegen. Ein plötzliches Halten der Maschine stieß sie gegeneinander. Vana bemerkte, daß der Arm Isabellas um ihre Taille lag. Der

Knoten in ihr löste sich in kurzem, gedämpftem Schluchzen. Sie fühlte jetzt nichts als ihre Verzweiflung und das Unheil dieses fürchterlichen Abends. Sie schluchzte leise unter ihrem Hut mit den gelben Rosen.

«Arme, arme Kleine!»

Aber schon dieses unbestimmte Mitleid verletzte ihren Stolz. Kaum daß der Knoten sich gelockert hatte, schnürte er sich schon wieder.

‹Hast du Mitleid mit mir? Weshalb? Weißt du etwa, warum ich leide? Nichts weißt du, nicht was ich getan habe, noch was ich tun werde. Hast du Mitleid mit mir, weil du mich erdrückst, weil du stärker bist als ich, weil du mich hinderst zu leben? Du wirst ja sehen. Du wirst sehen!›

Im Tumult von Eisen und Feuer heulten die Sirenen wie abends im Nebel in der Nähe der Häfen, wenn die Leuchtfeuer blinken und das Sodwasser der Schiffe die Luft verpestet.

Der schwelende Geruch in der Luft war erstickend.

«Auf, Vana! Auf! Wir sind in der Stadt. Endlich! Ich werde bei dir wachen, ich werde dich in Schlaf singen.» Die Sirenen schwiegen; dafür tönten die Hupen. Wie eine kriegerische Fanfare zog es durch die beflaggten, menschenwimmelnden Straßen der Stadt. Unheilvolle Ausrufe wiederholten sich im allgemeinen Lärm. Schmutzige Austräger, ganz schief vom Gewicht des schweren Zeitungspacks unter dem einen Arm, rannten um die Wette und riefen den Namen des Toten und den Namen des Siegers, in der Hand das Blatt, noch feucht von Druckerschwärze: zerlumptes Gesindel, unflätig und nach Wein riechend. Aber der Turm der Pallata, die Loggia, der Broletto, die Wälle der Viskontiburg, die alten Quader des Stadthauses und der Signoria ragten strahlend von Lichtern in den eroberten Himmel. Und die ganze mannhafte Stadt war wie zur Zeit der Konsuln und der Tyrannen voll von Lärmen und Begeisterung, voll von Tod und Sieg.

Aldo», sagte Isabella leise und mit einer tiefen Erregung in ihrer Stimme, «Aldo, du solltest heute nacht noch nach Montechiari zurückfahren und nach Paolo Tarsis sehen! Vielleicht braucht er dich!»
«Mich?»
«Sag ihm, daß wir mit ihm sind, in seinem Schmerz mit ihm sind!»
«Meinst du, das wird ein Trost für ihn sein?»
«Ich weiß nicht, aber ich meine, du müßtest es tun.»
«Was fragt er nach mir? Was fragt er in diesem Augenblick nach der ganzen Welt? Du hast mich schon einmal zu ihm geschickt. Hättest du ihn gesehen, dann würdest du mir glauben, daß es jetzt besser ist, ihn allein zu lassen.»
Ein bitterer Groll wühlte in dem jungen Menschen, etwas wie asketischer Neid gegen die Größe dieses Schmerzes, wie ein stürmisches Sichauflehnen gegen die unnahbare Einsamkeit dieses Menschen. Aldo verlangte alles vom Leben. Alles sollte seiner Jugend und seiner schönen Stirn gehören. Jedes Schauspiel fremder Leidenschaft oder fremder Lust reizte seinen Groll, als würde ihm ein verbrieftes Vorrecht angetastet. Er litt jetzt unter dem alten Hotelzimmer, voll von Koffern und erfüllt von dem leichten Parfüm, das aus den rings verstreuten

weiblichen Kleidungsstücken strömte: aus den Schleiern, Federn, Handschuhen und aus all den andern sublimen und eitlen Dingen. Da drüben aber, auf der wilden Heide, unter nacktem Zelt, wachte ein Sieger über die Leiche seines Freundes, die in ein Banner geschlagen auf dem Feldbett lag, und die Größe seines Schmerzes erhob den Schuppen aus Brettern und Wellblech zum Gleichnis jener Hütte aus Pfählen und Stroh, die die Myrmidonen über dem Leichnam des Patroklus errichtet hatten. «Er will allein sein. Er hat alle weggeschickt, die abwechselnd die Ehrenwacht halten wollten. Als ich ihn anredete, sah er mich an, als kenne er mich nicht!»

Und er selbst fühlte, daß er ihn nie gekannt hatte. Nie war er ihm so fremd erschienen, nie so tief verschieden, von einer andern Rasse und einem andern, härteren Gepräge. Und nie zuvor hatte er aus der Nähe einen menschlichen Schmerz gesehen, der diesem Schmerze glich und der einen Menschen so unerhört groß erscheinen ließ.

«Wenn du mitkommst, gehe ich selbst», sagte plötzlich Isabella und sah dem Bruder in die Augen.

Vanas Herz setzte aus. Sie hatte sich, auf dem Rücken liegend, auf das Bett gelegt, die Augen halb geschlossen, die Ohren geöffnet.

«Du bist wohl irrsinnig!» antwortete Aldo rauh und herb. «Glaubst du, er wolle dich jetzt sehen?»

«Und wenn ich ihn jetzt sehen wollte?» sagte Isabella mit gedämpfter und doch gebieterischer Stimme, die wie ein versteckter Schlag klang.

Aldo erblaßte. Sie warf einen flüchtigen Blick nach dem Bett, wo die weiße, reglose Gestalt Vanas lag. Die Leidenschaft wirbelte in ihr, riß alles nieder, zur Verzweiflung getrieben durch die Unmöglichkeiten, entflammt durch den großen Schmerz, der widerrechtlich in ihr Gebiet eingedrungen war. Warum hatte Paolo nicht nach ihr gefragt? Warum hatte er nicht den Versuch gemacht, sie wenigstens für ein paar Augenblicke zu sehen? Warum hatte er früher immer vermieden, von diesem Freund zu sprechen und ihn zu zeigen, wie aus einem dunklen Mißtrauen, wie aus einer unbewußten Vorsicht, einer Gefahr oder einer bösen Absicht gegenüber? War jetzt die Trauer Herr geworden über die Leidenschaft? Brachte er vielleicht seine Liebe dem brüderlichen Schatten zum Totenopfer dar?

Die Wollust und die Grausamkeit des Tages von Mantua ward wieder in ihr lebendig. Sie hörte wieder die Worte voll Doppelsinn, die sie selbst im Gemach mit den Intarsien, im vergoldeten Klavizimbelschrein gesprochen, als Vana nach der Bedeutung der Zahl XXVII fragte, fühlte wieder unter ihren Wimpern den Ausdruck ihres Blicks, mit dem sie neuen Aufschub verlangt und gleichzeitig den denkwürdigen Tag der Erfüllung verheißen. ‹Morgen, morgen!› fühlte sie mit Ungeduld, als falle es ihr nach so grausamem Zögern jetzt mit einem Male schwer zu warten. ‹Würde es mir gelingen, ihn seinen Schmerz vergessen zu machen? Er weiß, was mein Mund vermag. Was wird er tun? Abreisen? Wird er der Bahre des Freundes folgen? Nie mehr zu mir zurückkehren?›

Sie liebte ihn jetzt mit allen Kräften ihres Seins, hoffnungslos. Und von ihrer Liebe erwartete sie eine Macht ohne Grenzen, zauberische Gewalt. ‹Du tratst herein wie einer, der eine Tür öffnet und einem Fremden befiehlt:

Laß alles stehen und folge mir! Und nicht am Gehorsam zweifelt.› In ihrer Erinnerung glühten wieder die Worte auf, die ihr Paolo auf der Straße des Todes zugeflüstert, nach der tollen Fahrt gegen den Wagen mit den Baumstämmen. Und sie erzählte ihrem eigenen Herzen, das jetzt wie das Herz eines Kindes ward: ‹Sieh, jetzt geh ich hinaus zu ihm aufs Feld! Ich trete zu dem Schuppen, schlage die Vorhänge auseinander und schaue hinein. Er sitzt neben dem Totenlager. Er fühlt meine Nähe, springt auf, geht wie ein Nachtwandler, läßt sich von mir an der Hand nehmen, vergißt alles und folgt mir im Dunkel der Nacht, im Schein des Morgenrots.› Aldo hatte ihr nicht mehr geantwortet, blieb stumm. Die Hand über den Augen zum Schutz gegen das Licht der Lampe, beobachtete er das Gesicht der Schwester. Es war jetzt wie das Gesicht der Liebe selbst, krank von Bangnissen, wie ein Feuer, das unter dem Regen zusammenzuckt und doch nicht erlischt. Es war das Gesicht der Leidenschaft und der Magie, mit diesen Augen, die halb geschlossen waren, wie um das Unsichtbare anzuziehen, oben und unten von den dunklen, bläulichschwarzen Wimpern gerahmt, die den Blick nicht hinderten, sondern selbst sehend zu sein schienen, wie auf gewissen Christusbildern, wo die Schatten der Wimpern für den brünstigen Beschauer sich plötzlich in zwei unvergeßliche Pupillen wandeln. Dies Gesicht war das Gesicht der Lust und der Grausamkeit selbst, mit diesem Mund, der stets bereit schien, in den zwiespältigen Schmerz zu beißen, wie in eine jener blassen Früchte, deren Fleisch durch Pfropfen blutrot wird. ‹Was reißest du die Wunde wieder auf?›

In den letzten Tagen hatte er seine eigene Ahnung des wilden Kusses in Mantua durch Zweifel abzuschwächen versucht, hatte sich selbst die Möglichkeit eines Irrtums eingeredet. Hatte sich durch seine stete Wachsamkeit etwas beruhigt. Und siehe, jetzt bekannte sie selbst ihre Liebe, mehr durch den stummen Ausdruck ihres Gesichts als durch ihr plötzliches Wort. Sie hatte alle Rücksichten gebrochen, war bereit zum letzten. In der Seele stieg ihm wieder jenes Stöhnen auf, mit dem er durch das Irrsal des zerfallenden Palastes geirrt: ‹Fahr wohl! Fahr wohl!›

Von Zeit zu Zeit wurde das Signal eines Automobils vernehmbar, das Geräusch einer eisernen Jagd durch die Nacht, ein Gewirr von lauten Stimmen. Die Stadt fand keinen Schlaf.

«Lebt die Mutter Giulio Cambiasos noch?» fragte Isabella mit ganz sanfter Stimme; denn auch auf ihr lasteten noch die letzten Worte, die sie gesprochen. «Weißt du's nicht, Aldo?»

«Nein.»

«Wenn sie noch lebt, wer wird ihr die Nachricht von dem Unfall bringen?»

«Irgendein brutaler Zeitungsausträger unter ihrem Fenster, in der Frühe zwischen Schlafen und Wachen. Erst wird sie den Namen gar nicht verstehen; dann wird nur ihre Seele aufhorchen, wacher als der arme Körper. Sie wird glauben, falsch gehört zu haben. Wird nochmals auf die Stimme horchen, die sich schon entfernt, eine Stimme, rauh von Branntwein. In den Zwischenpausen wird sie das Zwitschern der Schwalben unter dem Dach hören, genau wie an jedem andern Morgen. Blutleer, atemlos, hohl, wird sie im Dunkel des Zimmers mit weit aufgeris-

senen Augen das Entsetzen des Tages durch die Ritzen der Läden dringen sehen.»
«Warum diese gräßliche Phantasie?» Vana richtete sich bebend vom Bette auf.
«Haben wir dich aufgeweckt, Vana? Schliefst du schon?»
«Ja», antwortete die jüngere Schwester nach einem kurzen Zögern und gab ihrer Stimme einen verschlafenen Ausdruck.
«Hast du geträumt?»
«Ja.»
«Willst du nicht zu Bett gehen?»
Vana ließ sich wieder aufs Bett sinken, als befalle sie wieder eine unbezwingliche Schlafsucht.
«Laß mich nur so ein bißchen schlafen!» murmelte sie mit einem tiefen Seufzer.
«Auch ich bin tot vor Müdigkeit. Ich schicke dir gleich Chiara, um dich auszuziehen.»
«Nachher, nachher. Nach dir...»
Sie murmelte ununterbrochen weiter, als wäre sie schon im Einschlafen. Als Isabella mit ihrem leichten Schritt ans Bett kam, schien sie schon fest zu schlummern. Isabella spürte den Geruch der blonden Rosen, die neben ihr in einem Wasserkrug neu auflebten. Sie beugte sich über sie, berührte leicht mit den Lippen ihr regloses Haar. Dann zog sie sich zurück.
«Gehst du jetzt auch zu Bett, Aldo?» sagte sie zärtlich zu ihrem Bruder und hielt ihm die Wange hin.
Er machte die Bewegung des Küssens, aber seine Lippen berührten sie nicht.
«Wieder erzürnt?» sagte sie mit einem gezwungenen Lächeln.

Er stand schon unter der Tür, drehte sich um und nahm ohne zu lächeln ihren Kopf in beide Hände, hob ihn mit einer leidenschaftlichen Gebärde auf und starrte mit einem verlorenen Ausdruck in dies Gesicht, das das Gesicht der Liebe selbst war.
«Aldo!» rief sie mit gebrochener Stimme und fühlte die eisige Kälte der brüderlichen Hände.
Er ließ sie los und ging rasch hinaus. Sie stand still und lauschte auf die Atemzüge der Schwester. Die Straße war jetzt still, nur in der Ferne hörte man Geräusch von Karren. Unzusammenhängende Bilder jagten sich in ihrer Phantasie. Sie sah ihren Freund verzerrt und ungestalt wie im konvexen Spiegel des Scheinwerfers, den Oberkörper ohne Kopf und monströs vergrößert, die Faust riesengroß in einem roten Handschuh. Sie war wohl wach, aber der Alp bedrückte sie in ihrer großen Müdigkeit, als läge sie unter ihm hingestreckt. Eine dunkle Furcht überkam sie: die finstern Mächte dieser Macht stürzten auf sie herein, wie um sie auszuplündern. Sie schleppte ihren Körper mit den tausend Seelen gegen das traurige Hotelbett, in dem unzählige fremde Gäste vor ihr mit ihrer Wärme und ihrer Schwere gelegen hatten. Wie sie vor dem Spiegel saß und ihre gewundenen Flechten den Händen der Zofe überließ, starrte sie bestürzt ihre eigene Schönheit an, die ihr in diesen kurzen Augenblicken von der Glut ihrer Leiden seltsam gereift erschien.
Als dann das aufgelöste Haar ihr den Anblick des eigenen Antlitzes hinderte, hatte sie ein Gefühl von Erleichterung und Kühlung wie beim Plätschern eines Baches. Sobald Vana sich allein fühlte, hatte sie die Augen weit aufge-

schlagen. Jetzt horchte und spähte sie. Ihre ganzen Gedanken, ihr ganzes Gefühl traten hinter dem erwachenden tiefsten Instinkt zurück: sie dachte nicht mehr an ihren Schmerz, nur noch an ihr verwegenes Spiel, an die Ausführung ihres Unternehmens. Die Tatsache, daß es ihr gelungen war, die Aufmerksamkeit der Schwester zu täuschen, gab ihr trotz aller Bangnis eine Art katzenhafter Fröhlichkeit. Sie war wie ein junges Raubtier, das nach mühsamen Irren über rauhes und unbekanntes Land jetzt plötzlich in sein altes Jagdgebiet zurückkommt, in seine Dschungel oder auf die heimische Pampa.

Vorsichtig überlegte sie in sich die trügerischen Wendungen, die sie ihren Worten geben würde, jede Einzelheit der Handlungen, die sie begehen würde. Sie sah sich vor jedem Fehler vor.

Auf der Seite liegend, das Gesicht gegen das Gefäß mit den Rosen bei ihrem Kopfkissen gewendet, wartete sie: ‹Wenn Isabella nun doch hingehen würde? Allein oder mit Chiaretta? Vielleicht machte sie sich jetzt eben fertig?› Diese Befürchtung rührte alle Listen in ihr auf. Sie suchte einen Weg, um dieser Möglichkeit entgegenzutreten. Es war ihr, als müsse sie um jeden Preis ihr Vorhaben ausführen, das für sie nach und nach zu einem Gebot der Seele geworden war, dem sie gehorchen müßte bei Androhung einer dunklen Strafe. Sie mußte diese Nacht bei dem verbringen, der mit ihr den letzten Traum geträumt. Sie mußte zu Füßen des Toten den Strauß von Rosen niederlegen, aus dem sie die eine des hohen Flugs genommen. Das Fieber ihrer Einbildung hatte die unbestimmten Möglichkeiten, die um das nahe und doch schon so weit entlegene Gespräch schwebten, zu einem mystischen Band verknüpft. Ihr Totengelübde war wie das Gelübde einer heimlichen Braut. Unter dem Schuppen voll von Dröhnen hatte sie noch über sich selbst gelächelt: ‹Jetzt geht er hinaus, fliegt. Die Rose entblättert sich, alles ist zu Ende. Alles vergessen.› Jetzt hatte der Genius des Todes den Stiel der entblätterten Rose aufgenommen. In seinen heiligen Händen war er zu einem Unterpfand der Treue geworden. Sie lächelte nicht mehr, sondern sagte sich selber vor: ‹Die heimliche Braut eines Schattens bin ich.›

Niemand als der überlebende Freund wachte bei den blutigen Resten. Und nur ein Wesen – außer dem Freund und der Mutter – hatte ein Recht auf den letzten Besuch: sie, die, um eine Blume zu bringen, so weit gewandert war.

Das Geheimnis vermehrte die Glut ihres phantastischen Gefühls. Sie hatte allen gegenüber von der seltsamen Begegnung, dem seltsamen Gespräch geschwiegen. Und im Augenblick des entsetzlichen Sturzes war auch sie ins Dunkel versunken: ihre Seele war dem heimlich Verlobten bis an die Schwelle des Todes gefolgt. War das vielleicht nicht so? War das nicht so? Als Isabella die ferne Mutter erwähnte, bei der schauerlichen Phantasie Aldos, hatte sie mit ihrem feinsten Schmerzgefühl empfunden: ‹Wer anders als ich darf ihr die Unheilsnachricht bringen? Wer anders als ich mit ihr weinen? Ich habe seine letzten Worte bewahrt, sein letztes Lächeln, seine letzte Zartheit. Sein Freund war schon in der Höhe, am Werk. Mich hat das Schicksal gesandt, um ihm ein Zeichen zu bringen, von dem ich nichts wußte und von dem er nichts wußte. Er hat mich wiedererkannt. Wir haben uns erinnert! Mir fing an, so wohl zu werden, daß ich nicht mehr weggehen konnte, als hätte ich silberne Ketten an den Knöcheln, die silbernen Knöchelspangen der kleinen Indierin von Madura. Er lächelte, schien leicht berauscht und verwirrt. Vielleicht hatte diese Zartheit noch nie zuvor sich über sein Gesicht gebreitet... Ich! Wer anders als ich kann mit seiner Mutter reden?›

So hatte sie sich noch einmal mit ihrem Geheimnis auseinandergesetzt.

Sollte sie jetzt irgendein Zufall an der Erfüllung des Gelübdes hindern dürfen?

‹Zu Fuß will ich hingehen. Allein. Ich werde den Weg finden. Mein verzweifelter Wille, hinzugelangen, wird mich führen. Aber was werde ich zu dem sagen, der die Wache hält?› Noch einmal war alles Aufruhr in ihr. Chiara trat leise ein und kam an ihr Bett.

«Soll ich Sie auskleiden?»

Vana hielt die Augen fest geschlossen, den Kopf tief im Kissen. Sie rührte sich mit einem langen, klagenden Seufzer.

«Du, Chiaretta? Ist Isabella schon zu Bett?» fragte sie mit einer Stimme, schwach wie die eines schläfrigen Kindes.

«Ja, gnädiges Fräulein.»

«Hast du sie ausgekleidet?»

«Ich bin fertig drüben. Jetzt komme ich, um Ihnen zu helfen.»

Vana antwortete nicht mehr. Sie schien wieder in Schlaf versunken. Wie sie die leichte Hand der Kammerfrau spürte, die versuchte, ihr den Kragen aufzuhaken, sagte sie mit klagender Stimme:

«Nicht! Laß mich! Ich bin schon am Einschlafen. Laß

mich so! Ich kleide mich dann später selbst aus. Geh zu Bett!»

«Bleiben Sie so, wie Sie sind! Ich werde versuchen, Sie so auszuziehen.»

«Nein. Ich ... ich ...»

Sie machte eine ärgerliche Bewegung, drehte sich weg und vergrub das Gesicht wieder im Kopfkissen. Chiara gehorchte. Nun ward alles ganz ruhig. Ein Uhr war schon vorüber. Es galt, ohne Verzug zu handeln: es galt, aus dem Zimmer herauszukommen, den Mechaniker zu wecken, ihm den Befehl in einer Art zu geben, die Widerspruch ausschloß, nicht vom Hoteltor, sondern direkt aus der Garage mit dem Wagen wegzufahren. Der kleinste feindliche Zufall konnte alles in Frage stellen. ‹Schläft Isabella? Aldo ist vielleicht noch ausgegangen. Ist er schon zurück? Wenn ich ihm auf der Treppe in die Arme laufe? Er würde mich für wahnsinnig halten.› Die Gefahr reizte noch ihre fieberhafte Kühnheit.

Sie hatte sich zurechtgemacht, mit Mantel, Hut und Schleier. Sie nahm ihren blauen Gürtel, schnitt mit einer Schere die Enden weg und machte ihn so zu einem Band, mit dem sie die Stengel der Rosen umwand.

Paolo Tarsis wachte in der kurzen Hochsommernacht an der Bahre des Freundes. Er hatte nicht geweint. Weinte nicht. Der große Schmerz ist wie eine plötzliche Erstarrung des ganzen Seins: er gibt der Seele die Härte und Durchsichtigkeit der höchsten Gletscher und durchleuchtet sie mit jenem demantenen Licht, das sich nur über den unerstiegenen Zinnen ausbreitet. Er fühlte sich licht und frei wie nie. Nichts Fremdes lebte mehr in ihm. Keine Sehnsucht mehr, die ihn trübte. Er stand da in der Welt wie eine fürchterliche Naturgewalt. Die Taten, deren Erfüllung sein Wille heischte, erschienen ihm nicht anders als herrische Dekrete.

Von Zeit zu Zeit stand er auf, um ins Dunkel zu starren und auf das Feld hinaus gegen die Säule hin, wo jetzt eine Flaggenstange im Boden die Unglücksstätte bezeichnete. Er sah zuweilen die gezogenen Säbel der vier Reiter aufleuchten, die die Viktoria bewachten. Es war eine Nacht voll Feuchtigkeit und elektrischer Spannung. Hinter dem Monte Baldo stand ein Wetterleuchten ohne Donner. Windstöße kamen wie keuchendes Atmen. Wolken zogen wie Mähnen, in denen sich die Sterne verfingen. Tropfen fielen groß und lau, wie zu Beginn eines Gewitterregens. Hörten wieder auf. Käuzchen schrien auf den Pappeln. Ein Hund heulte aus einem Gehöft. Ein zweirädriger Karren ächzte auf der Landstraße. Es war wie eine schon einmal erlebte Nacht, die im Umlauf der Jahre von lange, lange her wiedergekommen wäre.

Er wandte sich um und sah den Toten wieder auf dem Feldbett liegen, in den roten Wollstoff der Fahne eingewickelt, ein schwarzes Tuch um den Kopf, das den Schnitt an der Schläfe und den zerschmetterten Hinterkopf verdeckte. Es kam ihm wieder die Ähnlichkeit des Toten mit einem jener asketischen Abenteurer zum Bewußtsein, seine ligurische Rasse, die ein Volk von Seefahrern und Staatsmännern hervorgebracht, edel, wie gewisse Patrizierbilder von van Dyck, die jetzt noch im Dämmer vieler Paläste in Genua leuchten, mit rauchigem

Goldton übergossen, der an den Nasenflügeln und um die Augen schon nachdunkelte, doppelt edel und stolz unter dem schwarzen Tuch, das an die viereckige Kopfbedeckung mit herabhängenden Krempen erinnerte, wie sie der Doria trug, Abzeichen der alten Admirale.

Vier Wachskerzen aus dem Dom von Montechiari brannten an den vier Ecken des Bettes. Ein Matrose vom Signaldienst wachte über die Flammen. Es war ein Sizilianer aus Syrakus, der schon unter Giulio Cambiaso an Bord eines Hochsee-Torpedobootes gedient hatte. Der gleiche Mann hatte einige Stunden zuvor die weiße Siegerscheibe am Mast gehißt.

‹Wer kann da kommen?› fragte sich Paolo Tarsis, als er die Signale und den kräftigen Schlag eines Automobils näherkommen hörte.

Aus dem Schuppen nebenan drang durch die Zeltwand hindurch das gedämpfte Geräusch einer vorsichtigen und raschen Arbeit. Zuweilen erschien der Schatten eines Arbeiters riesengroß auf der Leinwand, mit einem ungeheuern Arm, der sich bis unter die Dachbalken hob, als wollte er niederschmettern, dann plötzlich zusammenschrumpfte, verschwand. Das Zischen des Hobels, das Ächzen der Raspel, die Schläge des Hammers erklangen ehrfürchtig gedämpft in der Nähe des Todes.

«Wer kommt um diese Stunde? Sieh nach, Cingria!» sagte er mit herbem Ton, als er den Wagen am Eingang halten hörte.

Als der Matrose gegangen war, schoß ihm der Gedanke durch die Brust, Isabella könnte jetzt plötzlich vor ihm stehen. Er empfand nichts als die brutale Entschlossenheit, ihr den Eintritt zu verwehren. Und er entsann sich wieder des Geleits, das er dem Freund gegeben hatte, im Augenblick, wo er von ferne den biegsamen Gang der Versucherin erkannte. Er gedachte wieder des letzten, wiederholten Grußes, seines zögernden Verweilens, der Worte, die er nicht gesprochen, und seiner geheimnisvollen Trauer.

«Eine Dame verlangt nach Ihnen», sagte der Matrose im Eintreten mit leiser Stimme.

«Isabella?» Er ging gegen den Eingang, erkannte in der Dunkelheit eine weibliche Erscheinung. Das Herz krampfte sich ihm zusammen. Aber als sie näherkam, erkannte sein Blut, früher noch als sein Auge, daß es eine andere war. Wer war es? Vielleicht eine Unbekannte, die dem Toten einen letzten Liebesdienst erweisen wollte? Eine liebevolle Frau, die heimlich kam, um sich die Erlaubnis zu einem letzten Wiedersehen zu erbitten? Der Geruch der Rosen drang ihm aus dem Dunkel entgegen.

«Ich bin Paolo Tarsis», sagte er mit einer Verbeugung. Seine Stimme war fremd und ohne jede Spur von Wärme. «Was kann ich für Sie tun?»

«Verzeihen Sie mir! Verzeihen Sie mir! Ich bin es. Vana.» Sie sprach mit erstickter Stimme und hob den Schleier von ihrem Gesicht, wie von einer frischen Wunde.

«Sie hier? Allein? Wieso? Was ist geschehen?»

Mit ihren Augen, die durch die nächtliche Fahrt ans Dunkel gewöhnt waren, sah sie ihn deutlich auf dem hellen, zugezogenen Zeltvorgang sich abheben. Sie verzehrte ihn mit ihren Blicken, sättigte sich an ihm, als sei sie nur hierhergekommen, um ihm nach endlosem Harren nahe zu sein. Alles, was hinter ihr in der Nacht lag, schien ihr jetzt nur ein verworrener Traum. Die Glut des

Gelübdes war erloschen. Ihr Wille, der bis dahin so unerhört angespannt gewesen, ließ nach, versank ins Nichts. Sie empfand ein tödliches Verlangen, seine Hände zu ergreifen und sie zu küssen, und sich dann auf die Erde sinken zu lassen, sich selbst und die Rosen, auf daß er über sie wegschreite.

«Ich werde es Ihnen erklären ... Lassen Sie mich zu Atem kommen!»

Sie atmete schwer, als habe sie sich den ganzen Weg zu Fuß geschleppt.

Was sollte sie ihm sagen? Tausend Worte waren ihr während der Fahrt durch den Kopf geschossen, und sie hatte sie sich gemerkt, um sie dann sagen zu können. Jetzt fand sie sie nicht mehr.

«Wie sind Sie hierhergekommen, allein? Ist jemand bei Ihnen?»

«Nein, niemand. Filippo ...»

«Aber was ist geschehen? Reden Sie!»

«Gleich sag ich es Ihnen ...»

Sie hätte ihm am liebsten gesagt: ‹Ich bin gekommen, weil ich das Leben keine Stunde mehr ertrug, ohne gesehen zu haben, wie Ihr Antlitz im Schmerze aussieht.› Aber sie suchte nach den andern Worten, nach den Worten des zerstörten Traums, die sie wiederfinden und aussprechen mußte, jene Worte, die die Blumen in ihrer Hand kannten und forderten.

Sie hatte eine Stimme, fremd wie die Strömungen der Tiefe, die verschollene Dinge der verschwundenen Sirenen an den Lido spülen.

«Ich bin die heimliche Braut des Toten hinter dem Vorhang.»

Paolo fühlte, wie ein eisiges Rinnsel in seinem Innern von Eis emporstieg. Er glaubte die Stimme des Wahnsinns aus ihr sprechen zu hören. Entsetzen und Mitleid überkamen ihn. Er beugte sich, um das arme, verwirrte Antlitz besser sehen zu können. Die ganze Nacht schien ihm voll von Schrecken.

«Die Rosen da muß ich zu seinen Füßen niederlegen. Deshalb bin ich hergekommen.»

Hinter dem Monte Baldo wetterleuchtete es ohne Donner.

«Heut am Tage trug ich sie an meinem Gürtel. Ich war hier bei ihm, während meine Schwester bei Ihnen war.»

Windstöße erhoben sich wie schwere Seufzer.

«Wir sprachen von Ihnen, und er sagte mir die Prophezeiung des Wahrsagers von Madura: ‹Beiden ein gleicher Tod!›»

Wolken zogen wie Mähnen, in denen sich die Sterne verfingen.

«Und dann erinnerte er sich meiner – erinnerte sich der jungen Inderin, die am Tisch des Händlers stand und sich gegen euch beide umwandte, während sie eine Girlande von gelben Rosen erstand.»

Tropfen fielen, groß und lau wie zu Beginn eines Gewitterregens.

«Er sagte mir, daß sie mir glich. Ist das wahr? Er schloß die Augen, um sie in der Erinnerung zu sehen. Er öffnete die Augen, um sie lebendig zu sehen. Und ich stand vor seinen Augen. Und er sagte mir, beim Weggehen sei ihr eine gelbe Rose am blauen Gewand niedergeglitten. Ist das wahr?»

Die Tropfen hörten auf zu fallen.

«Er habe sich rasch gebückt, um sie aufzuheben; aber es sei ihm nicht geglückt. Da rief ich aus: ‹Hier ist sie!› und nahm eine Rose aus meinem blauen Gürtel.»

Die Käuzchen schrien auf den Pappeln.

«Er aber nahm sie und sprach: ‹Kommen sie wirklich von Madura? So weit sind sie gegangen? Zum erstenmal, daß ich eine Blume in die Lüfte trage. Sie wiegt leicht, meinen Sie? Vielleicht wiegt sie schwer wie ein zwiefaches Geschick. Hoch werde ich sie tragen, hoch!›»

Ein Hund heulte von einem Gehöft.

«Und dann das Entsetzliche, und dann der Tod! Wie Sie ihn in die Arme nahmen, trug er da die blutgetränkte Rose von Madura noch an der Brust? Meine Rose? Sagen Sie? Sagen Sie!»

Sie fühlte jetzt, wie sie die Seele des Mannes vor ihr mit ihrer Beschwörung an sich gerissen hatte. Sie sah ihn unsicher und bestürzt dastehen. Und da begann die erloschene Glut in ihrem Innern wieder aufzuglühen. Der zerstörte Traum erfüllte sie wieder ganz. Denn diese Glut und dieser Traum brachten sie dem einsamen Herzen näher als ein Liebeswort, umkleideten sie mit Schicksal, liehen ihr Geheimnis und Macht.

«Sagen Sie, Paolo!»

«Ich weiß nicht. Ich habe nichts gesehen. Es wäre ja auch unmöglich gewesen.»

Ein fremder Schauer drang in die Starre seines Schmerzes. Eine Ahnung wallte in der Tiefe seiner Seele, ohne eine klare Form anzunehmen. Es war ihm, als hielte er den Schlüssel seines Schicksals, wenn es ihm gelänge, sie zu fassen und zu deuten. Etwas in ihm lauschte auf alle Geräusche der Nacht und ging ihnen bis in die letzten

Tiefen des Seins nach. Die Käuzchen schrien auf den Pappeln. Ein Hund heulte von einem Gehöft. Ein zweirädriger Karren ächzte auf der Landstraße. Es war wie eine schon erlebte Nacht, die im Umlauf der Jahre wiedergekommen, aus weiten, weiten Fernen.
«Vielleicht ist wenigstens noch der Stengel da. Vielleicht», sagte Vana leise. «Wer weiß, wer ihn zuerst angefaßt hat.» Und sie machte einen Schritt gegen den Vorhang, durch den eine schwache Helle zitterte.
«Wollen Sie hinein?»
Sie hob mit beiden Händen den Rosenstrauß empor.
Sie gingen Seite an Seite. Wie sie am Eingang standen und Paolo sich anschickte, den Vorhang auseinanderzuschlagen, drängte sie sich mit einem entsetzten Zusammenfahren an ihn. Er hielt und führte sie. Sie traten ein. Sie sah vor sich die vier zitternden Flämmchen im hohlen Dunkel. Der Schuppen, den sie zuletzt von den weißen Schwingen erfüllt gesehen hatte, erschien ihr jetzt von einer schreckhaften unterirdischen Größe, wie eine Katakombe. Sie schloß die Augen, zitterte wie die kleinen Flammen, kraftlos und unfähig, ihr Entsetzen zu beherrschen. Sie fühlte die Hand Paolos, die sie stützte, und wünschte, nie wieder zu sich zu kommen und sich ganz in ihm zu verlieren.
«Vana!»
Er schüttelte sie leicht – rief sie leise bei Namen. Wie sie ihren Namen so nah und schmerzlich aussprechen hörte, überkam sie mit einem Mal eine so göttliche Weichheit, daß sie ohne Schluchzen zu weinen anfing. Und er liebte diese stillen Tränen, die seine Dürre netzten, als würden sie von ihm selbst geweint.

Auch sie fühlte jetzt eine verklärte Liebe zu dem Toten in sich erwachen, denn sie sah, wie der andere ihn liebte. Durch ihre Tränen blickte sie nach dem Leichnam hin und sah ihn aufgebahrt in einer Schönheit, die sie im Gesicht des Lebenden nie erkannt hatte, und barg ihn in der Tiefe ihres Gedächtnisses, und fühlte sich als die Witwe eines Schattens.

Sie machte ein paar Schritte, hielt den Strauß vor, legte ihn an den Füßen nieder, die im roten Banner vereinigt und verhüllt waren. Sie empfand, wie jede ihrer Tränen, jede ihrer Bewegungen dem Schmerz des Mannes neben ihr teuer waren, und daß ihre Jungfräulichkeit sie wert machte, neben den Tod zu treten.

«Der Stiel der Rose ist noch da, auf seiner Brust. Ich spüre es.»

Paolo stützte sie nicht mehr. Er trat neben die Bahre – zögerte. Sie stand da, aufrecht und stark, und hörte die Schläge seines Herzens. Wie Paolo bebend die Hand ausstreckte, sah sie ihn an. Es schien ihr in diesem Augenblick, als zeigten beide Gesichter die gleiche tödliche Blässe. Und die Furcht vor der Prophezeiung ergriff sie so heftig, daß sie fast dem blinden Drange folgte, sich an den Hals des Überlebenden zu klammern und ihn vom Abgrund zurückzuhalten. Sie hörte das Zischen des Hobels, das Ächzen der Raspel, das Pochen des Hammers, gedämpft wie im Traum, hinter der gleichen Zeltwand, durch die sie im Luftzug der Schraube heute eingetreten war.

Die Hand Paolos hob mit unendlicher Vorsicht den Zipfel des Tuches von der leblosen Brust. Er fand den Stengel und den entblätterten Rosenkelch.

Und nun ward alles geheimnisvoll wie ein Ritus. Vana fiel in die Knie, die Stirn gegen das Eisen des Totenbetts gepreßt. Ihr Gebet galt ihrem Abgott. Aber ihre Einbildung sah hinter seinem Rücken in der dunklen Tiefe des Schuppens, wo die traurigen Trümmer der Maschine weißlich leuchteten, die zwei ungeheuren steinernen Götterbilder, unter Weihgeschenken begraben, und der Wahrsager mit glattrasiertem Schädel, der Betelblätter kaute. Das Geräusch der unsichtbaren Werkleute klang ihr unheilverkündend im Ohr. Einen Augenblick kam ihr der Gedanke, als zimmerten da drüben die Handwerker mit dem gleichen Gerät, mit dem sie die Flügel gezimmert hatten, jetzt den Sarg für den Toten.

Beim Klang eines heftigen Schlages fuhr sie auf, erhob sie sich.

«Was machen sie da drüben?» fragte sie verstört und drängte sich nahe an Paolo.

«Sie reparieren die Maschine.»

«Welche?»

«Die meine.»

Da der Matrose sich zurückgezogen hatte, fingen die Flammen der Wachsstöcke zu rauchen an, und die Wachstropfen fielen mit dumpfem Klagelaute auf die Teller der Leuchter nieder. Die Luft ward dunkler und schwerer.

«Wieso die Ihre?»

«Beim raschen Landen ist mir der linke Flügel am Boden zerbrochen.»

Er zog Vana gegen die Zeltwand aus einem plötzlichen Bedürfnis nach etwas Licht. Sie flüsterte bebend:

«Hier bin ich hereingekommen, während die Schraube den Staub aufwühlte.»

Sie traten durch den Vorhang in das blendende Licht. Eine eifrige, geregelte Tätigkeit herrschte unter dem Schuppen, den elektrische Lampen erhellten. Der große ‹Reiher› nahm den ganzen Raum ein. Die Handwerker reparierten das Gerippe, erneuerten die Bügel aus Eschenholz und die beschädigten Bahnen der Bespannung, zogen neue Rippen ein, spannten die Drähte nach, nagelten die Säume am Holz fest.

«Warum die Hast?» fragte Vana. «Warum arbeiten sie die Nacht durch?»

«Um sicher zur Zeit fertig zu sein. Um morgen früh fertig zu sein.»

Sie hatten sich gleichzeitig wieder nach dem trüben Dunkel umgewandt, nach den Totenkerzen, nach der weiten Leere, in der am Boden die armseligen Trümmer weißlich schimmerten.

«Warum?» fragte sie mit einem Entsetzen, das ihr ganzes armes Gesicht, erschöpft von Leidenschaft und Müdigkeit, verzerrte.

Ihre Augen hingen an ihm und seiner Antwort mit solcher Inbrunst, daß ihm der Blick bis in die Tiefen der Seele schnitt, wie vorher die offenen Augen des Toten. Und er fühlte jetzt, wie vorher dem toten Freund gegenüber, ein instinktives Zucken in den Händen, wie um sie zuzudrücken, die Lider und Wimpern über einen Blick zu senken, der ewig hätte dauern können. Er machte eine unbestimmte Bewegung und gab keine Antwort.

«Warum?» fragte sie nochmals. Sie schien kein Wesen aus Fleisch und Blut mehr, sondern der Geist des Entsetzens selbst und wie zerstört von der Glut der eignen

Leidenschaft, ähnlich den Wirbeln von Sand, die der Wind für Augenblicke am Strand emportreibt.
Er sprach ganz leise.
«Soll ich nicht aufsteigen, wohin er gestiegen ist?»
«Nein, nein. Sie werden es nicht tun! Ich flehe Sie an, ich beschwöre Sie bei diesem zerschmetterten Haupt, bei diesem blutlosen Antlitz, bei diesen Lippen, die Ihnen kein Lebewohl gesagt! Schwören Sie mir, Sie werden es nicht tun! Hören Sie mich an! Ich bin Ihnen nichts, nichts. Aber das Schicksal wollte es, daß mir sein letztes Lächeln galt. Darauf berufe ich mich, nur darauf, nicht weil ich möchte, daß Sie mich gern haben, nur daß Sie mir nicht zürnen, wenn ich wage, Sie anzuflehen. Hören Sie auf mich! In mir ist nichts als Entsetzen.»
Er ergriff ihre Hände, zog sie zart und gütig gegen das Freie, gegen die Nacht, die schon erblaßte. Er sprach zu ihr mit dem überzeugenden Ton, mit dem man den Kummer eines Kindes beschwichtigt.
«Nicht doch, Vana. Regen Sie sich nicht auf! Nichts geschieht, nichts wird geschehen... Vielleicht wird die Maschine gar nicht fertig. Gewiß wird sie nicht fertig... Ruhe, Ruhe. Gute, Kleine! Sie haben nicht geschlafen. Es wird Zeit zurückzufahren. Es wird bald dämmern. Wie sind Sie nur hergekommen? Weiß jemand darum? Erwartet man Sie?»
Sie schüttelte den Kopf, ohne ihn anzusehen. ‹Er hielt ihre Hand, nannte sie Kleine, Gute! Warum konnte sie nicht in diesem Wort zur Welt kommen, in diesem Wort sterben? Warum mußte sie zurück zu den andern, heimlich sich in ihr Zimmer schleichen, vielleicht auf der Schwelle der begegnen, die sie hintergangen hatte, wieder kämp-

fen, wieder hintergehen, weiterleben in Feuer und Gift?› ‹Geliebter, Geliebter!› schrie das verzweifelte Glück in ihr, ‹laß mich noch bei dir bleiben, halt mich noch ein wenig so, ein wenig noch! Laß mich hier im Dunkel bleiben, im Geruch des Wachses und des Todes, nur daß ich nicht das Frührot hinter den Bergen sehen muß, daß ich von dir nicht scheiden muß beim Schwinden der Sterne, daß ich vergessen kann, daß für mich ein neuer Tag anhebt, ohne dich, Geliebter! Ich habe keine Kraft mehr. Ich sterbe vor Müdigkeit. Laß mich hier bleiben in einem Winkel, bei den Trümmern dort. Keiner wird mich sehen. Lautlos, atemlos wie die zerfetzten Tücher dort will ich liegen. Nur das Wort sollst du mir wiederholen! Und ich will den Arm unter meinen Kopf tun und Kopf und Arm und mein ganzes Ich auf dies Wort hinlegen und meine lichten Augen schließen – meine Augen, die licht sind wie die deinen – und schlafen. Und ich will nicht mehr aufwachen, wenn du mich nicht weckst, mein, mein Geliebter.›

Ehe sie den Fuß aus dem Heiligtum setzte, ehe er sie hinausführte, sah sie noch einmal nach dem rohen Feldbett zurück, nach dem steinernen Frieden in dem edlen Antlitz, dem starren Körper im blutroten Fahnentuch, den Rosen zu seinen Füßen – und beugte sich und machte das Zeichen des Kreuzes.

Aber als der Vorhang sich schloß und sie mit einem Male die Nacht mit ihren Sternen unter dem ersten silbrigen Schein erbeben sah, brach der Strom der Tränen wieder hervor. Sie hielt verzweifelt, ihre Knie wankten, alle Härten in ihr lösten sich. Ihr Geliebter stand ja neben ihr, und sie ließ sich an seine Brust sinken und weinte lautlos

ohne Schluchzen, als erfülle sich ihr ganzes Leben in diesem Weinen.
Und es war wie der Fluß, der lautlos unter Felsen fließt.

Paolo Tarsis hatte die wildesten Gebirge erklommen, war den verworrensten Flußläufen gefolgt, hatte alle Wüsten durchstreift. Er hatte die Schatten der Tropen kennengelernt, die dem Auge erst schwarz erscheinen, und die, wenn man sie betritt, hell und leuchtend sind wie anderes Licht. Die verschiedensten Menschenrassen, mit ihren Tieren und Waffen: die alternden, die schläfrig, das Kinn auf den Knien, an zerfallenen Mauern hocken, die jungen erobernden, die mit der Wildheit ihrer Kraft die Welt bewegen. Er kannte die Feuer der Hochöfen, aus denen sich der Strom des Eisens in die neuen Städte ergießt, und die einsamen Lagerfeuer der Nomaden, die mit trockenem Kamelmist unterhalten werden.
Eines Tages auf den Sulu-Inseln war er mit seinem Freund und einigen Amerikanern zu Pferd, als sie plötzlich von weitem einen Mann in langem, weißem Gewand und ein funkelndes Messer in der Hand auf sich zueilen sahen. Es war einer von jenen mohammedanischen Fanatikern, die die Spanier ‹juramentados› nennen: wilde Glaubenseiferer, die von Arabien, von Bochara, von Turkestan ausgehend ganz Asien durchqueren, durch Indien und Malaka nach Süden wandern und auf Pirogen bis nach Borneo vordringen, voll wilder Leidenschaft, von Verwünschungen trunken und nach nichts anderem dürstend als nach dem Blut von Ungläubigen. Der kam jetzt über den großen, sonnenglühenden Platz

gelaufen und stürzte auf die Gruppe von Reitern zu, das Messer in der Faust und zu töten entschlossen. Eine Salve knatterte ihm entgegen. Er fiel nicht, sondern stürzte weiter auf das Opfer zu, das er sich ausersehen. Paolo Tarsis bemerkte, daß seine starren Pupillen auf ihn gerichtet waren. Eine Kugel traf den Rasenden mitten in den glattrasierten Schädel. Im Fallen noch schleuderte er das Messer gegen sein Opfer. Zwei Sporen gruben sich blitzschnell in die Weichen eines Pferdes, das sich dazwischen warf, aufbäumte und die scharfe Klinge in die Brust empfing. Giulio Cambiaso hing im Sattel vornüber, das Gesicht tief bis in die Mähne des Pferdes herabgebückt.

Jetzt vermengte sich in seinem Gedächtnis – in einem viel tieferen als dem des Verstandes – der glatte Schädel des Moslem mit dem des indischen Wahrsagers und in einem unendlich fernen Empfinden das Schicksal des Messers mit dem der Rose. Und alle Dinge in einer unerforschten Tiefe seines Seins wurden zur Kommunion und zum mystischen Band.

Die Tat, die er jetzt im Angesicht der Menge vollziehen sollte, war eine Tat des Schweigens, etwas wie eine religiöse Handlung, die ihm eine innere Notwendigkeit vorschrieb. Ging er dem prophezeiten Ende entgegen? War es eine Herausforderung an den Tod? Hoffte er selbst den Tod zu finden? Er fühlte weder die Beklemmung eines Vorgefühls noch die Erregung eines Wagnisses. In ihm war nichts als die ruhige Macht des Schmerzes und der Erwartung, als begebe er sich zu einer hohen Zwiesprache, zu der ihn der teure Schatten riefe. Nach außen war sein Handeln einfach und umschrieben wie eine soldatische Pflicht. Er hatte seine Maschine zum Höhenflug gemeldet und zog sie nicht zurück. Nachdem er dem Freund die letzte Ehre erwiesen, trat er wieder ins Feld. Wenn das Spiel vorüber, würde er noch in der gleichen Nacht der Bahre nach dem Friedhof von Staglieno folgen.

Als der ‹Reiher› mit dem frisch reparierten Flügel aus dem Schuppen gehoben wurde, verstummte die Menge wie am Tag zuvor: ein ungewohnter Schauer durchlief sie in einem Augenblick vom ersten bis zum letzten, als bestehe sie aus einem einzigen lebendigen Körper mit einem einzigen Rückenmark.

Es war ein dunstiger Nachmittag. Der junge Sommer kämpfte am Himmel wie ein Heer von Amazonen auf weißen und falben Rossen mit Pfeilen von Silber und Gold. Die Wolken lösten sich auf, scharten sich wieder zusammen, zerstreuten und verfolgten sich im Streit wie die Reiterinnen mit dem Halbmondschild. Plötzlich schoß durch Bündel von geraden Strahlen ein lichter, tönender Regen hernieder und hörte sofort wieder auf. Es donnerte dumpf hinter einem bleigrauen, regenschweren Wolkenberg. Dann öffnete sich ein tiefblauer Riß, wie ein Signal zum Waffenstillstand.

Von den Regenschauern benetzt, leuchtete die bronzene Nike auf ihrer schlanken Säule, grün wie das Laub des Lorbeers, grau wie die Blätter des Ölbaumes. Zahllose Kränze hingen an der Stange, die sich über der geweihten Unglücksstätte erhob. Andere bedeckten ringsum den Rasen, der das tapfere Blut getrunken, und bildeten ein Beet des Ruhms.

Die Schraube brauste in tiefer Stille ringsum. Der Flieger

lauschte auf den Klang seiner sieben Zylinder. Der Schlag war regelmäßig und kraftvoll. Von seinem Wirbel fortgerissen, stieg der ‹Reiher› in den Dunst, schicksalsträchtig, wie nach der Sage der Vogel, dessen Namen er trug, aus dem Brand der zerstörten Burg sich erhoben hatte.

In einem Augenblick war er mitten in der Einsamkeit, luftig in den Lüften, leuchtend im Licht.

‹Ist das die Bahn, die er gezogen?› sprach Paolo zu sich selbst, als fühlte er rings in der Luft die Weihe, die sein Herz erfüllte. ‹Ist hier noch die Spur seines Feuers?›

Nie war ihm der Schatten so nahe gewesen als in dieser Stunde. Er fühlte ihn zwischen der Spannung seiner Flügel wie einen Geist der Winde, wie einen unsichtbaren Piloten, der ihm die Wege zeigte und Höhen wiese.

Je höher er stieg, je härter er kämpfte, desto deutlicher offenbarte sich ihm diese beseelte Gegenwart. ‹Bis wohin bist du gelangt? Wo hat dein Flug geendet? Höher noch? Alles ist versunken. Die Erde ist nichts mehr als eine dunklere Wolke. Unser ist der Himmel!›

Bewegt und unruhig, wie jugendliches Ungestüm war der Himmel. Die Regenschauer waren warm wie Strahlen, die Sonnenstrahlen kühl wie Regenschauer in ihrem ewigen Wechsel. Die Dünste zerrissen wie die Säume an den Kleidern der Tanzenden. Die Nebelmassen tanzten dreist und ausgelassen zwischen den Donnern. Die reglose Wolke der Erde war erfüllt von rasender Begeisterung, voll von Lärmen, das nicht bis hinauf in die Lüfte drang. Auf der römischen Säule glänzte nicht mehr die Viktoria allein, sondern neben ihr der Ruhm eines ganzen Volkes. Tausende und Tausende von Augen sahen

am Signalmast das Zeichen eines neuen Höhenrekords erscheinen.
‹Immer noch höher?› fragte der Held seinen unsichtbaren Piloten. Er sah über den metallnen Windfang hinweg nach der schwankenden Nadel. In sein Herz drang ein ungewohnter Schreck, ein Schreck, den jetzt ein menschliches Wesen zum erstenmal empfand.
Zog er nicht schon in den letzten Kreisen, die sein Freund erreichte? Er ließ das Höhensteuer nach. Die Schwingen hörten auf zu steigen. Der Schatten war vor ihm, Angesicht zu Angesicht, atmete seinen Atem entgegen, war lebender als alle Dinge, die im schweigenden Ringen lebten, lebendiger als sein eigener Schmerz.
‹Ist das der Punkt? Du wolltest noch höher steigen, die Blume deines Rausches noch höher tragen, als dir der lautlose Schlag die Kraft zertrümmerte! Hast du mich nicht gerufen? Siehe, jetzt bin ich da, wo du allein gewesen!›
Wieder bebte sein Herz, denn ihm war der Gedanke gekommen, noch höher zu steigen.
‹Du willst es? Du willst es?› Sein eigenes heldenhaftes Wollen hatte die Form des Schattens angenommen und mit ihm hielt er Zwiesprache. ‹Du willst es?›
Und wieder bebte sein Herz, denn in ihm wuchs der Gedanke, noch höher zu steigen.
Und während er so auf flachschwebenden Schwingen im Raume kreiste, bemerkte er ein himmlisches Phantom, eine durchsichtige, leuchtende Larve, eine zitternde, irisierende Erscheinung, die sich mit Blut, mit Gold und Violen färbte.
‹Ist das dein Zeichen?›

Und die Erscheinung neigte sich, wuchs ins Riesenhafte, umspannte den Raum von Wolke zu Wolke, krönte den Dunst, ein siebenfarbiger Bogen des Sieges.

Es war der Regenbogen.

Er aber hob seine unsterbliche Trauer auf die Zinnen seines Mutes und stieg über alle Siege empor zur letzten Höhe.

ZWEITES BUCH

O Lunella, mia Lunella,
oggi di che ti sovviene?
Che dài tu alla sorella
che ti fa la cantilena?
Che le dài per la sua pena?
qual de' sogni tuoi le porti,
che ti nevicano dal cuore?
Oh raccontami le tue storie
con le forbici tue lucenti,
fin che tu ti rammenti,
fin che io non mi scordi!

Lunella nickte mit ihrem Lockenkopf zu den improvisierten Reimen der Schwester, mit braunen ernsten Augen und einem leichten Anflug von Lächeln um den schönen, schmollenden Mund, der an den des Antinous erinnerte. In der Hand hielt sie einen Bogen weißes Papier und schnitt mit einer feinen Schere Figuren aus. Sie saß mit dem Rücken gegen die niedere, runde Mauer gelehnt, die den Stamm der patriarchalischen Steineiche im Park der Inghirami umgab. Vana kniete nahe bei ihr auf dem Rasen, der mit kleinen braunen Eicheln besät war, und sah ihr aufmerksam bei der kindlichen Beschäftigung zu. Hinter dem Dach des Hauses mit seinen alten, fleckigen Ziegeln ragten falb und grau die Türme von Volterra in die Juliglut. Die Schwärme der Schwalben woben das blaue Tuch des Himmels zwischen Dom und Burg.
«Wenn du mir noch ein Lied singst, mache ich dir eine Katze mit ihren Kätzchen», sagte die Kleine, löste mit der Spitze der Schere die letzte Figur, die sie im Papier ausge-

schnitten hatte, und ließ sie in Vanas Schoß fallen. «Sonst fertig!»

O Lunella, o tirannella,
aquiletta senz' artiglio,
se tu sémini il bianco
io raccoglierò il vermiglio.
Se tu sei come il giglio,
sarò come l'amaranto.
Accompagnami il mio canto
coi tuoi bianchi sogni lenti,
coi tuoi torvi occhi assorti,
fin che tu ti rammenti,
fin che io non mi scordi!

So spielte Vana mit ihrem verbissenen Schmerz und ihrem schmollenden Schwesterlein, indem sie die kleinen glänzenden Eicheln mit der flachen Hand in die Luft warf und mit dem Handrücken wieder auffing. Von der Spitze der Schere fielen die kleinen Figuren nieder, und so scharf und richtig war die Zeichnung, daß sie nicht nach dem Gedächtnis gemacht schien, sondern unmittelbar dem Schatten der Wirklichkeit nachgezogen.

«Ei, wie gut du's kannst!» rief Vana, nahm sie mit den Fingern und breitete sie bewundernd auf dem kurzgeschorenen Rasen aus.

«Wenn du mir noch ein Lied singst», sagte die kleine Wilde und setzte die Wunderschere auf einem neuen weißen Blatte an, «dann mache ich dir die goldene Gluckhenne mit ihren dreizehn Küchlein, die im Monte Voltraio wohnt und die kein Mensch gesehen hat. Sonst fertig!»

Tirannella, tirannella,
fammi un' ala per volare,
ch'io m'involi da Volterra,
dalle Balze fino al mare!
Ma se l'ala non puoi fare,
fammi un altro incantamento
con le tue dita di fata,
per la pallida contrada
ch'io somigli ai dolci Morti,
fin che tu ti rammenti,
fin che io non mi scordi!

Die kleine Künstlerin begleitete wieder die Reime der Schwester mit einem leichten Nicken des Kopfes, dann aber war sie ganz von der Gluckhenne im Monte Voltraio in Anspruch genommen, runzelte die Stirn und verzog den Mund, während ihr das Haar schattig über das Gesicht fiel, aufgelöst und dicht wie die Locken eines Engels von Melozzo, blauschwarz wie eine Rinaldi-Traube. Über ihr rauschte die Steineiche im Westwind des Nachmittags und schüttelte ihr dunkles Laub an den neun gewundenen und rauhen Ästen, die aus dem starken Stamm hervorwuchsen. Die Knotenansätze, Risse und Narben, alle Male des Alters und der langen Kämpfe, machten den Baum ehrwürdig wie den Stamm eines sieghaften Geschlechts. So stark war seine Lebenskraft im Lauf der Jahrhunderte geblieben, daß sein Laub üppig erschien wie das einer jungen maremmanischen Eiche, die den Gipfel eines Hügels krönt. Aber seine Rinde war rostfarbig wie die älteste, etruskische Mauer, die dem Nordwind ausgesetzt ist.

«Wenn du mir noch ein Lied singst...» fing Lunella wieder an.
«Nein, genug.»
«Warum?»
«Ich weiß keins mehr.»
«Warum?»
«Ich finde keine Reime mehr.»
«Warum?»
«Die Schwalben picken sie mir im Fluge weg.»
«Das ist nicht wahr.»
«Jetzt lassen wir die Eiche singen, hör!»
Der Wind, der dies ehrwürdige Alter aufrauschen ließ, war über die trügerischen grauen Sümpfe hingestrichen, über die Klippen und Höcker der Kreideberge, über die weißen, schattenlosen Mergelwüsten, über Klüfte und Risse, über steile Mulden, über die ganze Einsamkeit des unfruchtbaren Landes, das rings um die feste Stadt sich in der Sommerglut dehnte.
«Wann kommt Isa zurück?» frug Lunella mit einem Ausdruck der Unzufriedenheit.
«Ich weiß nicht.»
«Wo ist sie hingegangen?»
«Sie hat es mir nicht gesagt.»
«Du weißt es gewiß, Schwarze.»
«Ich sage dir, ich weiß es nicht.»
«Geht sie diesen Sommer nicht mit uns ans Meer?»
«Scheints nicht.»
«Werden wir den ganzen Sommer hier bleiben?»
«Vielleicht.»
«Aber weißt du wirklich nichts?»
«Nichts.»

«War sie erzürnt mit dir?»
«Nein.»
«Sie ist bös, furchtbar bös in letzter Zeit.»
«Meinst du?»
«Da hast du die Gluckhenne vom Monte Voltraio», und Lunella ließ die fertige Silhouette in Vanas heiße Hände fallen: wie Schnee ins Feuer.
«Heut kannst du es wunderbar», sagte Vana, «ich werde sie ins Buch kleben.»
Sie hatte ein Buch mit schwarzen Blättern, auf denen sie diese weißen Schattenrisse anordnete, ein Bilderbuch in Schwarz und Weiß wie die Fassade des Baptisteriums, wie die Bogen von San Michele, wie der Sockel von Sant' Agostino, schwarz und weiß wie Elfenbein und Ebenholz der Tastatur, wie ihr eigenes wildes Herz, wie Tag und Nacht.

Es war spät. Der schwindende Mond war hinter dem Mediceerturm hervorgetreten. Die einsame Magnolie im moosbewachsenen Hof erfüllte das nächtliche Schweigen mit ihrem Geruch. Im Haus war die Arbeit der Diener verstummt, stumm wie seine Gräber schlief Volterra und atmete Unendlichkeit aus den Scharten der Mauern.
‹Wer weiß, wie jetzt die Nachtigallen schlagen drüben am Tor von Docciola›, sprach Vana bei sich und saß an ihrem Bett, voll Unlust, sich hinzulegen, verzweifelt über jeden Atemzug, bedrückt, als müßte sie beim Atmen die ganzen Wände ihres Zimmers heben. ‹Wer weiß, wie sie jetzt schlagen drunten bei der Badia am Brunnen von Mandringa.›

Sie sah im Geist die ungeheuren Schattenmassen im Abgrund hinter der Abtei. Das Aufleuchten des Wassers, das in der Tiefe schäumte, und die weißen wüsten Strecken des Landes, die im falben Mondlicht dalagen wie die Oberfläche eines erloschenen Weltkörpers.

‹Was macht wohl Attinia drunten? Ich hab sie noch nicht gesehen. Sie wiegt wohl ihr Kind, sie schläft wohl›, und sie stellte sich die Bäuerin mit dem sanften Heiligennamen vor, die die verfallene Abtei hütete. Sie lief in Gedanken zu ihr hinab, ging den schmalen Fußpfad entlang, der wie ein mit dem Kamm gezogener Scheitel die Wiese teilte, wandte sich nach links den grasigen Abhang hinunter an den geborstenen und verkrüppelten Steineichen vorbei, die im Kampf mit den Winden zwerghaft niedergeblieben waren wie Bettler, die bucklig und verstümmelt an einer Wegbiegung stehen und Almosen erwarten. Sie schaute, mit dem Rükken an die Mauer gelehnt, in die Kluft hinab und sah am Rande die traurigen gelben Nelken zittern, die der heiligen Greciniana und Agatinia in ihrer Demut teuer waren. Der Reiz des Abgrundes ließ ihr Blut erstarren und sie tastete sich schaudernd längs der zerbröckelten Mauer zurück.

‹Wie seltsam! Diese verkrüppelten Steineichen spüre ich in mir, diese schlüpfrige Mauer spüre ich deutlich in mir. Eben habe ich sie wirklich berührt, habe die Kühle der Steine gefühlt. Träume ich mit offenen Augen? Die Augen schließen, die Hände auf dem Rücken zusammenlegen, sich ein wenig vornüberbeugen... Wie lange würde es dauern, bis die kleinen Blumen den dumpfen Fall hören? Unendlich lange. Man fällt und fällt während einer ganzen Ewigkeit, man fällt bis ins Herz der Erde... Ah, wenn ich es täte!›

Dunkle Regungen von Rachsucht stiegen plötzlich aus ihrem Innern empor und trübten ihre Überlegung. Sie suchte nach irgendeinem Mittel, um die zu peinigen, die sie peinigten. Sie wollte ihren eigenen Tod zwischen ihnen aufrichten, um sie auseinanderzureißen.

‹Es würde nichts helfen, auch das würde nichts helfen. Wie lange hat die Trauer um den Freund angehalten? Waren sie nicht schon nach fünf Tagen beieinander, wie sich kaum noch das Grab über ihm geschlossen hatte? Vergessen sie nicht alles? Treten sie nicht alles mit Füssen?›

Die Bitterkeit würgte sie. Und wie sie von der Festung herüber den schwachen Klang der Glocke hörte, die den Posten wach hält, verglich sie bei sich ihr Schicksal mit dem der Sträflinge. War sie nicht auch eine armselige Gefangene, war ihr Leben nicht eine niedrige Sklaverei, lebten nicht sie und Aldo und Lunella in diesem fremden Hause wie in einem linden Kerker, nur nicht zur Zwangsarbeit verurteilt, sondern zur Untätigkeit?

Nach dem Tod ihrer Mutter und nachdem ihr Vater Curzio Lunati, seine Geliebte, geheiratet hatte, hatte sie die älteste Schwester, die von ihrem verstorbenen Gatten Marcello Inghirami ein bedeutendes Vermögen geerbt hatte, alle drei zu sich ins Haus genommen und damit den Demütigungen des väterlichen Heims entzogen. Die schmähliche Verschwendung des Vaters hatte sie in Armut zurückgelassen und sie lebten jetzt ausschließlich von ihrer Schwester, ohne Enge, aber doch in einer Art von verhüllter Abhängigkeit, denn jede selbständige

Handlung und jedes selbständige Wort konnten als eine Verkennung der erwiesenen Wohltaten erscheinen und einen Vorhalt darüber und ihren ganzen Druck zur Folge haben. Keins von ihnen besaß andere Mittel und eine andere Zuflucht. Alle drei waren sie an die Existenz ihrer Schwester gebunden, mit all ihren Zufälligkeiten und Zwischenfällen. Überall und immer war sie die Gastgeberin, war sie die, die für sie sorgte. Wenn eins von ihnen sich von ihr hätte trennen wollen, wär ihm nichts geblieben als der Abstieg in die erbarmungslose Welt oder der Versuch, an der verhaßten väterlichen Pforte zu pochen, noch dazu mit dem Zweifel, ob sie sich öffnen würde. Jetzt schwebte eine Drohung in der Luft, und ihnen blieb kein Ausweg, als abzuwarten, wie den Sträflingen drüben im Schatten des Wartturms, die mit der Galeere verbrennen mußten, wenn einmal Feuer ausbrach.

‹Die Hände auf dem Rücken falten, wie wenn ich am Klavier stehe und singe, die Augen schließen, den Körper etwas vornüberbeugen und fallen, fallen ins Unendliche, fallen wie im Traum, wenn ich auf der linken Seite schlafe... Morgen werde ich nach der Badia gehen, Atinia wiedersehen, meine Mauer wiedersehen. Ich will am Abhang die gelben Blumen pflücken. Die Rosen von Madura, die Blumen der Tiefe! Diesmal werde nicht ich es sein, die sie bringt, ein anderer Bote wird sie bringen...› Vana war im Begriff, in Tränen auszubrechen, als sie an der Tür klopfen hörte. Sie sprang auf.

«Wer ist es?»

«Ich bin's, Vana, bist du schon zu Bett?»

«Noch nicht.»

«Kann ich hereinkommen?»

«Komm herein, Aldo!»
Es war ihr Bruder. Er trat lautlos wie ein Geist ins Zimmer. Er war schon im Nachtanzug aus leichter Seide, an den bloßen Füßen hatte er Sandalen. Der Geruch einer parfümierten Zigarette und des eben genommenen Bades strömte von ihm aus.
«Kannst du auch nicht schlafen? Was machst du noch, Schwarze?»
«Nichts, ich stehe am Fenster.»
«Ich möchte noch nicht zu Bett. Ich möchte noch musizieren.»
«Noch musizieren?»
«Wie du gesungen hast heute! Ich kann nicht darüber hinwegkommen.»
Er warf sich auf einen kleinen niederen Diwan, der neben einem Tisch mit Büchern stand. Seine bleiche, nervöse Hand nahm eins davon und ließ es wieder fallen.
«Jeder Ton klang wie ein Schrei in der Stille. Manchmal, wenn du singst, muß ich an den Abend denken, in Alberigna, wie du fielst und dir den Arm brachst. Wir waren Kinder, entsinnst du dich? Auf dem ganzen Weg schriest du unaufhörlich auf eine so merkwürdige Art, daß die Schreie aus deiner kleinen Vogelbrust die ganze Welt mit deinem Schmerz zu erfüllen schienen. Jeder Schrei schien ein letzter Schrei und war es nicht. So ist es jetzt manchmal, wenn du singst.»
Sie versuchte zu lachen.
«Entsetzlich, armer Aldo! Und dabei bildete ich mir ein, etwas gelernt zu haben.»
«Versuch nicht, mich mißzuverstehen! Du hast gut verstanden, was ich sagen wollte. Du hast dieses entsetzliche

‹Vom Tode› von Beethoven gesungen, als riefest du, von deinem Körper entrückt, diese unerhörten Worte deiner Seele und allen lauschenden Seelen zu. Deine Stimme schwebte gleichsam über dem Abgrund. Ich dachte daran, wie dies ‹Säume nicht, denn eins ist not!› über der Kluft der *balze* in einer sternklaren Nacht klingen müßte. Wer weiß, wer dir von unten antworten würde!»
Sie ließ sich auf einen Stuhl neben dem Tisch nieder, stützte beide Ellbogen auf und zeigte zwischen ihren verschlungenen Fingern ein Gesicht, geheimnisvoller als die etruskischen Urnen, die zu beiden Seiten des gespitzten Deckels die beiden ritualen Hände zeigen. Auch in ihr war nichts als Totenasche und Totenschmuck.
«Vielleicht ich selber mir selbst.»
Der Bruder sah sie starr an, er tauchte sein eigenes Leiden in dieses wunderbare Bild der Verzweiflung. Ein unwiderstehliches Verlangen befiel ihn, die geheime Wunde aufzudecken, sie zu berühren, sie bluten zu machen und sich mit ihrem Blut zu beflecken. Aber sein Herz bebte zu stark.
«Was für ein Gesicht machst du, Schwarze?» sagte er dann. «Bisher warst du noch nicht ganz fertig. Es gibt einen, der uns von innen heraus meißelt. Der hat in diesen Tagen die letzte Hand an dein Gesicht gelegt. Jedesmal, wenn ich dich ansehe, geht es mir durchs Herz.» Er sprach mit einem warmen und vollen Ton, der sein Beben verschleierte, doch nicht so, daß es nicht hier und da in einem Wort hörbar geworden wäre.
«Laß mich, Aldo, such mich nicht zu verwirren! Ich bin ganz hilflos», sagte sie und senkte die Augenlider, wie um ihr ganzes Gesicht unter den Schatten ihrer Wimpern zu verbergen.

Er wandte den Blick zur Seite.

«Wieviel Bücher du da auf deinem Tisch durcheinandergestreut hast. Es gibt einen Schmerz, der die Bücher so um sich aufschichtet wie Streu, auf die man sich betten will. Ich kenne ihn.»

Er nahm die Bücher auf, legte sie anders, ordnete sie, ließ sie aus der Hand gleiten, und diese äußere Bewegung entsprach dem Gefühl, mit dem man Schwerzuergreifendes um und um wendet und von allen Seiten anzufassen sucht.

«Ah, die geistlichen Gedichte des Jacopone! Das glühendste Buch der Liebe! Wo hast du das her?»

Er streckte unwillkürlich die Hand aus und legte sie auf das alte, zerknitterte Pergament, in das das Buch des ‹Pazzo di Cristo› gebunden war.

«Ich habe es unter den Büchern Isabellas gefunden.»

«Gib her!»

«Laß, Aldo!»

«Warum?»

«Ich weiß nicht. Ich bin so.»

Sie versuchte wieder zu lachen und lachte, als könne ihr Lachen wie ein frischer Hauch die rote Glut in ihrem Gesichte löschen.

«Als Messer Jacopo herbeistürzte, um seine Freundin aus den Trümmern des Daches zu befreien, das beim Festmahl zusammengestürzt war, und sie sterbend hervorzug, machte er Miene, ihr Kleid aufzuknöpfen. Sie aber widersetzte sich dem mit den geringen Kräften, die ihr noch blieben, so lange, bis sie den letzten Atemzug tat. Als man dann das Kleid auftat, fand man den geheimen Büßergürtel um ihren Leib.»

«Meinst du, ich weigere mich wegen des Büßergürtels?»
«Ich weiß nicht.»
«Ich liebe dieses Buch als Sängerin. Kein Dichter singt so aus voller Kehle wie dieser Laienbruder. Wenn er verrückt ist, ist er es vom Wahnsinn der Lerche.»
Er liebkoste ihre Hand, und sie gab nach. Sein Gesicht war jetzt wie verschleiert von Weichheit. Das Pochen seines Herzens raubte ihm den Atem, wie er die ledernen Bänder des Buches löste, auf dessen rotem Schnitt noch hier und dort ein letzter Rest von Vergoldung schimmerte. Das Rad und der Adler der Inghirami waren auf das Pergament geprägt und darunter der Spruch:

Dal folle sapientia
E da la spina rosa.

«Zwischen den Blättern wirst du eine Menge vierblättrigen Klee finden», sagte die Schwarze mit jenem Flötenton in der Stimme, den sie hatte, wenn sie wieder das folgsame, bezaubernde Mädchen wurde. „Ich fand fast jeden Tag eins auf der Wiese der Piscina mit der kleinen Lunella. Die andern Buchzeichen beziehen sich auf musikalische Erinnerungen. Da ist ein Vers, den man auf die Melodie von Hugo Wolf zu den Worten des Fortunato singen könnte: Jesu benigne a cuius igne ...»
Sie sprach hastig und hastiger mit dem Gefühl von jemand, der heftig mit den Augenlidern schlägt, um eine beginnende Halluzination zu zerstreuen. Ein unüberwindliches Gespenst schien ihr aus diesem kaum geöffneten Buch emporsteigen zu wollen. Sie war aufgestanden, ging halbgebeugt um den Tisch herum, trat ganz nahe zu ihrem Bruder, berührte mit ihrer Wange fast die

seine, und beide fühlten sie in ihren Ohren das gleiche tosende Brausen.
«Das da hast du heute gefunden?»
«Ja.»
Es war ein großes vierblättriges Kleeblatt, noch ganz frisch, das auf der ersten Strophe der ersten Satire lag.

Udite nova pazzia
Che mi viene in fantasia
Viemmi voglia d'esser morto...

«Vana, Vana!» sagte Aldo, schob das Buch zur Seite und nahm die Schwester in seine Arme. «Denkst du viel an den Tod?»
«Nein, nein!»
«Aber heut hast du ihn überall gesehen.»
«Ich sah ihn, wie ich sang.»
«War er schön?»
«Ja, schön.»
«Zwei schöne Dinge gibt es auf der Welt.»
«Zwei schöne Dinge.»
«Und eines ist not.»
«Eins ist not.»
«Ich weiß, welches.»
«Ich auch.»
Sie hatte die Augen halb geschlossen; aber durch den schmalen Spalt konnte sie das schöne, schmerzbewegte Gesicht des jungen Menschen erkennen. Von der Jugend des einen strömte der Zauber des großen Dunkels zur Jugend des andern hinüber, und jedes fühlte in sich die uneingestandene Pein ins Riesengroße wachsen. Der ansteckende Gedanke des Todes verband sie eng miteinan-

der, und die mahnende Melodie spannte sie in einen elastischen Ring, elastisch wie die pochenden Adern in ihren Schläfen, und rings um sich fühlten sie jetzt das gleiche Entsetzen, das sie im unwiderruflichen Verfall des Palastes zu Mantua befallen hatte, als sie wortlos und ohne sich anzuschauen sich in die Arme gesunken waren.

«Versprich mir, daß du nicht allein gehen wirst!»

«Willst du mit mir kommen?»

«Schwör mir, daß du's mir vorher sagst!»

«Willst du mitkommen?»

«Schwör mir, Vana!»

«Leidest du sehr?»

«Ja.»

«Unerträglich?»

«Ja.»

«Und woran, Aldo?»

Sie sprachen leise, erstickt, wie zwei Schwerverwundete, die auf der gleichen Bahre liegen und sich über ihre Schmerzen unterhalten, während ihr schwarzes Blut aus ihren verborgenen Wunden zusammenfließt.

«Woran leidest du?» wiederholte Vana mit einer Stimme, halberstickt von einer neuen Erregung, die sie in den tiefsten Wurzeln ihres Seins erschütterte und die doch nicht bis in ihr Bewußtsein drang.

Er lockerte die Arme, ließ sie herabsinken, trat von ihr weg, zog sich zurück mit einem Entsetzen, das ihm den Atem nahm. Er schaute sich ringsum, wie um sich zu vergewissern, daß das fürchterliche Geheimnis nicht über seine Lippen gekommen war, denn er hatte es mit einmal als ein wirkliches Wesen, lebend und atmend, gefühlt, mit dem Atem der Wärme, dem Geruch der Wirklichkeit.

«Woran?» frug Vana zum drittenmal.

«Frage nicht, es nützt dir nicht zu wissen! Und du? und du?»

Um sich selbst zu schützen, bestürmte er sie.

«Dem Buch da vertraust du dich an, deinem Bruder nicht!»

Er schlug von neuem das Buch des Jacopone auf.

«Unter Zypressen pflückst du sie, deine Kleeblätter? Wie? Da ist noch eins. Wie heißt es im fünften Gesang?»

Sie sah ihn, erschreckt über seine plötzliche Heftigkeit, an. Er las:

O Amore muto
Che non vuoi parlare,
Che non sie conosciuto.

Die Worte, die er sagen wollte, brannten ihm auf den Lippen, er konnte sie nicht mehr verhalten, er mußte sie aussprechen; eine Art von Rausch hatte ihn befallen, ein seltsames Bedürfnis zu quälen; die wilden Schläge seines Herzens eilten den Worten noch voraus.

«Isabella ist mit Paolo Tarsis. Nicht wahr?»

Fast brutal hatte er die beiden Namen und damit gleichsam die beiden Liebenden selbst zusammengeworfen. Ein menschliches Geschick war da mit beiden Fäusten angepackt und hingestellt. Jetzt gab es kein Abwenden des Blickes. Unvermeidlich stieg die Vorstellung von ihnen in der Nacht empor, eine Vorstellung von Lust im Duft der Nacht.

«Warum sagst du mir das, Aldo, und mit diesem Ton?»

stammelte Vana schmerzlich, als hätte sie plötzlich von ihrem Bruder einen Schlag erhalten. «Meinst du nicht, daß ich ein wenig Schonung verdiene?»
«Etwas Besseres in dir braucht Schonung als deine Scham und dein Erröten, Vana! Sollen wir ewig in der Vorstellung weiterleben? Sollen wir hier weiterleben, jedes allein in seiner vergitterten Zelle, wie unsere Nachbarn im Gefängnis drüben?»
«Was fragst du mich, wenn du's doch weißt?»
«Ich spüre das Gewitter zwischen dir und der andern. Was habt ihr miteinander gesprochen, im Zimmer der Zofe drüben, ehe sie wegging? Ich ging zufällig an der Tür vorüber und hörte den feindlichen Ton eurer Stimmen.»
«Du hast dich geirrt!»
«Dir hat sie wohl die Wahrheit gesagt, mir wurde wieder etwas vorgelogen.»
«Warum quälst du mich?»
«Tarsis wartete natürlich in Cecina auf sie.»
«Sei still! Wozu brauch ich das alles zu wissen? Warum quälst du mich, Aldo?»
«Du willst es nicht wissen! Aber bringt es dich nicht um den Verstand?»
Sie warf sich in einer wilden Aufwallung dem Bruder um den Hals, verbarg ihr Gesicht an seiner Brust, vernahm das fürchterliche Pochen seines Herzens. Beide keuchten sie, als hätten sie miteinander gerungen. Der Nachtwind blähte die Vorhänge am Fenster, strich durch das Zimmer, ergriff ihre Seelen mit den hundert wachenden Augen und entführte sie in weite Fernen.
«Sie hat ihn dir weggenommen, nicht wahr?» sagte er ausbrechend, mit rauher Stimme.

Sie waren wie zwei Kinder, bebten wie zwei verirrte Kinder, und doch war es, als tobte das wilde Leben in ihnen in einem Aufruhr von trüber Erfahrung. Beide schienen sie schon alles menschlichen Leidens voll. Die Worte der jungen Menschen fielen schwer und schneidend, voll Bitterkeit und Verderbtheit. Und sein Entsetzen trug den Schein der Kühnheit und seine Erbitterung den Schein der Stärke, und sein Schmerz war wie Güte.
«Gab es nicht eine Zeit, in der du ihn dein glaubtest?»
Sie war ganz in sich zusammengekrümmt.
«Hast du nicht einen Traum geträumt?»
Sie sah sich im Geiste wieder im Gemach des Labyrinths, regungslos an den Türpfosten gelehnt.
«Du hast sie damals überrascht, nicht wahr?»
Sie fühlte sich selbst vom Blut der Lust befleckt.
«Und du hofftest doch, nicht wahr? Hofftest?»
Sie fühlte wieder die Tränen der Totenwache.
«Sie hat ihn dir weggenommen.»
Sie fühlte sich bereit, aufzuspringen und ihre Nägel in irgend etwas einzukrallen.
«Sieh auf, schau mich an, sprich, laß die Scham!»
In ihrem Innern antwortete sie ihm:
‹Sprich weiter, sprich mir von ihm! Dreh den Dolch in der Wunde! Quäle mich! Soll ich sie hassen? Ich hasse sie. Soll ich dir helfen, sie zu hassen?›
Er beugte sich auf sie herab, bis er fast ihr Haar berührte, und sagte dann noch leiser:
«Meinst du, ich weiß nicht, daß du damals nachts allein auf den Flugplatz hinausgefahren bist?»
Sie zuckte zusammen, aber hob das Gesicht nicht auf.
«Du sprichst nicht. Ah, wenn ich dich rächen könnte!»

Eine dumpfe Wut befiel ihn.
Warum hat das Schicksal gerade den von den beiden Freunden getroffen, der niemand ein Leid tat? Warum hat es nicht dem andern das Rückgrat zerschmettert?
Das männliche Bild Paolos brannte ihm im Herzen wie an dem Abend in Mantua, wo er das Blutrinnsel zwischen seinen starken Zähnen entdeckt hatte. Er stieß die Schwester von sich weg, sprang auf, ging im Zimmer hin und her, und aus dem leichten, elastischen Schritt seiner nackten Füße in Sandalen von Bast erhob sich ein wilder Schwarm von Ungeheuern. Er ging zum Fenstersims, beugte sich hinaus, atmete die Frische ein, das violette Dunkel, den Duft der Magnolie.
Im Tal leuchteten die mondähnlichen Kreidewüsten, weiß wie Mausoleen, weiter unten glänzten trügerisch die Schlangenwindungen der Cecina. Noch weiter draußen, zwischen Montescudaio und Guardistallo, schimmerte die Küste wie eine luftige Tiefe, wie ein Wohnort der Geister. Wo waren die Liebenden in dieser Sommernacht? Auf dem Meer? Auf einer weißen Terrasse mit Oleandern? Im Wald, auf einem roten Bett von Piniennadeln?

Sie lebten in einem Rausch von Musik. Ihre verzweifelte Leidenschaft schwelgte in einem Traum von Tönen. Nachmittag, Abend und Nacht verstrichen beim Dialog von Cello und Klavier, beim Monolog des Gesangs, beim Spiel mit vier Händen. Über die Tastatur gebeugt, saßen sie dann, Ellbogen an Ellbogen, Wange an Wange, und fühlten beim Umkehren der Seiten, wie sich ihre fiebernden Finger berührten und die Notenblätter heiß und elektrisch zu leben begannen, wie an trockenen Tagen das Papier, das in der Papiermühle knisternd unter den Walzen der Kalander hervorkommt und Funken gibt. Der Saal, in dem sie musizierten, befand sich nicht im Hauptgebäude, einem Werk des Architekten Gherardo Silvani, sondern in einem älteren Teil des Landhauses, mit Mauern aus Rustikaquadern und geteilten Fenstern: unendlich weitläufig, mit Damast bespannt, mit hohen Türen und langen Vorhängen und mit einem Tonnengewölbe, das der Michelangelo-Schüler Daniele da Volterra mit einer grandiosen Darstellung aus dem Alten Testament ausgemalt hatte. Ein gekrümmter Ast der alten Steineiche reichte bis an eines der Fenster. An den Wänden nur zwei Gemälde gerade einander gegenüber aufgehängt und beides bedeutende Arbeiten: das Porträt des Phädra Inghirami von Raffael und eine Kreuzabnahme des Florentiners Rosso, den Vasari ‹einen vorzüglichen Musikus› nennt, ‹reich an Geist und Größe›. Der Ort war wie gemacht für den Aufschrei der Gefühle und für die leidenschaftliche Meditation. Durch die Fenster drang ein Schein von Wald und Garten. Die dunkle Fläche des langen Flügels glänzte mit ihrer Politur wie eine Truhe aus dem nächtlichen Marmor von Palmaria. Wenn Aldo den Deckel hob, sah er jedesmal zwei blasse Hände aus dem Dunkel hervortreten, es waren seine eigenen Hände, die im Ebenholz wie in einem schwarzen Spiegel widerschienen.

Vana stand beim Singen aufrecht neben ihm, unbeweglich wie eine Statue, die Finger auf dem Rücken ineinandergeschlungen, das Gewicht des Körpers auf das rechte

Bein gelegt, das linke etwas vorgesetzt und das Knie leicht gebogen, während die Fußspitze, die unter dem Saum des Rockes hervortrat, sich von Zeit zu Zeit rhythmisch bewegte. An den starken Stellen warf sie den Kopf zurück, und dann schien einen Augenblick ihre ganze Erscheinung wie in einer verzehrenden Flamme aufzugehen. Sie verzehrte sich im Singen, als verbrenne sie sich selbst mit jedem Lied auf einem Scheiterhaufen. Zuweilen, wenn sie geendet hatte und starr dastand, schien es in der musikalischen Stille, als bilde sich auf ihrer Erscheinung jene feine Aschenschicht, mit der sich ein glühendes Scheit bedeckt, das man aus dem Kamin zieht.

«Singe es noch einmal!» bat dann zuweilen Aldo voll Wehmut und Entzücken. Oft war es der Hauch einer kleinen Arie, die Solfeggien eines jener alten italienischen ländlichen Tanzlieder, die einen ausgelassenen Kupido, der auf Schlangen tanzt, zu begleiten scheint, oder eine leichtgeschürzte Grazie, die eine Girlande bindet. Oft ein Arioso, ein Lamento, eine Monodie von Gluck, von blendender, gleichsam schmerzhafter Nacktheit. Oder eine plötzliche Konfession von Schumann, die in einem brechenden Seufzer, in einem unvergeßlichen Schrei zum Ausdruck kam mit strengem Mund und irrendem Blick.

«Ich kann nicht», antwortete sie dann zuweilen, «ich habe alles gegeben.»

Sie tat dann ein paar Schritte, ging gegen die Kreuzabnahme zu, bedeckte sich die Augen mit den Händen, nahm sie wieder weg, wenn sie vor dem Bilde stand, und betrachtete das stumme Trauerspiel. Sie ließ sich dann etwas weiter entfernt nieder, ohne den Blick von dem Bilde zu wenden.

«Ist es dir nicht, als hättest du dies Bild jedesmal selbst hervorgebracht?» sagte der Bruder.

«Es ist aus der Musik geboren und erneut sich in der Musik. Vielleicht bist du selbst der olivfarbene junge Mensch dort, der mit seinen nackten Armen die Leiter hält und nach dem Haar der Magdalena hinsieht, wirr wie ein Knäuel von Schlangen. Spürst du, wie die Sünderin aufschreit? Fühlst du, wie der Lieblingsjünger schluchzt?»

Und in der Tat, das rote Kleid der Frau, die zu Füßen der Gottesmutter kniete, war wie ein Schrei der Leidenschaft, noch feucht von trübem Blut. Die gebrochenen Lichter auf dem gelblichen Mantel des Jüngers waren wie die Seufzer einer gequälten Seele. Die Männer auf den Leitern beugten sich wie unter der Gewalt eines schicksalträchtigen Sturmes. Die Kraft, die in ihren Muskeln spielte, erschien wie ein Entsetzen. In dem Körper, den sie vom Kreuze nahmen, lag die Schwere der ganzen Welt. Umsonst hatte Joseph von Arimathia das Leintuch gekauft, umsonst Nikodemus Myrrhen und Aloe gebracht. Schon brauste der Wind der Auferstehung um das erhabene Holz. Aber alles Dunkel lag unten, alles Grabdunkel zog sich um den Körper der Mutter zusammen, um den Leib, der die Frucht ihrer Schmerzen getragen. Zwischen der Maria von Cleopa und der Salome, den beiden einfachen und gebrechlichen Weibern, erschien sie schon wie ein Fetzen der ewigen Nacht.

«Erinnerst du dich an die zwanzigste Variation von Beethoven zu dem Thema von Diabelli, die er der Antonie Brentano gewidmet?» sagte Aldo und weckte in den Tiefen des schwarzen Flügels jene Akkorde, in denen eine wunderbare Verklärung das ursprüngliche Thema vollkommen unkenntlich gemacht hat. «Ist es nicht wie eine Komposition zu dem Hintergrund, auf dem sich das Kreuz abhebt, die Leitern, die Körper? Und zu dem Seufzer, Schreien und Stöhnen und das Licht selbst nicht hindringen? Hör zu! Und dann sieh dies dumpfe, matte Blau an, gleichmäßig ohne Licht, ohne Wolken. Vielleicht beginnt hinter dieser Fläche die Region des Lebens, in der nur noch ‹eines not ist›.»

Und nun war es Vana, die den Bruder bat:

«Noch einmal, spiel es noch einmal!»

Sie versenkten ihre Leiden in die unendlichen Dinge. Ihre Trauer überfluteten die starren Dämme, zwischen denen sie fließen sollte, sie beruhigte sich im breiten Dahinströmen über das All der Dinge und im Zusammenfluß mit dem ganzen Schmerz der Welt.

«Zwei Schönheiten gibt es in der Welt», sagte Aldo, «und eine dritte, die ihre göttliche Schwester ist...»

«Ach, sag nicht ‹eine› oder ‹zwei›! Trenne sie nicht voneinander! Zwei Dinge gibt es nur. Und das, was du, ‹das dritte› nennst, ist nichts als die Substanz der beiden andern.»

«Vielleicht. Aber ich dachte an die drei Sirenen auf der Totenurne drunten, die dem Schiff des Odysseus gegenüber auf ihrem Felsen sitzen.»

Und sie stiegen in das Museum mit den kleinen schwarzroten Gemächern hinunter, um sich die Vase noch einmal anzusehen.

«Sieh her!» sagte Aldo träumerisch. «Sieh her! Jede von den dreien spielt ein Instrument. Aber die erste hat ihre Doppelflöte verloren, und nur noch der leere Raum ist da zwischen ihren hochgehobenen Händen. Die dritte schlug vielleicht die Leier. Und jetzt ist sie ohne Leier und ohne Gesicht und sieht aus wie der Fels, auf dem sie sitzt. Die in der Mitte allein bläst noch ihre Seele in die sieben Rohre der Panflöte, die in der Form eines Vogelflügels vereinigt sind. Sieh her: sie ist noch ganz erhalten...»

«Aber sieh», sagte die Schwester, «nur zwei Schatten werfen die drei Figuren, zwei Schatten nur.»

Und in der Tat zeichneten sich auf dem glatten Alabaster hinter den erhabenen Figuren nur zwei Schatten ab.

So entdeckten ihre suchenden Augen überall Vorzeichen ihres eigenen Geschicks und deutliche Bilder ihrer geheimsten Gedanken.

Von den Vasen mit Bildern aus dem Sagenkreis von Theben und Troja wandten sie sich zu den Darstellungen aus der Unterwelt, vom Schiff des Laërtiden zum Totenfahrzeug mit gerefftem Segel, auf dem sich der Scheidende einschifft und wo der tränenlose Abschied erfolgt.

«Was für ein großes Schweigen in diesen kleinen Kammern», sagte Aldo und ging vorsichtig über den Estrich aus schwarzen und weißen Platten. «Die Scheidenden weinen nicht, die Bleibenden weinen nicht. Sie sehen sich nur fest an, Hand in Hand. Ohne Worte geleiten sie sich bis zur Schwelle des Grabes. Und die beschwingte Figur, die bei ihnen steht, ist nichts anderes als die Figur der göttlichen Trauer. Die ‹Trauer› ist die etruskische Muse, die Muse, die den großen Tusker dann auf seinem Weg durchs Exil und die Hölle geleitet. Ist es dir nie zum Bewußtsein gekommen, daß Dante im Grund die alte Kunst der Vasenmaler wieder aufgenommen und nur mit seinem großen Pulsschlag ins Ungeheure vergrößert hat? Ist sein ganzer erster Gesang etwas anderes als ein Fries von roten Figuren auf schwarzem Grund oder von schwarzen Figuren auf rotem Grund? Haben nicht viele von seinen Versen den metallischen schwarzen Glanz der Vasen? Gleichen seine Schatten nicht den Lebendigen und den Manen auf diesen Marmorurnen?»

Zu Fuß, zu Pferd kamen die Manen den Toten entgegen, die in der Sänfte, im Wagen oder auf der Quadriga sich zur letzten Reise anschickten. Die gezäumten Rosse beugten den Hals so tief, bis die Mähne den Boden berührte, wie der Fuchs des Achilles bei der Weissagung vom Tode des Helden. Dort ritt ein junger Mensch zu Pferd, ganz in den Mantel eingeschlagen, den Mund mit dem Zipfel verhüllt, die Straße ohne Wiederkehr.

«Bin das nicht ich?» sagte Aldo und blieb vor der Vase stehen. «Unter all den Fahrten zur Unterwelt lieb ich die zu Pferd am meisten.»

Sie verweilten vor der Urne regungslos in ihrem Traum befangen, vom gleichen Dämon besessen. Und rings um sie auf den länglichen Sargdeckeln ausgestreckt, den linken Ellbogen aufgestützt, lagen friedlich die schwerfälligen Gestalten der etruskischen Toten, die dicken Lippen halb geöffnet, in der Rechten die Opferschale, den Fächer und die Schreibtafel.

«Einer hat es vor mir versucht: der Mann aus Volterra, der nachts zu Pferd bei der Guerruccia in die Schlucht hinabzuspringen versuchte. Aber das Tier hielt unmittelbar am Abgrund, tat einen Satz zurück, drehte um und war durch kein Anspornen mehr an den Absturz heranzubringen.»

«Glaubst du, ich würde ‹Caracalla› zum Sprung bringen?»
«Und ich ‹Pergolese›?»
«‹Pergolese› ist nicht mutig genug.»
«Aber wenn du mit den andern voranreitest, geht er nach.»
«Bei der Guerruccia ist nicht Platz genug, um das Pferd in vollen Galopp zu bringen, und der Boden ist jetzt rissig.»
«Ganz nahe bei der Guardiola kenne ich eine Bresche in der Mauer, die an eine Ruine in der Campagna erinnert. Hinter dem zusammengebrochenen Gemäuer geht es ins Leere. Wenn man das Tier richtig heranbringt wie an ein gewöhnliches Hindernis, wird es nichts merken und springt...»
Sie sprachen ganz leis.
«Wollen wir es morgen zusammen ansehen? Willst du?»
«Ja.»
«Es muß geschehen, ehe sie zurück ist.»
«Ja. Eh sie zurück ist.»
«Heut sind es zehn Tage.»
«Und noch kein Wort.»
«Hättest du gedacht, daß sie so gegen uns sein kann?»
Vor ihnen lag der Garten des Museums mit seinen Grabsteinen von der Form des Pinienapfels, mit seinen Urnen ohne Deckel aus Tuff, der schwarz geworden wie Basalt, mit den Überresten einer Terme und einer Wasserleitung von grünverfärbten Tonröhren, mit seiner Pergola von wildem Wein, der in der Sonne leuchtete, mit den hier und dort verstreuten Rosenbüschen, die an die Rosenbüsche des Gartens in Mantua erinnerten, mit seinen Jas-

minsträuchen, die einen Geruch verbreiteten, schwer und satt wie der Duft, der aus Weihrauchfässern steigt. «Wo sind sie nur, wo sind sie?»

Die Liebenden lebten an der Mündung des Arno in einer einsamen Villa zwischen der Pineta und sumpfigem Weideland. Eine weißgetünchte Terrasse, mit Majolikaplättchen gepflastert, ragte an der einen Seite des Hauses gegen das Tyrrhenische Meer, eine Terrasse, wie sie sich Aldo im ‹Paradiso› der Prinzessin von Este geträumt hatte, wo die Bilder der dunkeln und der blonden Städte die Lünetten des Zimmers schmücken, und wo Ulm, das in voller Rüstung die Donau überspringt, neben Algier liegt, das als Feder an seinem weißen Turban eine Zypresse trägt. Die Sonnenstrahlen trafen sie so stark, daß die Blüten der Oleanderstöcke, die am Morgen aufgegangen, am Mittag schon blaß und welk erschienen und vor Abend vertrockneten. Längs der Hauptmauer, in der sich die Tür befand, lief ein gestreiftes Zeltdach und beschattete einen Teppich mit Rissen, auf denen die Liebenden die meisten Stunden des Tages und der Nacht verbrachten. «Wo sind wir?» sagte Isabella und atmete den Geruch von Salzwasser und Pinienharz ein, mit einem so tiefen Atemzuge, daß es ihren ganzen Körper vom Hals bis zu den nackten Füßen zu durchlaufen schien. «In El Bahadia? Ist das nicht die Mündung des Arrach? Und das dort drüben sind die Berge der Kabylen? Und all das Blau und Grün und Weiß die Wüste Sahel? Siehe dort die Kamele, die auf dem salzigen Rasen weiden und dort auf der Sanddüne!»

Es waren die Kamele von San Rossore, die vom Gombo den schmalen Strand entlang kamen, an dem das Meer die Algen nach seiner eigenen Kurve wie Girlanden aufhängt.
«Heut abend, Paolo, mußt du mir hinübergehen bis zum Kreuzweg vom Si-Mohamed-el-Scheriff, nicht wahr? Gegen die Kasbah zu. Dort liegt dem Brunnen der Abwaschungen gegenüber das maurische Café, in dem der Flötenspieler Amar verkehrt. Mache mir Amar ausfindig und bringe ihn her! Denn heute abend will ich für dich tanzen, Aini.»
Er sah weder Strand, noch Wald, noch Gebirge; er spürte nicht den Geruch von Harz und Meer. Er vermochte das Haupt nicht abzuwenden noch den Blick zu lösen; er atmete nichts als die Luft, die um diesen Körper spielte, der halbnackt erschien unter einem Musselin, so leicht und durchsichtig, daß er an jene feinen indischen Gewebe erinnerte, die die Indier selbst ‹fließende Wasser› nennen.
«Du kannst nicht irren. Über der Tür hängt eine singende Nachtigall in einem Käfig aus Stachelschweinborsten verfertigt. Vielleicht sitzt Amar unter dem Käfig, auf der niederen Bank. Du wirst ihn gleich erkennen. An Fasttagen war er immer etwas blasser als heller Bernstein und hatte noch ein wenig mehr Schwermut unter seinen gemalten Wimpern; hinterm Ohr trägt er immer eine Blume, die ihm auf die Wange herabhängt. Heute trägt er sicher eine Granatapfelblüte. Er kleidet sich immer in ganz delikate Farben, mit einer Vorliebe für Perlgrau und Pfirsichrot über den weiten weißen Hosen mit ihren tausend tadellosen Fältchen. Ah! wie er auf seiner Rohrflöte zu blasen versteht, wenn er gut aufgelegt ist.!»

Es war eine ihrer gewohnten phantastischen Improvisationen. Ihr Freund schien ganz darin aufzugehen, mit den Lippen über ihre nackten Beine zu streichen, und sie fühlte so aus der lebendigen Pressung, ja aus den leichten Schwankungen von Wärme und dem leisesten Zusammenzucken, wie jedes ihrer Worte in ihm brannte. Sie fuhr deshalb noch schillernder fort:
«Die Araber sagen von ihm: ‹Seine Lippen sind so zart, daß er am Euter einer Löwin saugen könnte.› Wenn er spielt, biegen sich seine Arme und biegt sich sein ganzer Körper wie im Tanz. Dann wird er langsam feuriger und feuriger. Seine bemalten Lider füllen sich mit Leidenschaft und Wollust. Er ist der Schüler der gefangenen Nachtigall im Stachelkäfig: stöhnt auf und bricht auf, trillert und seufzt; seine Kehle ist wie ein Bach, sein Herz wie die Flamme. Alle ringsumher halten den Atem an. Die Tassen stehen unberührt und dampfen. Die Sterne in der Wölbung der Tür sind mit einmal ganz groß, als seien sie näher gekommen, um zu lauschen ... Oh, such ihn auf und bring ihn her, Aini! Ich will für dich tanzen.»
Er war mit seinen Liebkosungen auf ihrem Schienbein stehengeblieben und blieb jetzt regungslos. Seine Lust war vergiftet. Seine Leidenschaft war gereizt wie ein wildes Tier im Käfig, dem man das glühende Eisen vorhält. Sein Begehren war schmerzhaft, als wäre es künstlich erregt durch eine gefährliche Droge, die ihm jetzt in den Nieren brenne. Nun fühlte er mit einem Mal die Weite des Raums ringsum, die Reine des Windes, den Weihrauch der Pinienwälder, die Gewalt des Sommers. Und er kam sich vor wie ein Kranker, der auf schlaflosen Kissen liegt, deren Säume ihm die Welt enge machen. Er

legte den Kopf auf die Knie seiner Peinigerin und lächelte. Die Stimme des Hasses flüsterte in ihm: ‹Göttlich ist die Stunde, wenn du halb entschlafen bist unter meinen vorsichtigen Liebkosungen, und dich ganz schlafend stellst, sobald du fühlst, wie mein Begehren sich entzündet. Warum peinigst du mich jetzt mit einem Mal? Gewiß, es ist nur eines deiner kindischen Spiele, nur einer deiner farbigen Träume. Aber ich kenne dich jetzt! Ich weiß, wie du mit dem Winkel des Munds ein Wort, das du sprichst, zu vergiften verstehst. Ich seh es deutlich, so deutlich wie ein kleines Bläschen Speichel, das im Munde sichtbar würde. Soll ich jetzt denken, daß der weibische Flötenspieler mit den gemalten Wimpern dir eine Nacht lang gefiel? Soll ich mir jetzt einbilden, daß du ihn ohne Ekel mit seinen moschusparfümierten Händen dieselbe Haut berühren ließest, die ich jetzt küsse? Soll ich mich jetzt auf dich stürzen wie auf eine Dirne, der alles erlaubt war und der nichts fremd geblieben?›

Aber wie gewöhnlich ging er gefaßt der Marter entgegen.

«Wann warst du denn in Algier? Mit wem?» fragte er unbefangen.

«Letztes Jahr, von September bis November mit Giacinta Cesi, Maud Hamilton, meinem Bruder und einer ganzen Gesellschaft. Wie gern möchte ich jetzt mit dir dahin zurückkehren und in einem weißen Haus zwischen zwei Gärten auf einem Hügel wohnen! Meine Füße sind wie Elfenbein heute, sieh her! Damals hatte ich mir angewöhnt, sie mir mit Hennah schminken zu lassen. Meine beiden zinnoberroten Fersen sahen dann aus wie zwei Mandarinen.»

«Wer schminkte sie dir?»

«Jasmin, meine kleine Negerin, eine süße Kreatur, um die ich immer noch trauere: schlank und biegsam wie ein Schilfrohr, die ganze Person ein einziges Lachen, ein blendendes Lachen, das ihr schwarzes Gesicht bis tief in die Wangen hinein spaltete. Ich kleidete sie immer in Grün und Schwarz, ägyptisch stilisiert, mit Knöpfen von Silber und Email auf dem blutroten Mieder. Sie war von so ausgesprochenen Formen, daß sie beim Gehen unter ihrem weiten Umhang so deutlich hervortraten wie unter einem nassen Linnen. Sie verliebte sich in Aldo und lachte seltener. Aber ihre sanften Augen wurden noch schöner. Das Weinen ersetzte ihr das Schminken mit Khol.»

«Und Aldo interessierte sich nicht für die schwarze Venus?»

«Wahrhaftig, ich bin der Sache nicht weiter nachgegangen. Aldo läßt sich anbeten. Man weiß ja allmählich: er ist ein junger Gott in der Verbannung; aber er hörte ihr gerne zu und ließ sich lange Geschichten von ihr erzählen, die er nicht verstand. Jasmin hatte eine melodiöse Art zu sprechen. Es klang wie das Stammeln eines Waldvogels. Sie entzückte auch mich. Ich habe ein paar Töne von ihr angenommen. Ich glaube, sie machte ihm unter dem Vorwand, Geschichten zu erzählen, Liebeserklärungen. Das Wort Aini, ‹mein Auge›, und Ro'hadiali, ‹mein Herz›, kam gar zu oft vor. In einer Nacht legte sie sich quer vor seine Tür, damit er über sie hinwegschreiten mußte. Er sprang lachend über sie weg. Sie rührte sich nicht bis am Morgen. Das ganze Haus war voll von einer Liebesschwüle. Man konnte nicht mehr atmen, auch ein

wenig deshalb, weil wir immer diese Halsketten aus frischen Zagaranüssen trugen, die die Juden herstellen und die man in zwei, drei Windungen um den Hals schlingt. Sie rochen so stark, daß ich wie in einem fortwährenden Taumel lebte.»
Ihre Stimme und ihr Lächeln strömten Wollust aus. Sie betrachtete das bronzefarbene Gesicht, das auf ihren Knien ruhte und das ihr vorkam, als habe sie es früher einmal in einer arabischen Fantasia auf einem großen Hengst und in weißem Burnus gesehen, zwischen dem Wehen der Mäntel und dem Kreisen der Gewehre, in einer Wolke von Staub und Pulverrauch.
«In einem Taumel von Keuschheit?» sagte Paolo etwas rauh und lächelte nun auch.
«Vielleicht – vielleicht auch nicht...» summte sie und schloß halb ihre Lider, die mit Antimon schwarz eingefaßt waren wie die der maurischen Frauen.
Und so sicher war sie, ihn leiden zu machen, daß sie auf ihren Knien das Gewicht seines wilden Schmerzes zu fühlen vermeinte, und schon bereitete sie tief innen ihren Körper auf den Ausbruch von zerstörender Leidenschaft vor, den sie kommen fühlte.
«Also Amar gefiel dir?»
«Viel mehr noch gefiel mir ein junger fremder Cäsar, gegen den die Grazie Amars nur die Grazie eines Komödianten oder eines Kupplers war. Er kam aus der Wüste, umgeben von einer Reiterschar mit langen damaszierten Gewehren und den schönsten Pferden, die ich je galoppieren sah, mit flatternden Schabracken, Mähnen und Schweifen, behängt mit klingenden Glocken und Amuletten. Er kam aus der Sahara. Er ritt unter seinem bun-

ten Gefolge, nur in weiße Wolle gekleidet und in einen einfachen weißen Mantel ohne Stickerei, der kaum seine Stiefel ohne Sporen im Steigbügel freiließ, und seine Hand ohne Handschuh, die den Zügel hielt, wie ein Mädchen das Band hält, um seine Flechten zusammenzubinden. Er saß auf einem jener Hengste, die die Araber mit dem ‹Täuberich im Schatten› vergleichen, schwarz wie das Haar der kleinen Lunella, so tiefschwarz, daß die bläulichen und violetten Glanzlichter auf seinen Weichen hin und her spielten wie die schillernden Farben auf einem Stück Changeantseide. Wer von den beiden hatte schönere Augen, Pferd oder Reiter?»

Sie machte eine tückische kleine Pause, und die Nasenflügel zitterten in ihrem Gesicht voll versteckter Verschlagenheit, in das die dunklen Wimpern noch den Schatten eines Hinterhaltes zu tragen schienen. Das Herz bebte ihr in wollüstigem Erschrecken, denn sie sah, wie ihr Freund den Kopf aufgerichtet hatte, um ihr Gesicht besser zu sehen, und jetzt seine Wange nicht mehr auf ihre Knie, sondern auf ihre Schenkel stützte. Da sie den Oberkörper aus den Kissen aufgerichtet hatte, sah er ihr Kinn von unten im Widerschein des Majolikafußbodens und konnte zwischen ihren Lippen, die sich im Sprechen bewegten, den Perlmutterglanz des Zahnfleisches und der Zähne beobachten, in einer Feuchtigkeit, die an eine frisch geöffnete Muschel erinnerte.

«Auch jetzt, wenn ich dran denke, weiß ich es nicht. Ich weiß auch nicht, ob der Reiter ein junger Mann war oder ein als Jüngling verkleidetes Mädchen. Man hätte daran zweifeln können, ohne die spielende Leichtigkeit, mit der dieses zarte Wesen den mächtigen Hengst bändigte. Etwas Herausforderndes und Verschlagenes, etwas Herrisches und Weiches, etwas Nachdenkliches und Verträumtes lag in der heißen cäsarischen Blässe dieses Gesichtes. Zwei Füllen, mit den Abzeichen der edlen Rasse an den Fesseln, folgten dicht hinter dem wehenden Schweif. Wer war der Fremde aus der Wüste? Als er an uns herangekommen war, riß er plötzlich den Rappen mit allen vier Hufen auf einmal vom Boden weg und führte die Gangart aus, die im Ausdruck der alten Ritterschaft ‹la ballottata› heißt und mit der die arabischen Reiter gerne paradieren. Bei unseren Ausrufen brach er plötzlich in lautes Lachen aus, bog sich im Sattel rückwärts bis hinab zum samtbespannten Sattelbogen und brachte das wundervolle Tier zum Stehen, dann bog er sich rasch zu mir nieder und küßte mich auf die Wange, als sei ich sein Eigentum ...»

Sie stieß einen Schrei aus genau wie damals, denn Paolo hatte sie mit einer unerwarteten Bewegung mit rauhen Händen an beiden Schultern gepackt.

«Aini, Aini! Es war doch mein Bruder, es war Aldo, den ein Scheik zu einer Jagdpartie eingeladen hatte ... Er kam mit der Eskorte zurück, dem Rappen und den zwei Füllen, die er als Geschenk erhalten ... Ah! tu mir nicht weh, Aini! ... Doch, doch, tu mir weh, reiß mich in Stücke, mach mit mir, was du willst! Ja, ja, noch mehr! Ich bin dein, bin dein Ding. Da hast du mich ganz. Ich bete dich an.»

Ihr Wesen selbst war schillernd wie die Flanken des Rappens, wie der Täuberich im Schatten und im Licht. An einem Faden von Wahrheit reihte sie ihre plötzlichen Erfindungen auf, mit der gleichen raschen Kunstfertigkeit, mit der jene maurischen Halsketten hergestellt waren, die sie sich morgens in zwei, drei Windungen um den Hals zu schlingen liebte. Sie besaß eine Macht und eine Kunst, die alles über das Herz des Mannes vermochten: sie verstand es, das Unwahrscheinliche zu sein und zu scheinen. Die meisten Frauen, die lieben, versuchen eine Art Wiedergeburt, eine neue Jungfräulichkeit. Sie bringen dem Geliebten das illusorische Geschenk ihrer unwissenden Sinne dar, um sie von ihm erst erwecken und bilden zu lassen, und das Geschenk einer gleichsam unbeschriebenen Seele, in die er sein Gebot eingraben möge. Und oft gelingt der naive Betrug. Sie verstand es im Gegenteil, ihrer Vergangenheit eine unbestimmte Tiefe zu geben und ihre Jugend sich auf einem ungeheuren Hintergrund von Leben abheben zu lassen, wie jene Meister des Porträts, die hinter der Person des Dargestellten einen endlosen Portikus oder eine unbegrenzte Ferne von Land und Wasser anbringen. Jede ihrer Gesten schien sich auf einem fortwährenden Wechsel von Perspektiven abzuzeichnen, die sie nicht zu verhüllen, sondern gegeneinander abzutönen versuchte wie die Porträtmaler, die die Raumwerte im Bilde kennen. Ihre frische Gegenwart tauchte aus dem Vergangenen hervor wie die Sirene aus dem salzigen Wasser, geheimnisvoll und gleichsam noch mit Tropfen bedeckt. Jede ihrer Bewegungen schien, wenn auch noch so unvorhergesehen, vor ihrem Sichtbarwerden durch ein geheimnisvolles Medium hindurchgegangen zu sein, schien gleichsam hinter sich eine trübe Wolke von Begehren aufgeworfen zu haben, um sich jetzt dem neuen Begehren des einen zuzuwenden. Einer von unsern alten Schriftstellern nannte die Schminkkunst der Frauen ‹Alchemie›. Auch sie liebte es, mit Schwarz und Rot die Frische ihrer fünfundzwanzig Jahre zu unterstreichen. Immer zog sie einen Trauerrand an den Lidern rings um die helle Iris und gab dem Mund zuweilen ein künstliches Karmin. Aber ihre ‹Alchemie› war viel kühner und tiefer und voll unerhörter Wunder. Mit was für geheimen Feuern vermochte sie die Materie ihres Lebens in Schönheiten von so pathetischer Macht umzuschmelzen? Oft lag in einem Ausdruck ihres Gesichts die ganze Essenz einer Dichtung, eines Gartens, einer Tragödie, einer Fabel. Eine beliebige Handlung im täglichen Leben – wenn sie den Handschuh abstreifte, indem sie das Leder langsam über den leichten Flaum der Arme wegstreichen ließ, wenn sie, auf dem Bett sitzend, den langen seidenen Strumpf zart wie eine Blüte, die im Augenblick in sich zusammenfällt, abzog, wenn sie beim Abnehmen der Hutnadel die Arme in einer runden Biegung hoch hob und die Ärmel zurückfallen ließ bis zum gekräuselten Gold der Achselhöhlen –, jede noch so gewöhnliche Bewegung empfing von ihr eine solche Kraft des Ausdrucks, daß der Beschauer ein Bedauern empfand, sie nicht für alle Ewigkeit festhalten zu können. Und darin lag trotz der Zartheit, trotz der Elastizität, trotz der Verderbtheit ihrer Natur ihre Verwandtschaft mit den großen Geschöpfen Michelangelos. Der Widerspruch war für einen scharfen

Beobachter nur scheinbar. Gewiß, wenn sie auf dem Diwan ausgestreckt lag und ihr Körper in faltigem Gewirr von Musselin und Tüll verschwand, glich sie der Lybica höchstens durch den gewölbten Spann des Fußes, der aus den Falten hervorragte. Dann aber, wenn sie plötzlich mit dem Hüftenschwung einer Seiltänzerin emporfuhr und sich aus dem Dunkel in den Lichtkreis der Lampe reckte, um ihr Wort in eine leidenschaftliche Diskussion zu werfen, war die Macht ihres Reliefs so überwältigend, daß alle Anwesenden die Empfindung einer genialen Schöpfung und Offenbarung hatten. Für das Auge des Künstlers war sie das Genie des Reliefs selbst, das Genie, das wir uns lebendig im feurigen Hirn des Michelangelo vorstellen. In einem Moment der Erregung schien sie gleichsam sich selbst aus ihrem Marmorblock herauszuzwingen und mit Knie, Schulter und Arm die Luft zu verdrängen, wie Knie, Schulter, Arm und Busen der Aurora sie verdrängen, sie, die gleichsam den Raum vergewaltigen, fast sichtbar die Luftschichten zu verschieben scheinen und durch ihre Existenz in der Natur alle andern Formen verrücken und beschränken, sich selbst aber mit Einsamkeit umgeben. In solchen Augenblicken war keine organische Substanz mächtig wie die ihre. Ihre Kleider nahmen am Leben ihres Körpers teil, wie die Asche mit der Glut lebt. Die Dinge um sie traten ins Dunkel zurück, die alltäglichen Erscheinungen versanken. Das Licht, das auf sie fiel, verwandelte sich. Es war nicht mehr das Licht des Tages oder das Licht der Lampe, es war die Schicksalsflamme, die seit dem Beginn der Welt Kampf, Lust und Trauer des Menschen beleuchtet. Sie war ein Beweis dafür, wie wahr der gesprochen hatte, der da sagte, daß jeder Zauber nichts anderes sei als ein künstlich erzeugter Wahnsinn. Aber jeder, der damals in den Kreis dieses Wahnsinns getreten war, empfand, daß ihr ein düsteres Geschick bestimmt war.

So wiederholte sich in Paolo unaufhörlich das Gefühl, das ihn damals auf der staubigen Straße befallen, wie sie nach dem Passieren der Pferdeherde den Schleier von ihrem nackten Gesicht gehoben und er im Umschauen etwas Hohles in seiner Brust empfunden hatte, wie den Abdruck dieser ewig neuen Nacktheit. In der Tat, um in ihm zu leben, höhlte sie seine Brust aus, durchwühlte sie, grub sie um ohne Erbarmen.

Wo blieb das stumme Gelübde, das er damals dem Freund beim ungewissen Abschiedsgruß, der der letzte sein sollte, gemacht? Wieviel Tage waren es her, daß er dem Freund das Geleite zur Schwelle des Dunkels gegeben? Und doch wie fremd und fern schien ihm schon die lange Zeit ihrer gemeinsamen Existenz, voll Offenheit und Treue, voll Gleichheit und Sicherheit! In wenig Tagen hatte sich für ihn das Gefühl des neuen Zusammenlebens in Bitterkeit und Unruhe, in Angst und Schrecken, in Tyrannei und Grausamkeit verwandelt. Damals stand er mit seinem Freund gegen das Unbekannte, jetzt stand er im Unbekannten gegen seine Freundin und sie gegen ihn in offenem und heimlichem Kampf, der keinen Augenblick aussetzte und in dem es um Herrschaft oder Sklaverei ging. Aber hätte er sie geliebt, wäre sie anders gewesen? Was anders fesselte ihn an sie als diese Vielheit der Aspekte, diese Gabe der Wandlung, diese wunderbare Kunst der Lüge, vereint mit ihrem erschreckenden

Willen zum Leiden, ihre tragischen Masken, die mit kindlicher Grazie wechselten, ihr Gebaren als Kaiserin und als Sklavin. Bis dahin hatten Frauen für ihn nichts bedeutet als einen raschen Sieg, einen kurzen Genuß, ein rasch überwundenes Unbehagen und eine unbestimmte Erinnerung. Und hätte er die eine oder die andere in der Schar wiedererkennen sollen, er hätte sie nicht durch eine seelische Erinnerung erkannt, sondern am eigentümlichen Geruch, wie jene Sklavenhändler, die mit ihrem Geruchsinn die Familien auseinander kennen. Ah! aus wieviel Verhüllungen und wieviel Geheimnissen setzte sich diese Frau zusammen, die sich hinter dem Dunkel ihrer Wimpern noch besser zu verbergen verstand als unter den Falten ihrer Gewänder? Warum offenbarte sie sich ihm so oft in der Form einer Erinnerung oder eines Vorgefühls? Vielleicht waren es die Geliebten seines früheren Lebens, vielleicht jene, die er auf tausend Straßen gesehen und nicht verfolgt, aber in einer melancholischen Stunde erträumt, vielleicht jene andern, die noch kommen sollten ohne Ruf und ohne Ankündigung – vielleicht vereinigten sie sich alle in diesem einen Fieber und in dieser einen Schönheit?

So wühlte er in sich selbst, während er schweigend im dämmerblauen Zimmer nahe der Wand dasaß. Er war allein. Und es schien ihm schon eine Erleichterung, endlich allein in diesem Zimmer zu sitzen auf einem Stuhl, der gegen eine kahle Wand stand, das Gesicht dem offenen Fenster zugekehrt, in dem das Meer ohne Segel und ein Himmel ohne Wolken sichtbar waren, allein mit seinen Gedanken und mit seiner Erkenntnis. Aber etwas in ihm horchte von Zeit zu Zeit, ob nicht ein leichter

Schritt sich näherte; etwas in ihm war wie ein Kind, das von einem unbestimmten Entsetzen erfüllt ist und eine fürchterliche Erscheinung an seiner Seite sieht, wirklicher sieht als seine eigenen Hände auf den Knien, und unbeweglich dasitzt und den Kopf nicht zu wenden wagt. Etwas Silbriges leuchtete im Dunkel auf, als sei der Schaum einer der seltenen Wellen ins Zimmer gedrungen, die sich draußen aus dem friedlichen grauen Meer erhoben. Isabella war eingetreten, lautlos, mit den Sandalen an den Füßen, die sie trug, um am Strande zu gehen.

«Paolo!» rief sie leise.

Er antwortete nicht, rührte sich nicht. Sie war noch vom Licht geblendet und bemerkte ihn nicht.

«Paolo!» Sie lauschte, wartete ein paar Augenblicke, senkte den Kopf unzufrieden und erstaunt:

«Er ist nicht da.»

Ein plötzliches Zwitschern überraschte sie. Sie trat ans Fenster. Das Zwitschern klang so nahe, daß es im Zimmer selbst zu sein schien, gerade vor dem Fenstersims. Sie trat noch näher, vorsichtig und angestrengt lauschend, und versuchte zu erraten, woher der Ton kam. Er sah sie jetzt mit bloßem Hals, die Haare im Nacken in zwei gewundene Stränge geteilt und mit Haarnadeln festgesteckt, so daß sie der Form ihres kleines Kopfes eng anlagen. Und eine seltsame Verwirrung befiel ihn bei dem neuen Schauspiel dieses Lebens, das sich jetzt vor ihm als verborgenem Zuschauer abspielte.

«Aber was ist es nur?» sprach sie zu sich selbst und beugte sich auf den Teppich.

Ihre Stimme klang leise, ganz zwischen Kehle und

Lippe, wie noch am Fleische klebend, frisch und geheimnisvoll, wie eine in Laub gewickelte Frucht.

«Ah! ein Schwälbchen.»

Sie hatte eine kindliche Bewegung des Zauderns; dann nahm sie den bebenden Vogel in ihre Hände und hielt ihn in der Höhlung zwischen ihren beiden aufeinandergelegten Handflächen eingeschlossen. Sie spürte das Pochen unter dem warmen Flaum: so großes Pochen in so kleinem Herzen!

«Wo kommst du her? Bist du aus deinem Nest gefallen?»

Vorsichtig ließ sie das Vögelchen seinen Schnabel zwischen ihrem Daumen und Zeigefinger hervorstrecken.

«Wie kräftig du schon bist!»

Sie bog sich aus dem Fenster und sah nach dem Dach hinauf; aber es war kein Nest da. Der Himmel übergoß ihr emporgewandtes Gesicht mit einem Licht aus Silber und Violen. Hinter ihrem Oberkörper dehnte sich perlfarben das Meer. Sie war wie das Bild des jungen Abends, auf dessen Stirn der erste Planet zu glänzen anfängt und der im Hohlen seiner blauen Hände die letzten, späten Schwalben gefangen hält, um sie dann, in Fledermäuse verwandelt, wieder entflattern zu lassen.

«Du konntest aber schon fliegen?»

Sie stieß einen erschreckten, aber schwachen Schrei aus. Sie hatte zwischen ihren Fingern und den Flügeln des Vogels ein lebendes Insekt entdeckt. Sie schüttelte es ab. Vielleicht war das junge, unerfahrene Schwälbchen auf der Verfolgung dieses Insekts gegen den Fenstervorhang gestoßen und auf den Teppich gefallen.

«Deine erste Beute?»

Sie zerrte es am schwarzen, gefräßigen Schnabel und

spürte die heftigen Schläge des kleinen Herzens, die Schärfe der kleinen Krallen an den angezogenen Füßchen, die zarte und milde Wärme, den Geist von Freiheit, der unter dem weichen Flaum pulsierte.
«Kannst du fliegen, wenn ich dich loslasse, und wie weit?»
Und sie hob den Blick und sah plötzlich im Dunkel die beiden Augen, die auf sie starrten. Sie stieß einen lauten Schrei des Erschreckens aus und ließ den kleinen Vogel aus ihren zitternden Händen entgleiten.
«Du, Paolo? Du? Du warst da? Und sahst mir zu, sahst mir zu? Nein, nein. Sieh mich nicht so an!»
Sie trat etwas zurück und brach in ein konvulsivisches Lachen aus, das jeden Augenblick in Schluchzen umzuschlagen drohte.
«Warum hast du das gemacht? Warum erschreckst du mich so?»
Er hatte sich erhoben und ging auf sie zu. Sie wich noch weiter zurück.
«Ah, was für Augen du hast! Nein, nein. Sieh mich nicht so an! Mach sie zu! Du machst mir Angst, du machst mir Angst.»
Sie lachte und schluchzte zugleich, mit Stößen, die ihr ganz tief aus der Brust hervorkamen. Ihr irres Erschrekken steckte ihn an. Beim Aufstehen nach der langen Unbeweglichkeit hatte er Stiche im Rücken gespürt; jetzt, wie er dastand, fühlte er die Schwäche seiner Knie, das Zucker seiner Beinmuskeln, eine trübe Schwere im ganzen Körper – Spuren der tödlichen Lust – und seine eignen, unnatürlich großen Augen in tiefen Augenhöhlen.
«Auf, Isabella! Was für eine Kinderei!»

«Aber was für Augen du hast!»
«Kind!»
«Mach sie zu!»
«Gut, ich mache sie zu.»
Sie warf sich ihm an den Hals und drückte ihm ihre Hände, die eben noch den bebenden Flaum gehalten, auf die Augen. Ihr Lachen klang noch immer nach Schluchzen, aber milder jetzt. Sie küßte ihn auf den Mund.
«Du hast kalte Lippen.»
Der Schauer, der ihn überlief, kam aus dem Ton, mit dem sie diese Worte sagte. Ein unbestimmter Schreck zitterte irgendwo unten in seinem Körper. Und es wurde still in ihnen und in dem Raum. Und sie hörten von neuem das Gezwitscher unter dem Fenstersims.
«Es schreit um Hilfe», sagte Isabella leise.
Sie seufzte wie ein Kind, wenn es aufgehört hat zu weinen. Dann beugte sie sich auf den Teppich, kniete nieder und tastete sachte im Schatten nach dem verzweifelten Schwälbchen. Sie fand es, nahm es auf und erhob sich wieder.
«Hier ist es. Geben wir es frei?»
«Ja, laß es fliegen!»
«Komm näher!»
Sie standen beide an der Fensterbrüstung. Der Abend trug seinen schönsten Amethystenschmuck. Hesperus zitterte auf dem stillen Meer.
«Glaubst du, daß es fliegen kann?»
«Versuch es!»
«Es ist jung, aber sein Herz schlägt stark. Willst du's fühlen?»

Sie näherte ihre geschlossene Hand der Wange des Geliebten.
«Ist es nicht zu spät? Sicher wird sie einer Fledermaus begegnen, und vor Angst wird sie den Weg verfehlen; arme kleine Schwalbe!»
«Kind du! Sie muß hier längs des Flusses, zwischen dem Schilf, ihr Nest haben. Die Brutzeit ist vorüber.»
«Meinst du nicht, daß ich sie diese Nacht hierbehalten sollte?»
«Sie wird unglücklich sein.» Sie zögerte.
«Dann laß ich sie frei.»
«Versuchs!»
Es durchlief sie ein leichter Schauer. Die salzige Ebene tauchte schon in einem violetten Nebel unter. Ein paar Wasserlachen leuchteten, göttlich wie der Himmel. Jenseits des Arno dunkelten die Wälder von San Rossore gleich dem Lager einer Karawane am Rand der Wüste. Auf einem Sandstreifen, schlank wie eine Theorbe, spielte das windstille Meer ein leises Lied.
«Zuerst küsse mich!» sagte sie übervoll von wollüstigem Verlangen.
Sie dachte an Lunella, sie dachte an Vana, sie dachte an den jungen Cäsar. Und an den schwarzen Schatten der Steineiche über dem Hause und an jene Linie von Zypressen unter dem ungeheuren Gemäuer, das der alte Burgfried überragte, und an den nächtlichen Gesang der Winde von Turm zu Turm, von Tor zu Tor, von Grab zu Grab.
Sie küßten sich. Sie streckte den Arm aus, öffnete die Hand, und dabei schmerzte ihr das Herz.
«Leb wohl, kleine Schwalbe!» und schon war ihre Hand leer.

Aini, was hast du?»

Sie hing an seiner Brust, griff nach seinem Kinn und hielt es fest, forschte Auge in Auge bis in die Tiefe seiner Pupillen und suchte ihm die Aussicht auf den wolkenlosen Himmel zu versperren, in den sein starrer Blick versenkt war.

«Sprich! Was hast du heute, Aini?»

Sie fürchtete sein Schweigen, wie er ihre Worte fürchtete.

«Wie hart sich dein Gesicht heute anfühlt. Ganz nur Knochen.»

‹Ein Totenschädel mit Lippen›, dachte sie bei sich, aber sie sprach es nicht aus. Das Bild der nackten Frau auf dem Basrelief der kleinen Pforte im Palast in Mantua, vor dem sie mit Aldo gekniet hatte, schoß ihr plötzlich durch den Kopf.

«Wenn ich dich küsse, tue ich mir wahrhaftig weh.»

Es war ihm nie zum Bewußtsein gekommen, daß sie so schwer war: sie war schwer wie Marmor und lastete ihm auf der Brust. Aber etwas viel Schlimmeres quälte ihn im Innern: der Schnabel des Geiers, der ihm die Leber zerhackte. Er überhörte ihr zärtliches Gerede, denn in seiner Brust war eine fremde männliche Stimme vernehmlich: ‹Die Maschine ist in Ordnung, alles bereit! Das Mehrgewicht des Zylinders mit komprimierter Luft kann ihre Leistungsfähigkeit kaum vermindern. Die neue Schraube hat einen vorzüglichen Nutzeffekt. Es weht ein leichter Landwind, der Wind der Gezeiten, der mich gegen den Kanal hinaustragen wird.›

«Sieh meine Arme an, sie sind ganz blau und violett. Ich muß mich deinetwegen vor Chiaretta schämen. Sie ist eine fromme Franziskanerin, im Schatten der Portiuncula aufgewachsen.»
Sie ließ nicht nach, ihm mit dem feinen Flaum ihrer Arme über das Gesicht zu streichen, die ein starkes Parfüm verbreiteten wie Riechkissen. Aber ihre Liebkosungen ließen ihn unbewegt. Sein Ausdruck ward verschlossener und verschlossener.
‹Alles ist bereit! Ich warte auf den Aufgang der Sonne. Mein Freund steht mit einer Flagge auf den Dünen und macht mir ein Zeichen, daß die Sonnenscheibe über den Horizont steigt. Alles ist schon in Bewegung, alles vibriert und dröhnt. Auf mein Kommando lassen die Mechaniker los. Ich bin in der Luft. Halte gerade aufs Meer zu, erhebe mich mehr und mehr, überfliege die Dünen, höre noch den Zuruf des Freundes, seh die Wasserfläche unter mir, lasse das Torpedoboot, das mir mit seinem dicken Rauch den Ausblick auf die Sonne versperrt, rechts liegen. Keine Störung, keine Änderung. Alles ist ruhig in mir und um mich. Nicht der leiseste Windhauch, deshalb kein einziges Manöver mit der Steuerung oder mit der Verwindung. Meine Hände sind untätig, müßig. Ich habe nicht das Gefühl zu fliegen. Ich habe den Eindruck, unbeweglich zu sein. Unter mir das Wogen des Meeres, stets das gleiche Wogen.›
«Ich bring es wahrhaftig nicht fertig, dich zum Sprechen zu bringen, aber jetzt sieh!»
Eine unbestimmte Nervosität zitterte schon unter der lasziven Kindlichkeit, ähnlich der Ungeduld, die sie manchmal überwältigte, wenn eine ihrer runden Elfen-

beindosen, die sich für gewöhnlich so leicht öffnen ließen, plötzlich hartnäckig war, und der Deckel trotz aller Anstrengung sich nicht drehen wollte. Sie entblößte ihren Busen und nahm eine ihrer kleinen jüngfräulich gebliebenen Brüste zwischen die Finger.
«Jetzt sieh!»
Er war entrückt in Feindseligkeit, Haß und Traum. Im Geist sah er die stahlgrauen Wasser des Kanals, die steilen Küsten, und hinter dem Stern der Schraube, hinter dem Fächer der drei Zylinder den einsamen Helden mit seiner Sturmkappe aus braunem Tuch, seiner blauen Mechanikerbluse über dem Rettungsgürtel, mit dem scharfen, hakigen Profil eines Galliers. Er erinnerte sich, ihn in Montechiari gesehen zu haben; er hatte sogar mit ihm gesprochen. Er entsann sich des starken Kiefers, der hervortretenden Backenknochen, des widerstrebenden Haarbuschs auf der Stirn, die über dem gebräunten Gesicht weiß geblieben war. ‹Das Torpedoboot ist zurückgeblieben, verschwunden. Ich bin allein jetzt, verloren in der Unendlichkeit der dunkeln Wasser. Ich sehe nichts am Horizont: kein Schimmer von Land, kein Rauch von einem Dampfer, kein Mast eines Segelschiffs. In der Stille ringsum nichts als das ewiggleiche Dröhnen des Motors. In der Unbeweglichkeit rings nichts als die ewiggleichen Wogen. Wie viele Minuten sind verstrichen? Ich sehe gegen Osten eine graue Linie, die fortwährend deutlicher wird: die englische Küste. Ich halte auf die weißlichen Klippen zu. Gerade in Wind und Nebel. Jetzt Hand an die Steuerung, die Augen offen! Stahl und Eisen unter mir: eine Flottille von Torpedobooten, ein Geschwader von Schlachtschiffen. Ich sehe

die Bewegung der Matrosen, die heraufwinken, höre ihr schwaches Rufen. Handelsdampfer fahren längs der Küste; ihre Fahrtrichtung geht mehr nach links. Ich merke, daß der Hafen in der Nähe sein muß, daß Dover südwestlich von mir liegt. Ich führe eine Wendung aus; der Wind drückt mich nach unten. Ich kämpfe, um wieder hochzukommen. Entdecke plötzlich das Kastell. Ich fliege über das Hafenbecken von Dover. Passiere zwischen zwei Panzerschiffen, komme in eine Art weiter Talsenkung. Das Land liegt unter mir, grün, tiefgewölbt wie die Fläche einer Hand, die sich freundlich unter mir ausstreckt und mich zum Landen einlädt. Beim Abstieg komme ich in einen tückischen Luftwirbel. Voll Ungeduld stelle ich den Motor ab, beschleunige die Landung, komme mit einem heftigen Stoß zu Boden, der mir das Radgestell verbiegt und die Schraube zersplittert. Ich setze den Fuß auf den Boden des Vereinigten Königreichs. Ich habe den Kanal überflogen. Die Flügel sind unversehrt.›

Die knappe Erzählung des Helden klang in seinem Innern wie rasch aufeinanderfolgende Windstöße in der Takelung eines Schiffes, das im Begriff ist, zu kentern. Die ganze Vision zog in blitzartigen Bildern an ihm vorüber. Es war ihm, als erinnere er sich, selbst diese Tat vollbracht zu haben, als habe er das Meer überquert, die Schiffe überflogen, die weißen Klippen gesehen, als sei er selbst in den Schatten der Talsenkung eingetreten, selbst auf dem Rasen gelandet, aber alles wie auf einer unendlich langen Fahrt in einem grenzenlosen Flug, über ein ewiggleiches und ewigwechselndes Meer, über eine Flut wie die des Lethe, in der sein Erinnern der irdischen Ufer versank.

Und dabei spürte er ganz nahe vor seinem Gesicht den

Geruch des geliebten Körpers, den heißen Geruch ihrer Arme, spürte auf seinen Lippen die kleine, harte Frucht ihrer Brust, die von unterdrücktem Lachen bebte. Das Gefühl der Unerträglichkeit kam über ihn mit der Heftigkeit eines Zornausbruchs.

«Genug!» stieß er hervor, sprang mit einem Ruck in die Höhe, packte ihre Ellbogen und stieß sie von sich.

«Genug!»

Der Stoß war so brutal und heftig, daß sie rückwärts zu Boden fiel. Auf ihren Armen war die Spur seines Griffs sichtbar. Kein Schrei, keine Klage. Sie legte sich auf die eine Hüfte und lag halbnackt und schweratmend da. Der Ausdruck ihrer glühenden Augen unter den zusammengezogenen Brauen war undurchdringlich. Ihre Nasenflügel bebten. Ein Ausdruck, gemischt aus Bitterkeit und Glück, flüchtig und zweideutig, pervers und unbestimmt, leuchtete und verlöschte abwechselnd auf dem schönen dämonischen Gesicht.

Er sah sie nicht an. Innerlich grollte er sich selbst wegen der begangenen Mißhandlung, aber kein Wort der Entschuldigung kam über seine Lippen. Er hörte ihr schweres Atmen und fürchtete, sie werde jetzt in Weinen ausbrechen, und wartete auf das Weinen wie auf die schlimmste der Martern. Die Hände über dem Kopf verschränkt, das Haupt an die Wand gelehnt, betrachtete er über die weiße Balustrade der Terrasse weg, zwischen den Blättern der verdursteten Oleander hindurch, das Tyrrhenische Meer, voll von schäumenden Wogenkämmen. Die Gorgona lag draußen wie eine Wolke. Etwas näher verkündigte ein dunkler Streifen auf dem Meer das Nahen des Westwindes. Eine Schar von Möwen bildete einen einzigen weißen Fleck auf der Sandbank an der Mündung, und von Zeit zu Zeit flogen ein paar von ihnen auf und schossen dicht über dem Schaum hin. Von den Sümpfen von Fori herüber klang das Trillern der Lerchen. Und ganz in der Ferne am Meer gab es eine Stelle, geheimnisvoll und heroisch, wo sich die Linie des Strands im Dunst verlor, und drunten im Süden jenseits Elba und der kleinen Inseln lag die wilde Insel der Sarder, reich an Geiern.

Und plötzlich klang ihm wieder in der Seele die Stimme des treuen Freundes, wie er den Kurs bestimmte: ‹Westsüdwest, ein Strich südlich!› Er sah die Anhöhe von Ardea, das Tal des Incastro, den Kreis der Berge Latiums, lebte die Tage des großen Fiebers wieder, der Begeisterung und der Hoffnung, die Kühnheit der Träume und die Größe ihres kühnsten Traums. ‹Westsüdwest, ein Strich südlich!› Es war der Kurs, den sie vom Strand bei Ardea zum Kap Figari am Golf von Terranuovo auf Sardinien festgestellt hatten: hundertfünfunddreißig Seemeilen, eine Strecke, nicht viel größer als die, die er auf dem Flugfeld in seinen Runden am Tage des Unheils zurückgelegt hatte. Schon war die ganze Welt voll neuer Taten. Und überall stiegen Ruhmeslieder und sahen die Völker alle Grenzen aufgehoben, und verklärt erschienen die siegreichen ikarischen Flügel! Was machte er hier auf diesem Haremsteppich, auf dem die Wollust sich nach den Klängen von Amars Flöte zu regeln schien? Was war hier aus ihm geworden in Schauern der Zerstörung und in immer heißerem Begehren? Wie gut paßte auf ihn die kindische Geste seiner Geliebten: sie hatte ihm die Brust gereicht, damit er ‹an einer

Löwin saugen lerne›, wie der maurische Flötenspieler mit den geschminkten Augenlidern.

Er sprang auf, lehnte sich über die Brüstung gegen die Rasenfläche hinaus, auf der sich der Zeltschuppen erhob, in dem der ‹Reiher› untergebracht war.

«Giovanni!» rief er voll Ungeduld. Es war der Name des Vorarbeiters von Giulio Cambiaso, des Mannes, der damals das Benzinbassin zum letztenmal vollgefüllt hatte.

«Giovanni!»

Niemand antwortete. Das Zelt blieb stumm und verschlossen. So gingen also auch die Mechaniker der Zerstreuung, dem Vergnügen nach.

«Was rufst du?» frug Isabella mit ganz weicher Stimme und fast demütig, erhob sich ebenfalls und ging in einem wunderbaren Aufleuchten von Liebe auf ihn zu.

«Ich will den schlafenden Reiher wecken.»

«Wirklich, willst du?»

Die Freude leuchtete auf ihrem Gesicht, durchbebte ihren ganzen Körper und hob ihn gleichsam auf die Fußspitzen. Sie trug ein dünnes Gewand mit ganz unzähligen feinen Falten, das sich vom freudigen Aufwallen ihres Blutes bis zum Saum zu röten schien. Die weißen Wolken, die sich über den Bergen von Pisa türmten, bestrahlten sie mit einem silbrigen Widerschein, der sich auf ihrer bloßen Haut ausbreitete und sich über die rosa Falten ihres Gewandes legte, wie der silbrige Reif auf den Blättern großer Rosen.

«Gewiß, es ist Zeit, ihn zu wecken. Ich wagte nicht, es dir zu sagen. Und mich nimmst du mit dir, nicht wahr, Aini, mich nimmst du mit!»

Sie war noch näher zu ihm getreten. Er sah sie erstaunt an und war ihr schon wieder rettungslos verfallen.
«Keine Furcht?»
«Denk an die weiße Straße am Kanal mit den Wasserrosen!»
«Wirklich, du willst mit mir kommen?»
«Wohin du willst.»
«Aufs Meer, über den Fluß, über die Wälder und über die Stadt drüben mit Kuppeln und Türmen?»
«Überallhin, über die Wolken, über den Regenbogen.»
Auch ihn überkam mit einem Male eine stürmische Fröhlichkeit. Er nahm sie plötzlich in die Arme und hob sie hoch. Sie gab sich mit ihrem ganzen Körper hin, war frisch und leicht wie ein Arm voll dürrer Blätter.
«Wie leicht wiegt die große Isabella!»
Er hielt sie so und drückte die Lippen auf die noch halb entblößte Brust der Löwin.

Und nun begann für sie eine unerhörte Glückseligkeit. Sie legten die Waffen nieder und genasen von allem Übel, vergaßen Wissen und Qual. Es begann für sie eine Zeit des göttlichen Friedens.
Tag für Tag, kurz vor Sonnenuntergang oder morgens im Frührot, trug sie der Reiher empor zum höchsten Traum. Der Zauber war mächtiger als die Zauberin. «Ich bin Ornitio!» flüsterte sie mit geheimnisvoller Miene. Mit einem Lächeln hatte sie gefühlt, wie in ihrer Brust das wilde Herz jenes jungen Windgotts zu schlagen anfing, der in einem Schwarm von Zugvögeln von Süden gekommen war und den Seeleute auf einer Sandbank

inmitten eines Schwarmes von müden Schwalben schlafend fanden.

«Erinnerst du dich an die entzückende Meerlegende von Gabriele d'Annunzio? Ornitio, das bin ich. Ich war es, die das Haupt des Segnio, das unter dem Beil des roten Henkers fiel, blutend aufnahm und umgeben von meinen Schwalben mit ihm gegen das Meer floh. Ich trug es bis zum Vorgebirge Tänaron; wo die Venezianer aus den Quadern von Sparta einen Wachtturm errichtet hatten. Da saß Euridike zwischen Asphodelos' Blüten. Und ich ließ das Haupt in ihren Schoß fallen, als sei es das des Orpheus.»

Sie sprach in dem geheimnisvollen Ton, mit dem sie ihrer aufhorchenden kleinen Schwester Märchen zu erzählen liebte.

«Jetzt bin ich zurückgekehrt. Mehr als einmal hab ich draußen auf der Sandbank an der Flußmündung geschlafen. Aber die Seeleute haben mich nicht überrascht und mit Weiden gebunden.»

Sie pflegte ihren Rock beim Fliegen mit einem Band festzubinden, um die Falten zusammenzuhalten.

«Weißt du, warum ich mich binde? Es könnte mich einmal gelüsten, dir wegzufliegen und mich auf eigene Faust herumzutummeln. Ich könnte dir auch einmal einen Streich spielen, der auf deiner Windrose nicht vorgesehen ist.»

Sie sah wirklich aus wie ein böser Knabe voll Mutwillen und Verwegenheit.

«Also auf, Ornitio!»

Der Motor begann zu knattern; die Schraube kreiste: ein Wirbel von Luft in Luft. Mit einer leichten Rauchwolke, die über dem dürren Gras wirbelte, schoß der ‹Reiher› über den Strand und erhob sich, stieg etwas in die Höhe und flog quer über die Flußmündung, senkte sich dann wieder etwas in einer Wendung gegen Westen, neigte sich stark nach links wie unter einem böswilligen Stoß des Windgotts und flog gegen die Sandbank, auf der ein leuchtender weißer Fleck erschien, ähnlich den Anhäufungen von getrockneten Algen, die den Strand des Gombo silbrig färben. O Wunder! Im Wirbel der Schraube löste sich das zusammenhängende Weiß, zerstückelte sich, zerflatterte: ein tausendfaches Flügelschlagen, ein Schwirren von Federn, ein heiseres Aufschreien, ein Flimmern von Weiß und Dunkel über dem gekräuselten Wasser. Die Seemöwen!

«Ornitio, Ornitio!»

Er wiederholte den Namen, ohne sich umzuwenden, flog höher übers Meer, hinweg über den zerstreuten Möwenschwarm, fühlte die Frau an seiner Seite beben wie ein Spanndraht aus Stahl. Alle Kräfte seines Lebens waren eine einzige gespannte Schärfe.

«Ornitio!»

Sie sah sich um und vermochte sich nicht zu sättigen, überwältigt und berauscht von der unerhörten Neuheit und seiner Hand vertrauend wie der eines Gottes.

«Noch höher! Laß uns noch höher steigen! Ich fürchte mich nicht.»

Er führte eine Bewegung mit dem Höhensteuer aus. Der ‹Reiher› schoß empor wie der Kiel eines Schiffes, das auf den Kamm einer ungeheuren Woge im Weltmeer emporgehoben wird. Für einen Augenblick empfand Isabella ein hohles Gefühl in der Brust; ihre Hände zuck-

ten, als wolle sie sich an ihren Gefährten anklammern. Sie schloß die Augen. Dann war der Schreck vorüber. Der ‹Reiher› schwebte auf flachen Schwingen und beschrieb einen weiten, ruhigen Kreis zwischen Himmel und Meer. Die Lateiner Segel draußen leuchteten wie Flammen über den braunen Nußschalen der Fischerboote. Es waren die roten Segel der adriatischen Fischerkolonie, die sich in Bocca di Magra niedergelassen hatte.
«Wollen wir einen Blick auf den Serchio werfen, Ornitio?» frug Paolo, beschrieb einen Bogen nach Osten und senkte die Maschine gegen die ferne, bewaldete Küste. Der stille Fluß aus den Bergen von Lucca teilte hier mit seinem hellgrünen Band die Wälder von San Rossore von den Wäldern von Migliarino, die Besitzung des Königs von der Besitzung des Herzogs. Man sah das viereckige Tor, die Brücke der Sterpaia, den Turm der Riccardi. Man sah auf den gelben Sandbänken der Mündung einen schwarzen Fleck wie die Haufen von Trümmern und Unrat, die der Libeccio an die Dünen wirft.
«Ornitio, Ornitio!»
Der schwarze Fleck hatte sich auf einmal in eine dunkle Wolke verwandelt, eine lebendige Wolke mit flatternden Rändern voll rauhen Gekreisches, und floh jetzt, sich ausbreitend, gegen die Schilffelder, drang unter wildem Schreien in die Wipfel der Pinien, ließ den Schatten der Pineta noch dichter erscheinen, füllte ihr Dunkel wie ein nächtiges Tuch.
«Die Krähen!»
Die feuchte Luft über dem Fluß zog den ‹Reiher› an wie ein Strudel. Im träge fließenden Wasser des Flusses spiegelten sich die großen, regungslosen Schwingen wie in

einem stillen Sumpf. Zwischen Rohr und Weiden längs der Ufer von sandigem Lehm und nackten Wurzeln strich der große Vogel dicht über dem Wasser hin und lebte für einen Augenblick das einsame Leben des blaugrünen Eisvogels. Dann erhob er sich etwas, überflog die Flußränder und schwebte über den schweigsamen Weiden und Sümpfen, zwischen der Anguillara und dem toten Fluß wie zwischen Kokytos und Phlegeton. Die Schönheit des Elysiums und die Schönheit des Hades lachten und weinten im Abend. Alles war Erinnerung und Traum. Alles war Melodie und Vision.

Berauscht und überwältigt saß sie da. Die weißen Sandalen auf das leichte Querholz gestützt, das Kleid mit dem Band zusammengeschnürt wie ein Bündel Holz mit dem Weidenschößling, und fühlte ihren ganzen Körper gleichsam von der Schwere befreit und von einem Gefühl von Durchsichtigkeit erfüllt. Ihre erinnernde und ahnende Seele erkannte das alte Land ihrer Leiden und ihrer Liebe und fühlte die Wiederkehr ihres entlegensten Geschicks. Die Wasser der Unterwelt umschlossen eine Einsamkeit von Land und Gras. Wälder dunkelten und dampften am Horizont. Der Geruch von Sumpf, Harz und verbranntem Holz war so weich und traurig, als steige er aus der Trauer einer fernen Erde, aus der Melancholie eines unendlich entlegenen Exils.

‹Ach, halte hier!› wollte sie sagen.

In diesem Augenblick brach durch die unzähligen Kuppeln der Pinien ein Flammenschein, ein tiefes, geheimnisvolles Feuer, in dem tausend und abertausend überwölbte Säulen aus Granit leuchteten.

«Sieh, der Wald brennt! Daher der Geruch!»

Es war die Sonne, die tief über dem Meer stand, eine Scheibe glühenden Kupfers zwischen den Wolkenstreifen und der Linie des Wassers. Ihre schrägen Strahlen beleuchteten die Stämme, während die Wipfel im Dunkel blieben. Alles brannte in roter Glut wie der Waldboden voll trockener Piniennadeln. Ein braunes Rudel von Rehen flüchtete durch die Abendglut, tauchte auf und verschwand abwechselnd unter den Zweigen wie das flüchtende Wild vor den Hunden des Aktäon und den Pfeilen des Kentauren.
«Ach, halte hier!»
Der Fluß Dantes tauchte jetzt wieder auf, verwandelt und schimmernd von Licht wie das Ufer, das das Lächeln der Beatrice erhellte, voll bis an den Rand wie eine ewige Fülle, die nicht zum Meere strömte, sondern vom Meere käme und sich ins Herz der frommen Stadt ergösse, die an den Ufern kniete. «Pisa!»
Ein lichter Friede lag in der Luft. Aber die Brust Isabellas überströmte von düsterer Glut. In all der Fröhlichkeit von Licht war es ihr, als fühle sie den Stachel der Leidenschaft, der im Tabernakel aus Marmor am Ufer aufbewahrt wird, und als ströme ihr eignes Blut belebend in die Reliquie.
«Madonna Pisa della Spina ardente.»
Sie vermochte ihre Seele nicht mehr in der Enge ihres Körpers zurückzuhalten, so stark war ihre Verzückung. Das Brausen des Fluges selbst klang für ihr Ohr fern wie der Ton in den Windungen einer Muschel. Der plötzliche Schwall von Poesie, der in ihr Herz einbrach, war so heftig, daß sie eine Lust zum Weinen überkam.
Und in dieser wunderbaren Weichheit stieg der Liebesruf

des ‹Verstörten in Christus› in ihrem Gedächtnis auf, stieg aus einer Seite des gleichen Buches, das die fiebernden Finger Vanas betasteten, ‹um jenes Braun kennen zu lernen, das der Glut vorhergeht›.

‹Amor amore, che sì m'hai ferita,
Altro che amore non posso gridare;
Amore amore, teco sono unita,
Altro non posso che te abbracciare.
Amore amore, forte m'hai rapita:
Lo cor sempre si spande per amare.
Per te voglio spasmare,
Amor, ch'io teco sia!›

Und wirklich hingekniet und überwältigt von Liebe lag die Stadt zu Füßen des Heiligtums. Wie Danteske Topase strahlte der Marmor im Strom von Licht, wie weiße Stolen leuchteten die vortretenden Säulenreihen, und die anbetende Stadt lag demütig und gebeugt mit ihren Ziegeldächern vor der einsamen Schönheit, wie auf den goldenen Altargemälden unter der Glorie des göttlichen Bildes der Stifter kniet, mit gefalteten Händen und in dunklem Talar.

Der ‹Reiher› kreiste im geheiligten Himmel über der Wiese der Wunder, überflog das fünffache Schiff des Doms, das durchbrochene Kunstwerk des schiefen Turmes, die Tiara des Baptisteriums. Je mehr das paradiesische Leuchten des Abends sich in bläuliche Asche wandelte, desto mehr sog sich der Marmor voll mit mystischem Licht, und so lange bewahrte er es in seiner hellen Masse, daß es war, als schienen aus dem Innern die Lichter der Altäre durch alabasterne Quadern.

«Der Campo Santo!» flüsterte Isabella bittend ihrem Freund ins Ohr. «Flieg etwas tiefer gegen den Campo Santo!»

Der ‹Reiher› strich dicht über die Bleiplatten des Daches weg. Ave Maria! Der Englische Gruß schien die Säule des Campanile nach Süden zu neigen.

Sie flogen vorüber: der einsame Rasenplatz zwischen der gibellinischen Mauer und dem Tor, braun wie geronnenes Blut, blieb hinter ihnen, das Leuchten des heiligen Marmors, die Dächer der Stadt, um die schon das Dunkel schlich, der Fluß, blaß zwischen zwei goldig funkelnden Linien, der Kanal, voll vom schwarzen Schlaf der Kähne. Sie wandten sich jetzt südwärts über die freie Ebene, in der hier und dort die Kanäle leuchteten, überflogen die Sümpfe und Weiden von Coltano, das Flußgebiet des alten Arno, über dem immer noch der feuchte Hauch des abgelenkten Flusses zu leben scheint, den wilden Wald von Tombolo. Und wieder lag die Schönheit des Hades über dem dämmrigen Land. Und wieder stieg der Trauerduft von Brachland, Harz und verbranntem Holz empor. Stumme Schatten liefen unten im leichten Nebel, den der wachsende Mond etwas erleuchtete, bewegten sich hin und her und verschwanden. Es waren Herden von wilden Pferden. Ein großes rundes Auge leuchtete im niederen Gehölz: ein Teich für das weidende Vieh. Dunkle Haufen rauchten in den Lichtungen mit züngelnden Flammen wie die brennenden Gräber im sechsten Ring: es waren die Meiler der Kohlenbrenner. Aber drüben jene breiten Täler aus Schweigen und Schatten, zwischen langen Streifen von wilder Nacht, jene Flußbetten ohne Strömung und ohne Mündung, zwischen Ufern, die eines Tags die Hochflut des Schmerzes durchbrach, waren es nicht die vertrockneten Ströme der Avernischen Schluchten, waren es nicht Erebos und Styx, Lethe und Acheron?

Und Lunella bat: «Geh nicht, Vanina, geh noch nicht weg! Bleib noch ein bißchen, Aldo, nimm mich auch mit nach der Badia, bitte, bitte!»
«Nein, Lunella, nein, du mußt jetzt zu Abend essen. Sei lieb! Miß Imogen wartet schon. Es ist zu viel für einen Tag. Du hast schon zu viel Musik gehabt heute. Und siehst du, wie es dich anstrengt? Du hast noch den Schluchzer.»
«Nein, Vanina, wenn ich einen Schluck Wasser trinke, geht es vorbei.»
Sie bettelte mit Augen, noch ganz rot vom Weinen; im Arm hielt sie Tiapa, ihre Lieblingspuppe, und das kleine Porzellangesicht mit den roten Backen erschien an ihre noch feuchte Wange gedrückt, die schon eine leichte Linie frühreifer Entwicklung zeigte. Ihr plötzlicher Tränenausbruch hatte sich bis in das spitzenbesetzte, gefältelte Röckchen der Puppe ergossen, so tief hatte die Klage des Cello ihre kleine unruhige Seele erschüttert. Und jetzt kam von Zeit zu Zeit wieder das Schluchzen über sie und erschütterte ihren ganzen Körper.
«Auf, Lunella, komm! Sei lieb! Ich begleite dich.»
«Aldo, Aldo, warum sagst du nichts? Warum hilfst du mir nicht?»
Der Bruder zog sie mit einer fast heftigen Bewegung an sich, nahm sie zwischen seine Knie, bog ihren lockigen

Kopf zurück. Eine schmerzliche Zärtlichkeit lag in seinem Lächeln.

«Was willst du von mir, Scherenmütterchen?»

«Au, du ziehst mich am Haar! Gleich werde ich wieder weinen.»

«Warum hast du vorhin geweint?»

«Weil ich deine Hand ansah.»

«Wieso meine Hand?»

«Beim Cellospielen.»

«Nun, und?»

«Sie war so krank.»

«Krank?»

«Ja, wie der Salonico.»

«Komisches Kind!»

Der Salonico war ein Landstreicher, den sie nach den großen Raubvögeln so genannt hatte, die auf dem Monte Voltraio, dem Berg der goldenen Gluckhenne, hausen. Sie hatte ihn einmal in Konvulsionen auf dem Boden zusammenbrechen sehen und vergaß das nicht.

«Also du nimmst mich mit nach der Abtei?»

«Nein, heute nicht.»

«Warum?»

«Siehst du nicht, daß Tiapa schläfrig ist?»

Die Puppe, die auf ihrem Arm hing, hatte ihre hellblauen Glasaugen geschlossen.

«Sie ist viel kränker als der Salonico und meine Hand.»

«Warum?»

«Siehst du nicht, daß sie ein gebrochenes Bein hat?»

Sie zog rasch das Röckchen herunter, um es zuzudecken.

«Aber in diesem Bein spürt sie gar nichts.»

«Ihre Nase ist eingeschlagen.»

«Ach, nur ein bißchen.»

«Und dann meine ich, mit dem einen Auge schielt sie.»

«Aber nein!»

«Blödsichtig, kurzsichtig, schielend und blind.»

Sie brach in ein kurzes Lachen aus, das unmittelbar aus ihrem Schluchzen zu kommen schien. Vana und Aldo sahen sich beunruhigt an.

«Vielleicht ist es nur, weil sie schläfrig ist. Also bringe sie zu Bett.»

«Gut, ich will es tun, wenn die Schwarze ihr das Schlummerliedchen singt.»

«Nein, ich mag nicht», sagte Vana, «ich kann es nicht mehr.»

Aber dann, wie sie am Mund des Kindes einen neuen Weinkrampf voraussah, setzte sie rasch hinzu:

«Doch, ich werde der Tiapa das Liedchen singen.»

Es war das ‹Schlummerlied der Puppe› von Mussorgsky, eine linde und klagende Melodie, schmeichelnd und drohend zugleich, in der etwas von den goldnen Reflexen der russischen Heiligenbilder liegt und vom Rauschen des Windes in der einsamen Steppe.

«Komm, Aldo, geben wir der kleinen Tyrannin wieder einmal nach.»

Sie sahen sich unaussprechlich traurig an.

Aldo legte die Hände auf die Tasten, Vana stellte sich neben das Klavier und sang gegen Lunella zu, die ein ganz, ganz klein wenig lächelte. Sie lächelte und wurde dann ganz ernst. Die Puppe hielt sie so im Arm, daß ihre Augen noch offenblieben. Sie stand da im Zimmer mit ihren schlanken, nervösen Knabenbeinen und hing an den Lippen der Schwester. Die feine stählerne Schere, mit der sie die weißen Kunstwerke ausschnitt, hing ihr an einer Kette mit bunten Steinchen an der Seite.

«Oe, ninna nanna, Tiapa!
Tiapa, non chiudi gli occhi?
Se tu non dormi, bada
che l'Orco non ti crocchi.
Ti crocchia se t'azzanna,
t'ingolla: ha un gozzo enorme.
Ma Tiapa è a nanna, é a nanna.
Già dorme Tiapa, dorme.»

Mit einer raschen Bewegung, in der vielleicht etwas von wirklichem Schreck lag, senkte Lunella den Arm, auf dem der Kopf der Puppe ruhte. Die Glasaugen schlossen sich, aber die Lunellas starrten weit geöffnet auf die singende Schwester:

«Se mi dici il tuo sogno
io ti canto una fiaba,
domani. Ora c'è l'Orco.
Oe, ninna nanna, Tiapa!
Un pan tondo in un pozzo
in un pozzo di panna,
domani. Ora c'è l'Orco.
Oe, Tiapa, ninna nanna!»

Die letzten Töne glitten wie ein Hauch über die schlafende Puppe. Lunella gab sich Mühe, ihre Arme ganz ruhig zu halten. Etwas wie ein unbestimmter Schreck hatte sie befallen. Beide Lider des porzellanenen Gesichts waren geschlossen, aber unter dem einen, dem des schie-

lenden Auges, schimmerte im Winkel noch ein bißchen vom bläulichen Weiß durch.
Sie erhob sich vorsichtig auf die Zehenspitzen und ging mit verhaltenem Atem aus dem Zimmer, das Gesicht unter den schönen Locken voll mütterlicher Hingebung und Besorgnis.

Die Schlucht der *balze* war voll Licht und Schatten. Die Strahlen der westlichen Sonne fielen herein, und das Licht war gelb wie Ocker, das Dunkel beinahe bräunlich. Die Farbe der Wüste und des Löwen herrschte um diese Zeit im obersten Kreis, der den Abgrund umgibt, der zweite Ring war aschgrau und mit grünlichem Moder gefleckt, der dritte war farblos und mit Tropfstein behangen. In den Klippen, den Klüften und Grotten fing sich der Wind und erfüllte die Trümmerwildnis mit Klagetönen. In das düstere Brausen seines Liedes klang der scharfe Schrei der kreisenden Falken.
«Entsetzlich!» sagte Aldo.
«Hast du Angst?» frug die Schwester.
«Es schaudert mich. Wenn ich an diese Schlucht denke, ist es mir, als gäbe es auf der ganzen Welt keine einsamere Einsamkeit. Wenn ich lauschend hinabsehe, spüre ich, daß etwas da unten wohnt, etwas wie ein verhülltes, lauerndes Wesen. Wenn ich hinabfiele, glaubst du, daß die Erde und der Sand unten es wären, die meinen Körper aufnähmen? Wer hat jemals bis auf den Grund hinabgesehen? Das Auge hält es nicht aus.»
«Vielleicht gibt es unten in der Tiefe ein zauberisches Licht, das anzieht!»

«Meinst du?»
«Ich will hinuntersehen.»
«Nicht so, Vana! So ist es unmöglich.»
Er ergriff sie, wie sie schon im Begriff war, an den Abgrund zu treten, um sich vorzubeugen. Er riß sie zurück und hielt sie einen Augenblick eng umschlungen. Sie spürte, wie er bis ins innerste Mark bebte.
«Wie du zitterst!» sagte sie mit ruhiger, strenger Stimme nach einem kurzen Schweigen, in dem der Wind Worte des Schmerzes und Töne der Wut im Abgrund ausstieß. Ihr Herz war wie von Stahl, wie sie das Beben des Bruders fühlte. – Es befiel ihn jetzt ein tieferer Schreck, als der des ersten Augenblicks; denn er dachte plötzlich an das Gelübde zu sterben. Es war ihm zumut wie einem, der sich zum Spiel eine tödliche Waffe verschafft hat und plötzlich bemerkt, wie ihn dies Ding mit einem blinden Willen vorwärts treibt, der viel mächtiger ist als sein eigener, und wie das Verhängnis sich umkehrt und er nur noch ein elendes, gebrechliches Ding ist in den Händen einer unbezwinglichen Gewalt. Es galt also wirklich zu sterben? Keine Möglichkeit, zurückzuweichen?
«Gehen wir», sagte Vana, «gehen wir zur Badia!»
Er hielt krampfhaft ihre Hand fest. Sein junges Leben war stärker als seine Leiden und seine Schande und klammerte sich hartnäckig an dieses andere Leben, dessen überströmende Wärme ihn beruhigte.
Er sprach, und seine Stimme hatte einen dumpfen, falschen Klang wie gesprungenes Metall: «Sollte es heute sein? Du konntest über dem Abgrund schwindlig werden, und warum sollten wir, was wir einmal beschlossen haben, dem Zufall überlassen?»

Etwas wie Verachtung spielte im leichten Lächeln der Schwester. Sie gab keine Antwort. Ein wilder Dämon riß sie jetzt mit sich fort, als habe in ihr die Schwäche des Bruders eine Art Männlichkeit, eine männliche Überlegenheit erweckt. Sie ging mit hocherhobenem Haupt und raschem, freiem Schritt den Stacheldrahtzaun entlang, der den Garten vor dem großen, rostfarbenen Gebäude umschloß. Der Bruder hielt sie an der Hand, aber es war, als führe sie ihn wie ein Kind, als seien die zwei Jahre Altersunterschied, die sie trennten, mit einem Male zehn geworden.

«Ein jedes zu seiner Stunde und nach seiner Wahl!» sagte sie endlich mit einem Ausdruck von fast fröhlicher Verachtung. «Lassen wir den Traum vom Reisegefährten auf den etruskischen Vasen!»

Er empfand die Demütigung, und in ihm entstand neben der instinktiven Furcht eine plötzliche Strömung von Unaufrichtigkeit, wie sie zuweilen junge Seelen überkommt und entstellt.

«Ich werde dir etwas zeigen, Vana!» sagte er und blieb stehen. «Einmal, weißt du, habe ich mich am Abgrund flach niedergeworfen, um besser hinabsehen zu können, und das Gesicht über den Rand vorgestreckt. Das meinte ich, wie ich dir vorhin sagte: Nicht so!»

«Ah!»

‹Es ist nicht wahr›, sagte sie in ihrem Innern und zog ihre Hand aus der des Bruders. Sie hatte mit einem Male das Vollgefühl ihrer Einsamkeit. Sie hielt es gleichsam zwischen ihren gepreßten Lippen, hinter ihrer zusammengezogenen Stirne, im festen Ausdruck ihres abgemagerten Gesichtes. Sie ging allein weiter, den grasigen Abhang hinauf, zwischen langen, kahlen Zypressen, zwischen kleinen, verkrüppelten Ölbäumen. Sie trug ihren losen, herabhängenden Strohhut mit dem Kranz von gelben Rosen, der ihr Totenkranz war. Der Wind ließ die breiten Hutränder hin und her schlagen und schüttelte die künstlichen Rosen, als sei sie wieder in den Wirbel der Schraube getreten, und wieder war es ihr, als dröhne das Strohgeflecht wie das Erz einer Glocke, und als spräche im Dröhnen der Schatten zu ihr. ‹Ich bin die heimliche Braut eines Schattens!› wiederholte sie sich selbst. Sie sah das Lächeln Giulio Cambiasos vor sich, seine Zähne, klein und weiß wie die eines Kindes. Sie glaubte zu fühlen, daß nie ein Mensch so viel Glück für sie bedeutet hätte und daß keiner ihr jetzt nahe sei wie er.

‹Bald, bald komme ich!› sagte sie zu ihm. Sie liebte ihn wieder mit einer verklärten Liebe wie in jener Nacht auf ihrem Bett in Brescia, als sie die Stunde erwartete, um ihr Gelübde zu vollbringen.

«Warum gehst du so schnell? Wo willst du hin?» sagte Aldo und folgte ihr ängstlich, als schleppe sie ihn dem nahen Geschick entgegen.

«Gehe ich schnell?»

Sie bemerkte nicht, daß sie lief, denn alle Dinge um sie schienen ihr in Sturm und Flucht begriffen. Die Wolken jagten einander nach und schienen fast die zerbröckelten Mauern zu streifen, schienen sich an den Zinnen des stumpfen Turms zu zerfetzen. Die ganze kreidige Landschaft tönte, als sei jeder Hügel eine umgestülpte Pauke.

«Sieh her, Aldo, siehst du die kleine Pforte? Sie ist eng wie die in Mantua, erinnerst du dich?» Es war ein kleines steinernes Tor, dessen Architrav dicht mit schwarzem Efeu bedeckt war.

Wie sie den Fuß auf die geborstene Schwelle setzte, spürte er einen Krampf im Herzen, als sähe er sie auf immer verschwinden. Er vermochte seiner blinden Furcht nicht Herr zu werden.

«Warum hast du dich aus meiner Hand losgewunden, Schwester? Warum willst du mich jetzt von dir fernhalten?»

Sie wandte ihren unerträglichen Blick nicht von ihm ab. «Was quält dich so?» sagte sie und stand erwartungsvoll da, regungslos im Aufruhr des Windes.

«Was verschlägts am Ende», antwortete er düster, «ob ich sterben will!»

«Laß mich allein, laß mich allein!» rief sie in einem Ausbruch von Heftigkeit, «ich kenne dich nicht mehr.»

«Du bist toll, Vana!»

Sie entzog sich dem Griff des Bruders, trat wieder über die Schwelle in den Kreuzgang zurück und ging nun an den viereckigen gelben Pfeilern entlang zwischen Bündeln von Stroh und Reisig. Das unaufhörliche Gilfen der Sperlinge klang traurig wie der Klang einer unsichtbaren Sichel, die auf den geborstenen Fliesen um den eisenvergitterten Brunnen herum gewetzt würde.

«Attinia, Attinia!» rief sie die Wächterin der Abtei, die sie an der Stimme erkannte und in freudiger Aufregung herbeilief. Knochig und verbrannt, mit dünnen Lippen, starken Backenknochen und abstehenden Ohren, glich sie der Etruskerin aus dem Geschlecht der Caecina, die auf dem Deckel ihrer Totenurne ausgestreckt liegt. Sie trug auf ihren glatten Haaren den grauen Filzhut der

Frauen von Volterra. Sie sprach vom heurigen Jahr, vom Mann, von den Kindern, von ihrer verfallenden Behausung, mit geduldiger Güte, mit heiterer Geduld.
«Attinia, zeig mir noch mal das weiße Pferd!»
«Ach, Sie denken immer noch daran! Gleich hol ich die Schlüssel.»
Ein halbnacktes Kind zog sie am Schurz und greinte: «Mutter, der Narr!»
«Komm, komm», sagte die Frau, «hab keine Angst, er tut dir nichts!»
«Hast du auch einen ins Haus genommen heuer, Attinia?» fragte Vana.
«Was wollen Sie, man hilft sich durch, er ist so gutartig.»
Auch sie hatte sich dem neuen Erwerbszweig der Gegend angepaßt. Sie hatte einen Irrsinnigen aus der Anstalt von San Girolamo bei sich aufgenommen und brachte ihn jede Woche einmal hinab, um ihn den Ärzten vorzustellen. Dann, nach der Untersuchung, führte sie ihn wieder ins Haus zurück und ließ ihn am Leben der Familie teilnehmen mit der ganzen Unbekümmertheit des Volkes diesen lebendig Toten gegenüber.
«Wie heißt er?»
«Viviano.»
«Von wo ist er?»
«Aus den Maremmen, von Soana.»
Aldo sah im Geist die tote Stadt der Aldobrandeschi vor sich zwischen zwei schmutzigen, fieberschwangeren Kanälen, in den Tuffelsen gehauen wie eine Gräberstadt.
«Ist er jung?»
«In mittleren Jahren, aber so gutartig, der arme Kerl. Er

hat die Kinder gerne. Führt die Kuh auf die Weide. Spricht wenig, lächelt immer.»
Sie hielten auf der Schwelle des Refektoriums. Die Tür war angelehnt, der Schlüssel stak im Schloß, und die andern hingen an einem rostigen Bügel daran.
«Treten Sie ein, treten Sie nur ein!» sagte die Frau und stieß die Tür auf.
«Vana, Vana, geh nicht hinein!» flüsterte Aldo bittend der Schwester ins Ohr. «Tun wir das nicht, gehen wir weg.»
Vana trat entschlossen ein, als überschreite sie ein Hindernis, sah sich rasch um, durchspähte jeden Winkel, jeden Schatten. Die Kühle des Raumes floß ihr an den Schultern hinab. Das Refektorium war vollkommen leer. Sie sah an der Wand wieder das große weiße Roß mit dem Reiter, der den Adler trägt, und zu beiden Seiten die gespenstigen Heiligen in ihren langen weißen Kutten. Der Wind schüttelte die Bretter, mit denen die Fenster vernagelt waren.
«Du bist noch nie hiergewesen, Aldo, und doch müßtest du dich erinnern. Ich bin sicher, du erinnerst dich. Wir sind wieder im Palast der Isabella, im ‹Paradiso›. Der Abgrund hat die Gärten verschlungen, den See ausgetrocknet, das Gold und das Blau sind verschwunden. Nur die Spinnweben sind geblieben, siehst du?»
Sie sprach leise mit einer herben Glut, in der die Ironie zischte wie Salz, das man auf glühende Kohlen streut.
«Sieh her, da ist doch der gesprungene Kaminaufsatz, der schwarze Ruß, die zerbröckelnden Ziegel, der Kalkschutt, der Geruch des Todes, und wir irren, irren wieder von Schwelle zu Schwelle, von Gemach zu Gemach!»

Sie hielt ihn am Arm gefaßt und preßte ihn. Es war, als habe sie den Verstand verloren, und doch schien es wieder, als sähe sie alles in der letzten Tiefe.

«Aber wir werden uns nicht wiederfinden, werden uns nicht wieder in die Arme sinken wie damals, werden nicht tränenlos zusammen weinen. Alles ist kahl, keine Spur von Schönheit mehr, es gibt nichts mehr zu träumen.»

Sie hielt und fuhr zusammen. Ein eisiger Schauer überlief sie.

Eine blasse Larve war auf der Schwelle erschienen.

«Sag guten Tag, Viviano!» sagte Attinia, die respektvoll im Hintergrund stand.

Die Erscheinung machte eine vage Bewegung mit der Hand, nahm den Hut ab, trat etwas näher. Es war kein Mensch, es war etwas wie ein Lächeln in einem Stein. Aus welchem Dunkel war er gestiegen? Was hatte er gesehen? Was gehört? Was für ein Laut würde jetzt über seine Lippen kommen, die an die jener archaischen Götterbilder erinnerten, die ewig dem Unerkennbaren entgegenlächeln?

Vana und Aldo traten mit einer unwillkürlichen Bewegung zurück, wie er ihnen näherkam. Das Fenster lag hinter ihnen, und die Schwalbenschwärme schossen draußen vorüber wie wilder Pfeilhagel, wie jene anderen, die am längsten Tag des Jahres den virgilischen Himmel gefurcht hatten.

«Was machst du hier ganz allein, Viviano?» sagte Attinia.

Der Irre lächelte. Das Lächeln versteinerte gleichsam seinen Mund und verhinderte die Worte, sich zu formen. Er trug eine Art von grauem Sack, der ihm bis an die Knie reichte.

«Antwortest du nicht, Viviano?»

In das Lächeln kam ein leichtes Zittern, wie der ferne Reflex eines Geschehens, das sich irgendwo im unendlichen Strudel des Lebens ereignet hätte.

«Gehen wir, Vana, es ist spät!» sagte Aldo und drängte die Schwester vorwärts, denn er hörte hinter sich den stürmischen Schwalbenzug wiederkehren wie eine vernichtende Gewalt, die ihn zum zweitenmal mit sich hinfortreißen würde. Sie gingen durch den Kreuzgang, und der Irre folgte ihnen mit einem gedämpften Schritt wie von einem, der durch weichen Lehm stampft. Sie hielten vor einer angelehnten Pforte, aus der ein herber Geruch drang. Auf dem steinernen Architrav stand in verwaschenen Lettern: Domus mea. Vana stieß die Tür auf und trat ein.

«Mein Haus, mein Haus!» sagte sie und schritt über das herbe Kraut, über den geweihten Schutt.

Die große Kirche war völlig verwüstet; die Mauern drohten einzustürzen, alle Altäre waren zerstört. Die Trümmer der Säulen lagen zusammengebrochen zwischen Massen von kleinen Steinen umher. Andere standen aufrecht mit ihren einfachen Kapitälen aus Blättern und Traubenmustern: in der Apsis mit ihren Bogen aus schwarzen und weißen Gewölbesteinen, in der Sakristei voll wilder Brombeersträucher; hier und dort in den weißen Absplitterungen auf den Steinbänken waren noch rote Spuren von Fresken sichtbar wie Flecken unzerstörbaren Bluts. Alle Bilder waren verschwunden, nur das Rot dauerte noch fort wie ein Zeugnis des Martyriums.

«Mein Haus, mein Haus!» und das Lächeln des Irren war wieder da, das Lächeln eines Steins.

«Adieu, Attinia, adieu!» sagte Vana, und es war ihr mit einem Male, als lächle sie jetzt ebenso. Sie glaubte in den

Muskeln um den Mund die gleiche unbeschreibliche Lähmung zu spüren. Zwei- oder dreimal strich sie sich mit der Hand über die Lippen, wie um etwas zu verscheuchen, etwas wegzuwischen.
«Wo gehst du hin, wo willst du hin? Nur nicht laufen!» flehte Aldo und folgte ihr besinnungslos im Sausen des Windes.
Sie stiegen den Abhang hinab, sahen wieder die grasige Böschung unter der Mauer, die zwerghaften Steineichen, die aussahen wie verwaschene und verstümmelte Bettler, die dunkle, runde Kluft, die Tiefe des Abgrundes, vernahmen wieder die lauten und gedämpften Stimmen, Seufzen, Heulen, Gestöhn. Sie schlugen den Weg gegen die Guerruccia ein, zu Fuß. Der Wagen sollte sie bei der Porta Menseri erwarten.
«Halt einen Augenblick, Vana, ich höre dich keuchen! Schöpf einen Augenblick Atem, laß mich einen Augenblick Atem schöpfen! Was hast du nur?» Die wilde Felswand der Mandringa überragte die Straße.
«Ich verdurste. Laß mich trinken! Trink auch du einen Schluck Wasser!» Der Brunnen plätscherte unter einem grünen Dach von Geißblatt und Weißdorn.
«Ich möchte nicht trinken», antwortete Vana.
Aus dem feuchten Dunkel drang ein Gewirr von weiblichen Stimmen, ein Aufleuchten von Kupfereimern, ein Klirren von Kannen.
«Einen Augenblick!»
Er stieg zum Brunnen hinab, entblößte den Kopf, trocknete sich die Stirn, bat um einen Trunk. Die Wasserträgerinnen wandten sich alle gleichzeitig nach dem schönen jungen Menschen um. Und die Augen glänzten im

kühlen, grünlichen Dunkel unter den Filzhüten hervor, die Ellbogen stießen sich, Flüstern und unterdrücktes Lachen lief im Kreis.
«Ohne Glas?»
«Aus dem Eimer?»
«Aus der Kanne?»
«Hier ist das beste Wasser?»

«Chi sciacqua la lenzuola
Alla Docciòla
Convien che l'acqua attinga
Alla Mandringa.»

«Da aus meiner Kanne!»
«Meine ist sauberer!»
«Die da hat eine schmälere Schnauze!»
«Die da, die da!»
Unter dem gewölbten Bogen klangen die hellen Stimmen, reckten sich die nackten Arme und hielten ihm die vollen Krüge entgegen. Er fühlte sich von der Freundlichkeit des einfachen Volkes umgeben, bemerkte hier und dort in der Menge den Reiz eines jungen Gesichts. Er fing den Wasserstrahl mit den Lippen auf und vermied geschickt eine Berührung mit dem Kupfer und ein Überlaufen des Wassers.
«Wie er zu trinken versteht!»
«Wie er nippt!»
«Und wie fein!»
«Der reine Kuß!»
«Das Wasser kommt einem in den Mund, wenn man zusieht.»
«Seine Braut kann sich freuen!»

«Fiore d'acacia...», begann die Kühnste ein Ritornell, während er rasch zur ungeduldig wartenden Schwester zurückeilte.
«Fiore d'acacia!
E chi bene sorseggia meglio bacia.»
«Weißt du, daß sie zurückkommt?» fragte Vana unvermittelt.
Er hielt den Kopf gesenkt.
«Sie kommt zurück?»
«Sie hat dem Verwalter geschrieben, die Villa instandzusetzen. Sie hat sich verlobt.»
«Wie sagst du, Vana?»
«Isabella hat sich mit Paolo Tarsis verlobt.»
Die Landschaft schien ihm voll wilden Geschreis.
«Hat sie's geschrieben?»
«Ja.»
«Und warum sagst du es mir jetzt erst?»
«Weil ich es erst seit heute weiß.»
«Und er kommt mit ihr hierher?»
«Er kommt mit.»
Die Landschaft schien in einem einzigen großen Wirbel zu kreisen. Also es gab keine Rettung. Isabella wurde das Eigentum eines Menschen. Alles in seinem Leben und dem seiner Geschwister würde jetzt anders werden. Alles brach zusammen.
«Bist du sicher? Hast du den Brief gesehen?»
«Ich habe ihn selbst gesehen.»
Aldo hielt einen Augenblick. Er fürchtete zu Boden zu schlagen, als sei ihm der Wind durch und durch gedrungen und hätte ihn innerlich ausgehöhlt. Auch Vana blieb keuchend stehen und sagte: «Verstehst du jetzt, was ich

vorhin sagte? Ich habe jetzt kein Haus mehr als das, von dem wir eben herkommen. Ist es nicht so? Und du auch nicht, Aldo.»
Sie wandte sich gegen die verfallene Abtei um, die sich mit ihrem Backsteingemäuer auf der Helligkeit des Abendhimmels abhob.
«Ein Haus ohne Dach.»
Und er fühlte in der Tat, daß das Dach ihres Hauses eingestürzt war. Er ahnte den unvermeidlichen Verlust aller Dinge, die ihm das Leben schön und angenehm machten. Er sah nicht hinter sich nach dem Haufen von Gemäuer mit dem Lächeln des bleichen Irren, sondern vor sich auf Volterra, das vor ihm lag wie eine Stadt, die zur Plünderung verdammt ist, wie eine verlorene Herrschaft. Sein Blick war in diesem Augenblick der Blick eines Abenteurers.
«Sie verzichtet also auf das ganze Vermögen der Inghirami?»
«Offenbar.»
Für sie bedeutete es Rückkehr in die Armut, Trennung. Auseinandergerissenwerden, für sie bedeutete es ein Leben in Kampf und Bedrückung, vielleicht eine demütigende Unterkunft im Haus des Vaters und der Stiefmutter, vielleicht entehrende Arbeit und das ganze Fürchterliche einer ungewissen Zukunft. Jedes von ihnen fühlte sich zweimal getroffen, zweimal verraten. In Aldo war der Zorn mächtiger als die Angst, und aus seiner tyrannischen Natur schossen unklare Entwürfe von Gegenwehr und Hinterlist, unedle Vorstellungen, die ihn verbrannten, und abenteuerliche Pläne, die in ihm die Luft zu leben und zu genießen verstärkten.

«Da ist die Guerruccia!» sagte Vana leise und ergriff ihn am Arm.
Plötzlich ergriff sie wieder der Zauber des Abgrundes. In ihm lehnte sich alles dagegen auf, sein ganzes Blut stockte.
«Der Wagen wartet dort vorne auf uns an der Porta Menseri. Es ist schon spät.»
«Ich gehe nicht nach Hause.»
Sie ließ seinen Arm los und eilte über die Schollen des unbebauten Feldes, über den Rasen, der mit gelben Blumen besät war, gegen die Trümmer der etruskischen Burg. Aldos Knie waren wie gelähmt vor Schreck.
«Vana, Vana!» rief er.
Sie wandte sich nicht um.
«Vana!»
Sie ging unaufhörlich weiter mit ihrem unsicheren, aber hartnäckigen Schritt über Schollen, über Steine, über Gestrüpp. Da wurde er endlich der entsetzlichen Lähmung Herr und fing an, hinter ihr herzulaufen. Das Herz schlug ihm im Hals. Er wollte sich vor ihr niederwerfen, ihre Knie umschlingen, bitten und weinen. Wie sie ihn in der Nähe hörte, hielt sie und sah ihn an.
«Hast du solche Angst?» sagte sie.
Er wollte antworten: ‹Ja, ich habe Angst, ich will nicht, daß du stirbst. Ich will nicht sterben.› Aber er beherrschte sich und sagte: «Ich verstehe dich nicht, Vana! Ich weiß nicht, was du beschlossen hast, was du tun willst.»
«Nichts. Laß mich allein! Ich will schon für mich selbst sorgen.»
«Ich darf dich nicht allein lassen.»

«Du mußt schon! Mein Weg ist nicht mehr der deine.»
«Warum?»
«Das frag ich dich, Aldo!»
Ein wilder Zorn brach aus seinem gequälten Herzen.
«Willst du dich hinabstürzen? Soll ich mich mit dir hinunterstürzen? Jetzt gleich? Ja? Komm! Ich bin bereit.»
Er war bleich wie der Tod. Sie stand aufrecht da und lehnte die Schulter an das Gemäuer. Sie sprach kein Wort, aber etwas Erbarmungsloses lag in ihrem Profil, das sich vom gelblichen Gemäuer abhob, etwas Erbarmungsloses und Entschlossenes. Beide standen schweigend beieinander wie von einem Schwindel ergriffen und mit der ganzen Last des Geschicks, das über ihrer hilflosen Jugend hing. Klagetöne stiegen aus dem Abgrund, das brache Land lag einsam da. Das rostbraune Mauerwerk von San Giusto erhob sich drüben auf der Höhe mit Wällen und Bollwerken. Dahinter lag die Stadt und reckte ihre Türme, ihren wilden Bergfried, den ungeheuren Rammsporn der alten Burg, ihre gigantischen Mauern gegen das anstürmende Heer der Wolken.
«Also nicht so wie vorhin?» sagte Vana mit einem zweifelnden Lächeln. «Um gut in den Abgrund hinabzusehen, sagst du, muß man sich, das Gesicht abwärts, auf den Boden werfen?»
Er sah das Weiß ihrer Augen unheimlich im Dunkel leuchten, und zwischen diesem Weiß und ihrem schwachen Lächeln schien ihm eine düstere Verschlagenheit zu liegen. Der Abgrund war da, nicht zwei Schritte entfernt. Mit einem raschen Sprung konnte sie sich ins Leere stürzen. Eine tödliche Angst hielt ihn umklammert, aber er wagte nicht die Hand zu heben aus Furcht, durch eine

Bewegung den verhängnisvollen Sprung hervorzurufen. Sein Herz setzte aus, wie sie die Arme hochhob, um die Nadeln wegzunehmen, die ihren Strohhut festhielten. Es war ihm, als liege sein Haupt auf dem Block unter dem aufgehobenen Beil eines zaudernden Henkers. Sie nahm den Hut mit den gelben Rosen ab und hing ihn an einem Vorsprung der Mauer auf.

«Was willst du tun?» fragte Aldo, ohne seine eigene Stimme zu hören.

«Probieren.»

«Dann gib mir die Hand.»

Sie gab sie ihm. Hand in Hand kauerten sie sich auf dem dürren Gras am Rand der Schlucht nieder und fühlten den kalten Schweiß zwischen ihren Fingern. In jedem von ihnen zitterte das Leben wie eine kleine Flamme, die der Luftzug jeden Augenblick auszulöschen scheint, und die doch nicht verlischt.

Von dieser Stelle aus erschien der Abgrund noch schauerlicher als von der andern weiter unten. Die tiefe Auswaschung in der Mitte schien ein Meer von Nacht, in das eine steile Felswand mit Zacken und Klippen senkrecht hineinragte. Hier war der unersättliche Schlund, der schon Häuser und Kirchen verschlungen hatte, Gehöfte, Klöster, Basiliken, Gräber und Mauern der alten Bewohner und Zypressen und Steineichen mit riesigen Wurzeln. Weiß und rot, wie Salzlager und Blutflecke, leuchteten die Kreide- und Tuffelsen unten an den Rändern und Ufern. Was da unten in den versumpften Höhlen glänzte, war es der zähe Pfuhl, in dessen Schlamm Dante die Jähzornigen gebannt sah? Und wieder erhoben sich Seufzen, Stöhnen und Geschrei.

«Aldo! Aldo!» rief Vana mit verzweifelter Stimme und fiel platt aufs Gesicht hin, als hätte sie der Sturm niedergeworfen. In dem jungen Menschen erwachte jetzt eine plötzliche Kraft. Er faßte die Schwester am Gürtel, hob sie empor, trug sie rückwärts und fiel mit ihr zwischen den Rasenschollen zu Boden.

«Nein, Vana, nein!» schrie er, nahm ihren Kopf zwischen die Hände und sah ihr in das entstellte Gesicht.

«Nicht sterben! Ich will nicht sterben! Ich will leiden, will kämpfen, will versuchen! Du bist nicht verloren, ich bin nicht verloren. Es ist ein Wahnsinn, der uns befallen hat. Wir müssen uns dagegen wehren! Etwas wird geschehen, jemand wird uns helfen. Nein, nein, Vana, kleine, kleine Schwester! Ach, dies liebe Gesicht!»

Er streichelte ihr Haar, ihre Wangen, ihr Kinn mit bebenden Fingern und kniete neben ihr im Gestrüpp. Und während seine Finger naß wurden, während das zusammengebrochene Geschöpf an seiner Brust schluchzte, betrachtete er den Rand des Abgrundes, die blumenbesäte Grasfläche, den rötlichen Mond, der über den violetten Hügeln hing, das sterbende Feuer einer Wolke über der riesigen Silhouette von San Giusto. Und ein unbewußtes Frohgefühl von Jugend atmete in ihm auf: er lebte, sog die Luft in seine kräftigen Lungen, vereinte in seinen Augen die wechselnde Schönheit der Welt, spürte in seinem Mund den Geschmack des Wassers vom Brunnen, fühlte heimlich in seiner Seele die Möglichkeit, das Unversöhnliche zu versöhnen; er lebte, fühlte noch alle seine Leiden, aber auch alle seine Waffen. Und er kannte jetzt die Schauer des Todes und die Macht des Abgrundes. Er stand auf und half der Schwester aufzustehen.

Eine fast wollüstige Zärtlichkeit schwellte sein Herz. Er trocknete ihr die Tränen, strich ihr die dürren Halme aus den Falten des Rockes.

«Du gute Kleine, was für einen fürchterlichen Traum haben wir geträumt! Bist du's, bist du die kleine Vana, bist du meine Schwarze? Wo bist du gewesen? Wo waren wir?»

Sie hatte das Gesicht einer Genesenden, von einer ergebenen und traurigen Sanftmut wie jemand, der aus einem langen Krampf erwacht. Der Dämon war aus ihr gewichen und hatte sie kraftlos und erinnerungslos zurückgelassen. Das einzige, an das sie sich erinnerte, war das Lächeln des Irren; es war ihr, als sei von diesem Lächeln, das alles und nichts bedeutete, etwas in ihr geblieben. Und sie gab sich der plötzlichen Zärtlichkeit ihres Bruders müde und verzweifelt hin.

«Sieh!» sagte er und drehte ihr Gesicht gegen den Hügel. Der fühllose Mond stieg höher und verbreitete den alten Zauber, den gleichen Zauber, der in den Nächten des alten Etrurien die geschmückten Frauen erweicht hatte, die auf den Decken der Totenurnen lagen, und die jungen Reiter des Totenreichs.

«Und dein Hut?»

Sie sahen sich beide nach dem schauerlichen Gemäuer um. Der Hut mit den gelben Rosen war im Abgrund verschwunden.

Der fühllose Mond stieg strahlenlos wie eine große Wasserblume aus dem trüben Dunst der Pisaner Berge, während ihm gegenüber, nicht größer als er, auf dem äußersten Rand des Thyrrhenischen Meeres die Scheibe der Sonne in so wildem Feuer glühte, daß sie sofort zu Asche verbrannte. Die niederen dichten Wolkenstreifen überzogen sie wie eine Aschenschicht, die abfällt und sich wieder neu bildet. Wie die Linie des Wassers die Scheibe halbierte, war es, als bliebe nur noch ein letztes Häufchen Glut zurück, das jetzt verlöschte. Und jetzt wandelte sich das Meer zum göttlichen Gewand des Abends, einem Gewand von so wunderbaren Falten, daß Isabella ein Stück davon begehrte.

«Könnte ich mich in solche Seide kleiden, Aini!»

Der ganze Nachmittag war ihr im Genuß verstrichen, und jede neue Stunde war ihr noch schöner erschienen als die vorhergehende. Aber jetzt war die schönste von allen, und sie wollte ihr gleichsam eine Auszeichnung geben, ein Pfand der Dankbarkeit. Sie fühlte alle Liebkosungen auf ihrem Körper übereinandergelegt wie die Blätter einer vollen Rose. Sie empfand das Bedürfnis, sie zu durchlüften, zwischen jeder einzelnen die lebendige Luft durchstreichen zu lassen.

«Warte, Aini!» sagte sie. «Rühr dich nicht!»

Sie verschwand und ließ ihren Freund allein auf der Terrasse zurück. Es war ihm, als welke plötzlich in dieser kurzen Abwesenheit die jähe Blüte aller Dinge um ihn. Der Mond verlor seine blumenhafte Zartheit und nahm ein schwereres Gold an, wie er sich über die Berge erhob. Das unendliche Gewand des Meeres verlor seine nie

geschaute Farbe, die es unbeschreiblich gemacht hatte.
«Was bringe ich? Rate!» sagte sie beim Wiederkommen. Es schien, als sei sie weggegangen, um ein Zauberwerk zu vollbringen. Hatte sie mit der Kunst der Kolchierin jenes erste strahlenlose Leuchten des Mondes herabbeschworen? Über den Pisaner Bergen stand jetzt schon der helle Vollmond, und sie erweckte wieder jenes erste Leben ohne Feuer, die große Wasserblume.
«Eine Zauberschlange in einem Kästchen von Zypressenholz?»
«Nein.»
Sie hatte einen jener langen Schals von orientalischer Gaze um sich geschlagen, die der Zauberkünstler Fortuny in die geheimnisvollen Beizen seiner Farbtröge taucht und mit fremden Träumen beladen herauszieht.
«Aladins Wunderlampe?»
«Nein.»
Was trug sie nur da in einem Stück Stoff eingewickelt? Sie hielt es lächelnd mit beiden Händen, und wunderbar erschienen ihre Arme mit der leichten Andeutung der Muskeln, den bläulichen Linien der Adern, dem zarten Flaum, der denen auf Blättern und Früchten glich.
«Das Vögelchen Belverde?»
«Nein.»
«Ich gebe es auf. Also was hast du da?»
«Nimm den größten Teppich und leg ihn hier mitten auf den Boden!»
«Den da?»
«Nein, den Bochara dort.»
Er nahm den schönen amarantroten Teppich und breitete ihn auf die Majolikafliesen.

«Jetzt setz dich auf die Kissen dort! Ich werde für dich tanzen.»
«Ohne die Flöte Amars?»
«Still! Sieh zu!»
Sie hatte den unbekannten Gegenstand in einer Ecke der Terrasse niedergestellt und das viereckige Stück Seide daraufgelassen. Jetzt beugte sie sich herab und machte sich an ihm zu schaffen, ohne die Hülle wegzunehmen. Ein dumpfes Summen wie von einem großen Käfer in einem Topf wurde für einen Augenblick hörbar.
«Ein Wespennest?»
«Still!»
Sie ließ ihre zierlichen Pantoffel am Rand des Teppichs stehen, und sie standen da wie zwei Turteltauben mit dem Kopf unter den Flügeln. Die Absätze waren zinnoberrot wie zwei Hälften eines Granatapfels. Als Paolo aufsah, bemerkte er, daß sie einen kleinen Stern vom lichten Blau der Adern wie ein magisches Zeichen auf der Stirn trug. Und nun verwandelte sich das Summen in eine klingelnde Musik, wie der Ton eines Sistrums. Und der Tanz begann. Der erste rhythmische Ton schien dem langen dünnen Gewebe, das um den nackten Körper hing, Leben zu verleihen. Die geschickten Hände der Tänzerin wanden die Säume auf und ab und verliehen ihnen jene schwimmende Bewegung, die die scheibenförmigen Außenränder der Medusen unaufhörlich kräuselt. Zuweilen gab sie ihnen eine spiralförmige Drehung und ließ sie dann los, und der Schleier setzte seine kreisende Bewegung fort wie eine Windhose von rosigem Sand, ermattete dann und war im Begriff zusammenzufallen, bis die flüchtigen Finger ihn wieder belebten und

zu einer neuen Bewegung, einem neuen Wirbel erweckten. Er saß, mit dem Rücken an die weiße Mauer gelehnt, auf den Kissen, regungslos wie in einer Halluzination seiner eigenen Sinne, und sah mit einer Verzückung ohne Ende dem Tanze der Geliebten zu. Hinter ihr, zwischen den Zweigen der Oleander, sah er den Auslauf der sichelförmigen geschwungenen Küste. Die waldbedeckten Ufer der Versilia und des Landes von Luni, die Berge von Carrara in solchem Duft, daß auch sie die Figur eines Tanzes schienen, eine Kette hoher Jungfrauen, die sich im Rhythmus des Chors gegen Osten neigten. Wie eine Stickerin mit wechselnder Gebärde aus den zahlreichen farbigen Strängen die Fäden zu ihrer Arbeit wählt und hervorzieht, so schien sie aus den Dingen der Nähe und der Ferne die schönsten Linien zu nehmen und sie zu dieser Schöpfung vergänglicher Schöne zu vereinen. Alle liefen in ihr zusammen, die Linien, die dem Kreis des Horizontes folgten, und die senkrechten wie die Achse des Pols. Von den Zinnen der Marmorberge bis zur Spitze der niederen, sandigen Landzunge flossen sie alle in diesem Spiel von Erscheinungen zusammen und fanden ihren Ausdruck in dieser Flucht von Erfindung. Das unsichere Licht, in dem das Gold des Mondes sich mit der Helligkeit des nächtlichen Himmels mischte, schien sie zu einer Mittlerin zwischen Tag und Nacht zu machen. Ihre nackten Füße bewegten sich gleichsam auf dem schmalen und unsichtbaren Isthmus, der das Meer des Tages von dem der Nacht trennt.

Aber wie ihre Augen sich von den Dingen lösten und auf die andern Augen trafen, die auf sie gerichtet waren, änderte sich ihre Weise. Ihre breiten, horizontalen Bewegungen wurden plötzlich enger – sie zeigte, daß der Blick des Mannes sie getroffen hatte. Sie verhüllte das Gesicht mit einem Zipfel des Schleiers, verbarg ihren ganzen Körper unter den Voluten von Gaze, sah aus wie eine nicht vollendete Metamorphose, in der alle Glieder sich in Wolken verwandelt und nur die Füße noch menschlich wären. Dann schien die frühere Natur wieder durch die Wolke zu leuchten und zu beben: die Hälfte des Gesichts tauchte schüchtern wieder auf, eine Hand, eine Hüfte, eine Schulter tauchte auf und verschwand sofort wieder. Sie ahmte den Liebestanz der orientalischen Tänzerinnen nach: Scham, Furcht, Widerstand, Sehnsucht, Hingebung. Sie gab im Tanz das Spiel ihrer eigenen Verschlagenheit wieder: Lockung, Verheißung und Versagen, Herausforderung und Kampf, Furcht und Kühnheit, Seufzer und Wildheit, Vernichtung und Lust.

«Eine Biene!» rief sie plötzlich mit einem kleinen Schrei und machte eine Gebärde der Abwehr wie vor der Mauerpforte im Palaste in Mantua.

Die Erinnerung erstand lebendig vor den Augen Paolos. Sie gab in ihrem Tanz den Moment kindlichen Erschrekkens wieder, ihre kleinen Sprünge, ihr Flüchten, ihr Ausweichen, ihre Abwehrgebärden, als verfolge und bedrohe sie der Stachel der erzürnten Biene noch immer. Der Schleier wölbte sich in einem weiten Bogen über ihren Kopf, flatterte, wehte, fiel jetzt zusammen, blähte sich wieder auf, schleppte jetzt weit nach hinten.

«Ahi, ahi!» rief sie kläglich, stand still, nahm die Beine eng zusammen, so daß ihr Körper in seiner ganzen göttlichen Länge und Schlankheit erschien, bog den Oberkörper zurück und warf das Haupt mit den halbgelösten

Flechten nach hinten. Ihr erster Ausruf klang wirklich wie ein Schmerzenslaut, aber der nächste schon glich mehr dem Ton, den sie auszustoßen pflegte, wenn die Hand ihres Freundes mit dem Griff des Besitzes sich auf ihren Körper legte und ihr das unwiderstehliche Verlangen der Lust durch alle Adern rann. Ihr feuchtes Gesicht zwischen den glatten, dichten Haarsträngen zeigte eine plötzliche Überreife und erinnerte in solchen Augenblikken an eine junge Schönheit, die im Schwelen starker Wohlgerüche und im Dunkel der Alkoven verblaßt war.

«Ahi!»

Er zitterte vor Begehren. Der Ton, den sie ausstieß, war der bekannte Ruf zur Lust, trüb und wild. Sie drängte sich an ihn auf die Kissen.

«Da hat sie mich gestochen.»

Seine Lippen küßten die Stelle.

«Da hat sie mich gestochen ... und da ... und da ... und da ...» Seine Lippen folgten unablässig ihrer Andeutung. Und der ganze Sommer, dieser ganze Sommer über dem Strand von Pisa, über der lichtgrünen Versilia und dem Magratal, durch den sie Tag für Tag auf linnenen Schwingen glitten und dessen Duft sie in seiner konzentrierten Unendlichkeit genossen, wie man ein Riechkissen genießt, dieser ganze Sommer duftete ihm aus dieser warmen Haut entgegen. Und ein Tropfen von ihrem Schweiß genügte, um alle Gedanken in ihm aufzulösen, alle Entwürfe, jedes Bedauern und jede Sehnsucht. Keines von den Ländern, die er durchwandert, erschien ihm tief wie dieser bebende Körper. Er kannte den Rausch des Wanderers, der in einem Bergtal emporsteigt und dann plötzlich hoch oben auf dem Paß in einem einzigen

Blick die ganze ungeahnte Herrlichkeit eines grenzenlosen Landes besitzt. Aber wieviel tiefer war der Rausch, verloren in dies Mysterium einzudringen, das zwei Arme zu umfassen vermochten.
Gestillt, am ganzen Körper mit belebenden Essenzen abgerieben, in einen ärmellosen Kaftan aus Musselin gehüllt, genoß Isabella den Abendwind, der durch die noch warmen Pinienkronen strich.
«Aini, gefiel dir die Musik, zu der ich tanzte? Aber du weißt noch gar nicht, was dort unter dem Tuch steckt.»
«Eine Hexerei natürlich!»
«Nein, nur eine Erinnerung.»
Sie stand auf, nahm den verhüllten Gegenstand und trug ihn zu den Kissen hin. In der Luft, die sie mit so viel lebendiger Schönheit verschönt, floß jetzt der helle, weiße Abendschimmer. Was sie aufdeckte, war ein kleines, totes Ding, etwas wie ein kleiner Puppensarg, ein Särgchen für Tiapa, die Lieblingspuppe Lunellas.
«Schau her!»
Es war gerade noch hell genug, um zu sehen. Sie öffnete den Deckel, er beugte sich vor. Es war eine alte Musikdose mit einem Stahlkamm, den ein mit Stiften besetzter Zylinder, der sich drehte, zum Klingen brachte.
«Es sieht aus wie das Modell zu einem Marterwerkzeug.»
Sie lachte etwas, dann verschleierte eine leichte Wehmut ihre Worte und ihr Lachen.
«Sieh her: der Stahlkamm ist ein bißchen rostig, und auf der Walze fehlen ein paar Spitzen. Wenn du wüßtest, wie oft ich mir die Finger an diesen Spitzen blutig gerissen habe, wenn die Walze sich festgeklemmt hatte! Ich war

sechs Jahre alt, wie ich dies Kästchen in einer Schrankecke fand. Es muß seit der Zeit meiner Großmutter Diana dort gelegen haben. Es stammt von Wien aus dem Jahre 1850. Wer kann sagen, warum eine alte, mechanische Spielerei uns so zur besten Freundin werden kann, daß wir uns nie von ihr trennen können, ohne ein bißchen von unserem eigenen Ich sterben zu fühlen? Sieh, da ist eine Art von doppeltem Windflügel, der sich rasend zu drehen anfängt, wenn man das Werk aufzieht, und der das Wespensummen hervorbringt, eh die Melodie beginnt. Dies war die Lust meiner Kinderträume. Auch heute noch kann ich sie nicht hören, ohne eine leichte Wallung im Herzen zu spüren. Für keinen Gegenstand habe ich je ein solches Gefühl des Eigentums gehabt wie für das Ding hier. Ich habe es gegen Vana, gegen Aldo, gegen alle verteidigt. Es war mein liebstes Spielzeug. Meine ganze Kindheit wurde von dieser zittrigen Stimme eingewiegt, die keiner andern Stimme gleicht. Wer hat ihre Melodien komponiert? Wer vermag einen dieser kleinen Walzer wiederzuerkennen? Auf dem Dekkel, erinnere ich mich, war früher noch ein Überbleibsel des Blattes, auf dem ihr Repertoire verzeichnet war. Es ging dann verloren. Das einzige, was man noch darauf lesen konnte, war: La pavane lacrymée.

Sie beugte sich herab, nahm den Schlüssel und drehte das Werk auf. Es summte wieder wie ein großer Käfer im Topfe. Sie hielt die Hand darauf, um den Luftzug des sausenden Windflügels zu spüren, schloß dann den Dekkel und deckte das Ganze wieder mit dem viereckigen Seidenstück zu, das einmal eine Hostiendecke gewesen war.

«Ich habe sie immer mit mir genommen, meine kleine Spieluhr. Manchmal lasse ich sie monatelang in den Tiefen eines Koffers oder einer Schublade schlafen, dann ziehe ich sie wieder ans Tageslicht, und sie bezaubert und wiegt mich immer wieder. Ich entsinne mich, wie ich Kind war, tanzte ich ganz, ganz allein die seltsamsten Giguen und Sarabanden um das Kästchen, das auf der Erde stand. Was sagst du dazu, Aini, daß die Spieluhr meiner Unschuld heute abend den Tanz der Sünde begleitet hat?»
Sie furchte ihre Melancholie mit einem leichten Lachen, schwieg dann still und lauschte auf die dünnen, rührenden Töne. Es war eine große Stille; nur ein Rascheln hier und da, ein seltenes Plätschern, ein blasser Stern, eine irrende Fledermaus. Und die Dinge begannen im Mondlicht leichte, kaum erkennbare Schatten zu werfen.

Sie saßen bei Tisch in der Nähe des Balkons. Der Gipfel einer Pinie reichte bis ans Eisengeländer und rauschte im Dunkel mit langsamen, tierischen Bewegungen, wie sie die Wasserpflanzen haben.
«Wie du mir heute abend gefällst, Aini!» sagte Isabella mit leiser Stimme durch den Rauch und das Parfüm einer Zigarette hindurch. Ihre beiden nackten Ellbogen hatte sie auf dem Tischtuch aufgestützt und führte mit ihren langen Händen ohne Ringe unaufhörliche kreisende Bewegungen um ihr Gesicht aus.
«Bitte, mach nochmal so!»
Sie ahmte ein kleines, nervöses Zucken nach, das er zuweilen hatte und das ihm von der Nasenwurzel über

die Nüstern und die Oberlippe lief. Ein kleines, schwer zu beschreibendes Spiel der Muskeln. Ein Nichts. Er lächelte.

«Du machst dich über mich lustig!»

Er war ganz in sie verloren. Er sah sie an, verschlang sie unersättlich mit seinen Blicken, brannte vor Verlangen, sie immer und in jedem Augenblick zu besitzen, wachte mit fieberhafter Aufmerksamkeit, damit ihm nicht das Geringste von ihr entgehe. Er selbst war tausendmal in Versuchung zu sagen: ‹Mach nochmal so!›

«Wer vermag zu sagen, was uns am meisten an einem Wesen anzieht, das wir lieben?» sagte sie und betrachtete ihn mit der gleichen verlangenden Glut. «Eine gewisse Art zu lachen, eine leichte Krümmung des Mundes, eine Art, die Augen zu schließen, ein Nichts, und doch bedeutet es alles. In diesem unbeschreiblichen Aufblitzen, das dir von Zeit zu Zeit über das Gesicht huscht, ohne daß du es selbst bemerkst, liegt dein ganzes Ich.»

«Aber wer könnte sagen, wie du bist?»

Sie streckte ihre beiden Arme nach ihm aus, die glatter und kühler waren als das Porzellan, das auf dem Tisch glänzte.

«Wie bin ich denn? Wie bin ich?»

«Woher hast du diesen Jasmingeruch? Er macht einen schwindeln.»

«Weißt du nicht, daß ich einen ganzen Jasmingarten habe zwischen zwei Friedhöfen?»

«In Volterra?»

«Einen eingeschlossenen Garten zwischen vier Mauern, von denen jede ganz mit Jasmin bedeckt ist. Und ich

weiß nicht, duftet der gegen Süden stärker oder der gegen Osten. Da!»
Sie beugte sich vor und strich ihm erst mit dem einen, dann mit dem anderen Arm am Gesicht vorüber mit einer weichen Bewegung vom Puls bis zur Biegung des Ellbogens mit den bläulichen Äderchen, vom Ellbogen bis zur Achselhöhle, in der sich etwas Gold kräuselte.
«Spürst du den Geruch?» sagte sie mit jener Stimme, die im Abschwellen des Tones unerschaffene Dinge schuf. «Ganz frisch, nicht wahr? Es regnet jetzt sacht auf die Jasminbüsche und auf die Mauer, die die Sonnenwärme noch festhält. Ein Tropfen genügt, um eine der weißen Blüten zu füllen, und es ist kein Regentropfen mehr, sondern ein Tropfen Essenz. Stark wie die Parfüme, die sie in Schiras und in Ispahan bereiten, in den fernen Ländern, die du gesehen hast, die du in der Tiefe deiner Augen trägst, die deshalb wie zwei Türkise sind, zwei kranke Türkise, krank von mir, armer Aini, recht krank von mir!»
Er war wie in einer hypnotischen Erstarrung, in der ihm ihr Parfüm, ihre Stimme und ihr Körper in eins verschwammen.
«Spürst du es, spürst du es? Der Regen wird stärker. Für die Rosen ist er noch wie eine Liebkosung, aber für die Jasminblüten ist er zu stark. Ein Zweig ist zur Erde gefallen. Wer sagt, daß er einem ausgestreckten Vögelchen gleicht mit gebrochenen Krallen? Der Dichter des ‹Diwan› sagt es, aus dem mir Aldo vorliest. Denk! Ich habe einen Garten, den Nisami, Dschami, Hafis um die Wette besungen haben, einen Garten zwischen zwei etruskischen Grabstätten auf einem Hügel im Volterrani-

schen, nicht weit von der Stadt des Wahnsinns. Auch eine Gazelle habe ich.»
Sie war gleichsam auf seine Knie hinübergeglitten mit jener Kunst, sich anzuschmiegen und zu umstricken, die ihren Gliedern so natürlich war wie den Schößlingen der Rebe.
«Kennst du die Liebe von Leila und Maimûn? Maimûn heißt der ‹Verstörte›, verstört von Leidenschaft. Soll ich dich so nennen? Eine Gazelle hatte sich im Netz gefangen. Maimûn sah es, lief herzu, bedeckte sie mit Küssen, verband ihre Wunden, befreite sie aus den Schlingen, liebkoste sie vom Kopf bis zu den Füßen, weil der Blick ihrer großen, zärtlichen Augen das Bildnis Leilas in ihm wachrief, und er schenkte ihr die Freiheit.»
Er schien ihr nicht mehr mit den Ohren zu lauschen, sondern mit den Lippen, seinen Lippen, die er auf ihren Hals gepreßt hielt.
«Was machst du mir, Maimûn?»
Sie entschlüpfte ihm, glitt von seinen Knien herab, zog sich wieder auf ihren Stuhl zurück und steckte lächelnd eine neue Zigarette an. Auf ihrem Hals war ein rosiger Fleck sichtbar.
«Hast du nie Opium oder Haschisch geraucht in einem von den schmutzigen Häfen da unten?»
«Ich hasse Gifte.»
«Und mich dann?»
«Dich liebe ich.»
Sie blieb einen Augenblick regungslos mit jenem ungewissen Lächeln, das wie eine Pause im äußeren Leben schien, und in dem nur das innere Schauspiel lebte. Und vor ihr der Tisch, auf dem Früchte umherstanden, Kon-

fekt, heller Wein, Kristall und Silber. Etwas Asche und ein Rest gelben Tabaks schwamm in einer Schale.
«Das gefährlichste von allen Giften ist die Seele!» sagte sie.
Die kleinen, gelben Lichtschirme auf den Kerzen übergossen sie mit einem goldigen Licht. Ein Nachtschmetterling schwirrte um die Flammen. Von Zeit zu Zeit rauschte durch die Öffnung des Balkonfensters die Pinie im Mondschein draußen. Mit einmal zerriß sie die Stimmung und sagte:
«Weißt du, Paolo, daß wir verlobt sind?»
Er sah sie erstaunt an.
«Hab keine Angst! Verlobt zum Scherz natürlich – oder zum Weinen.»
«Ich versteh dich nicht.»
«Du kannst dir denken, daß unser Geheimnis über diese Mauern hinausgedrungen ist. Ich glaube, es reist mit Extrapost in der Gesellschaft und ist jedenfalls auch in der Stadt der Inghirami durchs Stadttor eingezogen. Glaub nicht, daß ich Angst habe, mich zu kompromittieren! Aber es ist politischer, wir spielen die Komödie der promessi sposi, nicht nur wegen der üblichen Rücksichten, sondern weil ich dir dann auch meinen Jasmingarten zeigen kann.
«Nur die Komödie?» fragte er verwirrt und zweifelnd mit einem ungewissen Ausdruck von Bedauern und liebenswürdig gemeintem Vorwurf.
«Paolo, Paolo, deine Verlegenheit ist hinreißend!» rief sie mit einem Ausbruch von Heiterkeit. «Ich bin sicher, du witterst eine Falle.»
Er verneinte lebhaft.

«Ich bin sicher, du denkst, ich habe das gesagt, um dir den Puls zu fühlen.»

«Aber nein, nein!»

«Eine Verlobung aus reiner Bequemlichkeit! Ich werde als Witwe sterben, als Isabella Inghirami, werde mit meinem doppelten I sterben. Im Testament meines verstorbenen Gatten ist eine reizende Klausel. Wenn ich dich heiraten wollte, müßte ich auf den Jasmingarten verzichten und auf die Gazelle und auf den ganzen Rest. Es bliebe mir nichts als die Spieluhr.»

Er protestierte wieder voll Verwirrung und nicht ohne eine leichte Gaucherie.

«Geh, Paolo, ich dispensiere dich von jeder Erklärung! Wir bleiben Verlobte bis in alle Ewigkeit, wenn du willst. Aber es wird ja so leicht sein, den Vorwand zu einem Bruch zu finden, nur zu leicht, wahrhaftig!»

Sie lachte nicht mehr, nahm die Zigarette wieder zwischen die Lippen und hüllte sich mit ein paar Zügen ganz in Rauch. Er empfand ein Unbehagen, das ihm keine Ruhe ließ.

«Ich muß nach Volterra zurück, für einige Zeit wenigstens», sagte sie. «Ich kann meine Schwestern und meinen Bruder nicht mehr länger da oben allein lassen. Ich habe schon meine Rückkehr angemeldet und unsere Verlobung dazu. Ich muß Aldo und Vana gegenüber den Anschein wahren, so ziemlich wenigstens. Ich möchte, daß du mit mir kommst.»

Er empfand einen Widerwillen gegen die peinliche Komödie. Er sah im Geist das fiebernde, olivfarbene Gesicht Vanas vor sich und fühlte sie wieder an seiner Brust sich ausweinen. Die ganze Bangnis der Totenwache stieg in ihm auf; er dachte wieder an das undurchsichtige Benehmen des Bruders.

«Unmöglich!» sagte er und starrte voll Angst auf die Lippen seiner Geliebten, als fürchte er die Worte, die jetzt kommen würden.

«Warum?»

Sie hatte mit tiefer, dunkler Stimme gesprochen. Jetzt zeigte sie ihr Gesicht des Dämons, ihre gefährlichste Schönheit.

Sie warf ihre brennende Zigarette in die Schale, wo sie zischend verlöschte, nahm eine von den großen Nelken, mit denen der Tisch geschmückt war, und zerrieb sie zwischen beiden Handflächen. Es schien, als würden ihre Augenhöhlen größer und tiefer.

«Wegen Vana?»

Er antwortete nicht. Er war nie davor zurückgeschreckt, irgendeine Waffe frei zu handhaben, auch unbekannte Waffen, aber er fühlte eine unbezwingliche Abneigung gegen das Kämpfen mit Worten. Er schwieg und sah sie fest an. Sie kannte diese Haltung an ihm, dieses sich mit Schweigen Wappnen und verstand sich auch darauf, diese Rüstung zu durchbrechen.

«Was gibt es, oder wenigstens was gab es zwischen dir und Vana?»

«Nichts als das, was du weißt.»

«Ich weiß gar nichts. Ich weiß nur, daß Vana hoffnungslos in dich verliebt ist.»

«Ich glaube, du täuschst dich, ich hoffe, du täuschst dich!»

«Ich bin sicher. Sprich offen! Ich bin nicht eifersüchtig. Ich meine, meine Eifersucht ist anders, als du dir vorstellen kannst. Sag, hattest du in der ersten Zeit, wie du dich um sie bemühtest, den mehr oder weniger vagen Gedanken an eine mehr oder weniger ferne Heirat? Gesteh mir!»

«Isabella, ich verstehe nicht, wozu dieses unangebrachte Verhör dienen soll. Ich will heute nacht noch mit dem ‹Reiher› einen Flug über die Mauern von Lucca machen, den Serchio hinaufsteigen, um den Turm der Guinigi kreisen.»

«Hast du ihr nie von Liebe gesprochen, damals in der ersten Zeit? Ihr wart öfters miteinander allein. Kein Wort, das nach einer Erklärung aussah? Nichts?»

«Beginne nicht wieder mit deinem perversen Spiel, Isabella!»

«Ja, etwas muß dagewesen sein. Sie hätte sonst nicht so rasch Feuer gefangen. Du weißt, daß sie dich liebt. Sag mir, daß du es weißt, und daß du darüber nachdenkst!»

«Du bist wahnsinnig!»

«Erinnerst du dich nicht: in Mantua, wie sie in der Tür erschien, während du mich küßtest? Sie war wie eine Tote.»

Beide sahen sie wieder vor sich, wie sie leichenblaß, aber atmend gegen den Türpfosten gelehnt dastand, wie jemand, der im nächsten Augenblick zusammenbrechen würde, die Augen weit geöffnet, wie jemand, der sie nie mehr schließen könnte.

«Vielleicht stand sie schon länger da und starrte auf uns mit ihren Augen, während du an meinen Lippen hingst, während ich stöhnte: ‹Genug!› und du antwortetest: ‹Noch mehr!›»

«Ah! warum mußt du so sein?»

«Wir hatten sie nicht gehört. Ich konnte sie nicht hören, denn die Ohren dröhnten mir. Aber sicher stand sie schon lange da und schaute uns zu. Ich konnte nichts sehen – mir schwamm es wie Nebel vor den Augen, als ich mich von dir losriß. Aber mir war es, als stehe ein Gespenst hinter mir, und deshalb drehte ich mich um. Mein Mund war ganz aufgeschwollen von dem langen, wilden Kuß. Vana hat mich mit diesem Mund gesehen.»

Sie sprach leise mit wachsender Erregung. Ihr weißer Busen hob sich unter dem Gold der Spitzen mit einer Art von feindseliger Wollust.

«Entsinnst du dich? Dann kam Aldo dazu, und Aldo entdeckte das Blut an meinem Zahnfleisch, den kleinen Riß auf meiner Lippe. Ah, warum ergoß sich damals das ganze Verlangen in meine Adern, während ich mein Gesicht senkte und im Schatten zu halten suchte, aus Furcht, meine Glut könnte sichbar werden, nicht die Glut der Scham, sondern die Glut der Lust!»

Wie mit einer brennenden Fackel suchte sie ihn in Flammen zu setzen. Auf ihrem herausfordernden, verzerrten Gesicht brannte die Schamlosigkeit der Seele wie ein trauriger Wahnsinn.

«Entsinnst du dich? Und ich suchte nach meinem Taschentuch, um mir den Mund zu bedecken, und Vana sagte mit einem Mal: ‹Da!› Sie reichte mir das ihre mit einer Hand, die brannte, mit einer Hand voll Fieber und Grimm. Siehst du sie vor dir, wie ich sie vor mir sehe? Und ich wischte mir den Blutstropfen des Kusses ab. Ich drückte einmal mit dem Tuch und sahs dann an: der kleine rote Fleck war da. Dann drückte ich nochmal. Hast du es beobachtet? An alles erinnere ich mich ganz genau, nur an das eine nicht: da ist eine Unterbrechung in meinem Gedächtnis. Habe ich ihr das Tuch zurückgegeben? Hat sie es wieder an sich genommen? Kannst du mirs sagen?»

Er schüttelte den Kopf.

«Auch du weißt es nicht? Ich kann darüber nachdenken, soviel ich will, ich kann mich nicht mehr darauf besinnen. Es war ein kleines, lilafarbenes Taschentuch, mit Jasmin parfümiert, mit unserem Jasmin von Volterra. Eins ist sicher, wie wir im ‹Paradiso› eintraten, hatte ich es nicht mehr. Vielleicht hatte es Vana wieder an sich genommen, wie wir alle dastanden und nach dem Labyrinth an der Decke starrten. Vielleicht – vielleicht auch nicht...»

Die Zugluft bewegte in diesem Augenblick den leichten indischen Vorhang an der Tür, und sie wandte sich mit einem seltsamen Zucken um. Das Bild ihrer Schwester war so lebendig in ihr, daß sie fürchtete, sie könne wieder unvermutet auftauchen wie damals im Gemach des Vincenzo Gonzaga. Sie senkte die Stimme noch mehr und gab ihr eine gewisse trübe Intimität, einen heißen Ton, heimlich und schwelend wie das Parfüm ihrer Achselhöhlen.

«Jetzt weiß ichs. Sie hat es aufgehoben mitsamt dem kleinen Blutfleck darauf, hat es versteckt und wagt nicht, es wiederzufinden. Vielleicht hat sie's auch vollgeweint, mit ihren Tränen gewaschen.»

Er hörte ihr zu, mit einem dumpfen Pochen in der Brust, mit einem Gefühl von Ekel, das wie ein Verlangen in ihm brannte, mit einem Verlangen, das sich wie Ekel bäumte.

«Du hast nicht den gleichen Mut bei den Flügen in deinem Innern wie beim Kreisen in den Lüften. Es gibt Dinge, die du nicht versteht, vor denen du zurückschreckst... Ist deine Liebe noch immer so, wie du sie damals beschriebst, mit Augen so streng und rein, daß ich ihr nicht ohne Scham hätte ins Gesicht sehen können?»

Sie beugte sich rückwärts auf die Lehne des Sessels. In der Hand hielt sie den Stiel der zerriebenen Nelke, schlug damit zuweilen auf den Rand des Tisches und schaute, das Gesicht vom Kerzenlicht vergoldet, auf ihren Freund.

«Und doch leben in dir so viel wilde Instinkte, und doch verstehst du grausam zu sein und weißt, daß die Lust nichts anderes ist als ein göttliches Martyrium mit einem Aufschreien wie der Schrei der Tiere... Deine Liebe aber, der ich nicht würdig sein soll ins Antlitz zu sehen, ist ein altersschwacher Seelenhirte, der die üblichen schüchternen Pärchen auf die übliche Weide der Mäßigung führt. Ist es dir nicht manchmal abends, als gehe er da unten unter der Terrasse vorbei und rufe dich?»

Sie lachte ihn an mit Glanzlichtern auf ihren Zähnen und warf den kleinen Kopf zurück.

«Wärst du imstande, mir frei heraus zu antworten, wenn ich dich jetzt bitten würde, eine dunkle, flüchtige Sensation in deiner Erinnerung wachzurufen?»

Er spürte, wie sich sein Unbehagen düster und düsterer färbte und ihm auf die Schläfen drückte wie ein übler Rausch. Er sah zu, wie die schmale Hand der Versucherin mit der Nelke auf den Rand des Tisches hämmerte, und wartete darauf, daß der Kelch vom Stengel abspringen würde. Wie einen stoßweisen Wind vernahm er wieder die zerhackten Worte Vanas: ‹Nein, nein, tun Sie es nicht, ich flehe Sie an, ich flehe Sie an bei diesem zerschmetterten Haupt, bei diesem blutlosen Antlitz ... Ich bin ja nichts, bin Ihnen ja nichts ... Hören Sie auf mich! Ich trage alle Schrecknisse in mir.› Er sah im Geist wieder das Entsetzen auf dem armen, erschöpften Gesicht. Sah sich selbst da unten unter dem Schuppen auf der einsamen Heide, an der Leiche des Freundes, die auf dem Feldbette aufgebahrt lag, in das rote Fahnentuch eingeschlagen, und er empfand, daß der, der damals die Totenwache hielt, ihm nicht mehr glich. Eine ungeheure Nacht trennte ihn von ihm.

«Entsinnst du dich?» fuhr die Versucherin fort. «Entsinnst du dich, wie ich im ersten Gemach des ‹Paradiso› an der Fensterbrüstung stand und mein Bruder seinen Arm um mich geschlungen hielt auf dem warmen Stein, und ich dich und Vana herbeirief, und ihr kamt, und wir alle vier im Ausschnitt des Fensters standen, und Vana an meiner Brust bebte, und wie ich über ihren Kopf weg dir einen Blick zuwarf, mit dem ich die neu entstandene Wollust in mir in dein Herz senkte?»

«Schweig, schweig!»

«Bin ich fürchterlich?»

Sie hatte noch das gleiche, herausfordernde, verzerrte Gesicht, den gleichen hüllenlosen Blick, den gleichen brennenden Atem und in ihrem traurigen Fleisch die gleiche sinnliche Erwartung der Marter.

«Ich entsinne mich!» sagte er mit einem dumpfen Ton, der ihr fast drohend schien. «Ich entsinne mich, wie du in jenem Gemach des dunklen Bettes entsetzt zusammenfuhrst, als du zwei schweigende Gestalten auf uns zukommen sahst...»

«Aldo und Vana!»

«Uns selbst im trüben Spiegel...»

«Aldo und Vana und uns selbst!»

«Und den Wahnsinn.»

«Jede Erscheinung in einem Spiegel ist Wahnsinn, der erschreckt und lockt. Willst du weg von mir? Sollen wir uns morgen trennen? Willst du, daß wir uns nie wiedersehen?»

Ein plötzliches Entsetzen wirbelte in ihm, und nichts blieb in ihm als kraftlose Leere. Sie aber schien gleichsam nackt und allein in diese Leere einzutreten und sie mit dem sinnlichen Gewicht ihres Körpers zu erfüllen.

«Morgen fahre ich nach Volterra.»

Sie stürmten auf der roten Maschine im Augustnachmittag dahin, wie damals an jenem, schon so fernen Abend auf der Straße nach Mantua. Sie stürmten der Hölle von Volterra zu.

Keine grünen Böschungen, keine geraden weißen Straßen, keine stillen Kanäle, keine Alleen von Pappeln, Weiden und Maulbeerbäumen – nein, ein Land ohne Weichheit, ein Land des Dursts und der Unfruchtbarkeit, drohende Steppe und eine Wüste von Aschen.

«Sieh, sieh!» sprach sie zu ihrem Begleiter und neigte sich gegen seine Wange. «So ist mein Bild in dir, so verbrannt sieht es in deinem Innern aus.»

Unzählige Risse öffneten sich überall im verdursteten Kreideboden. Hier und dort in den verlassenen Feldern lag blutroter Leberschiefer. Die blättrigen Steine leuchteten wie Bruchstücke von Schwertern.

«Sieht so deine Leidenschaft aus? Ist alles in dir ausgebrannt?»

Die ockergelben Risse im Boden, die sich überall kreuzten, glichen einem ungeheuren Netz mit großen, ungleichen Maschen, das tückisch über die wüsten Strecken von aschgrauem Mergel gebreitet war.

«Siehst du jetzt, wohin ich dich führe?»

Ausgetrocknete Flußbetten flogen vorüber, kalkbeworfene Kieshaufen wie Kadaver von Kamelen an den großen Karawanenstraßen leuchteten mit blendender Weiße auf. Leuchteten auf und schwanden vorüber.

«Was willst du tun, was wollen wir tun, um dieser Glut gewachsen zu sein? Was sollen wir tun, um sie zu überwinden?»

Ein trauriges Gehöft tauchte auf, umgeben von Heuschobern, die aussahen wie verstümmelte Türme, bewacht von einer einsamen Zypresse, einer einzelnen schwarzen Zypresse in all der Weiße, die sich aufrecht über ihrem kurzen Schatten erhob.

«Du liebst mich noch nicht. Vielleicht liebe auch ich dich noch nicht. Du leidest noch nicht genug an mir. Auch ich leide noch nicht an dir, wie ich möchte. Wie diese Verwüstung hier wünsche ich mir meine Liebe! Sieh, sieh! Eine Verwüstung, der keine Üppigkeit gleichkommt. Alles andere ist schwächlich daneben. Was sind dagegen die Pinienwälder, die wir verlassen haben, die sandigen Küsten, das Schilf der Sümpfe? Sieh meine Kreidefelsen an!»

Sie sprach in einer Art Delirium, wie von einem Sonnenstich getroffen. Er erinnerte sich unwillkürlich an die Fieber der Tropen mit ihren großen leuchtenden Halluzinationen.

«Ach, Paolo, warum gibt es auf dieser Straße keinen Wagen mit Baumstämmen, warum drohst du mir nicht, mich an einem Steinhaufen zu zerschmettern? Und doch ist die Reise, die wir machen, viel gefährlicher. Weißt du's? Aber ich sage wie damals: ‹Ich habe keine Furcht!› Und du?»

Er antwortete nicht. Die Faust am Lenkrad, die Augen starr auf die mit scharfen Kieseln beworfene Straße gerichtet, empfand er eine Beklemmung, wie er sie damals nicht empfunden. Es war etwas eingetreten, was er früher für ebenso unmöglich gehalten hätte als ein Atmen ohne Lungen. Er spürte, wie ihm sein Wille entwunden wurde, sah sich selbst als Spielball einer fremden Gewalt, die ihn neuen Ereignissen entgegenschleppte, in denen er mit unseliger Hellsichtigkeit alle Merkmale des Lasters, des Verbrechens und der Marter erkannte. Er hatte dem Verlangen seiner Geliebten nachgegeben. Und so tief war er schon angesteckt, daß im Grunde seines inneren Widerstrebens schon die neugierige Erwartung der neuen Sensation schlummerte, eine bittere, brennende Neugier nach geheimer Sünde, nach verschlungenen Peinen, nach dem Reiz der Hölle.

«Erinnerst du dich an die Worte: ‹Wenn du eines Tags nicht mehr schlafen kannst, nicht mehr lächeln, nicht mehr weinen?› Was sollten sie damals bedeuten in der weichen, fruchtbaren Landschaft? Aber ich dachte damals schon an meine Aschenwüste. Schau sie dir an!»

Die Einöde ward immer schauerlicher. Zur Rechten, zur Linken, geradeaus, überall, zu allen Seiten dehnte sich das Land in Wellenlinien, wie ein ungeheures, ausgetrocknetes Überschwemmungsland aus der biblischen Sündflut, die hier die verkohlten Überreste der verdammten Städte, die Asche der vernichteten Völker zusammengespült hätte. Die Drohungen der Propheten schienen sich hier erfüllt zu haben, erfüllt das Wort Jehovas: ‹Siehe, ich will ein Feuer erwecken, das alle Bäume verzehrt, grüne Bäume und dürre Bäume, und seine Flamme soll nicht verlöschen, und alle Länderstriche sollen verzehrt werden von Sonnenaufgang bis Sonnenaufgang.› Der Boden war wie der graue Niederschlag, der in einem Kessel mit Lauge zurückbleibt. Kein Baum war zu sehen, kein grüner und kein dürrer, nicht einmal die Dornen und Schlehen des Propheten Jesaia wuchsen hier. Nur hier und dort wurde eine verdurstete, farblose Tamariske sichtbar, die einsam schmachtete, von allem verlassen, sogar von ihrem eigenen Schatten.

«Liebst du mich, liebst du mich?» fragte sie und neigte sich noch näher gegen seine Wange. Ein plötzlicher Schreck hatte sie befallen beim Gedanken an jene andere Liebe, die sich dort oben verzehrte, in der Stadt der Winde und der Felsen, und die vielleicht stärker sein konnte als die ihre.

«Du liebst mich? Glühst du so wie ich? Ist auch in dir nichts anderes mehr übrig als ein einziges Verlangen? – Vergiß, vergiß unsere Tage und unsere Nächte! – Vergiß unser Stöhnen und unsere Schreie! – Vergiß, daß wir hundertmal eins neben dem andern im Todeskampf lagen, daß wir hundertmal eines das andere um Erbarmen baten und nicht erhört wurden! Vergiß jede Liebkosung und jede Gewalttat: denn da oben werden wir uns nicht mehr berühren, nicht einmal mit dem Blick, wir werden einen Durst leiden, der wilder ist als unser heutiger Durst, wir werden wieder sein wie in der Zeit vor dem ersten, blutigen Kuß!»

Ein tiefer Instikt trieb sie, die Wollust zu unterdrücken, ihrem Leib zu verwehren, das Geschenk ihres Körpers zurückzunehmen. Denn sie spürte die ungeheure Macht ihrer Schwester, die eben in ihrer Unberührtheit lag. Ein tiefer Instinkt gab ihr den Einfall, sich hierin ihrer Schwester gleichzustellen und wieder zum verschlossenen Garten zu werden, vielleicht noch begehrenswerter für den, der jetzt daraus vertrieben wurde, als für einen, der ihn noch nie betreten hätte. Sie wußte wohl, wie leicht und rasch eine Frau auch nach der laszivsten Intimität einem Manne wieder fremd und fern erscheinen kann. Sie verstand jene Kunst gewisser Frauen, mit einem Mal der völligen Hingabe jede Wirklichkeit zu nehmen und mit einer Bewegung der gleichen Hand, die eben noch die zerdrückten Falten des Rocks glättet, schon wieder ein unübersteigliches Hindernis aufzurichten: ‹Vergiß!› sagte sie und fühlte sich schon wieder als die Isabella der ersten Zeit, die stets im Begriff war, sich zu schenken und sich versagte, die stets gewährte und verbot. Aber jetzt war es nicht mehr die Lust am Spiel, sondern ein Verlangen nach Peinigung, das in ihrem Körper brannte, der noch von der Orgie befleckt war. Sie dachte an die Liebesmäler auf ihrer parfümierten Haut und genoß schon im voraus die Qual der Enthaltung wie eine neue Wollust von herberem Geschmack als jede andere. Und sie malte sich fiebernd ihre erste Nacht im Landhaus bei Volterra aus, die Nacht voll Schlaflosigkeit und schlafloser Erwartung.

«Volterra!»

Hinter einem kahlen Hügel tauchte plötzlich hoch auf dem Kamme eines Bergs gelegen die lange Silhouette der Stadt mit Mauern und Türmen auf. Beide sahen einen Augenblick auf, die Maschine lief langsamer, dröhnte und keuchte. Drei schwarze Pferde mit Fußfesseln, mit langen Schwänzen und langen Mähnen flohen in kurzen Sprüngen über gestrüppbewachsenes Weideland, das in der Sonne leuchtete. Der Lehmboden stäubte unter ihren Hufen. Und die Stadt war schon wieder verschwunden.

«Siehst du, in was für einer Einöde ich meine Schwester leben lasse, meinen Bruder und die süße kleine Lunella? Wie mag es ihnen gehen? Was werde ich in ihren Augen lesen? Kannst du dir vorstellen, was diese Landschaft hier aus einer Seele machen kann? Sie die *balze*!»

Über dem Widerschein all der Asche ringsumher erhob sich wieder der sichelförmige Berg, dessen Spitzen nach Norden wiesen, von Schluchten zerrissen, starrend von Riffen und Klippen, und zeigte gegen die glühende Weiße des Himmels die Stadt von der Farbe rostigen Eisens.

«Wo bringe ich dich hin? Wohin schleppe ich meine Liebe? Zum Glücke nicht, gewiß zum Glücke nicht. Ich weiß es. Aber warum tue ich es? Es ist ein Wahnsinn in mir, älter als ich selber, der mir keine Ruhe gibt. Ich spüre ihn, leide unter ihm und kenne ihn doch nicht. Glaubst du, ich könnte einmal wahnsinnig werden? Ich habe manchmal so etwas in deinen Augen gelesen, sag!»

Ringsum war das Land mit Kohlenmeilern bedeckt wie die, die sie in der Pineta von Pisa gesehen hatte. Auf dem Gipfel der kreidigen Anhöhe standen drei Zypressen nahe beinander wie die drei Kreuze auf Golgatha. Der Wind klang wie das laute Brausen einer ungeheuren Flamme.

«Kehren wir um!» Ein tödlicher Schrecken befiel sie auf der schroffen Steigung, die sie eben hinauffuhren; ein plötzlicher blinder Schreck ließ ihr Gesicht weißer erscheinen als die unfruchtbaren Kreidewüsten. Sie wollte sagen: ‹An einer weißen Wand sitzen die Irren und nähen die Streifen der Leinwand zusammen, und um sie schnattern die Gänse. Die Ärzte tragen lange Überhemden und sehen gleichgültig drein... Dort muß man vorbei. Ehe man nach San Girolamo kommt, sieht man das Haus hinter einem Drahtzaun. Anstatt eines Tores ist ein rotbemaltes Holzgatter davor und ein Drahtgitter, wie um einen Hühnerhof. Ah, ich sehe es deutlich vor mir! Und sie bauen, bauen immer, die Irren selbst, denn es ist nie genug Platz. Jedes Jahr werden es mehr. Sie tragen selber den Kalk und die Steine. Man sieht immer eine frische Mauer, die im Bau begriffen ist. Ein Geruch von dem allem liegt in der Luft. Manchmal begegnet man auf einem Fußweg unter Oliven einem, der stehenbleibt und einen ansieht und lacht, lacht unter einer ärmlichen weißen Kappe hervor, mit einem sanften Ausdruck im Gesicht... Und dort drüben liegt der Garten mit dem Jasmin, auf dem Hügel drüben, versteckt hinter Zypressen und Steineichen. Er ist eingeschlossen, ringsum vermauert, mit einer kleinen, engen Pforte...› Ihr erhitztes Blut erzeugte tau-

send unzusammenhängende Vorstellungen in ihr. Aber sie schienen wie Blasen zu platzen, bevor sie in das Gehirn aufstiegen und zu Worten wurden.
«Kehren wir um!»
«Willst du wirklich?» sagte Paolo und legte ohne nachzudenken die Hand auf den Hebel, so tief hatte ihn der Ton in der Stimme Isabellas getroffen.
«Ich will zurück! Halte!»
Er bremste plötzlich und ohne zu überlegen mitten auf der steilen Steigung und spürte dann, wie die Räder anfingen nach rückwärts zu rutschen. Im Stillstand empfanden sie die unerträgliche Hitze der Luft. Der Gluthauch von tausend Öfen schien auf sie gerichtet. Mit einer energischen Bewegung vermied er die drohende Gefahr. Die mächtige Maschine fing wieder an, die Steigung emporzuklimmen. Mit einem zornigen Getöse, mit dem scharfen Geruch ihres vollen Gasgemisches, in einer Wolke von Gestank und Staub.
«Hier ist es unmöglich zu halten oder umzukehren», sagte er und konzentrierte seine Aufmerksamkeit auf die plötzlich beginnenden Kurven. «Wir müssen vorwärts.»
«Ja, fahren wir zu, fahren wir zu; was für eine Angst hat mich nur überkommen? Ich war feig. Fahren wir zu. Es muß so sein!»

Die Nacht war hereingebrochen.
Die wunderbaren Mächte des Lebens hatten ein kunstvolles Spiel von Masken gespielt. Die Leidenschaften voll Schmerz und Rache, voll Zorn und Zerstörung hatten in den lichten Augen als Lächeln geglänzt. Nur ein

Mund, ein lebendiger nackter Mund hatte von Zeit zu Zeit die bewußte Verstellung verraten.
Und endlich war die Nacht gekommen. Ein jedes war jetzt wieder allein mit sich selbst und mit seinem Dämon, in seinem ruhigen Zimmer, vor seinem trägen Bett.
«Sprich leise, mach keinen Lärm, die Kleine könnte aufwachen!» sagte Isabella zu Chiaretta, die ihr beim Auskleiden half.
Sie hatte angeordnet, daß ihr Zimmer neben dem von Lunella lag. Die Tür war offen. Aber vom Schlaf der Kleinen drang kein Laut herüber, man hörte keinen Atemzug. Alles war Schweigen in den schweren Mauern des Landhauses. Durchs offene Fenster kam der Duft des Jasmin und der Tuberosen, der feuchte Geruch des großen Fischteichs draußen. Von Zeit zu Zeit ächzte die Windfahne auf dem First in einem plötzlichen Luftzug und stellte sich in der Richtung des langgezogenen Winselns und Seufzens ein, das immer im Wind des Landes von Volterra klingt, als käme er aus Gräbern.
«Es ist St. Lorenz-Nacht heute!» flüsterte Chiaretta. Ihre Herrin war zusammengefahren, und ein Haken war ihren Fingern entglitten.
In der Öffnung des Fensters hatte eine Sternschnuppe eine leuchtende Furche im Blau gezogen.
«Haben Sie sich etwas Schönes gewünscht?»
Ohne zu antworten näherte sich Isabella dem Fenster, während die Zofe fortfuhr ihr Kleid aufzuhaken. Sie sah zum Himmel empor und ließ die frische Luft über ihre nackten Arme streifen, über ihre Schultern, über ihre Brust. Weit drüben über den Bergen von Pisa wetterleuchtete es. Zerfetzte Wolken verdeckten hier und dort

die Milchstraße. Eine Träne von Feuer nach der andern quoll hervor und schoß am Gesichte der Nacht herab, und noch eine und noch eine. Der nächtliche Atem der Jasminbüsche bedrückte die müde Seele. Fremde Gewalten brachen auf sie herein, wie um sie auszurauben.
«Mach rasch, ich bin müd!» sagte sie.
Ihre Knie trugen sie nicht mehr. Sie wandte sich um, setzte sich vor dem Spiegel nieder und ließ sich von der Zofe die enggewundenen Strähnen ihres Haares öffnen. «Laß, einen Augenblick! Mir ists, als hätte ich einen Seufzer gehört. Vielleicht Lunella...» Sie beugte sich gegen die offene Tür vor und lauschte. Man hörte nur das Ächzen der Eisenstange auf dem First und sonst nichts. Die lautlosen Hände der Zofe kämmten sie. Ihre ruhelose Seele trat in einen Zustand unbestimmten Erinnerns. Es war ihr, als habe diese Nacht vor unendlich langer Zeit begonnen, wer weiß, wie lange schon, wie in einem verworrenen Märchen. Ihr Haar strömte, strömte wie träges Wasser und mit ihm tausend formlose, dunkle gebrechliche Dinge ihres Lebens zwischen Vergessen und Wiederfinden. Und plötzlich schienen über diesem Fließen die Mauern sich eng zu schließen, wuchtig, drohend, erbarmungslos. Und sie spürte im Haus die Existenz der Wesen, die durch sie litten, die für sie litten, spürte auf sich selbst die ganze Schwere des Hauses lasten wie eine Wolke von Schrecknis.
‹Warum habe ich es getan?› frug sie sich selbst, und während sie noch in sich nach der Antwort suchte, verschwamm wieder alles, löste sich auf, zerfloß. Der gleichmäßige Strich des Kammes durch die Fülle ihrer Haare war wie ein Zauber, der schon ewig dauerte und

endlos dauern würde. Ihr Gesicht im Spiegel schien ferner und ferner und verlor jeden Umriß, kam dann langsam wieder näher und war nicht mehr das ihre. Sie fuhr ängstlich empor.

«Ich muß noch die Schleife machen!» sagte Chiaretta.

«Es ist nicht nötig. Laß es so! Gib mir das Nachtkleid! Du kannst gehen.»

«Und morgen früh?»

«Ich werde dich rufen.»

Wie sie sich allein sah, kam eine so wilde Erregung über sie, daß sie sich die Faust auf den Mund preßte, um nicht aufzuschreien. Um kein Geräusch zu machen, ging sie mit nackten Füßen auf dem Teppich im großen Zimmer hin und her, immer von einer Ecke nach der anderen, und ihr Schatten stieg und dehnte sich an den Wänden empor. Sie hielt halberstickt vom Pochen ihres Herzens nahe der Tür zum Nebenzimmer inne und frug sich: ‹Warum hab ich es getan?› Aber aus ihrer Qual kam ihr keine Antwort, nur eine noch wildere Qual. Sie hielt den Atem an und machte einen Schritt. Sah das weiße Bettchen im Nebenzimmer und auf dem Kissen den schwarzen Fleck der Haare. Sie ging langsam näher, voll Furcht, die Schlafende aufzuwecken. Beim schwachen Licht der Lampe bemerkte sie, daß sie auf dem Rücken lag. Sie beugte sich über die süße Schläferin. Fuhr zusammen. Lunella hatte die Augen weit offen.

«Kind, du schläfst nicht?»

«Ich habe keinen Schlaf.»

«Habe ich dich geweckt?»

«Nein. Ich lag immer so da.»

«Wie lange schon?»

«Ich habe gehört, wie du zu Chiaretta sagtest: ‹Sprich leise!›»
«Aber wie lange bist du schon wach?»
«Schon immer.»
«Hast du gar nicht geschlafen?»
«Gar nicht.»
«Und warum?»
«Weil ich unglücklich bin.»
«Aber nein, nein, nein, mein liebes Kind!»
Sie nahm sie in ihre Arme und preßte sie gegen ihre gequälte Brust. Der tiefe Ernst dieser Kinderstimme, die ohne Tränen diese Worte einer erwachsenen Frau aussprach, rief in ihr glühende Gewissensbisse hervor. Sie fühlte sich in diesem Augenblick zu jeden Opfer fähig, nur um ihr kleines Schwesterchen wieder lächeln zu machen.
«Aber nein, Kind! Was hast du da gesagt? Warum bist du unglücklich?»
«Weil du so bös bist.»
«Bös?»
«Ja.»
«Was hab ich getan?»
«Du hast dein kleines Scherenmütterchen nicht mehr gern.»
«Du bist mein Ein und Alles!»
«Auch die Schwarze nicht mehr.»
«Wie kannst du das sagen?»
«Auch Alduccio nicht mehr. Keines von uns mehr.»
«Aber wie kannst du das sagen? Was hab ich denn getan?»
«Das weiß niemand.»

«Mein Gott! Ich bin ein paar Tage weggewesen. Ist es das?»
«Du hast Vanina sicher etwas Böses angetan.»
«Ich?»
Sie hätte gern das Schmollen des Kindes in Scherz und Lachen gewandelt und mit Liebkosungen und kleinen Worten besänftigt. Aber das Herz bebte ihr tief unter dem strengen, fast trüben Blick, der ihr aus diesem Gesichtchen voll frühreifer Melancholie entgegendrang. Bei jedem Vorwurf hörte sie in sich einen dumpfen Ton vom Niederfallen eines schweren Blutstropfens.
«Sie weint deinetwegen.»
«Wieso weißt du das? Erzähle mir!»
Voll schwerer Beklemmung richtete sie die kleine Schwester im Bett auf und setzte sie auf das Kopfkissen, mit dem Rücken gegen die Bettwand. Ein Gegenstand fiel zu Boden.
«Tiapa ist heruntergefallen!» rief Lunella und beugte sich unruhig vor.
«Da ist sie, da ist sie! Es ist nichts geschehen, Liebchen!» sagte Isabella und nahm die Puppe, die die Augen weit offen hielt, vom Boden auf.
Das Kind nahm sie in die Arme, wiegte sie hin und her, fühlte nach ihrem ausgerenkten Bein und bettete sie dann mit unendlicher Sorgfalt wieder an ihrer Seite, als habe sie jetzt sonst nichts auf der Welt. Sie verlieh diesem toten Ding aus Porzellan, Holz und Stoffetzen ein wundersames Leben.
«Erzähl mir! Vanina hat geweint?»
«Ja, sehr.»
«Vor dir.»

«Sie suchte immer es zu verbergen, aber ich wußte es genau. Aber dann heute morgen...»

«Heute morgen? Erzähle!»

«Heute morgen kam sie schon, bevor Miß Imogen mich gebadet hat. Sie setzte sich neben mich, und es war, wie wenn sie mir ein Märchen erzählen wollte, denn sie sagte: ‹Scherenmütterchen, armes Scherenmütterchen, weißt du, daß man uns fortjagt? Weißt du's, daß wir nicht mehr bei Isa bleiben können? Wir müssen fort, fort, wir nehmen Tiapa und die Schere und ein weißes Blatt und nichts anderes, müssen von dannen gehen auf unseren Füßen, wer weiß wohin...› Es war wie ein Märchen und schien nicht, als solle es mit Tränen enden. Plötzlich aber drückte sie mich fest an sich und rief: ‹Nein, ich kann nicht! Ich nehme dich mit, ich nehme dich mit!› Sie schluchzte und benetzte mir Haare und Gesicht...»

Der Kummer schnürte den Hals des Kindes; ein Zittern durchzog ihren schmächtigen, gequälten Körper. Und der Schmerz in ihrer zarten Brust war wie der Sturm über dem Rohr, wie die Strömung unter dem Schilf. Eine frühreife Kraft, zu träumen und zu leiden, lebte in der Tiefe dieses zarten und zügellosen Wesens, immer bereit, auszubrechen und alles zu überschwemmen.

«Isa, Isa, schick ihn fort, schick ihn fort!» rief sie und warf sich verzweifelnd an den Hals der Schwester, als wäre sie erstarrt vor der plötzlichen Erscheinung eines Gespenstes.

«Wen, wen?»

«Den Mann.»

«Wen?»

«Den, den, der mit dir kam. Schick ihn fort!»

In der ersten Erregung hatte Isabella sich bestürzt umgewandt, wie nach einer Erscheinung, die aufgetaucht wäre, denn ihre innere Unruhe ließ sie stets etwas Unvorhergesehenes, Überraschendes befürchten.
«Sei doch ruhig, Kind, beruhige dich! Warum bist du so aufgebracht? Vana hat dir wohl einen schlimmen Gedanken in den Kopf gesetzt?»
Die Kleine schüttelte ihre dunklen Locken. Ein neues Aufschluchzen schüttelte ihren kleinen Körper.
«Es ist ein Freund, ein guter Freund, der dich sehr, sehr liebhat.»
Die Kleine schüttelte hartnäckig den Kopf.
«Auch du wirst ihn liebhaben, wenn du zu ihm hingehst und nicht wegläufst wie heute.»
Wieder verneinte die Kleine hartnäckig, den Mund voll trotziger Heftigkeit.
«Nimm ihn dir! Behalt ihn dir!» brachte sie hervor, machte sich aus den Armen der Schwester los und stieß sie zurück.
«Schick uns weg, schick uns alle weg!»
Sie warf sich im Bett aufs Gesicht hin und lag schluchzend und wie im Krampfe da, ihr tränenüberströmtes Gesicht an das der Puppe gepreßt.
«Wir werden weggehen, wir werden gehen, weit weg, weit weg, wer weiß wohin, allein, zu Fuß werden wir weggehen ...»

Mit Versprechungen und Liebkosungen gelang es Isabella endlich, sie zu beruhigen. Die Müdigkeit überwältigte sie, und sie schlief ein. Eine Träne schimmerte ihr noch im Augenwinkel unter den geschlossenen Wimpern, das Schluchzen ward schwächer und schwächer und stieg ihr nur noch von Zeit zu Zeit in dem zusammengepreßten Mund auf. Auch Tiapa schlief mit ihr auf dem gleichen Kopfkissen. Ihr zu Häupten hing an der kleinen Kette ihre Schere aus Stahl und Gold. ‹O schlaf, schlaf!› stöhnte Isabella tiefinnen und legte erschöpft und vernichtet ihren Kopf auf den Rand des weißen Kinderbettes. Nach einigen Augenblicken fuhr sie ruhelos empor, die Stirne in Schweiß gebadet, und sah ihre eigene Bewegung deutlich vor sich, wie in einem Spiegel; ein verworrenes Gefühl von Duplizität beherrschte ihren Körper. Es war ihr, als träte sie aus sich selbst heraus. Ein Schweigen herrschte um sie, trügerisch und unwirklich, und von Zeit zu Zeit von Tönen durchbrochen, die sich sofort veränderten, wenn das Ohr sie zu fassen versuchte. Etwas, das an Schritte erinnerte, kehrte darin immer wieder, eine Art von leisem, aber beständigem Hin- und Hergehen und damit die unbestimmte Vorstellung eines wilden Tieres, das ruhelos auf seinen nervösen und elastischen Pfoten im Käfig auf und ab geht.

‹Wer geht, wer geht da? Wo?›

In der Verwirrung ihrer Sinne, im Pochen ihrer schmerzenden Schläfen vermochte sie sich noch nicht über den Ursprung des Geräusches klar zu werden. Sie sprang empor, preßte ihren Kopf zwischen beide Hände. Die Schritte klangen deutlicher: es war gerade über ihr. Sie schaute nach der gewölbten Decke auf, wo Schatten und Lichter von der zitternden Flamme der Nachtlampe spielten, und plötzlich besann sie sich, verstand. Der Raum über ihr war das Zimmer Vanas. Der Schritt da oben war Vanas Schritt. Es war Vana da oben, die keine Ruhe fand. Eine unwiderstehliche Erregung befiel sie: ‹Ich muß hinauf zu ihr, ich muß sie sprechen. Ist sie allein? Ist Aldo bei ihr?› Dann überkam sie eine wahnsinnige Vorstellung, und rasende Eifersucht schüttelte sie. Sie dachte an Paolo. ‹Gewiß werd ich noch wahnsinnig!› Sie trat wieder zu dem kleinen Bett und lauschte. Lunella schlief. ‹Arme Kleine! Bis morgen früh wird sie nicht aufwachen, wird nicht nach mir rufen. Aber wenn sie plötzlich aufwacht und nach mir ruft und ich bin nicht da, was würde sie denken? O Schwesterchen, kleine Schwester, glühendes, herbes, stolzes, tyrannisches Kind, auch für dich wird die Seele das gefährlichste Gift sein wie für Isa!› Sie zauderte, ging dann nach der Tür und trat in ihr Zimmer zurück. Durchs geöffnete Fenster sah sie wieder, fern in der Nacht, die stummen Blitze, atmete wieder den Hauch des Jasmin, hörte wieder das ächzende Eisen auf dem First. Eine Träne von weißem Feuer brach am Himmel hervor, rann hernieder und verschwand.

Die Sprungkraft eines Raubtiers, die Sehnen eines springenden Löwen hatte der Schmerz Vanas. Er war wie eine zügellose Gewalt, die sie überwältigte und rettungslos mit sich fortschleppte, die sie erbarmungslos schüttelte und hin und her stieß. Sie versuchte keinen

Widerstand und dachte nicht einmal daran, daß ihr ein Aufhören des Schmerzes Erleichterung bringen könnte. Ihre Bewegungen waren vollkommen unbewußt. Sie lief von einer Wand zur andern, von einer Ecke in die andere und war erstaunt, immer wieder das gleiche Bild, den gleichen Schrank, den gleichen Stuhl vor sich zu sehen, unverändert, unbeweglich, unberührt. Sie empfand ein grimmiges Bedürfnis, sich weh zu tun, und stieß mit den Fäusten gegen die Wand; aber sie empfand keinen Schmerz, nur den Krampf tief im Herzen, da, wohin ihre Hände nicht gelangen konnten.

‹Feig bin ich, feig! Ich könnte schon tot sein, könnte schon dort drunten liegen. Feig bin ich!›

Und sie warf sich kraftlos quer übers Bett und biß in das Leinentuch. Sie bildete sich ein, sie habe das Gesicht tief in die weiche Erde gewühlt und habe den Mund voll von Staub. Die wilden Abstürze der *balze* hingen über ihr. Eine rasende Unruhe riß sie wieder vom Bett empor. Sie sprang auf die Füße und war gebrochen wie ein Kranker nach langem Fieber. Krämpfe schnürten ihren Magen zusammen wie im Augenblick des Erbrechens, wenn Galle und Blut in den Mund steigen und kalter Schweiß rinnt und der ganze Mensch nur noch ein niedriges Zukken ist. Unversehens öffnete sich die Tür. Die andere Schlaflose stand da! Und sie standen sich gegenüber nicht wie ein Leben einem andern Leben, nein, wie zwei Gespenster, die ein gleicher Todeskampf beschwor. Sie sprachen kein Wort und sahen sich an. Beide hatten sie ihr Haar aufgelöst und waren in einem einfachen Gewand mit bloßen Armen. Wie sie ihre Mutter geboren, standen sie sich gegenüber, die ältere Schwester und die jüngere, frei von jeder Verschleierung, jeder Rücksicht ledig, mit keinem anderen Zeugen als ihr Blut, mit keinem anderen Maß als ihre Leidenschaft.

«Ich hörte dich!» begann Isabella. «Ich hörte dich von unten hin und her gehen. Ich hatte Lunella zum Einschlafen gebracht und stand noch an ihrem Bett. Ich habe dich gehört. Bin heraufgekommen. Ich konnte nicht anders. Leidest du? Auch ich leide mehr als ich sagen kann.»

«Ah, du warst bei Lunella? Du warst nicht irgendwo anders? Kommst nicht etwa aus einem andern Zimmer? Merkwürdig. Brauchst du vielleicht wieder einmal mein Taschentuch? Kommst du, um mir die Mäler auf deinen Armen zu zeigen, die du gestern abend bei Tisch so sorgfältig verborgen hast?»

In jeder ihrer Fragen lag eine solche Bitterkeit des Hasses, daß Isabella wie unter Schlägen zusammenzuckte.

«Sei nicht so hart gegen mich, Vana! Du pflegtest sonst meine Person keiner so strengen Prüfung zu unterziehen. Und dann wußte ich wirklich nicht, daß du so viel Erfahrung im Blick hast, um gewisse Zeichen zu erkennen...»

Auch sie wurde sofort wild und grausam. Die Schamlosigkeit in der Haltung und im Ton der Schwester wühlte sie bis in ihren trübsten Tiefen auf. Die forschenden Augen Vanas brannten ihr auf der Haut.

«Ah, du wußtest nicht... Meine Kühnheit schockiert dich jetzt! Aber woran hast du mich nicht gewöhnt, an was für Bekanntschaften, an was für Unterhaltungen? In deinem Haus habe ich gelernt, keine Tür aufzumachen, ohne anzuklopfen, und zu keiner offenen Tür hereinzukommen, ohne vorher zu husten. An jede Vorsicht und an jede Gefälligkeit hast du mich gewöhnt. Und dann in

Mantua, erinnerst du dich nicht? Ich ging so weit, dir mein Taschentuch anzubieten, damit du dir gewisse Spuren vom Mund wischen konntest... Ist dir das nicht genug? Nein, es ist dir nicht genug. Du hattest mich schon gezwungen, dir als Aufpasser zu dienen, damit euch Aldo nicht überraschte. Und dann gleich darauf fingst du an zu lachen und spieltest eine Komödie, ließest deine Reize glänzen, um mich zu verletzen, zogst mich dann plötzlich wieder an dich, spieltest mit meiner Qual, wolltest sie lebendig unter deinen Nägeln spüren, sie betasten, reizen... Ah, perverses Geschöpf du, perverses!»

Sie war prachtvoll in ihrer Wut und Scham mit ihrem schmalen, düsteren Gesicht, dessen reines Oval leicht abgemagert war, mit ihrem blauschwarzen Haar, mit dem grellen Email ihres Augenweißes. Isabella starrte sie an, ohne sich zu verteidigen und ohne sie zu unterbrechen. Sie fühlte insgeheim ein fremdes Lächeln, das in ihr emporstieg, und fürchtete, es möchte auf ihren Lippen erscheinen: ganz gegen ihren Willen und gegen ihr Gefühl empfand sie eine Art Vergnügen an dem, was ihr hier als Verbrechen vorgeworfen wurde.

«Es ist dir nicht genug. Nein. Nicht genug, daß du meine Qual aufs äußerste getrieben, jedes Zucken meines Herzens belauscht und noch Mitleid geheuchelt hast, um mich tiefer zu kränken. Nicht genug, daß du deinem Vergnügen nachgehst und mich hier in einem Haus einschließt, das im Schatten eines Gefängnisses steht, daß du mir herzlos jeden Lebenszweck genommen und mich hier Auge in Auge mit dem entsetzlichsten Tode zurückläßt. Nicht genug. Nein. Jetzt hast du noch deinen Liebhaber mit ins Haus gebracht...»

«Meinen Verlobten!»
Ein wildes Lachen brach aus der Kehle Vanas.
«Lache doch! Lache doch selbst! Du brauchst nicht an dich zu halten. Man sieht, daß du dir Mühe gibst, nicht selbst zu lachen. Dein Verlobter! Es ist der dritte, wenn ich nicht irre. Du hättest diesmal etwas Originelleres erfinden können, etwas weniger Stadtbekanntes, um die Nachsicht der Welt zu gewinnen und um ohne allzuviel Aufsehen die Schande unter dein Dach nehmen zu können.»
«Vana!»
Bleich und im Innersten getroffen sah sie mit Entsetzen, daß ihre Schwester es verstand, sich vergifteter Waffen zu bedienen. Vor ihr stand nicht mehr das unsichere, schutzlose junge Mädchen, sondern ein Wesen, das der Haß gereift hatte, eine Rivalin, zu jedem Wagnis bereit, kühn bis zur Schamlosigkeit.
«Du wunderst dich wohl, mich so wiederzufinden? Aber bin ich nicht dein Werk? Deine Schülerin? Ohne es zu wissen, hast du mich deine Künste gelehrt. Und jetzt auf einmal werden sie in mir zum Gift, dienen sie mir als Waffe. Du bedrängst mich, du verfolgst mich, kennst keine Gnade, bist hinter mir her wie ein Feind, dem es nicht genügt zu siegen, nein, der martern will, Körper und Seele mit Martern schänden, die für ihn an Wollust grenzen...»
«Schweig, schweig! Du weißt nicht, was du sagst. Das habe ich nie getan!»
Und sie wiederholte, über das Bett ihrer Schwester vorgebeugt, mit irren Augen:
«Nein, das habe ich nie getan!»

In ihrer Stimme fehlte der Ton des Widerspruchs, des Zorns, der Verachtung. Etwas Angstvolles lag in ihr, etwas Flehendes, etwas wie wirrer Schmerz und wie eine bebende Frage.

«Du hast es getan. Und du tust es noch immer. Schilt mich nicht undankbar! Du hast mich in dein Haus genommen und hältst mich bei dir. Du überhäufst mich mit Geschenken, schmückst mich und bekränzest mich – und spielst mit meinem Leben, als sei es nicht die flüchtigste deiner Vergnügungen wert. Ich bin dir nicht mehr als der Kleinen ihre Puppe. Aber Lunella weint, wenn Tiapa auf den Boden fällt und sich ein Bein bricht oder die Stirn zerschlägt, weint und ist verzweifelt und wacht bei ihr und pflegt sie. Du reißt mir die Brust auf, um zu sehen, was drin ist.»

«Wie ungerecht bist du! Wie ungerecht!»

«Ungerecht? Ist es vielleicht das erstemal, daß du dich zwischen mich und das Glück stellst, zwischen mich und den Schatten eines Glücks? Es war immer wie eine Manie bei dir: kaum näherte sich mir jemand mit dem leisesten Zeichen von Sympathie, so tratst du schon dazwischen, wie um ein eigentümliches Vorrecht auszuüben. Mir, der Jüngeren, etwas den Hof zu machen, war ein fast unfehlbares Mittel, um bei dir, der Älteren, anzukommen. Ich habe manches grausame Bonmot hinter meinem und deinem Rücken aufgefangen. Aber was kümmerte mich dein Spiel! Es war ja nie der Mühe wert, sich verletzt zu fühlen oder zu bedauern, viel weniger zu kämpfen oder sich zu widersetzen. Was kümmerten mich meine Niederlagen! Mein Traum und dein Erfolg hatten ja nie etwas gemeinsam. Aber dieses Mal ...»

Sie brach ab, als sei ihr ein Fetzen von ihrem Herzen in der Kehle steckengeblieben, den sie jetzt hervorspeien müßte, wenn sie weiterspräche. Isabella, die bisher gebückt dagestanden hatte, richtete sich beim Auftauchen des Liebesgeständnisses mit fast leuchtender Erwartung auf und strich mit der Hand das Haar zurück, das ihr das Gesicht beschattete.

«Diesmal», fuhr Vana mit gesenkter Stimme fort, mit einem Ton, der durchdringender war als ein Schrei, «was du mir genommen hast, ist mehr als mein Traum und mehr als mein Leben! Denn um glücklich zu sein und dem Himmel dafür zu danken, daß ich geboren bin, und um dir zu verzeihen, wäre es mir heute genug, mich noch einmal an seine Brust zu lehnen und mich auszuweinen und einzuschlafen und nie mehr zu erwachen.»

«So liebst du ihn?»

«So wie du ihn nie wirst lieben können.»

«Du glaubst ihn mehr zu lieben als ich?»

«Nicht ‹mehr›. Ich allein liebe ihn!»

«Und ich nicht?»

«Du kannst niemand lieben als dich selber, deine Lust und deine Falschheit. Das ist deine Strafe.»

«Ist das nicht die stärkere Liebe, die den Sieg behält?»

«Die meine behält den Sieg.»

«Über wen?»

«Über dich und ihn.»

«Er ist mir rettungslos verfallen. Ich kann mit ihm machen, was ich will.»

«Nur lieben kannst du ihn nicht. Und da du selbst keine Liebe hast, zieht dich die meine an, die stärker ist als du. Ich weiß es. Ich weiß es. Ich verstehe es. Ich sehe es. Du hoffst jetzt, ihn durch meine Liebe hindurch lieben zu können. Du willst dein leeres Herz mit meinem Herzen füllen...»

«Dann bring ihn dazu, dich zu lieben!»

«Gesteh, daß du nicht mehr leben, nicht mehr genießen konntest, daß du keine Ruhe mehr fandest, weil ich immer vor dir stand, weil du mich auf jeder Schwelle stehen sahst, und weil du im Genuß mich um meinen Schmerz beneidetest!»

«Bring ihn dazu, dich zu lieben!»

«Gesteh, daß du dich schon erschöpft und ausgegeben gefühlt hast! Du hattest gehofft, deine Macht würde von Tag zu Tag wachsen, und sahst sie Tag für Tag schwinden. Aber ich lebte hier oben einsam, unberührt, rein und schön – schön wie ein Wesen, das auf der Grenze zwischen Tod und Leben steht.»

«Bring ihn dazu, dich zu lieben!»

«Und wenn er mich schon liebt?»

Ihre Gesichter berührten sich fast, wie sie miteinander sprachen, die eine immer noch über den Rand des Bettes gebeugt, die andere mit den Händen auf das Bettgestell gestützt, das bisweilen ächzte, beide bleich und mit wirrem Haar und mit etwas Tierischem in der Art, wie sie sich gegenseitig die Seele zerfleischten.

«Wenn er mich nun wirklich liebt?» wiederholte Vana.

Isabella richtete sich in die Höhe, warf ihr Haar zurück, beugte ihren Oberkörper nach rückwärts, prächtig und gefährlich, schüttelte sich, wie um ihre entschlüpfte Seele wieder in den Käfig ihres Körpers und in das Gelaß ihres Fleisches zu sperren. Sie ging nach dem Fenster, beugte sich über die Brüstung und atmete aus voller Brust. Der

Duft des Jasmin, der Duft der Tuberosen, die Feuchte des großen Fischteichs stiegen aus dem Garten empor. In der Ferne über dem Pisaner Berge wetterleuchtete es. Wolkenfetzen verdeckten da und dort die Milchstraße. Eine Träne aus weißem Feuer quoll hervor und schoß über das Gesicht der Nacht herab und dann noch eine und wieder eine. Sie fühlte wieder die Hände ihres Geliebten, wenn er ihren Hals, ihre Schultern umklammerte mit der verzweifelten Kraft eines, der im Begriff ist, in den Abgrund zu stürzen, und hörte wieder seinen Ausruf, wie der Schrei eines Verdammten, sein entsetzliches und göttliches Stöhnen beim wilden Hervorbrechen des Lebenssaftes. Sie wandte sich um und sagte:
«Vielleicht liebt er dich aus Mitleid?»
Vana trat mit etwas schwankendem Schritte auf sie zu, die Hände auf dem Rücken zusammengekrampft, wie wenn sie sang. Sie blieb vor ihr stehen und sagte:
«Alles, was du von ihm gehabt hast, hast und haben wirst, wiegt nicht auf, was ich allein in einer Stunde ohnegleichen gehabt habe. Früher oder später wird dir nichts bleiben. Er wird dich vergessen, du wirst ihn vergessen, aber ich werde nicht vergessen, und er wird nicht vergessen, bis zum Tod und über den Tod hinaus.»
Sie vermochte ihr Geheimnis nicht länger zu bewahren. Es sprühte ihr von den Augen.
«Und was war das für eine Stunde ohnegleichen?»
«Die Stunde des Todes.»
Sie sah fern hinter dem Haupt der Rivalin die stummen Blitze, ähnlich denen, die damals über dem Monte Baldo aufleuchteten.
«Wann?»

Das Kinn Isabellas bebte.
«Erinnerst du dich nicht an die Nacht im Juni, die Nacht, in der er allein an der Bahre des Freundes wachte?»
Wieder erinnerten die Wolken über der Milchstraße an Mähnen, in denen sich die Sterne verfingen.
«Entsinnst du dich nicht, wie du zu Aldo sagtest: ‹Wenn du mitkommst, geh ich hin?› Du gingst nicht hin. Ich ging. Niemand war mit mir als ein Strauß Blumen und mein Geheimnis.
Zahllos schossen die Sterne durch das dunkle Blau. Auf die Landschaft ohne Süße, auf die unfruchtbare, durstige Erde, auf die Aschenwüsten weinte die Nacht ihre Tränen von Licht.
Und kein Wort ward weiter gesprochen, und kein Gruß ward geboten zwischen den beiden Schwestern, da die ältere ging und die jüngere zu ihrem Bette trat.

Das Unversöhnliche ward versöhnt, das Unerträgliche ertragen. Wie das Land der Etrusker seine unterirdischen Städte hatte, in denen die Toten hausten, so hatten sie ihre innere Stadt, in der die wilden Dämonen wohnten. Wenn sie durch den Garten des Jasmin gingen, wußten sie, wo die Erde hohl war, denn sie hörten sie zuweilen unter ihren Schritten dröhnen. Wenn sie sich mit ihren lichten Augen ansahen, mit ihren behutsamen Stimmen unterhielten, achtete jedes von ihnen nur auf den verhaltenen Aufruhr ihrer Leidenschaften, auf die versteckten Mienen ihrer Brünste, auf die tödlichen Flüche ihres Hasses, auf die geheimen Wogen von Wollust, die ein Blick, eine Geste, ein Schritt auslösten. Alle vier hielt sie der Zauber des Feuers gefangen, das keinen Unterschied macht, ob der Stoff, von dem es sich nährt, rein oder unrein ist, sondern das alles, Reines und Unreines, gleichermaßen in Glut wandelt. Zwei von ihnen spielten mit dem Gedanken zu töten.

Das unscheinbarste ihrer Worte hatte einen besonderen Sinn und sank rasch auf den Grund wie ein Stein, der ins trübe Wasser geschleudert wird und vielleicht den Boden noch nicht erreicht hat, wenn die Ringe auf der Oberfläche schon verschwunden sind; zuweilen aber dröhnte eines von ihnen wie ein Stein, der gegen ein Bild von Erz fliegt. Und ein anderes wieder versetzte sie in eine so ungeheuerliche und unmenschliche Erregung, daß sie den, der es gesprochen, ansahen, zum Letzten bereit, jeder Rücksicht bar, wie jene unruhigen Köpfe, die zu Zeiten der Parteiungen friedlich im Gespräch unter der Loggia saßen und bei der geringsten verdächtigen Bewegung aufsprangen und sich anschickten, Blut zu vergießen.

Die Musik, die die Verzweiflung der beiden jungen Menschen in ihrem tönenden Wirbel gewiegt hatte, zog sie jetzt alle in ihren Zauberkreis. In diesen Augenblicken fühlte sich Isabella trunken und verloren, denn alles stand dann unter der Macht von Vanas Gesang, und jede Leidenschaft mündete bei ihr, wie in der Sage das unzähmbare Einhorn allein zur Jungfrau kommt und sein Haupt auf die unberührten Knie legt. Die Tonwellen schienen mitunter über der Singenden zu schwingen wie die Mittagshitze über den glühenden Kreidewüsten. Ihr ganzer Körper klang mit wie ein Instrument, das mit allen Fibern seines Holzes tönt. Wenn Aldo dasaß und das Cello

zwischen den Knien hielt, wie um es zu besitzen, und die Spannschraube im durchbohrten Griff des Bogens drehte, als spanne er nicht das weiße Roßhaar, sondern ein Bündel seiner feinsten Nerven, wagte Isabella nicht, ihn anzusehen. Sie litt unbeschreiblich mit abwechselnden Schauern von Glut und Frost im Rücken. Er saß dann neben dem Flügel von poliertem Palisander mit seinen dunkelvioletten Glanzlichtern – unten sah man durch die Lyra der Pedale die nervösen Füße der Begleiterin – und neigte sein leidendes ekstatisches Gesicht gegen den Hals des Instrumentes, auf dem die Hand auf und ab glitt, über die Lunella vor Mitleid geweint hatte. Sein Instrument war ganz so, wie es Isabella im ‹Paradiso› der d'Este beschrieben, von jener rotbraunen Färbung, die sie sich für ihre Haare gewünscht, mit den gelben Flecken im Firnis an den Seiten, durchscheinender als Ambra, und im Innern des Schallkastens mit jener Vergoldung in zebraähnlichen Streifen, reich und üppig wie die Kehle eines Tropenvogels. Und sein Bogen schien zuweilen wie von Feuer, und von solcher Schönheit war seine lichtüberströmte Stirn, daß sie mitunter dem kämpfenden Engel Beethovens hätte angehören können oder dem strengen Cherub Sebastian Bachs.
Paolo hielt sich im Dunkel, stützte den Kopf in beide Hände und lauschte. Abseits schlürfte er seine Melancholie in langen Zügen wie ein untröstlicher Verbannter. Isabella war ihm fern und erfüllte ihn doch, als sei der Schatten der Ecke, in der er saß, ihr Schatten selbst, der ihn umfänge. Leicht vornübergebeugt, mit verhaltenem Atem, das eine Knie hochgehoben und mit den ineinandergeschlungenen Fingern gehalten, lauschte sie auf-

merksam, um das aus dem Zwiegespräch der beiden Instrumente herauszuhören, was sie allein verstehen durfte. Wenn ihr Bruder schweratmend aufstand, das Instrument anlehnte, den Bogen niederlegte und im Schweigen der Töne sein ganzes Wesen sich endlich entspannte wie nach einer Umarmung, verbarg sie mit einer plötzlichen Bewegung ihr Gesicht. Sie pflegte sich dann über den Bogen zu neigen, der im Daliegen sein magnetisches Leben weiterzuleben schien. Ihre Hände, die sonst die heißen Schläfen des Bruders getrocknet und sein gescheiteltes Haar geliebkost, strichen jetzt über das silbergefaßte Ende, über den Ebenholzgriff mit seinem ausdrucksvollen Auge aus Perlmutter. Ihre Nasenflügel sogen den Geruch des Kolophoniums ein, heiß wie der Duft des Harzes in der Pineta von Pisa. Das Leuchten auf der Stirne des jungen Menschen erlosch dann plötzlich, und dafür erschien auf ihr ein Gedanke mit solcher Deutlichkeit, daß zuweilen scheinbar das Kennzeichen Paolos auf ihr erschien: die große senkrechte Falte an der Nasenwurzel. Wenn Paolo Tarsis nicht nach ihm hinschaute, verfolgte ihn Aldo mit dem unersättlichen Haß seiner Augen. Kehrte er sich ihm zu, so wandte er den feindlichen Blick zur Seite und trat dann mit trügerischer Freundlichkeit zu ihm hin.

«Paolo», sagte er eines Tages lächelnd zu ihm, «willst du heute mit mir in die *balze* hinunterkommen? Von unten aus ist der Anblick wahrhaft dantesk. Wir machen es zu Pferd. Ich kenne den Weg. Er ist nicht gerade bequem, aber Vana leiht dir Pergolese, der für schwierige Passagen besonders zuverlässig ist.»

«Ich komme mit», antwortete Paolo.

«Schwarze, wir werden nach deinem Hut suchen! Und nach deinen gelben Rosen...»
«In den *balze* unten?» frug Isabella, die aufmerksam auf jede Schwingung in der Stimme Aldos gelauscht hatte. Sie war damit beschäftigt, aus Blüten von Tuberosen, die sie an einem grünen Seidenfaden aufreihte, eine Halskette herzustellen, die an jene langen maurischen erinnerte.
«Ach, du weißt es noch nicht?» sagte Aldo lachend und mit einem frivolen Zug im Gesicht, das der Rauch seiner Zigarette halb verdeckte. «An einem melancholischen Schirokkoabend und nach allzu reichlichem Genuß von Musik wollten Vana und ich uns von der ‹Guerruccia› herunterstürzen. Stattdessen faßte der Wind Vanas Hut mit den Blumen, den wir an einem Vorsprung der etruskischen Mauer aufgehängt hatten, und trug ihn in die Schlucht hinab.»
Vana hielt den Kopf auf die Lehne ihres Strohsessels zurückgelegt und lächelte unbeweglich. Sie dachte an das Lächeln des Irren, das Lächeln im Stein...
«Ist das wahr, Vanina?» frug Isabella und band die Enden der duftenden Girlande zusammen.
«Was wettest du, Schwarze, daß ich dir heute abend deine gelben Rosen zurückbringe? Ein bißchen zerrauft vielleicht.»
«Nimm einstweilen die da!» sagte Isabella und trat zu der Schwester, die immer noch lächelte und sich unter ihrer Berührung regungslos verhielt.
Sie faßte sie mit der einen Hand am Nacken, hob ihr den unbeweglichen Kopf hoch und schlang ihr die Blumenkette in drei Windungen um den Hals. Dann legte sie ihr vorsichtig den Kopf wieder auf die Lehne zurück. Und

blinzelte ein wenig, wie um die Vorstellung zu verwischen, die plötzlich beim Anblick dieser Unbewegtheit, dieses starren Lächelns, dieser Blütenschnur auf der reglosen Brust in ihr aufgestiegen war.
«Der Ritt zur Unterwelt, Vana!» sagte Aldo zuletzt mit gesenkter Stimme und bedeutungsvollem Lächeln.
Dann ging er mit dem Gast weg. Kaum waren die beiden fortgeritten, befiel eine geheime Angst die beiden Schwestern und hielt sie bis zum Abend in ständiger Erregung. Sie suchten beide sich mit Lunella zu zerstreuen und knieten bei ihr nieder, die trotzig, stumm und verschlossen dasaß und ihre weißen Traumbilder aus dem Papier schnitt.
«Da sind wir, Scherenmütterchen! Warum siehst du uns nicht an?»
Lunella antwortete nicht.
«Sieh die schöne Halskette, die ich Vanina geschenkt habe!» sagte Isa mit ihrer einschmeichelndsten Stimme. «Soll ich dir auch eine machen? Aus Jasmin?»
Lunella antwortete nicht. Sie traute der Zärtlichkeit der beiden nicht, die Arm in Arm und Wange an Wange vor ihr auf dem Boden knieten. Sie empfand die Feindschaft zwischen ihnen. Und statt wie sonst ihre Bilder der einen oder der anderen in den Schoß fallen zu lassen, zerschnitt sie sie rasch mit der Schere, sobald sie fertig waren.
«Wie lange willst du noch mit mir schmollen?» fragte die eine. «Und mit mir?» fragte die andere.
Und Lunella antwortete mit einem Anflug von Lächeln:

«Fin che tu ti rammenti,
Fin che io non mi scordi!»

Wieder fiel der Schatten der alten Steineiche auf diesen Refrain. Ein Hauch von Gewitterschwüle lastete über dem dunstigen Sommernachmittag. Die beiden Schwestern hatten sich im Gras gelagert, blieben regungslos, sprachen nicht mehr, lösten sich allmählich voneinander – aber eine Wolke von gleicher Bangnis hielt sie beide gemeinsam umfangen. Wo waren die beiden Reiter jetzt? Sprachen sie miteinander? Was für ein unsichtbarer Begleiter ritt mit ihnen? Vana dachte hin und wieder an ein Wort des Bruders, das er vor den Totenurnen gesprochen.

Aldo und Paolo ritten schweigsam, ihre ganze Aufmerksamkeit auf das schwierige Terrain gerichtet. Sie ließen die Pferde, die von Zeit zu Zeit im Kreideboden einsanken, auf dem Lehm ausglitten, im Schritt gehen. An den steilen Abhängen im Geröll stemmten die braven Tiere die Vorderbeine vor und rutschten auf der Hinterhand abwärts. Die kurzen, scharfen Hänge nahmen sie mit großen Falkaden, wie bei einem Ritt auf unsicherem Boden: im Augenblick, wo die Hufe sich hoben, bröckelte schon der Schutt nach der Tiefe ab.

Sie waren schaumbedeckt wie nach einem scharfen Galopp. Ihre Weichen schlugen.

«Assra!» rief Aldo ärgerlich aus und bemerkte seine graue Hündin auf dem Kamm einer ockergelben Anhöhe stehen.

Beim Aufsitzen hatte er den Stallknecht angewiesen, Assra, die mitkommen wollte, festzuhalten. Sie war ihm wohl ausgerissen und hatte die Spur gefunden. Sie näherte sich ihnen jetzt mit den biegsamen Bewegungen einer kleinen Welle und suchte den Zorn durch Grazie

zu beschwichtigen. Und die kleine Welle hatte zwei sanfte Hetärenaugen, mit schwarzer Schminke an den Rändern.
«Warum bist du so ärgerlich?» frug Paolo.
«Ich wollte sie nicht mithaben, weil sie sich vor dem lehmigen Wasser fürchtet; wenn sie nicht hinüberspringen kann, bringt man sie nicht durch. Und hier ist alles voll von Sümpfen und Bächen.»
Der Himmel war ein einziger ermüdender Mantel, die Erde schmutzig und aschgrau.
«Ich habe nie eine traurigere Öde gesehen als die hier. Wer ist da geritten?»
Im Mergelboden waren tiefe Spuren sichtbar. Von Zeit zu Zeit durchbrach ein unbestimmtes, flüchtiges Geräusch die Stille.
«Wer weiß!»
«Frische Hufspuren.»
«Woher weißt du, daß es Hufspuren sind? Sie sehen nur aus wie runde Löcher.»
«Allerdings. – Aber da, sieh: da ist eine, in der ein Abdruck des Eisens sichtbar ist.»
«Wahrhaftig.»
«Bist du nicht vielleicht selber hiergewesen?»
«Nein.»
«Merkwürdig. Wer mag es gewesen sein? Es braucht schon einen hübschen Grad von Verrücktheit, hier zu Pferd herunterzukommen... Es müßte schon einer von den Irren von San Girolamo gewesen sein, der auf dem Klepper des Oberarztes ausgerissen ist.»
«Oder der Geist des Neri Maltragi.»
«Neri Maltragi?»

«Ein Mann aus Volterra, von dem man hier erzählt, daß er mit seinem Maremmaner Gaul in die Schlucht hinabsetzte.»
«Glaubst du an Gespenster?»
«Ich? Gewiß!»
«Schön. Dann haben wir einen Schrittmacher.»
«Den braucht man auf diesem Höllenweg. Sieh einmal da hinauf! Sieh!»
Senkrecht fielen die Felswände der *balze* von oben herab. In den unheimlichen Grotten, zwischen weißlichen Klippen, gleich ungeheuren zusammengestürzten Pfeilern, verschwand das Dunkel. Die Mauern von San Giusto und der Badia, eisengrau die einen, rostrot die andern, lagen oben am Rand, als drohten sie in den Schlund hinabzustürzen. Und wie sie hingen die Reste der Stadtmauer und der Borgo und die ganze hochgebaute Stadt und all die kleinen gebrechlichen Wohnungen der Menschen gleich Schwalbennestern über dem ungeheuren, unerbittlichen Abgrund.
«Da oben ist die Stelle, von der Vanas Hut herabfiel!» sagte Aldo mit einem besonderen Ton in seiner Stimme, der den Reiter des Pergolese leicht aufschaudern ließ.
«Siehst du? Gerade da oben, vor dem etruskischen Gemäuer, das von hier aus nur wie ein Steinhaufen aussieht.»
Paolo hatte sein Tier angehalten und sah hinauf.
«Wollen wir nach ihm suchen?» fuhr Aldo mit seiner versteckten Liebenswürdigkeit fort.
Man hörte das Bellen der Hündin, ein klägliches, hilfloses Bellen.

«Sicher steht sie am Wasser und will nicht herüber!» sagte Aldo ungeduldig.
Er pfiff. Das Gebell antwortete. Er pfiff nochmals. Ein verzweifeltes Winseln kam zurück. Er lenkte das Pferd in der Richtung des Tons. Assra stand am andern Ufer des Morastes und heulte. Kein Pfeifen, kein Rufen, keine Drohung vermochte sie ins Wasser zu bringen. Das schöne perlgraue Tier wand sich auf seinen zarten Beinen und warf flehende Blicke aus seinen sanften Hetärenaugen herüber.
«Paolo! Paolo!» rief Aldo gegen die grau Anhöhe zurück, die ihm seinen Feind verdeckte. «Paolo!»
Beim Rufen fühlte er, wie ihm das Herz in der Kehle klopfte, und er raffte alle Willenskraft zusammen. Er musterte mit raschem Blick die Einöde. Er erkannte einen schräg verlaufenden Grat von gelblichem Sandstein wieder, in dem glitzernde Mikaplättchen eingesprengt waren, und weiter hinten einen weißlichen Kamm, weißer als alles andere Gestein. Er sog die Luft ein und spürte einen leichten Schwefelgeruch. Er verfolgte mit dem Blick einen Weg, der der geheimnisvollen Spur parallel lief.
«Paolo!»
Sein Begleiter starrte immer noch zu den hohen Abstürzen empor, über denen jetzt in der farblosen Luft rauchige Wolken zogen. Mit der Rechten streichelte er den Hals Pergoleses, und seine Seele verlor sich in eine Traurigkeit und ein Grauen ohne Entrinnen, wie das Emblem des Labyrinths, unter dessen Windungen er damals das emporgehobene Gesicht und die ausgereckte Hand der dunkeln Jungfrau von so seltsamem Licht übergossen sah.

Er vernahm deutlich durch das Winseln der Hündin hindurch und durch das Rauschen, das von Zeit zu Zeit von den Höhen des Val d'Era herdrang, den Ruf Aldos. Er wandte das Pferd und ritt seiner Stimme nach. Es war unmöglich, sich in dieser wirren Talöde zurechtzufinden.
«Will sie nicht ins Wasser?»
«Reiten wir am Moor entlang! Dort unten hört es auf.»
Sie ritten eine Strecke einer hinter dem andern. Keiner konnte das Gesicht des andern sehen. Die Hufe sanken bis an die Fesseln im Schlamm ein. Auf der andern Seite des Sumpfes lief die Hündin unruhig mit. Plötzlich schoß sie wie ein Pfeil davon und verschwand winselnd zwischen den Buckeln und Höckern des Terrains.
«Sie muß einen Fuchs gesehen haben», sagte Aldo. «Schad, daß man nicht galoppieren kann.»
«Spürst du diesen Schwefelgeruch?»
«Er muß aus irgendeinem Erdspalt kommen.»
Er hatte geantwortet, ohne sich umzusehen, und lenkte gerade auf den weißlichen Grat zu, der weißer war als alles übrige Gestein. Man hörte wieder das Winseln der Hündin.
«Sieh, dort am Ufer läuft die Geisterspur!»
Und er setzte Caracalla in Trab und ritt über einen Streifen mit mehligem Sand.
«Reite du hier weiter! Ich nehme den Weg um die Anhöhe herum. Assra, Assra!»
Er schien erregt wie am Beginn einer Fuchsjagd. Der schweflige Geruch drang ihm in den Hals. Er sah sich nach dem Gegner um, der über dem kalkweißen Kamm verschwand. Das Herz drohte ihm vom inneren Aufruhr zu zerspringen. Das Winseln des Hundes hatte aufgehört.

«Aldo, Aldo!»
Er hörte den Ruf. Hielt das Pferd an. Lauschte. Und der Augenblick schien endlos, die Stille war wie die Stille des Todes über dem Tal des Abgrunds.
«Aldo!»
Die Stimme klang kräftig, lebendig. Sollte er hinreiten oder noch einen Augenblick zuwarten? Er hörte deutlich den Hufschlag Pergoleses auf einer steinigen Strecke. Wählte am Ufer ein Stück festen Grund, setzte sein Pferd in Galopp. Von der Anhöhe herab sah er, wie Paolo sich über einen Felskamm in Sicherheit brachte. Am Spalt der Mofette sah er etwas Weißliches daliegen.
«Der Hund ist tot!» schrie ihm Paolo von weitem im Herangaloppieren zu und brachte dann sein keuchendes Tier zum Stehen. «Ich sah ihn wie vom Blitz erschlagen zusammenbrechen.»
«Ist die Mofette hier?» sagte Aldo totenbleich mit allen Zeichen der Bestürzung. «Du hättest auch in die Ausströmung geraten können...»
Paolo Tarsis zuckte mit den Achseln und zog die Augenbrauen etwas zusammen. Dann lenkte er Pergolese den Abhang hinunter, ohne ein Wort zu erwidern.
«Arme Assra! Fast als hätte sie selber sterben wollen! Ihre Augen waren viel zu schön heute...»
Er ritt ebenfalls den Hang hinab. Paolo ritt schweigend voraus, der Spur nach, die sie vorhin zurückgelassen hatten. Sie blickten nach dem Sumpf zu ihrer Seite und ritten wortlos zurück, zwischen nackten Kuppen, durch Tuff und Mergel, durch Gestrüpp und Geröll, durch trübe Aschenwüsten. Im sinkenden Abend sausten die gefesselten Geister des Sturms. Im Westen, in einem Riß

zwischen der tiefblauen Ebene und dem tiefblauen Mantel des Himmels, blutete die Sonne wie aus einer langen Schnittwunde.

Paolo wandte sich um, um noch einmal nach den *balze* hinaufzublicken, die jetzt aussahen wie gestürzte, gebrochene Moscheen. Er begegnete den herausfordernden Augen des jungen Menschen.

«Weißt du», sagte er mit seinem zwingenden Lächeln, «da unten, wo die Spur aufhörte, sah ich den Geist des Neri Maltragi! Ich denke aber, wir sagen heute abend nichts davon.»

«Ich denke auch», meinte Aldo, ohne mit einer Wimper zu zucken. «Aber wie ist es mit dem Hut und den Rosen?»

Die Schwestern hielten beide Ausschau, jede von ihrem Fenster. Jeden Augenblick lauschten sie, ob noch kein Hufschlag zwischen den Ölbäumen am Hügel heraufkomme.

Immerzu hielt sie die gleiche unerklärliche Bangnis gefangen, und die träge Qual des am Himmel hängenden Gewitters lastete auf ihnen.

Von Moment zu Moment wuchs die Beklemmung, und in der einen wie in der andern begannen die Gedanken und Vorstellungen wieder mit Raubtiermuskeln aus dem Dunkel hervorzuspringen. Und jede von ihnen ward wieder in der Enge ihres Zimmers zur gefangenen Bestie, die ruhelos von Wand zu Wand, von der Tür zum Fenster hin und her ging.

Wie die ersten Donner über den unfruchtbaren Windungen des Val d'Era losbrachen, die ersten großen Tropfen auf die herben Steineichen prasselten, vermochten sie nicht mehr an sich zu halten. Sie suchten einander auf, umschlangen sich mit den Armen wie im Kampf, preßten ihre wilden Herzen in einer Umarmung voll von Widersprüchen gegeneinander: weinten, küßten und bissen sich.

Das Verlangen brannte so wild im Gesicht Isabellas, daß sie sich schämte. Im Freien hüllte sie es in dichte Schleier oder hielt es gesenkt, wie man eine Fackel jetzt nach dem Luftzug, jetzt gegen ihn neigt, um zu vermeiden, daß das Feuer zu weit um sich greife. Aber in diesen wechselnden Verkürzungen äußerte sich ihre Schönheit mit solcher Intensität, daß sich jedes Herz an ihr verletzte, wie an einer scharfgeschliffenen Waffe. Paolo konnte sie nicht ansehen, ohne einen Schwindel zu empfinden. Wenn ihre Augen sich trafen, bemerkte er zwischen ihren Lidern etwas viel Unendlicheres als den einfachen Blick eines Menschen, etwas wie den Ausdruck eines uralten wilden Instinkts, älter als die Sterne. In solchen Augenblicken wuchs dieser zarte Körper für ihn zu unübersteiglicher Größe, erschien ihm wie ein Abschluß des Lebens, begrenzte ihm sein Schicksal, wie ein Gebirge ein Reich begrenzt. Und er fühlte, daß er, um diesen Körper noch einmal in seinen Armen zu halten, seine eigne Seele noch tausendmal zu verkaufen bereit war.
«Ich kann nicht mehr!» sagte sie mit unterdrückter Stimme, nahe, ganz nahe an seinem Ohr, mit Lippen, die wie krank waren von diesen Worten, mit einem Atem,

der nicht ihr Atem schien, sondern ein Feuer, das sie ergriffen hatte, wie es einen Stoß von Scheiten und Wohlgerüchen ergreift und verzehrt.

Bis dahin hatte sie ihr Gelübde streng eingehalten, hatte die Nächte in ihrem Bett verbracht, wie in einem Meer von Flammen und wie die sienesische Madonna von Taddeo di Bartolo, die über ihrem Bett hing, um die die roten Flügel der Engel wie Feuerzungen brannten. Wie oft hatte sie in ihrer Qual gesprochen: ‹Jetzt stehe ich auf, jetzt geh ich zu ihm. Geh zu ihm, damit er nicht umkommt. Ich spüre, daß er vor Sehnsucht und Verlangen stirbt.› Wie oft hatte sie sich erhoben, war zur Tür gegangen und mit nackten Füßen auf der Schwelle stehengeblieben, hatte im Dunkel des Ganges ein Wirbeln von Funken gesehen, auf die Atemzüge Lunellas gelauscht und nichts gehört als das Rauschen ihres Blutes, das sich gegen ihren wankenden Willen aufbäumte!

Jetzt flehte sie um Erleichterung in ihrem wollüstigen Martyrium, wie der pazzo di Cristo in seinem Buch der Liebe, das sie Vana wieder weggenommen hatte und zwischen dessen Seiten jetzt anstatt der vierblättrigen Kleeblätter Jasminblüten lagen.

Di fiori e frutti
M'è fornito il core.
Di amorosi lutti
E d'ardore si more.
Li miei sensi tutti
Languono in fervore.
Temperisi l'amore,
Ch'io nol posso portare!

«Ich kann nicht mehr!»

Dieselben Worte kamen ihr wieder auf die Lippen, wie in jener Stunde, da sie beide in sich verloren und außer sich verloren auf ihrem eignen Beben gewandelt, wie auf einer gespannten, tönenden Saite. Sie fand diese Worte wieder und mit ihnen die Schauer des ersten Kusses. Auch er war jetzt, wie damals, in sich und außer sich verloren.

«Heute nacht?» flüsterte er und wagte nicht sie anzusehen, um nicht dem Verlangen zu unterliegen, unter dem sich sein ganzes Wesen krümmte.

«Nein. Reise ab! Fahr ans Meer zurück! Ich komme dann nach.»

«Wieder warten?»

«Es muß sein.»

«Unmöglich! Unmöglich!»

«Es muß sein.»

Wie sie ihn beben und erbleichen sah, wurde sie wieder stark und hart gegen ihn und gegen sich selbst. Sie genoß die Marter wie eine tiefe Liebkosung.

«Soll ich heute abend reisen?»

«Morgen.»

«Noch so eine Nacht?»

«Die schönste von allen.»

«Wirst du morgen mit mir kommen?»

«Nein. Ich komme nach.»

«Ich kann nicht mehr. Ich hätte Lust, dich zu töten!»

Er brachte diese Worte der Verzweiflung und der Drohung schwer und bebend hervor, mitten im wilden Strudel, der sein Leben umhertrieb wie ein Wrack oder einen Haufen Algen.

Sie saßen am Ende des Eichenhains auf dem Vorsprung des Hügels, der wie ein Kap in die grauen Wüsteneien hineinragte, in die buckligen, klippigen Kreidefelder, in die unendlichen schattenlosen Mergelwüsten. Der Rausch und Schwung des Fluges stieg aus ihrem verhaltenen Verlangen empor. Sie hörten im Geist das Sausen der Schraube, spürten auf dem Gesicht den Luftzug der Geschwindigkeit, empfanden im Blau des Himmels die Weiße des großen ‹Reiher› als die Farbe ihrer lichten Freude selbst. Sie träumten von einem einzigen großen Segelflug von ihrer Höhe hinab bis ans Tyrrhenische Meer, das in der Ferne unten glänzte, über dem Val d'Era drüben, über den Pisaner Bergen zwischen Migliarino und Bocca d'Arno. Sie überflogen im Geist die Pineta von Tombolo, landeten auf dem sumpfigen Wiesengrund, sahen die einsame Villa vor sich, den Majolikaboden der Terrasse, den Teppich des Tanzes, die Kissen der Liebe.

«Isa!» rief Aldo aus dem Dunkel der Bäume. Die Schwester wandte sich um.

Sie sah ihn aus dem grünlichen Halbdunkel, in das das Sonnenlicht vom Laube zerstückelt niederfiel, mit einer Fackel in der Hand hervortreten, schlank und biegsam wie immer. Hinter ihm kamen Vana und Lunella.

«Wollen wir jetzt hinuntergehen?» sagte er im Nähertreten und sah die beiden Verträumten mit seinem unerträglichen Blick an.

«Schön, wir sind dabei!» antwortete Isabella mit einem plötzlichen Erröten, das sie voll Schreck aufsteigen gespürt hatte und jetzt durch den vergeblichen Versuch, es zu unterdrücken, noch verstärkte. Aldo hielt die Fackel von sich weg zu Boden gerichtet und versengte das Gras. Er trug einen Anzug von weißer Leinwand, Sandalen und war ohne Hut.

«Paolo», sagte er, «hast du noch nie eine etruskische Grabkammer gesehen?»

«Doch, in Tarquinia.»

«Ah, erinnerst du dich an die Grotta del Convito mit all den roten Männern und weißen Frauen? Hier bei uns gibt es keine Bilder, aber die Ornamente mußt du sehen!»

«Und all die Fledermäuse!» sagte Isabella und schüttelte sich. «Hast du nicht Angst, Lunella?»

Die kleine Wilde drängte sich gegen den Arm Vanas und warf von Zeit zu Zeit unter dem blauschwarzen Glanz ihres Haares hervor einen mißtrauischen Blick auf den Gast.

«Du wirst mich noch zum Fallen bringen!» sagte Vana halblaut und ging mit unsicheren Schritten den steinigen Fußweg hinab.

«In diesem Jahr ist offenbar noch niemand hineingekommen. Die Kaprifolienbüsche haben die Mündung des Ganges fast ganz verdeckt.»

«Weißt du übrigens, Aldo», sagte Isa rasch, «Paolo reist morgen ab!»

«Schon?»

Vana blieb stehen, halb erstickt vom Rauch der Fackel, der sie umqualmte.

«Alduccio, du verräucherst uns ganz!» klagte Lunella.

«Wie, Paolo, dann willst du dir also die Salzquellen von Monte Cerboli nicht mehr ansehen ... Nach der Schlucht von San Giusto?»

«Doch, doch!» rief Isa; «wir begleiten ihn morgen bis zu den Seen; es liegt auf dem Weg.»

«Die falsche Cecina entlang, vielleicht begegnet dir da noch ein anderer geheimnisvoller Reiter...»

«Und wir sagen dann nichts davon...», versetzte Paolo Tarsis mit einem bösen Lächeln.

«Was, was?» fragte Isabella.

«Wir haben ein Geheimnis!» antwortete ihr Freund.

«Das Geheimnis des Neri Maltragi!» sagte Aldo und schwang lachend die Fackel am Eingang der Grabkammer unter den Ranken der Kaprifolien, zwischen dem Schaukeln der letzten Mohnblüten und des hohen Hafers.

«Heute bin ich der kundige Führer!»

Und er verschwand in dem langen Gang zur Grabkammer.

«Was für ein Geheimnis, was für ein Geheimnis?» wiederholte Isabella mehrmals erschrocken und folgte dem rötlichen Flackern der rauchigen Fackel ins Dunkel.

Alle schauderten etwas auf, denn die Kälte des unterirdischen Raums machte sich mehr und mehr bemerkbar.

«Lunella, hast du kalt? Fürchtest du dich?»

Die Kleine klammerte sich immer heftiger an den Arm Vanas. Das Grauen des Dunkels überkam sie. Sie blieb plötzlich stehen, stemmte die Füße vor und suchte ihre Schwester zurückzuziehen.

«Nein, nein, ich will nicht hineingehen!»

«Komm, komm, Kleine, hab keine Angst!»

«Ich will nicht.»

«Komm doch, sieh, wie schön!»

Sie traten in die geräumige Grabkammer mit vier Nischen und mächtigen Pfeilern, die wie das ganze Grab im Tuff ausgehauen waren. Die weißen Aschenurnen standen rings auf dem hervorspringenden Sockel, und auf den langen Sargdeckeln lagen, den linken Ellbogen aufgestützt, die aufgedunsenen Gestalten der Verstorbenen mit den halbgeöffneten dicken Lippen friedlich da; in der Rechten die Opferschale, den Fächer oder die Schreibtafel. Aber Pilaster, Decke und Wände waren mit etwas Geheimnisvoll-Lebendigem, mit etwas Seltsam-Verklammertem und Umstricktem bedeckt, dem die flakkernden Lichter der Fackel das Aussehen von tausendfachen Schuppen und Flügeln verliehen.

«Lunella, Lunella, keine Angst! Da sieh!» schrie Aldo, hob den Arm empor und stieß die Fackel mit ganzer Kraft gegen die seltsame Schicht.

Zwei gezackte Flügel fingen an zu schlagen, ein weiches Ding kreischte auf, klammerte sich fest, zog sich zusammen, aber fiel nicht zu Boden.

«Die Fledermäuse! Die Fledermäuse!» und Lunella, Vana und Isa schrien alle drei auf, drängten sich zusammen, machten abwehrende Gebärden.

«Laß sie, laß sie, reizt sie nicht; wenn sie auffliegen, beißen sie uns!»

«Sie sterben eher, als daß sie loslassen.»

Aldo hielt die Fackel hoch. Man übersah jetzt dies Wunder der Unterwelt. Durch die Risse und Sprünge der Wölbung waren die Wurzeln der alten Eichen hereingedrungen, hatten sich überall verästelt und vermehrt – hatten mit ihren tausend und abertausend Ausläufern und Fasern die ganze Decke eingenommen, die Pilaster umschlungen, die Nischen bis auf den Sockel herab bedeckt, wie ein Gitter und Netzwerk aus seltsamen Kordeln geknüpft. Wie unzählige Spinnwebe hingen die schwärzlichen Fledermäuse überall an den Wurzeln mit den Hinterfüßen festgeklammert unter den runzligen Flughäuten versteckt, so daß nur die Schnauze und die Ohren in der Spalte zwischen den Flügeln sichtbar waren. Sie hingen so fest mit den Wurzeln zusammen, daß sie mit ihnen zu einem einzigen Lebewesen schauerlich verwachsen schienen. Es war gleichsam, als hätten die Bäume unter der Erde dies schlaffe Laub hervorgebracht und angefangen Augen zu treiben, um ins Dunkel des Grabes zu starren.

«Sie lassen nicht los. Sie lassen sich zerquetschen, lassen sich rösten, aber lassen nicht los!» wiederholte Aldo und fuhr fort, mit der Fackel nach den hartnäckigen Tieren zu schlagen. Etwas wie eine grausame Gereiztheit war über ihn gekommen. «Sie lassen sich totschlagen, aber los lassen sie nicht!»

Sie schlugen mit den Flügeln, pfiffen und ließen sich totschlagen. Sie drängten sich aneinander, schnurrten zusammen, zerquetscht, versengt, mit einem schwelenden Gestank, mit einem Zischen wie von Blasen, die sich entleeren. Aber sie blieben mit ihren kleinen Krallen an den Wurzeln festgeklammert.

«Herunter, herunter, eine wenigstens, eine wenigstens!» Vana, Lunella, Isabella schienen ihren Schreck vergessen zu haben. Sie hatten einander losgelassen, sahen dem tollen Spiel zu, das sie anzustecken schien, und begleiteten das Werk der Zerstörung mit gebrochenen Ausrufen. Um bis zur Decke reichen zu können, reckte sich Aldo in seiner ganzen Länge und sprang und schnellte empor wie

in einem regellosen Tanz. Die Funken stäubten wild um seinen Kopf. Er wich ihnen geschickt aus. Von Zeit zu Zeit blitzten seine Augen im roten, rußigen Licht zu Isabella hinüber, die mit unwillkürlichen Bewegungen dem Bruder in seinem wilden Taumel folgte.
«Nicht einmal eine! Nicht eine!»
Plötzlich, bei einem besonders heftigen Schlag, verlöschte die Fackel. Die Grabkammer war vollkommen dunkel.
Lunella stieß einen langen Schrei des Entsetzens aus und blieb einige Augenblicke regungslos wie versteinert.
«Vanina, Vanina!»
Die Fackel lag am Boden, kenntlich an dem roten Glühen des Wergs, das noch weiterglimmte. Ein Wirbel von Wahnsinn schien im Dunkel zu kreisen.
«Vanina! Isa!» klang die ängstliche Stimme Lunellas. Paolo fühlte plötzlich eine Berührung. Etwas ergriff und umklammerte seine Hand. Zwei kalte Lippen preßten sich verzweifelt darauf.
«Isa!» klang noch einmal die Stimme der Kleinen.
Wie im Licht des längsten Tags, wie unter dem Plafond von Blau und Gold hatte Isabella ihren Mund in einem wilden Kusse preisgegeben. Sie hatte plötzlich zwei bebende Hände gespürt, die nach ihr griffen, sie am Kinn und im Nacken faßten und festhielten. Hatte wie damals die Glut eines unauslöschlichen Durstes gespürt, der ihren tiefsten Atem schlürfte, und im ersten Moment der Überraschung, in der ersten blinden Brunst, im unwiderstehlichen Gluthauch der Flamme hatte sie ihren ganzen Mund preisgegeben, das Verborgenste und Nackteste ihres Mundes. Der Kuß, den sie empfing, war nicht

der Kuß ihres Geliebten. War ein Kuß des Verrats und des Verderbens. Sie bemerkte es, kämpfte wild gegen die Umarmung, bäumte sich unter der Vergewaltigung, mit einem Keuchen, das das verzweifelte Weinen Lunellas übertönte.

Und alles dauerte einen Augenblick und war eine Ewigkeit im Dunkel der Unterwelt.

Über der Straße nach den Salinen, auf der sich durch den andauernden Regen der Nacht der Staub in dunklen Kot verwandelt hatte, ragte die Stadt der Mauern und der Winde drohend und finster in den bewölkten Himmel. Paolo Tarsis sah zurück und murmelte vor sich hin: «Fahr wohl!»

Vana stand neben ihm, mit dem armen verzerrten Gesicht, das er an ihr kannte, weil er es damals im Licht der Totenkerzen gesehen. Sie hatten wegen eines leichten Defekts an der Maschine angehalten und waren ausgestiegen, während der Mechaniker unter der offenen Motorhaube arbeitete. Aldo und Isabella gingen voraus. Es hatte aufgehört zu regnen, aber die Wolken hingen schwer über dem ganzen Tal der Cecina bis hinüber zu den traurigen Maremmen zwischen den dunstigen Bergen von Castelnuovo und Campiglia.

«Fahr wohl? Sie kehren nie mehr zurück? Ich werde Sie nie mehr sehen?»

«Haben Sie nicht auch genug gelitten, arme gute Kleine? Wollten Sie Tage wiedererleben wie die letzten? Alles ist eher zu ertragen als diese Hölle!»

«Alles ist eher zu ertragen als die Trennung, als Ihnen

ferne sein, vergessen werden! Sie nicht mehr zu sehen ist schlimmer als der Tod! Ich werde mich nach dieser Hölle zurücksehnen.»

Er wünschte, ihr den Mund schließen zu können, wünschte, ihr die Hand auf den Mund zu legen, die sie damals in der Todesnacht gepreßt hatte.

«Vana, Vana, was soll ich tun, wenn Sie so zu mir sprechen? Wo soll ich Mut finden?»

Sie wandte ihre flehenden Blicke auf alle Dinge – sie nahm ihr Herz und hielt es dem Raum entgegen, hielt es der Zeit entgegen, nahm ihren Schmerz und versperrte mit ihm die Straße, vermauerte den Horizont, verrammelte jeden Ausweg.

«Warum haben Sie mich aus meinem Dunkel herausgerissen? Jetzt ist die ganze Erde unter meinen Füßen hohl, und es bleibt mir nichts mehr als der Wunsch zu versinken. In jenem Augenblick des Wahnsinns, als ich nach Ihrer Hand suchte, war es, wie wenn einer nach etwas sucht, an dem er sterben wird. Ich war so sicher, daß nach diesem nichts mehr kommen könne. So sicher. Ich dachte: ‹Jetzt wird all die Qual enden, die ich in mir trage. Jetzt endet alles. Nachher wird nichts mehr sein. Es wird nie mehr Licht werden. Ich werde keines mehr von den schrecklichen Gesichtern sehen.› Ich schwöre Ihnen, das war es, was in meiner Seele lebte in jenem Augenblick, und das war mein Wahnsinn. Und ich kann es nicht sagen, kann es nicht sagen, aber gestern war es mir, als entweihe mich das Licht, als habe mich einer ausgegraben und wieder ins Leben zurückgeworfen, wie in eine von diesen Lachen hier, mit dem Gesicht in den Schmutz.»

Sie sprach mit ganz leiser Stimme, wie damals in der Nacht des Schweigens. Er empfand jedes Wort wie eine Steigerung des Schmerzes, wie eine Qual, die sich in seine Qual eindrängte und sie vergrößerte. Es war ihm, als höre er sie wieder in der Einsamkeit jener Nacht mit einem Rest der Stärke und der Frömmigkeit, die damals noch in ihm war. Die Tränen, die unsichtbar in ihrer Stimme zitterten, schienen ihm die gleichen Tränen, die sie damals an der Leiche des Freundes gleichsam in ihm geweint und die damals seiner starren Trauer höchste Wohltat gewesen waren.

«Jetzt ist es zum zweiten Male, daß ich einen Tag überlebe, der mir der letzte schien. Ich kann nicht sterben, so wenig ich das Geschöpf zu sein vermochte, das schweigt und sich opfert. Ich kann nicht sterben und kann auch nicht leben und weiß nicht einmal, wo ich bin. Aber wo soll ich anders sein als in dem, den ich liebe? Lassen Sie mich das Wort sagen, lassen Sie es mich sagen, zum erstenmal, zum letztenmal, ohne Hoffnung und ohne Scham: Ich liebe Sie, ich liebe Sie!»

Sie schloß die Augen, als hätten ihre Wimpern von diesem Wort Feuer gefangen – sie schloß die Augen, reckte das Kinn vor, erhob ihr schmales, olivfarbenes Gesicht, das der Schleier eng umschloß wie eine Binde. Ihr Antlitz war wie das Antlitz einer Blinden und Tauben, das Antlitz eines Geschöpfes, das sich in sich selbst verschließt, das nicht sieht und nicht hört und nicht losläßt, was es mit aller Kraft seiner Seele umklammert hat, es nicht losläßt, nicht freigibt bis zum Tode.

«Ich liebe Sie!»

Er sah sie mit einem Blick des Entsetzens an. Eine Ah-

nung lebte in ihm und konnte nicht Form gewinnen. Und es war ihm, als hielte er den Schlüssel seines Schicksals, wenn es ihm gelänge, sie zu fassen und zu deuten.
«Was soll ich antworten?» sprach er, und Vana hörte in seiner männlichen Stimme ein Beben, das für sie über der ganzen Einsamkeit bebte. «Wie werde ich in meinem Herzen das eine Wort finden, das gesprochen werden muß?»
Mit weit geöffneten Augen war sie wieder einen Augenblick erblindet, ohne Licht, wie jemand, der die Besinnung verliert und im Begriff ist, zu Boden zu stürzen. Die Welt kreiste um sie wie der Strudel um den Schiffbrüchigen, der ertrinkt. ‹Was war das eine Wort, war es dasselbe, das sie auszusprechen gewagt hatte?› Das Aufleuchten der Möglichkeit genügte, um sie niederzuwerfen. Die Angst vor dem Glück war unendlich stärker in ihr als die Angst vor Leiden und Tod. Sie erwartete, daß der Blitz der Freude sie zerschmettern werde. Aber das Wort ward nicht gesprochen.
«Fahr wohl!» schrie sie tonlos auf. «Ist das das Wort, Paolo?»
«Vana, liebe, liebe kleine Schwester! Ich fühle noch das Schweigen jener Stunde in mir, das Schweigen, das wir an der Bahre des Freundes atmeten, als Sie den Strauß von Rosen zu seinen Füßen niederlegten. Immer werden Sie mit diesem Schweigen in mir leben, das das tiefste meines Lebens war. Nie will ich Sie mit den trüben und grausamen Dingen vermengen. Sogar gegen mich selbst will ich Sie verteidigen. ‹Ich bin die heimliche Braut des Toten im Zelt.› Wie könnte ich das Mysterium jener Nacht entweihen? Sie weinten die Tränen, die ich nicht zu weinen vermochte. Aber ein Lichtschein ist auf Ihnen

geblieben, etwas, das für mich allein leuchtet, etwas, das nie verlöschen darf: sein letztes Lächeln, das Ihnen galt.»
Sie hörte ihm zu, die Augen auf den Boden gerichtet, auf den grauen Kot mit tiefen Wagenspuren. Sie empfand nicht die Zärtlichkeit in seiner Stimme, sie empfand nur, wie er sich von ihr loslöste, wie er dies Lächeln, die Rosen und seinen Schatten zwischen ihnen beiden als unüberwindliches Hindernis aufrichtete.
«Deshalb weiß ich nicht, was ich geben würde, um Sie wieder lächeln zu sehen, liebe Kleine. Wenn ich Ihre Qual sehe, fühle ich eine unbeschreibliche Sehnsucht nach Ihrem Lächeln, das das Ihre ist und für mich auch seines, sein letztes. Sie sind mir das Bild für mein Teil an Güte und Treue und Reinheit, das mir das Geschick gegeben hatte und dann entriß. Ach, könnte ich Sie von der Qual erlösen, vor dem Unheil schützen, Ihr Bruder sein, wachsam und ferne!»
Sie hörte ihm zu und hielt die Augen auf die scharfgeränderten Furchen gerichtet, auf die verworrenen Wagenspuren, auf die Lehmhaufen, auf denen die Rinnsel des Wassers sich abzeichneten, wie das Geäder welker Blätter oder wie die Falten und Furchen in der Haut der Elefanten. In allen Dingen lebte eine düstere Traurigkeit, eine rohe Schwere, eine träge Feindseligkeit. ‹Das erstemal, daß ich eine Blume in die Lüfte trage. Sie wiegt leicht, glauben Sie? Vielleicht wiegt sie schwer wie ein zwiefaches Schicksal.› Freilich, sie hatte bisher nicht gewußt, daß eine Rose so schwer wiegen könne! Sie hatte wohl gewußt, daß Grausamkeit beglücken kann, aber nicht, daß Freundlichkeit eine schon unerträgliche Qual noch so unendlich steigern könnte.

‹Fern!› Hatte sie recht gehört? Er sprach nicht mehr; ging ihr zur Seite, schweigsam den Kopf gesenkt. Sie hörte den Klang seines Schritts auf dem weichen Boden. Wartete noch auf ein Wort von ihm. Die Pause ward länger und länger. Sie traten beide das Schweigen mit Füßen. Aber für sie verhundertfachte sich das letzte Wort in jeder Fußspur, ergoß sich in die Einsamkeit, erfüllte den Horizont, ward zum Raume selbst, ward Unendlichkeit, ward zum Fernsten und Unerreichten. Das Heulen der Sirene zerriß die trübe Luft. Beide fuhren zusammen und wandten sich um.

«Der Mechaniker gibt das Signal, daß die Maschine bereit ist», sagte er.

Und sie bemerkten, daß sie, anstatt abwärts gegen das Tal zu, wieder nach oben, gegen den Berg, gegangen waren.

«Wir sind wieder gegen Volterra zurückgegangen!» sagte er.

Und sie, bitter und heftig: «Zurück gegen die Verwünschung, gegen die Verdammnis!»

Sie hielten einen Augenblick, ehe sie sich anschickten, den Weg zurückzugehen. Sie sahen zu der düsteren Stadt empor, die der Himmel für ihre Sünden so viele Male mit Eisen und Feuer, mit Hunger und Pestilenz heimgesucht. Während bei ihnen im Tale unten die Luft tot war, brauste oben der ewige Sturm: die Zypressen unter der Burg bogen sich, die Steineichen am Fuß der Festung rauschten. Die Stürme der Wolken gaben Zeugnis für die Feste der Mauern, der Türme, der Tore, die durch Rauch und Dunst ewig die gleichen Farben von Feuersbrunst und Verheerung zeigten.

«Fahr wohl, Volterra!» seufzte Paolo Tarsis, beklommen von der Leidenschaft und Schicksalsgewalt, die aus den Mauern am Rande des Bergsturzes sprach.
«Wer weiß! Wer weiß!» sagte Vana und war wieder voll Verstecktheit und Undurchsichtigkeit. «Vielleicht kommen Sie doch noch einmal zurück, um wieder umsonst nach den gelben Rosen zu suchen!»
Sie kehrten um und gingen gegen die Maschine zurück, die knatternd an der Straße wartete.
«Vielleicht – vielleicht auch nicht!» setzte die Braut des Schattens noch ganz leise hinzu mit einem Lächeln, das ihr letztes sein konnte.
Er antwortete nicht. Sprach nicht mehr. Schweigend starrte er auf die fremden Bilder, die seine Bangnis hervorbrachte und die im vorübersausenden Wegrand verschwanden, während er übers Lenkrad gebeugt die Vorausgegangenen einzuholen suchte. Die schwarzroten Kamine der Salinen rauchten zwischen Zypressen. Hinter Reihen von Pappeln glitzerte die Cecina im Geröll. Die weißen Kreidefelder waren von Salzpfützen unterbrochen. Monte Cerboli hing hoch oben auf seinem konischen Felsen. Die lehmigen Ufer der Possera schimmerten weißlich wie der trübe Bach im Inferno, dessen Schlamm Filippo Argenti zu trinken verdammt ist.
«Wie rasch sie gegangen sein müssen!» sagte Vana beim Aussteigen aus dem Wagen.
«Sie sind wohl schon im Inferno.»
Unwillkürlich ging Paolo rascher und eilte dem Führer voraus. Ein dichter, weißer, heißer Rauch umhüllte sie plötzlich, blendete, erstickte sie. Sie blieben unsicher stehen und faßten sich an der Hand. Sie konnten den Boden

nicht mehr sehen, auf den sie den Fuß setzten. Ein vulkanisches Dröhnen erschütterte den ganzen Berg. Plötzliche Windstöße drückten die Dampfwolken zu Boden, zerstreuten sie, verjagten sie. Die schwarzen heißen Strudel wurden sichtbar, die Haufen von Schutt und Gestein, die Abflüsse von Wasser und Schlamm. Dann schlossen sich die Wolken wieder zusammen, wogten um die Gruben, zerfetzten sich an den hohen Holzgerüsten, an den ungeheuren Erdbohrern, an den rostigen Eisenrohren, die überall umherliefen.

«Inferno!»

Sie umkreisten die schmutzige Grube. Das Wasser kochte wie eine graue, schmierige, fettige Brühe und warf große Blasen auf, die beim Platzen einen Schlammregen gegen die gelben und rötlichen Ränder spritzten. Es kochte und sprudelte, als steige von unten das Keuchen und Schnaufen der Verdammten empor. Von Zeit zu Zeit blähte sich eine besonders große Blase, und man erwartete, beim Platzen zwischen Gischt und Schaum ein Knäuel schlammbedeckter Menschenleiber aufsteigen zu sehen. Das betäubende Zischen ausströmenden Dampfes übertönte jedes andere Geräusch. Schwefelgestank erfüllte überall den endlosen brauenden Nebel.

«Inferno!»

«Wo sind sie? Haben sie sich verirrt?»

Sie gingen von Grube zu Grube, von Quell zu Quell und hörten ihre eigenen Worte nicht im Getöse, das sie übertäubte, im Wind, der sie wegtrug, im Rauch, der sie erstickte. Liefen mit unsicherem Schritt über schwarzen und roten Bimsstein, über gebrannte Kalkerde, über Gräben mit Schlamm, Jauche und Schorf. Kein Grashalm, kein Busch, kein Dorn an den Ufern der Trübsal. Der Boden knirschte und stäubte, zerbröckelte unter den Tritten, wie die Eisenschlacken aus den Hochöfen. Zuweilen blies ihnen aus einem Luftloch in einer Lehmmauer ein glühender Hauch entgegen, wie der Atem eines gewaltigen Brustkorbs, auf dem das Gemäuer laste. Ein Sturzbach von rauchigem Blut floß ihnen über den Weg. Seine Farbe kam von einem Lager von Rötel im Berg, das der Gewitterregen ausgewaschen hatte. Plötzliche Böen drückten den Rauch zu Boden, jagten ihn in die Gruben zurück, ballten ihn in den Schluchten des Bergs zusammen. Alles verschwand im fettigen Nebel.

«Sie müssen sich verlaufen haben! So ruft ihnen doch, ruft!»

Und nun fingen sie, vom Rauche umhüllt, eng aneinander gelehnt, zu rufen an, zu rufen. Der Dampf verhüllte alles rings um sie, und sie konnten nicht einmal ihre beiden verängsteten Gesichter erkennen. Und sie riefen, riefen. Nur das Fauchen der Blasbälge antwortete ihnen, das Sprudeln der heißen Quellen, das Brüllen der unterirdischen Mächte. Vom andern Rand einer kochenden Grube herüber, aus einer Wolke von Dampf, die sich über eine öde Niederung senkte, antwortete endlich die Stimme Aldos. Sie sahen zwei undeutliche Schatten, die sich näherten, hörten abgerissene Worte.

Wie Paolo ihnen um den schwefligen Rand der Grube herum entgegeneilen wollte, faßte ihn Vana am Arm und hielt ihn fest. Hielt ihn mit einem letzten Aufflackern von Kraft.

«Fahr wohl!» stöhnte sie. Dann sank sie wie leblos in seine Arme. Aldo stand vor ihnen, Isabella stand vor

ihnen, wie Geister, die plötzlich aus dem Höllendunst gestiegen.
«Ist sie ohnmächtig?»
Sie verstanden nicht, was sie sagten. Der Wind hüllte sie in Rauch, trieb ihnen Rauch in Mund und Augen. Sie schrien laut, um sich hörbar zu machen, verbreiteten ein Durcheinander von Stimmen um den regungslosen Körper. Alle unterirdischen Mächte zischten und brüllten.
Aldo und Paolo hoben die Unglückliche auf, die nicht mehr sah, nicht mehr hörte und nur noch ein einziges Wort auf ihren schmalen, olivfarbenen Gesicht geschrieben trug, das der Schleier umgab wie eine Opferbinde.
Sie trugen sie durch den Nebel, von Grubenrand zu Grubenrand, von Sprudel zu Sprudel, in das lehmige Tal hinab. Ein kalter, schwerer Regen tropfte in den Qualm hernieder, der noch stärker zu rauchen anfing. Sie hatten das Gefühl, neuen Qualen und neuen Verdammnissen entgegen zu schreiten, wie in einem Traum vom anderen Leben. Und stärker dröhnte das Getöse hinter ihren unsicheren Schritten. Es klang wie das Stöhnen der gequälten Seelen im Pfuhl von Schlamm.
«Vana, Vana!»
Die Schwester ging nah, ganz nah neben ihnen her. Mit ihren Händen und einem Zipfel ihres Schleiers suchte sie das todblasse Gesicht Vanas vor dem Regen zu schützen.
«Vana!»
Sie beugte sich ganz auf sie hernieder und schrie von Zeit zu Zeit ihren Namen mit einem Entsetzen, das von Schritt zu Schritt wuchs. Und blieb so über sie gebeugt und wartete angstvoll auf ein Zucken der langen Wimpern.

DRITTES BUCH

Wie entsetzlich! Wie entsetzlich!» sagte Orietta Malaspini und zog graziös ihren kleinen Mund, rot wie eine Meerkirsche, hinter den riesigen Strauß von Rivieraveilchen zurück, den sie ganz hoch an der linken Seite des Halses angeheftet trug, so daß er ihre Wange streifte. Er war fast so groß wie ihr ganzes Gesicht. «Ich habe die ganze Nacht nicht geschlafen.» «Ich gestehe, daß ich mir wünschen würde, so geliebt zu werden!» sagte Adimara Adimari mit einem langen Schauder, der bis über ihre Chinchillajacke zu rinnen schien, die so wundervoll zu dem warmen Perlgrau ihrer Augen stand.

«Und die Katastrophe nimmst du mit in Kauf?» frug Dorothy Hamilton mit dem merkwürdigen Akzent, der jedem Wort von ihr einen komischen Beigeschmack gab. Sie hatte ungeniert ein Bein über das andere geschlagen und streifte eben die Asche ihrer Zigarette ab.

«Die Katastrophe schon, vorausgesetzt natürlich, daß im letzten Augenblick der Retter erscheint...»

«Ah, wir kennen schon deinen Retter: er heißt Salvatore Serra di Lubriano und steht bei den Lanciers in Novara.»

«Du bist unerträglich, Dolly.»

«Ich bin sicher, wenn die arme Driade aus ihrer Asche auferstehen könnte, sie würde sich wieder hoffnungslos in ihren Mörder verlieben!» sagte Novella Aldobrandeschi und liebkoste unaufhörlich sich selbst mit ihren weichen Bewegungen: bald fuhr sie sich mit ihrem Muff aus Marderpelz unter dem Kinn entlang, bald nahm sie eines der vielen porte-bonheur, die sie an einer langen Kette trug, und strich sich damit über die Lippen, bald streichelte sie mit den Fingern ihr Knie, das rund unter dem

braunen Samt ihres Rockes hervortrat. «Hab ich nicht recht, Vana?» «Aber ich weiß gar nicht, von wem ihr sprecht!» sagte Vana Lunati, die beim Klang ihres eigenen Namens zusammengefahren war.
«Du fällst immer aus den Wolken, Vanina!» sagte Simonetta Cesi und lachte mit ihrem breiten Mund mit den nach oben gezogenen Mundwinkeln, der ihr zusammen mit dem rötlichen, widerspenstigen Haar das Aussehen eines Faunweibchens gab.
«Eine stille Leidenschaft, was?»
«Alle Zeichen stimmen.»
«Aber für wen? Für wen?»
«Unglückliche Liebe, o weh, o weh!»
«Gerade wie der Hirt von Fondi.»
«Seht ihr nicht, wie sie abgemagert ist?»
«Und keine von euch ist im Vertrauen?»
«Ich nicht.»
«Ich auch nicht.»
«Ich noch viel weniger.»
«Ich ganz und gar nicht.»
«Wie dumm seid ihr!» sagte Vana mit einem ungeduldigen Lachen. «Ich war doch immer so.»
«Die Jungfrau mit dem Büßerhemd.»
Alles in ihr war Haß und Verzweiflung und verhaltene Qual. Da saß sie in einem tiefen Lehnstuhl, neben sich ihre Teetasse und einen Haufen Konfekt und Gebäck, das ihr ihre Freundin auf dem Teller aufgehäuft hatte. Im Duft der Blumen, die überall umherstanden, in der behaglichen Wärme des Zimmers, in ihrem hübschen Kleid aus schwarzem Kaschmir, dem ein wenig Gold, ein wenig Blau und ein schmaler Streifen Zobel eine bestimmte

Note gab, die den Geschmack Isabellas verriet – aber ihre Seele atmete heimlich nichts als tiefstes Entsetzen. Eine Gewißheit lebte in ihr, so wirklich wie die Dinge, die sie vor sich sah, wie die Dinge, die sie berühren konnte. ‹Es ist also wahr! Kein Zweifel mehr. Es ist wahr, wirklich wahr›, wiederholte sie in ihrem Innern mit der Hartnäkkigkeit eines Menschen, der im ersten Ansturm des Unheils immer noch auf eine Stimme wartet, die antworten könnte: ‹Nein, es ist nicht wahr. Du hast geträumt. Komm zu dir!› Und sie selbst versuchte in der Tat dieser Gewißheit zu entrinnen – wandte ihre Aufmerksamkeit den lustigen Freundinnen zu, den kleinen Dingen des Lebens – nahm einen Schluck Tee, lächelte Simonetta an –, suchte sich vorzustellen, sie sei gerade wie eine von ihnen, voll Zufriedenheit über ihre schöne Toilette, hauptsächlich mit der Erwartung des nächsten großen Balles bei Ortensia Serristori beschäftigt, mit einer naschhaften Vorliebe für in Salz geröstete Pistazien, mit einem ausnehmend reichen Bräutigam und mit einem ausnehmend ungehörigen Flirt. Und dachte: ›Wie seid ihr glücklich, wie seid ihr glücklich! Es braucht so wenig, um glücklich zu sein. Könnte ich jetzt nur diese entsetzliche Qual loswerden, könnte ich ein Pulver von irgend etwas nehmen, wie wenn ich Migräne habe, und mich davon befreien, könnte ich diesen Alp von mir abschütteln, dann wäre auch ich glücklich. Heute abend würde ich singen, morgen würde ich tanzen. Ich würde wieder schön werden wie auf der persischen Miniatur. Gerade heute früh habe ich ein Ballkleid bekommen, wundervoll! Soll ich es euch beschreiben, um euch ein bißchen zu ärgern? Meine Schwester ist noch nie so freigebig

gewesen wie dieses Mal...› Unwiderstehlich wie ein Bergsturz brach eine kompakte Masse von Schmerz über ihre unzusammenhängenden Gedanken nieder, drückte alles zusammen, begrub alles. Ein verzweifeltes Verlangen, wehzutun, stieg in ihr auf, zusammen mit einem Schwarm von wilden Bildern. ‹Nein, nein, ich kann nicht schweigen! Geschehe, was geschieht, ich muß ihm alles sagen! Er muß die Schändlichkeit erfahren! – Und wenn er sie umbringt?›
Das Zimmer, in dem Simonetta Cesi ihre Freundinnen zum Tee geladen hatte, um ihren Namenstag zu feiern, erschien voll Licht und Heiterkeit in der Helle dieses Märznachmittags. Überall auf den feingezeichneten dünnen Lackmöbeln standen Rosen, Nelken, Hyazinthen, Orchideen in schlanken Majolikavasen verteilt. Und in dieser sicheren Harmonie moderner Eleganz bewegten sich die kleinen jungfräulichen Sphinxe mit der Grazie von Katzen, die einmal Tiger sein werden, mit der Sanftheit junger Raubtiere, immer bereit zu spielen und zu kratzen, mit naschhafter Lüsternheit nach allem und jedem in den süßen Mäulchen, die jetzt von der wilden Leidenschaft sprachen. «Du kennst also die Geschichte nicht, die in Fondini passiert ist, Vana?» fing Novella Aldobrandeschi wieder an, voll Neugier, wie ihre Freundin über diese Liebestragödie dachte, die ihr altes maremmanisches Blut in Aufwallung brachte. «Nein?»
«Erzähl doch, erzähl!» machte Orietta, die Wange auf ihren lauen Veilchenstrauß geneigt, und bereitete sich auf die Wonne vor, sich ein zweites Mal zu entsetzen.
«Ach, die Worte von ihm!» rief Adimara in Verzückung. «‹Wenn du mir die Knochen aufschlägst, wirst du nur

dich darin finden, wenn du mir die Adern aufschneidest, nichts als dich, wenn du mir das Hirn spaltest, dich allein, wenn du mir das Herz aufschneidest, dich, nur dich, immer nur dich in meinem ganzen Körper in Leben und Tod.›»

«Es nimmt mich nur wunder, daß anständige junge Mädchen wie ihr solche Scheußlichkeiten mit anhören!» sagte Dolly Hamilton mit einer Grimasse und blies den Rauch aus ihrer etwas aufgestülpten Nase. «Wollt ihr ein für allemal eure reputation untergraben?»

Sie sprach ‹reputation› in ihrer Muttersprache aus, mit so komischer Ernsthaftigkeit, daß die anderen sich vor Lachen nicht halten konnten.

«Simonetta!» rief Novella gereizt, «schick sie weg, sie soll Schlittschuh laufen!»

Dolly leerte auf einen Zug eine Tasse mit schon kalt gewordenem Tee und steckte unbekümmert eine neue Zigarette in ihre Mundspitze aus Bernstein.

«Was für ein Schauplatz für eine Tragödie, dieses Fondi!» sagte Bianca Nerli. «Mein Vater war dort, wenn er in den Pontinischen Sümpfen auf die Jagd ging. Eine Ebene voll von Wasserläufen und morastigen Wäldern, ein sumpfiger See, eine niedere Stadt mit zwei Ringmauern, Elend und Fieber vor den Toren ...»

«Der blutdürstige Hirte war zweiundzwanzig Jahre alt», sagte Novella, «sein Opfer einundzwanzig. Sie hieß Driade di Sarro.»

«Was für ein merkwürdiger Name!»

«Sie war furchtlos und schön.»

«Denk dir, nach dem ersten Verführungsversuch kaufte sie sich einen Revolver und übte sich im Schießen gegen Baumstämme!»

«Kein Tag, wo er sie nicht verfolgt und bedroht.»

«Es war ein Besessener der Liebe. Er ging zu den Zauberern, um sie sich austreiben zu lassen, trank Wundertränke aus Kräutern. Alles umsonst. Chiara hat eben seine Worte zitiert. Wie er keine Hoffnung mehr sah und nicht mehr leben konnte, dachte er an Rache.»

«Hör zu, hör zu!»

«Vor einigen Tagen schlief Driade mit einer kleinen Schwester von elf, einem kleinen Vetter von dreizehn Jahren und mit ihrer achtzigjährigen Tante in einer Strohhütte auf ihrem Feld ein paar Meilen von Fondi entfernt. Spät abends kam noch ein etwas älterer Bruder von ihr zu Pferd. Er sah außen an der Tür einen Schatten und erkannte den Hirten. Der gab zwei Schüsse mit dem Gewehr auf ihn ab, um ihn niederzustrecken: der erste ging fehl, der zweite tötete den Hund.»

«Stell dir vor, er hatte die Tür von außen mit Stricken und Pfählen verrammelt, daß man sie von innen nicht mehr öffnen konnte, und die ganze Hütte aus Reisig und Schilf hatte nur diese eine Öffnung, nicht viel größer als eine Schießscharte!»

«Der Bruder galoppierte davon, um Verwandte, die zwei Meilen entfernt in einer andern Hütte schliefen, zu Hilfe zu rufen.»

«Jetzt rief der Hirt in der Nacht mit lauter Stimme seiner Geliebten zu: ‹Auf, Driade, wach auf! Ich bin es. Feuer für Feuer!›»

«Und setzte die Hütte an allen vier Enden in Brand.»

«In einem Augenblick brannte alles, war alles nur eine einzige Flamme.»

«Und der Hirt fing an zu singen!»

«Er fing an, ein verzweifeltes Liebeslied zu singen, und tanzte um den flammenden Scheiterhaufen.»

«Durch das Weinen der Kinder und das Röcheln der Alten hindurch unterschied er die Schreie des jungen Mädchens, das sich gegen die versperrte Tür stemmte, und er antwortete mit seinem Lied.»

«Dann sang er zum Brausen der Flammen, denn bald weinte niemand mehr, schrie niemand mehr. Die vier Opfer brachen an der Tür zusammen und blieben da in einem Haufen liegen und verkohlten.»

«Entsetzlich, entsetzlich!»

Vana hatte ihr Gesicht krampfhaft zu Boden gesenkt, bis es fast ihren Arm berührte. Die Freundinnen beugten sich in der Aufregung und im Schauder des Erzählens gegen sie vor, ein wenig außer Atem von diesem Wettlauf in Grausamkeiten, mit glänzenden Augen und die Wangen gerötet wie vom Widerschein der brennenden Hütte. Nur Dolly legte den Kopf zurück und warf ihnen etwas mitleidige Blicke zu aus ihren langen, leichtgeschlitzten Augen, die wie unter dem Ausschnitt eines Dominos hervorblitzten.

«Bei Tagesanbruch suchten die Verwandten die ausgebrannten Knochen in der Asche zusammen, schlugen sie in ein Tuch und machten sich damit durch den Wald auf nach Fondi.»

«Halbwegs im Wald trat ihnen der Hirt allein mit seinem doppelläufigen Gewehr entgegen und verlangte, daß ihm das Bündel abgeliefert würde.»

«Ah, ich bin sicher, sicher, er hätte die Gebeine seiner Geliebten aus dem Haufen herausgefühlt!»

«Alle Gewehre richteten sich auf seine Brust.»

«Da warf er sich auf das Maultier, das die traurige Last trug, und riß sie an sich. Dann brach er ohne Wort und Schrei unter einem Hagel von Kugeln auf dem Bündel zusammen und blieb verröchelnd darauf liegen.»
«Vana, Vana, was sagst du dazu?»
Die jungen Mädchen bebten bei der Vorstellung dieser wilden, unversöhnlichen Liebe wie ein Rosenbusch beim Heraufziehen des Gewitters, und keine kannte ihr eigenes Mysterium, das alle Geschicke in sich schloß. Jede glaubte auf der Weichheit ihres Körpers den Griff einer rauhen Hand zu spüren, jede war für einen Augenblick Beute und Opfer. Und sie bebten und boten sich der Leidenschaft dar, die sie zerstören sollte.
Vana stand auf mit einem Gesicht wie eine Tote:
«Die Luft hier ist zum Ersticken!» sagte sie. «Mach doch ein Fenster auf, Simonetta!»
Orietta faßte sie um die Taille und zog sie gegen ihren großen Veilchenstrauß an sich:
«Vanina, Vanina, warum singst du uns nicht ein Lied, ehe wir weggehen?»
«Ja, ja, sing etwas, sing etwas!»
Sie schüttelte den Kopf und stützte sich etwas auf Orietta.
«Nur ein einziges Lied!»
«Etwas Kurzes, Kurzes!»
«Novella begleitet dich!»
«Warum ist dein Bruder nicht gekommen?»
«Er hat es doch versprochen!»
«Er macht sich allmählich sehr rar, der schöne Aldo.»
«Auf, Vanina, sei nett!»

«Nur ein einziges Liedchen!»
«Ein kleines Lied von Schumann!»
«Frühlingslied, Vanina!»
«Frühlingslust, Vanina!»
«Frühlingsgruß, Vanina!»
«Frühlingsfahrt, Vanina!»
«Frühlingsbotschaft, Vanina!»
Sie ließ sich von allen den schmeichelnden, bittenden Händen gegen das Klavier drängen. Alle die roten Lippen der jungen Mädchen, vielleicht schon geküßt, vielleicht noch nie geküßt, summten um sie eine Art von Frühlingslitanei.
«Frühlingsnacht, Vanina!»
Sie ließ sich wiegen und streicheln mit dem Ausdruck eines kranken Kindes, das sich selbst bemitleidet. Die Strenge ihres olivfarbenen Gesichts erweichte sich mit einem Male. Es war, als sagte sie: ‹Haltet mich so, laßt mich nie mehr weggehen, wiegt mich so, bis dies Übel von mir weicht, bis ich wieder frisch werde wie ihr, bis ich euch wieder gleiche!›
«Komm, Novella, setz dich!»
Sie machten sich alle an dem langen Flügel zu schaffen, auf dessen weißem Lack leichte Efeuranken mit goldenen Schleifen gemalt waren. Sie blätterten in den Notenheften, suchten.
«Das hier?»
«Nein, das da!»
«Das hier ist leidenschaftlicher!»
«Das hier ist melancholischer!»
«Ah, das, das hier liebe ich!»
«Ich habe keine Stimme heute», sagte Vana müd und

freundlich, während Novella schon am Klavier zu preludieren anfing.

«Dann sing mit halber Stimme!»

Alle schwiegen mit einem leichten Schauder der Erwartung, wie sie sie die bekannte Haltung annehmen sahen. Sie preßte ihre Finger hinter ihrem Rücken ineinander, legte das Gewicht des Körpers auf den rechten Fuß, setzte den linken etwas vor, das Knie ganz leicht gebeugt, und hob ein wenig ihr abgemagertes Gesicht, aus dem der Gesang hervorzuspringen schien, wie ein Wasserstrahl, der um so höher steigt, je stärker er gepreßt wird. «Überm Garten, durch die Lüfte...» Die ersten Noten kamen ganz schwach, wie das Glimmen eines Stücks Zunder, der nur schwer Feuer fängt. Dann flammte die Stimme plötzlich auf, ihre ganze Brust schien in Brand zu stehen. Sie sang, als sänge sie zum letztenmal, als sei es ihr Lebewohl an diesen Kranz von Jugend und Schönheit, an ihre eigene Jugend, in die das Geschick seine Krallen geschlagen. Sie sah aus wie die Märtyrerin vor der Hinrichtung, wie jene Heilige, mit der sie ihr Bruder einmal verglichen, eh sie aufs grausame Rad gebunden wurde. Sie nahm Abschied von ihren Altersgenossinnen, Abschied von der Süßigkeit des Lebens, Abschied vom Frühling, den die ersten Schwalben am Himmel heraufführten. Es war, als sagte sie: ‹Seht mich an! Ich bin wie ihr, bin jung wie ihr; als ihr in der Wiege lagt, lag auch ich in der meinen. Die Liebe meiner Mutter war über mir. Wir sind zusammen aufgewachsen, wir haben zusammen gespielt, gejauchzt, geweint und gelacht. Seht das Weiß meiner Augen an, wie rein es ist, das Haar an meiner Stirn und in meinem Nacken, wie dicht es ist!

Eine Reinheit war in mir, eine Kraft lebte in mir, groß, die eine wie die andere. Diese Stimme ward mir gegeben, um dem Leben meine Melodie zu singen. Seht mich an! Rein bin ich, niemand hat mich noch berührt, keiner hat mich geküßt. Mein Teil an der Liebe und an der Lust der Welt ist mir noch nicht geworden. Wenn ich mich neben Lunella niederkniete, damit sie mir eins ihrer weißen Bildchen schenkte, fühlte ich mich rein wie sie. Ein entsetzliches Geheimnis wurde mir enthüllt, mir, die ich nichts war als ein unwissendes und unschädliches Geschöpf. Eine Faust hatte mich an den Haaren ergriffen, mich hin und her geschleudert und mich etwas anzuschauen gezwungen, das man nicht anschauen kann, ohne schlaflos zu werden für immer. Seht mich an! Ich bin wie ihr, und doch werdet ihr alle zusammen, wenn ihr auch hundert Jahre lebtet, nicht so viel erfahren, als was ich in einem Tag, in einer Nacht erfahren habe, in einer Stunde, in einem Augenblick! Ein Blick hat mich gereift, ein Wort hat mich gealtert, ein Schweigen hat mich krank gemacht. Ich tauge nicht mehr für das Leben. Wenn ich jetzt die Treppen hinabsteige, weiß ich nicht, wohin ich gehe, was ich tue. Ich möchte singen, daß mir die große Schlagader springt und ich in eure Arme sinke und ihr mich auf das weiße Bett Simonettas legt und mit diesen Blumen zudeckt. Denn es ist eine Krankheit in mir, die kein Erbarmen kennt, und ich weiß nicht, was ich tun werde, aber ich weiß, daß es nur Böses sein kann. Überlaßt mich nicht meinem Dämon! Warum, warum habt ihr mir die Rache des Hirten erzählt? Wie ich ihn beneide! Er leidet nicht mehr. Er hat nichts von seiner Liebe und seiner Leidenschaft auf der Erde übriggelassen, nichts als ein wenig Asche. Er leidet nicht mehr. Hat den Frieden. Seht mich an! Vielleicht singe ich wie er zum letztenmal um einen entsetzlichen Scheiterhaufen. Ach, laßt mich nicht weg von hier, laßt mich nicht in das Haus zurück, in dem alles Brand ist, Gift und Befleckung! Seid um mich wie früher, schließt mich in eure Mitte ein, laßt mich wieder sein, die ich war, laßt mich vergessen, was ich weiß, nehmt das Entsetzliche von mir! Wenn ihr mich gehen laßt, seht ihr mich nicht wieder! Wenn ich von hier weggehe, wird etwas Fürchterliches geschehen! Soll ich euch Lebewohl sagen? Ich sage euch mit diesem Singen Lebewohl! Ach, ich bin jung wie ihr, und keiner hat mich noch berührt, und alle Liebe und Treue war in mir, und ich habe meinen Geliebten nur einmal geküßt, aber nur seine Hand, und nur im Dunkel tief unter der Erde …›

Es waren nicht mehr die Freundinnen, die sie zum Singen drängten, die um ein Lied baten. Sie selbst schlug mit fiebernden Fingern Blatt um Blatt um, zeigte Novella die Seite und ließ ohne Pause auf einen Schrei der Liebe einen Schrei des Schmerzes folgen, auf ein Sehnsuchtslied des Lebens eine Beschwörung des Todes. Die Zuhörerinnen gaben sich dem Zauber hin. Sie hatten die unbestimmte Empfindung, daß aus diesem Gesang die Stimme eines Lebens zu ihnen sprach, das nicht anders war als ihr eigenes Leben, aber das unter dem Druck des Leidens auf unbekannten Pfaden schon den Rand jener Höhe erreicht hatte, zu der sie emporstiegen, und vielleicht schon im Begriff stand, jenseits auf der Seite der Nacht hinabzustürzen. Sie hatten die unklare Empfindung des verzweifelten Abschiedsgrußes, die in den ungesprochenen Worten klang. Und alle spürten sie, wie die bitteren Wasser jenes Weltmeers, das in allen lebenden Wesen zwischen Wiege und Grab wogt und dessen Oberfläche in allen gleichmäßig am Rand der Augenlider liegt, seine Ufer zu überschreiten drohte.

Jetzt wendete Vana ein neues Blatt mit einer fast heftigen Bewegung um und drückte es mit dem Daumen nieder. «Das letzte!» sagte sie.

Sie schüttelte sich etwas und bog den Oberkörper zurück; sie erschien jetzt noch aufrechter. Sie fuhr mit dem Taschentuch über ihren Mund, der glühte wie der Mund einer Sibylle, auf dem der Schaum der prophetischen Verzückung gestanden hat. Dann gab sie ihren Händen wieder die gewohnte Haltung. Im Zimmer war es dunkel geworden. Die Kerzen auf dem Klavier beleuchteten ihr Gesicht von unten. Ein großer Zweig von weißem Flieder in einer hohen Vase von opalisierendem Glas erhob sich hinter ihrem Kopf wie das Banner ihres Frühlings. Ihre Figur erschien wie eine Umkehrung von Lunellas Bildern: schwarz auf dem weißen Grund des Flügels. So sahen sie ihre Freundinnen an diesem Abend, um sie nie mehr zu vergessen.

Und das letzte Lied war das kürzeste von allen: eine Melodie auf die kleinen Worte eines großen Schmerzes, breit und schwer wie ein Choral. Und seine Kürze schien sich in ein unendliches Echo zu dehnen. «Anfangs wollt ich fast verzagen ...» Alle starrten auf sie. Und sie, die bis zu diesem Augenblick nur ihrem Dämon ins Antlitz gesehen, sah auch sie jetzt an. Eine nach der andern blickte sie an und ließ in jeder ihr Bild zurück. Ein leichtes Beben kam in ihre Stimme. «Aber fragt mich nur nicht wie ...» Und jetzt brach bei allen das Weinen hervor, unvermittelt, denn das Meer der Tränen hatte schon lang den Rand der Wimpern erreicht. Adimara war die erste, die zu weinen anfing, nach ihr Simonetta, und nun ließen alle anderen ihren Tränen freien Lauf. Und der letzte Ton blieb in der Kehle der Sängerin, denn ein unterdrücktes Schluchzen hatte den stillen Fluß der Tränen durchbrochen. Und nun sprangen alle auf und drängten sich um Vana und umschlangen sie und weinten an ihrem Hals und wußten nicht, warum sie weinten.

«Vanina, Vanina, warum machst du uns weinen?»

Sie empfand, daß sie alle jetzt von ihr gingen, daß das Abschiedswort gesprochen war, daß jede ihr eigenes Leben und ihr eigenes Los vor sich hatte, daß sie jetzt die Treppe hinabsteigen würde, und daß drunten die Straße lag, ihr Haus und die fremde Nacht.

«Sogar du, Dolly!» sagte Orietta Malaspini und trocknete sich die Wange neben ihrem großen, schon etwas schlaffen Veilchenstrauß.

«Ich? Ach, durchaus nicht!» antwortete Dorothy Hamilton und drehte sich um, um ihre Zigarette an einer der Kerzen auf dem Notenbrett anzustecken, wo die Seite mit dem letzten Lied noch den Strich des Daumens zeigte, der sie niedergedrückt hatte.

«Es ist schon spät, ihr törichten Jungfrauen, es ist spät. Ich bekomme jedenfalls zu Hause gräßliche Schelte. Meine Mutter will heute abend ihre schönen Schultern in Gesellschaft zeigen, bei den d'Ajeta. Und mein armer Willy Willow!»

«Ich bin auf acht Uhr eingeladen, bei den Ruccellai!»

sagte Novella Aldobrandeschi und griff rasch nach Muff und Handschuhen.

Und jede dachte jetzt wieder an ihr Abendprogramm.

«Adieu, Simonetta!»

«Adieu, meine Liebe!»

«Vielen Dank noch für deine Hyazinthen, Mara! Dank dir für deine schönen Orchideen, Novella!»

«Kommst du mit uns, Vanina?»

«Ich habe mein ‹Fräulein› unten. Sie wartet seit sechs Uhr auf mich im Wagen!»

«Gehen wir, gehen wir.»

Sie küßten sich, stießen mit den Rändern der Hüte aneinander, zogen mitunter lebhaft die Hände an sich, um sie sich nicht übers Kreuz zu geben, und lachten mit Augen, die noch feucht von Tränen waren.

«Adieu, Simonetta!» sagte auch Vana zur Gastgeberin und umarmte sie.

Das rotblonde Faunenweibchen riß irgendwo einen Fliederzweig ab, drückte ihn der Sängerin in die Hand und drückte auf diese Hand einen Kuß voll kindlicher Grazie.

«Küsse mir Isa, und schilt mir Aldo aus!»

Unten auf der Treppe hielt Adimara Vana am Arm, in dem sie den Fliederzweig trug. Auf dem nassen Pflaster stampften die Pferde an den Equipagen, schlugen die Wagentüren zu, klangen die letzten Adieus. Und die ganze bewegliche Jugend fuhr nach verschiedenen Straßen auseinander im Dunkel des Märzabends, der in Regenschauern weinte und von Sternen lachte.

Vana, bist du's?»
Sie fuhr im Dunkel des Korridors zusammen. Es war die Stimme Isabellas, die sie an der Tür ihres Zimmers vorbeigehen gehört hatte. Sie hatten sich beide eine merkwürdige Schärfe der Sinne in der gegenseitigen Überwachung angeeignet. Sie fühlten sich gegenseitig, ehe sie sich noch sahen, ehe sie sich hörten.
«Wohin gehst du?»
«Ich gehe aus.»
«Nimmst du Lunella mit dir?»
«Nein.»
«Dann werde ich sie mitnehmen.»
«Ich gehe zu Simonetta.»
«Komm einen Augenblick herein, Aldo ist da!»
Aus dem Innern des Zimmers klang die Stimme des Bruders: «Denk, Schwarze, ich hab heut früh Adimara getroffen! Sie sagte mir, daß euer jungfräuliches Fest von gestern sich am Schluß in Tränen löste. Du sollst ja ganz herzzerreißend gesungen haben ...»
Sie zwang ihre Gesichtsmuskeln zu einem Lächeln, wie sie über die Schwelle trat. Aldo lag auf dem Diwan. Das Gefühl von Unwirklichkeit und Ferne, das sie seit einiger Zeit so häufig überfiel, ward wieder lebendig. Es war ihr, als hätten diese Worte und dieser Ton und als hätte der, der sie ausgesprochen, nichts mit ihr zu tun. Sie sah ihn daliegen in einer trägen Stellung und doch wachsam und verhalten, das Geheimnis wohl hinter seiner hellen Stirn verwahrt.
«Wir sprachen gerade von der Hyäne!» sagte Isabella. Mit diesem anrüchigen Namen bezeichnete sie die Stiefmutter, die zweite Frau ihres Vaters Curzio Lunati.

«Sie läßt mich keinen Augenblick in Ruhe, seitdem ich hier bin. Es tut mir nur leid, daß ich nicht mehr in Rom wohne. Sie bringt ihre ganze Zeit damit hin, gegen uns zu intrigieren mit ihrer unverbesserlichen Dienstbotenseele. Alle die Unannehmlichkeiten, die ich jetzt mit dem Vater habe, kommen natürlich von ihr.»

Vana hörte nur lückenhaft und in Zwischenräumen, wie durch eine Tür, die abwechselnd auf und zu gemacht wird. Die Schwester lief im Reden im Zimmer auf und ab, und jede Bewegung von ihr war ihr wie ein Stoß mitten ins Gesicht, wie der Faustschlag eines unversöhnlichen Gegners. «Weißt du was?» sagte Isabella, indem sie stehenblieb und sie mit einem falschen, zweideutigen und gezwungenen Ausdruck im Blick und um den Mund ansah. «Weißt du das Neueste? Sie machen mir jetzt Vorwürfe, daß ich dich allein ausgehen lasse!»

«Ah!» machte Vana und vermochte kein Wort hervorzubringen. Der Haß erstickte ihr die Stimme, sie zweifelte sofort an der Wirklichkeit dieser Vorwürfe und sah darin den schlauen Versuch eines Hinterhaltes. Die andere schien die feindliche Auflehnung in ihr zu erraten, denn sie fuhr fort:

«Ich habe gelacht natürlich.»

Und sie fing wieder an, im Zimmer auf und ab zu gehen mit ihrem wiegenden Schritt, mit jenem Spiel der Knie, mit jener Art, ihren Körper auf den Beinen zu tragen, wie einer, der einen Gegenstand von unschätzbarer Kostbarkeit in der Hand wiegt und ihn hartnäckig jedermann unter die Augen hält, um zu einer unaufhörlichen Bewunderung, zu einem unaufhörlichen Begehren zu zwingen. Der Blick Aldos folgte unter den halbgeschlossenen Wimpern hervor jeder ihrer Bewegungen.

«Ich gehe!» sagte Vana und wandte sich zur Tür, unfähig, die Greuel ihrer Vorstellungen länger zu ertragen. «Man wartet auf mich.»

Sie flüchtete aus dem Zimmer, durcheilte den Gang und den Vorraum, stieg die Treppe hinab, ging durch die Einfahrt und stand dann in der freien Luft der Straße. Sie schöpfte Atem, wie um zu spüren, ob ihre Lungen noch in ihrer Brust arbeiteten, ob noch Leben in ihr sei. Sie eilte geradeaus vor sich hin, spürte unter ihren Absätzen das harte Pflaster, die Stirn in Falten gezogen, wie um ihren engen, scharfen Willen zwischen den zusammengezogenen Brauen festzuhalten. Sie sah weder rechts noch links, sondern immer nur geradeaus vor sich hin. Sie vermied sogar, die Vorübergehenden anzusehen, fest entschlossen, sich nicht aufzuhalten, auch wenn ihr ein unglücklicher Zufall einen Bekannten in den Weg führen würde. Und ebenso vermied sie, in ihr Inneres hineinzusehen. Sie wollte jeder Reflexion, jedem Zaudern, jedem Ekel vor dem, was sie tat, ausweichen. Sie dachte nur eins: ‹Er erwartet mich. Es ist Zeit. Ich muß gehen. Ich gehe.› Sie erkannte die Einmündung der Straße. Der Duft von Kletterrosen, die ein Gartentor mit ihren weißen Blüten bedeckten, ließ ihr fast den Mut entsinken.

Da war die Tür. Sie warf einen Blick von einem Ende der einsamen Straße nach dem andern, trat ein. Paolo Tarsis erwartete sie. Er führte sie in ein großes Zimmer mit dunkel getöntem Holz und Leder, in dem ein Feuer

in einem kupferverkleideten Kamin brannte. Er verbarg seine Erregung nicht.
«Was ist geschehen?» frug er, ehe sie noch Platz genommen, ehe sie den Schleier hochgeschlagen hatte.
Sie fühlte sich sofort verloren. Ihr Mut entschwand, ihr Wille entfiel ihr, wie ihr etwa eine Haarnadel zu Boden fallen konnte, wie ein Ding ohne Bedeutung. Von ihrer ganzen Energie blieb ihr nichts als ein entsetzliches Wühlen im leeren Magen und eine unerträgliche Bitterkeit im Mund. «Geben Sie mir etwas zu trinken!» sagte sie.
«Tee?»
«Nein, Wasser.»
Seltsame Vorstellungen, seltsame Erinnerungen schossen ihr durch den Kopf. Ein bizarres Verlangen, abzuschweifen, unzusammenhängende, fernliegende Dinge hervorzusprudeln, befiel sie. Sie dachte an das, was er ihr einmal von dem Fleischknäuel erzählt hatte, den der Aasgeier in seinem Kropf anhäuft, und den er, wenn er angegriffen wird, ausspeit, ehe er sich zum Fluge erhebt. Warum mußte sie jetzt daran denken? Sie sah sich irr im Zimmer um, sah an den Wänden Abbildungen und Zeichnungen, die die Struktur der ganz großen Vögel darstellten. Auf einem Tisch mit Büchern und Papieren erkannte sie das Porträt Giulio Cambiasos in einem Ebenholzrahmen. Sie trat näher und beugte sich voll innerer Erregung darüber. In dem stummen unbeweglichen Bild hinter dem Glase sah sie ein Lächeln auf den kleinen kindlichen Zähnen erscheinen. ‹Wär mein Geschick wohl anders, wenn er noch lebte?›
«Vielleicht ist *er* es, der mich schickt!» sagte sie und bereute sofort, es gesagt zu haben.

Sie warf einen raschen Blick auf Paolo und sah mit Schrecken, daß er sich schon im Fieber der Erwartung wand. «Setzen Sie sich hier, Vana, setzen Sie sich!»

«Hat mich wohl jemand eintreten sehen?» sagte sie, indem sie zum Fenster trat, mit dem Ausdruck einer vorsichtigen Frau und als sei es eine Zusammenkunft unerlaubter Liebe, zu der sie gekommen.

«Haben Sie keine Angst! In dieser Straße geht nie jemand.»

«Und wenn Isabella mir nachgegangen wäre oder mir jemand nachgeschickt hat?»

«Nicht daran zu denken!»

«Aber könnte es nicht sein, daß sie unvermutet herkommt?»

«Ausgeschlossen.»

«Warum? Sollten Sie sich heute nicht sehen?»

«Doch. Ich sehe sie... später.»

«Hier?»

«Warum fragen Sie mich das, Vana?»

«Ich weiß wo, ich weiß wo.»

«Was haben Sie heute? Sie sind nicht gut.»

«Ich bin nicht gut. Ich bin nicht hergekommen, um gut zu sein.»

«Aber setzen Sie sich doch, und reden Sie!»

«Ich will weggehen. Lassen Sie mich gehen! Ich werde nichts sagen.»

Zum erstenmal sah er sie so wild und bitter vor sich. Sie hatte wie in einem Ausbruch von Zorn gesprochen.

«Dazu schickt er Sie her?» fragte Paolo und bezwang seine wahnsinnige Ungeduld.

«Wer er?»

In seinem Blick lag das Bild des toten Freundes in der Trauernacht.
«Ah, die Braut», stieß sie hervor, mit einer Stimme, schrill wie ein böses Gelächter, «die Braut des Schattens, sonst bin ich ja nichts für Sie! Jedesmal, wenn ich Sie sehe, jedesmal, wenn ich mit Ihnen spreche, bin ich immer nur das. Sie haben mich vom Leben ausgeschlossen, haben mit dem Toten, der Ihnen teuer war, zur Seite gelegt, haben einen Stein auf mich gewälzt, die ich doch noch lebendig war und eine Seele hatte und Kraft und Reinheit und Stolz für die höchsten Zinnen. Sie haben mich vom Blut und Licht des Lebens ausgeschlossen, um mich nur noch im Schweigen des Todes weiterleben zu lassen... Ah, ich erinnere mich, ich erinnere mich wohl an Ihre Worte auf der Straße von Volterra, ich erinnere mich, wie Sie mich von sich stießen – und mit solcher Freundlichkeit! Ein Lächeln sollte ich werden, wünschten Sie, das leblose Andenken eines Lächelns... Vielleicht werde ich es, vielleicht werde ich es einmal sein... vielleicht bin ich es schon! – Schon bringe ich es fertig, ein Lächeln anzunehmen, das ich in einem Stein ausgehauen sah, der einmal ein Mensch war, drunten bei der Badia am Rand der Schlucht, an einem Abend, an dem mein Leiden größer geworden war als der Abgrund! Eben habe ich noch so gelächelt vor meiner Schwester, vor meinem Bruder... Sie haben mich ausgeschlossen, haben mich begraben, und jetzt rächt sich das Leben an mir und an Ihnen und an ihr, deren Sklave Sie sind, an allen meinen Henkern! Alles ist unrein, alles verfault!»
Eine wilde Auflehnung flammte auf ihrem schmalen, abgemagerten Gesicht. Sie machte sich mit ihren Fingern

am Hals zu schaffen, als würge sie ihre Seele. Sie zog ihre langen Nadeln aus dem Hut mit der heftigen Gebärde, mit der man einen Dolch zückt. Sie entblößte ihr Haupt wie damals, am Abend über dem Rand der Schlucht. Aber jetzt war der Zauber des Abgrunds noch viel tödlicher, und keiner hinderte sie am Sturze.

«Was werfen Sie mir vor?» sagte Paolo Tarsis, bestürzt von dieser Leidenschaftlichkeit. «Sie auf dem Altar der Erinnerung hochgehalten zu haben? Sie in mir bewahrt zu haben, wie Sie selbst es wünschten?»

«Ich mache keinen Vorwurf, mache keinen Vorwurf. Ich schreie auf, weil mein Gebein aufschreit, wie wenn es aufs Rad gebunden wäre, weil mir nichts geblieben ist als die Kraft des letzten Schreies. Ich weiß nicht, warum mir eben durch den Sinn schoß, was Sie mir eines Abends vom Aasgeier erzählten, der seine gräßliche Nahrung von sich speit, wenn er angegriffen wird, oder wenn er zu Tode verwundet ist, und auch wenn er schon tot ist. Der entsetzliche Geruch läßt jeden erbleichen und zurückweichen, der in die Nähe kommt. Ich weiß nicht, warum mir das in den Sinn gekommen ist, ich weiß nicht. Aber ich habe so viel Greuel auf dem Herzen, so viel Verderbnis in mir, daß ich sie nicht mehr an mich halten kann. Auf dem Altare! Ich auf dem Altar! Wer wurde mehr entweiht, mehr vergewaltigt als ich? In Volterra in einer kleinden Feldkapelle ist das Wunderbild, das die Spuren der drei Steine trägt, die der böse Wanderer nach ihm geschleudert. Dort war meine Zuflucht, die Stätte meiner Gelübde. Aber wo ist das Wunder geblieben? Und was vermag in aller Welt die Liebe, wenn meine Liebe nichts vermocht hat?»

«Und was hätte ich tun können, was kann ich für Sie tun?»

«Nichts, solang Sie mich nicht lieben, solang Sie die andere lieben! Nichts, gewiß! Wollen Sie jetzt reden? Mich überzeugen, daß Sie keine Schuld trifft? Aber ich mache Ihnen ja keinen Vorwurf. Und doch verstehe ich vielleicht nicht. Ich habe es Ihnen ja schon gesagt: ich will mich austoben, ausschreien. Stellen Sie sich vor, Sie haben den Aasgeier verwundet und müssen jetzt den entsetzlichen Todeskampf ertragen! Ich lehne mich nicht gegen Sie auf – ich gehe nur unter, wie es mein Los will. Dreimaliger Aufschub wird jedem Verbrecher gegeben, drei Mahnungen, drei Prüfungen. Nach dem dritten Mal hört die Duldung auf. Dies ist mein drittes Mal. Dulden Sie mich noch einmal! Denken Sie noch einen Augenblick daran, daß ich lebe, daß ich ein Geschöpf von Fleisch und Seele bin, eine atmende Pein! ‹Du sollst alles hingeben!› befiehlt das Wort Gottes. Ich habe alles hingegeben. Ich fordere nichts dagegen. Aber es muß mir vergönnt sein zu bezeugen, daß ich alles gegeben habe, ehe ich von hinnen gehe. Daß erstemal auf der Heide sprach ich nicht von meiner Liebe. Ich weinte nur. Das zweitemal auf der kotigen Straße von Volterra sprach ich, und mir ward die Antwort. Dies ist das drittemal. Verlange ich vielleicht ein Recht? Nein, nur die Gnade, die man dem Verworfensten gewährt. Suche ich meine Pein auf Sie abzuladen? Nein. Sie sind fremd, schuldlos: Sie lieben die andere. Aber da Sie schon den Kult der Erinnerungen pflegen, so bitte ich Sie demütig, denken Sie daran, daß Sie eines Tages, an einem ach! so fernen Tag, einmal meiner Liebe entgegengekommen sind, sie an der Hand genommen und zu sich hingeführt haben ... Oh, ich weiß es, ich weiß es, es war nichts als eine unterbrochene Bewegung der Hand!»

«Wer kann das Gewicht einer Handbewegung, eines Wortes, eines Schweigens abwägen?»

«Ich klage nicht an. Ich flehe nur um Erbarmen, um Verzeihung für meine Hartnäckigkeit! Manchmal ist alles vorhanden, um das Gewicht einer Handbewegung, eines Wortes, eines Schweigens nachzumessen. Lassen Sie mich von meiner Liebe sprechen!»

Mehr als lebendig war sie: ein enges Geflecht von Leben, ein enggeschlungener Knoten von Leidenschaft. Und die Masse ihres Haares, das sie um die Stirn gelegt trug, war wie das kleine Tragkissen, das sich aufs Haupt legt, wer schwere Lasten trägt.

«Ich fürchte mich nicht, mich Ihnen zu zeigen, wie ich bin. Wem soll ich beichten, wenn nicht dem, den ich liebe? Dies ist wie ein Sakrament. ‹Was hast du aus deiner Seele gemacht?› Und eine Antwort muß sein. Es wird uns nicht verziehen, umsonst gelebt zu haben. Ich habe alles gegeben. Meine verzweifelte Seele habe ich mit Hoffnung am Leben gehalten, um der Liebe zur Liebe willen. Hören Sie! In der Nacht nach Ihrer Ankunft in Volterra standen wir uns gegenüber, ich und meine Schwester, so wie unsere Mutter uns geboren, ohne Zügel, ohne Maske. Sie war entsetzt und verwirrt vor dem, was mein Herz vermochte. Dreimal sagte sie: ‹Bring ihn dazu, dich zu lieben!› Eine stolze Herausforderung? Nahm ich sie auf? Hoffte ich siegen zu können? Mit welchen Verführungskünsten habe ich mich gewappnet? Hören Sie, hören Sie noch eines! In jener Nacht, in der

wir kämpften, fragte sie mich: ‹Glaubst du ihn mehr zu lieben als ich?› Ich antwortete: ‹Nicht mehr! Nur ich allein liebe ihn überhaupt!› Ich hatte schon dem Tod ins Antlitz gesehen, hatte mich schon über den Abgrund gebeugt und wollte wieder leben. Nicht ich wollte leben, sondern meine Liebe in mir. War ich nicht geboren, um sie allein in mir zu tragen? Alles in mir, vom Kopf bis zu den Füßen, war bestimmt, sie aufzunehmen. Und was hab ich getan, um Sie an mich zu locken? Ich sagte Ihnen Lebewohl dort unten bei den dampfenden Wassern. Und bis heute bin ich Ihnen ferngeblieben wie jemand, der Lebewohl gesagt hat. Aber an manchen Tagen habe ich die heilige Lust gespürt zu glühen, allein zu sein und zu glühen, nur um des Glühens willen. Einer hat gesagt, die Flamme sei tierischer Natur. Ah, wie habe ich ihn gefühlt, wie habe ich ihn verstanden! Tage von Glut, ohne andere Erleichterung als Seufzen, Tage des Brandopfers, in denen nichts unverbrannt blieb.»
Er fürchtete, sie anzusehen. Stützte sein Haupt in beide Hände und starrte in das halberloschene Feuer des Kamins.
«Konnte ich siegen?» In jener Nacht hatte sie gesagt: ‹Die größte Liebe ist die Liebe, die siegt!› Ah, es ist nicht wahr! Habe ich alles hingegeben, um das zu hören? Sie sagte herausfordernd: ‹Er ist mir hoffnungslos verfallen!› Ja, ein trübes, trauriges Ding hielt sie hoffnungslos gefangen, fesselte sie hoffnungslos: ich allein habe Sie geliebt, ich allein liebe Sie! Aber Sie hatten keine Augen für mich, wie Sie sie jetzt nicht für mich haben, nicht für mich, nicht für den Verrat ...»
Er wandte sich plötzlich um. Sie hielt inne, ward verwirrt. Und in ihrer Blässe und in ihrem Schweigen schien ein heller Blitz aufzuflammen.

Er sah sie an, betrachtete sie mit der Art, die er hatte, menschlichen Stoff anzufassen, vor sich hinzustellen und zu beherrschen. Dies Wort konnte eine Enthüllung sein und konnte eine Abschweifung sein, konnte Bedeutung haben und konnte keine Bedeutung haben. Aber er erriet in ihrem Aussehen die ursprüngliche Absicht, den ursprünglichen Grund ihres heimlichen Besuches, der Unterredung die sie erbeten hatte. Er erfaßte die Wahrheit und ließ sie nicht mehr los: die Schwester war gekommen, um die Schwester anzuklagen! Aber er selbst ward von einer Zange erfaßt, die ihn nicht mehr losließ. Alles andere entschwand, versank. Die eingestandenen Marter dieses Geschöpfes bedeutete ihm jetzt nicht mehr als das verlöschende Scheit auf den Feuerböcken im Kamin. Der wilde männliche Instinkt beherrschte ganz seine vergiftete Natur. Vana hatte die Empfindung, als fixierten sie die leuchtenden Pupillen eines Raubtieres unter diesen menschlichen Lidern hervor.
Er beherrschte sich, um sie nicht einzuschüchtern. Der Mut der Feindseligkeit, die Kraft der Schmähung war von ihr gewichen. Sie war jetzt gebrochen, vermochte nur noch sich zu krümmen.
«Sprechen Sie weiter, Vana!» sagte er und senkte die Stimme, um das Beben zu verbergen.
«Ich kann nicht mehr.»
«Sie wollen etwas verschweigen? Das entehrt Sie!»
«Warum? Was habe ich gesagt?»
«Sie haben von Verrat gesprochen!»
«Von was für einem Verrat?»
Sie stammelte und ward verwirrter und verwirrter unter dem Blick der hellen Pupillen des verborgenen Raubtie-

res. Er erhob sich mit einem Satz, nahm sie an den Händen. Er preßte sie nicht, schüttelte sie nicht, aber aus seiner ganzen Erscheinung strömte eine solche Heftigkeit, daß sie sich gleichsam zermalmt fühlte.
«Sprechen Sie, Vana! Sie müssen!»
«Ach, bringen Sie mich nicht dazu, etwas Entsetzliches zu tun!»
«Warum sind Sie dann gekommen?»
«Weil auch ich rettungslos verfallen bin.»
«Weichen Sie nicht aus, weichen Sie nicht aus! Sie haben es ja schon gesagt.»
«Was habe ich gesagt?»
«Sind Sie nicht gekommen, um mir zu beweisen, daß *Sie allein* mich lieben?»
Er sprach mit gedämpfter Stimme und hielt ihre Hände, die kalt und feucht waren. Er sah ihr ganz nahe ins Auge. Und sie sah seine letzten Worte über seine Lippen kommen und fühlte sie tief in ihr Inneres hinabrinnen, wie einen unverwarteten Trunk des Rausches.
«Ja, ich allein!» antwortete sie, und ein tödliches Sehnen überkam sie.
Jetzt hatte er sie in seiner Gewalt. Sein wilder Instinkt gab ihm die List ein. Er empfand, daß er von dieser Verwirrung alles erreichen konnte. Er legte eine trügerische Wärme in seine Stimme, um sie noch tiefer zu verwirren, schlang seine Finger in die ihren, um sie noch fester zu halten, näherte ihr sein Gesicht noch mehr und senkte seine Stimme noch tiefer, um den Kreis des Geheimnisses zu schließen.
«Sie allein, nur Sie allein?»
«Ja, ich allein!»

Sie wankte. Ihre Gelenke fingen an nachzugeben. Er stützte sie, ließ sie sich setzen, beugte sich über sie, kniete zu ihren Füßen nieder. Sie befand sich wie in einem Wechsel von Traum und Wachen, war wie jemand, der auf der Fahrt einschläft und bei jedem Stoß des Wagens sich schüttelt und wieder wach wird.

«Sagen Sie es mir, Vana, sagen Sie es mir!»

«Es ist unrecht, es ist unrecht!»

«Nein, sagen Sie es ohne Bedenken! Das Schicksal sendet Sie, um mich zu befreien!»

«Sie lieben sie zu sehr!»

«Es ist schon nicht mehr Liebe!»

«Ist Ihnen nie ein Zweifel gekommen?»

Ein heftiges Schluchzen schüttelte sie.

«Nein, nie. Entsetzlich! Wie kann es sein?»

Sie schlug die Augen auf, sah zu ihren Füßen die weiße Angst wie ein Handtuch, das zwei rauhe Fäuste drehen und auswringen.

«Reden Sie, Vana, reden Sie!»

Er fühlte ihre Hände immer eisiger und feuchter werden.

«Schwören Sie mir», flehte sie in ihrem Entsetzen, «schwören Sie mir, daß Sie nichts gegen sie unternehmen werden, gegen niemand, wenn Sie es erfahren haben!»

«Gewiß.»

«Schwören Sie mir, daß Sie sie heute abend nicht treffen werden, daß Sie nie mehr versuchen werden, mit ihr zusammenzukommen, daß Sie abreisen ...»

«Gewiß, gewiß.»

«... daß Sie nie nachforschen werden, wer er ist, weder jetzt noch später!»

Seine Zunge war trocken wie ein Stück Zunder. Er war

ganz ausgetrocknet von den Lippen bis zum Herzen. «Ist er es?» deutete er mit einer Zuckung seiner Lippen an, «ist ers?...»

«Nein. Es ist entsetzlich! Es ist das Ungeheuerliche...»

«Aldo?»

Sie ließ sich auf seine Schulter sinken. Er stieß sie zurück, sprang auf. Und für einen Augenblick kreiste und brauste sein ganzes Leben ihm um sein Haupt, das wie in Flammen stand.

Wie in einem dunklen Traum, aber doch mit etwas wie Liebessehnsucht unter all dem Entsetzen, mit einer gierigen Hingabe an die Macht, die sie auszuüben glaubte, mit der Ahnung einer wunderbaren Wandlung, die sich vollziehen würde, war sie so weit herabgestiegen. ‹Es ist schon nicht mehr Liebe!› hatte er gesagt. Und in der Erregung und im Dunkel hatte ein Geist jugendlicher Einfalt, der noch auf dem Grunde der Verderbnis in ihr lebte, geantwortet: ‹Sieh, ich binde dich los! Sieh, du bist frei! Schon einmal warst du mir zugewandt, jetzt kehrst du mir wieder, erkennst mich wieder. Vielleicht hast du mich schon geliebt, vielleicht hast du nie aufgehört mich zu lieben! Das andere, das Trübe, Traurige, hält dich nicht mehr, vergiftet dich nicht mehr. Und wenn ich jetzt meine Finger auf deine Schläfe lege, bleibt nichts mehr in dir zurück, nicht einmal Ekel, nicht einmal Verachtung. Ich heile dich, tröste dich, erneuere dich! Ich weiß nicht, bist du es, der mich wegträgt, der mich in die Ferne entführt, oder bin ich es, die dich mit sich reißt, die dich verbirgt. Von allen Küsten, von allen Inseln, die in deinen Augen glänzen, welches ist die fernste, welches ist die schönste?›

Wie in der Nacht in Volterra erschien ihr der Geliebte als das Opfer eines Zaubers, als der Gefangene eines Fluchs, der von ihr seine Befreiung erwarte. Er hatte gesagt: ‹Das Schicksal sendet Sie, um mich zu befreien!› Und hatte er nicht wiederholt: ‹Er schickt Sie?› Er hatte das Grab geöffnet, hatte endlich den Grabstein von ihr weggewälzt. Mit welcher Grausamkeit stieß er sie nun plötzlich zurück! Unter dem heftigen Stoß war sie auf die Lehne des Sessels zurückgefallen und lag nun da wie ein verächtliches, nutzloses Ding, wie ein schmutzgetränkter Lumpen, den man weggeworfen hat. Sie spürte, wie eine fürchterliche Woge von Wut und Schmerz das Zimmer erfüllte, und jetzt, wo der Zauber geschwunden war, erschienen ihr in ihrem weiblichen Beobachtungsvermögen seine Handlungen und Worte in ihrer Wirklichkeit: ein falsches Spiel, um sie zum Geständnis zu bringen, mitleidlos und herzlos. Sie richtete sich empor, als hätte Haß und Stolz ihrem Rückgrat wieder Spannung gegeben. Sie richtete sich empor und sah mit aufgerissenen Augen auf das Schauspiel menschlicher Leidenschaft und tierischer Wut. Es war, als hätten sich unsichtbare Krallen, unsichtbare Hauer in diesen harten Körper eingewühlt bis in die Tiefe, in der die Natur die Fibern der unmenschlichen Schmerzen verborgen hat. Es war wie ein unblutiges Zerfleischen, das das Geheimste der dunkeln Masse entblößte, der es gegeben ist, zu irren, zu leiden und sich zu erinnern.

So wahnsinnig liebte er sie also? So tief hatte er sie zu den Wurzeln seines Lebens dringen lassen? Wer hätte sie aus ihm auszurotten vermocht? Er näherte sich ihr wieder und beugte sich mit einem wilden Ausdruck gegen sie, die ihn jetzt aufrecht und gewappnet erwartete. «Rühren Sie mich nicht an!» rief sie in einer unwillkürlichen Eingebung.

Er zog seine Hand zurück. Seine Stimme klang rauh. «Ich rühre Sie nicht an. Aber reden Sie!»

«Wovon?»

«Wie haben Sie das Entsetzliche entdeckt?»

Die Energie der Auflehnung flammte von neuem in dem schmalen, blutleeren Gesicht. Niemand hatte Erbarmen mit ihr, auch sie würde mit niemand Erbarmen haben. «Ist es nicht vielleicht mein Schicksal, immer das zu sehen, was keiner sehen sollte? Sie wissen davon!»

«Haben Sie es gesehen?»

«Ich habe es geahnt, gesehen, gehört.»

«Was?»

«Rühren Sie mich nicht an!» rief sie wieder und wich noch weiter zurück. Ein wilder Ekel sprach aus ihrem ganzen Wesen.

Gewiß, im ganzen Martyrium ihrer Mitwisserschaft hatte sie nicht so Entsetzliches gesehen. All die Erbärmlichkeiten, all die Schändlichkeiten waren nichts gegen das, was sich ihr jetzt in den Zuckungen dieses Gesichtes enthüllte, das sie geliebt hatte, in dem sie einmal das ganze Licht ihres Lebens gesehen. In Wahrheit, in Wahrheit, nun konnte sie das göttliche Wort wiederholen: ‹Es ist vollbracht!› Und weiter keins.

«Was?» wiederholte er dumpf.

Sie antwortete nicht. Es wäre leichter gewesen, aus diesen Wänden, aus diesen Balken, aus irgendeinem dieser eckigen und dunklen Gebilde, die wie Anhäufungen von Feindschaft rings zerstreut waren, einen Ton zu entlokken, als ihre Lippen zu entsiegeln. Sie setzte ihren Hut auf, legte ihren Schleier an, ohne Hast und ohne Müdigkeit. Er hatte wieder angefangen, unter der Qual der unsichtbaren Hauer und Krallen im Zimmer umherzuirren. Er kam auf sie zu, zeigte ihr von neuem dies Gesicht, das aussah, als sei es im niedrigsten menschlichen Schlamm untergetaucht und erhebe sich jetzt entstellt und besudelt wieder.

«Wie lange geht es schon?» fragte er mit roher Stimme. Sie antwortete nicht.

«Dann gehen Sie doch, gehen Sie!» brach er wie von Sinnen hervor und atmete nichts als Wut und Schmähung. Sie warf einen flüchtigen Blick auf das Bild im Trauerrahmen, schlug ihren Schleier herab, ging zur Tür und öffnete selbst. Er rief sie zurück.

«Vana!»

Sie wandte sich nicht um, durchschritt das Vorzimmer. Ein Diener begleitete sie nach der Treppe. Ihr Schritt war fest, eine fast steinerne Strenge lag in ihr, ein gespannter Wille zurückzustoßen und sich unnahbar zu machen; denn sie dachte immer noch, eine Hand könne sie plötzlich an der Schulter packen und zurückreißen. Sie war auf der Straße.

‹Es ist vollbracht!›

Sie ging geradeaus vor sich hin, dicht an der Mauer entlang, kam wieder an dem rosenüberwachsenen Gartentor vorüber. ‹Gelblich sind sie›, dachte sie. Ohne stillzustehen, riß sie eine ab, die gerade in der Höhe ihrer Hand herabhing; sie war schon verblüht, entblätterte sich sofort. Es war ihr, als lächle sie, aber in Wirklichkeit lächelte sie nicht. ‹Viviano, Viviano›, dachte sie, ‹ich glaubte, ich würde dich noch einmal sehen. Mein letzter Gruß, glaubte ich, würde dir gelten, guter Freund.› Sie streifte an einer abbröckelnden Mauer, auf der ihr eigener Schatten mitlief, und sah jetzt die blasse Larve vor sich, wie sie ihr damals unten in der Badia erschienen war. ‹Ein Lächeln im Stein. Wer weiß, was auch du einmal im Leben sehen mußtest! Aber du bist alterlos! Und ich bin erst zwanzig und weiß zu viel. Du bist Stein geworden und rührst dich nicht mehr. Das fürchterliche Tier wird nicht mehr plötzlich auf deinem Gesicht erscheinen.› Sie schlug mit den Wimpern, wie um das Bild des Tieres zu verscheuchen, das sie eben auf dem Gesicht des Mannes, den sie liebte, gesehen hatte und das sich unaufhörlich im Innern ihrer Augen neu formte.

Auf einem kleinen Platz sah sie einen Schimmel vor einer Droschke stehen. Er war von einem gelblichen Weiß und hielt den Kopf zwischen zwei großen Scheuledern zu Boden gesenkt, mit einem Ausdruck von Müdigkeit und Trauer in seinen eingeknickten Beinen.

«Steigen Sie ein!» sagte der Kutscher, rotbackig und frisch gewaschen.

Sie setzte den Fuß auf den Tritt.

«Wohin wünschen Sie?»

Sie hätte beinahe geantwortet: ‹Nach der Badia.›

Sie gab die Adresse von Simonetta Cesi an. Der Schimmel setzte sich in einen hinkenden Trab. Sein langer, knochiger Rücken klappte von Zeit zu Zeit auf der linken Seite zusammen. Um nicht hinsehen zu müssen, hob Vana die Augen nach oben: sie sah einen rosafarbenen

Sonnenstreifen hoch oben am Gesims eines Palastes, den lichten Himmel voll Federwölkchen, einen blühenden Judasbaum in einem Garten. Sie suchte unwillkürlich nach einer fliegenden Schwalbe, einem Schwalbennest unter einer Dachtraufe: sie fand keines von beiden. ‹Simonetta, Simonetta, was wirst du morgen sagen? Wirst du noch einmal weinen? Ah, wenn du wüßtest, wie weh die Liebe tut dem, der liebt, und dem, der nicht liebt! Der Hirt von Fondi weiß es und auch die, die er liebte. Gott schütze dich, fröhliche Schwester!› Sie gab dem Kutscher eine andere Adresse, ihre eigne. Sie lehnte sich zurück, sah in den Himmel hinein, atmete den Frühling, spähte wieder nach einer Schwalbe im Nest. Eine Bangigkeit ergriff sie wieder, wieder krampfte sich ihr Herz zusammen. Ihre Seele krümmte sich, und die entsetzlichen Dinge würgten sie. ‹Ist Isabella wohl schon fort? Geht sie dahin, wo er auf sie wartet? Was wird geschehen? Wenn er sie umbringt? Sie fuhr auf und sah wieder seine verkrampften Hände, die er gegen sie ausgestreckt hatte und die sie nicht berührt hatten, die nicht mehr gewagt hatten, sie zu berühren. ‹Warum habe ich es getan? Um mich zu rächen? Rache ist eine Lust! Und wo bleibt meine Lust? Hab ich es getan, um ihm zu beweisen, daß nur ich ihn liebe? Aber es ist mir, als liebe ich ihn nicht mehr. Hab ich es getan, um endlich sterben zu *müssen?* Ja, das Gesicht tief in den Kot des Lebens zu drücken, ist auch eine Art zu sterben! Und ihre Gedanken wandten sich wieder dem Geheimnis zu, in dessen Dunkel ihre beiden Geschwister sich für sie bewegten. ‹Isabella geht jeden Tag nach dem Ort, wo er auf sie wartet. Und Aldo weiß es. Oft kommt sie spät zurück, manchmal erst in der Nacht, manchmal morgens, und Aldo weiß es.› Sie stöhnte wie unter einem Alpdrücken mit einer Mischung von Angst und Ekel. Im Schaufenster eines Blumenladens bemerkte sie einen Strauß von gelben Rosen, umgeben von einem Busch von Frauenhaar. Sie ließ den Wagen halten, stieg aus, trat ein, kaufte die Blumen. Hielt sie auf ihren Knien und umklammerte die Stiele mit beiden Händen. Im irren Grauen des Lebens flüchtete sie noch einmal zum Bild des Schattens. Sie sah wieder das lebendige Lächeln Giulio Cambiasos vor sich, die kleinen reinen Kinderzähne, und fühlte, daß wirklich nie ein menschliches Wesen ihr so nahe gewesen war. Sie schämte sich jetzt ihrer sinnlosen Auflehnung gegen die Obhut des Toten. Wie auf dem Weg zur Badia sagte sie vor sich hin: ‹Bald, bald komme ich!› Sie stieg vor ihrem Hause aus. Der Portier sagte ihr, daß Isabella ausgegangen, Lunella wieder nach Hause gekommen war. Sie ging zum Zimmer der Kleinen. Sie hörte die Stimme von Miss Imogen, die in ihrer Sprache den Refrain einer alten Legende hersagte. Sie hielt und spähte durch die Vorhänge der Tür, ohne sich sehen zu lassen. Lunella saß beim Fenster und sah in ihrem gelben Samtkleid wie ein hübscher Page aus, mit dem breiten Spitzenkragen und den Bandschleifen, die ihr die Locken an den Schläfen hielten. Sie schnitt mit der Schere ein Bildchen in Papier aus. Zu ihren Füßen saß Tiapa auf ihrem vergoldeten Puppenstühlchen in einem prächtigen Kleid, das ihre Wunden und Gebrechen verbarg, ganz in Seide und Brokat wie eine kleine Infantin. Am Fenster stand Miß Imogen, blond und schmächtig, und las ihr aus einem Buch mit der melodiösen Stimme, die Isabella bewogen hatte, sie zu engagieren, das Zwiegespräch zwischen Mutter und Sohn vor: ‹Und wann kehrst du mir wieder – o mein fröhlicher Sohn, sag, sag? – Und wann kehrst du mir wieder? – Ich habe ja niemand als dich.› – ‹Wenn das Frührot im Westen steigt – o liebste Mutter...› Vana hielt den Atem an. Das Zimmer lag hell und ruhig da mit dem Tisch, dem Lesepult, dem Büchergestell und der Wandtafel, auf der mit Kreide eine geometrische Figur gezeichnet war. Lunella war ganz in ihre Arbeit versenkt, schob von Zeit zu Zeit die Unterlippe vor, wenn ein schwieriger Einschnitt kam, und führte mit ihren geschickten Fingern das biegsame Blatt, das sich nach allen Richtungen drehte. Bei jeder Antwort des Sohnes hielt sie einen Augenblick inne, schlug die dunkeln Wimpern auf und sah nach dem Buch hin. Da sie im Profil gegen das Licht saß, sah Vana dann jedesmal ihre nußbraunen Augen in dem schrägen Licht aufleuchten wie Topase. ‹Wenn das Frührot im Westen steigt – o mein frühlicher Sohn, sag, sag? – Wenn das Frührot im Westen steigt? – Ich hab ja nichts andres als dich.› – ‹Wenn die Steine im Meere schwimmen – o liebste Mutter...›

In der kurzen Pause schien das Herz Vanas stillzustehen. Die Kleine blieb einen Augenblick sprachlos, als begreife sie nicht sofort diese fremden Wendungen, unter denen sich der entsetzliche Sinn verbarg. Dann senkte sie wieder den Kopf und nahm ihre Arbeit wieder auf, ohne Ahnung von dem Verhängnis, das über ihren schönen Locken schwebte.

‹Wenn die Steine im Meere schwimmen – o mein fröhlicher Sohn, sag, sag? – Wenn die Steine im Meere schwimmen? – Ich hab ja nichts andres als dich.› – ‹Wenn die Federn schwer wie Blei sind …›

Mehr als der erdrückende Gedanke des Todes: die eisige Kälte des Todes selbst überkam jetzt die Unglückliche, die hinter dem Vorhang dem Schauspiel dieses ahnungslosen Lebens beiwohnte. Sie war wie Eis, vom Nacken bis zu den Fersen. Etwas Gespenstisches kam in ihre Unbeweglichkeit. Sie fühlte sich nicht wie jemand, der sterben wird, sondern eher wie ein Verstorbener, der als unsichtbarer Zuschauer in sein Haus zurückkehrt und seine Lieben ahnungslos unter dem drohenden Unheil hinleben sieht.

‹Wenn die Federn schwer wie Blei sind – o mein fröhlicher Sohn, sag, sag? – Wenn die Federn schwer wie Blei sind? – Und ich hab ja nichts andres als dich.› –

‹Wenn der Herr Gericht hält über Lebende und Tote – o liebste Mutter …›

Sie trat hinter dem Vorhang hervor. Lunella wandte sich um, ließ das Blatt zu Boden fallen, sprang auf, lief ihr entgegen, legte die Arme um sie und tauchte ihr Gesicht in die Rosen.

«Für mich? Für mich? Für Scherenmütterchen?»

«Nein, die hier nicht.»

«Warum?»

«Weil sie gelb sind.»

«Und was macht das?»

«Sie sind für mich.»

«Alle?»

«Alle.»

«Gib mir eine davon!»

«Laß mich sitzen, ich bin so müde.»

«Warum bist du müde?»
«Der Frühling macht mich müde. Spürst du ihn nicht?»
«Mich macht er schläfrig, ich möchte immer schlafen. Ich schlafe sogar mit offenen Augen. Gib mir eine davon!»
«Nein.»
«Warum nicht?»
«Weil eine... Unglück bringt.»
«Wer hat das gesagt?»
«Ich sage es.»
«Und warum sagst du es?»
«Weil ichs weiß.»
«Und warum weißt du es?»
«Hör zu! Es war einmal ein Mädchen. Sie hieß nicht Lunella, aber sie war gerade so süß wie Lunella und kam von weit, weit her, von den Enden der Erde aus einem Land, das Madura hieß und in dem ein Gott herrschte, der Wischnu hieß. Sie kam ganz allein mit nackten Füßen, um eine Rose zu bringen: eine gelbe Rose. Und sie brachte sie und gab sie einem. Aber der, dem sie sie gab, mußte sogleich sterben.»
«Nein! Oh!»
Vana glaubte einen Augenblick sich selbst in diesen zwei Silben zu hören, sich selbst in ihrer fernsten Jugend. Es war wie ein Echo, das zurückschallte, wie ein Widerhall, den ein Luftzug aus den Tiefen herwehte.
Dieser Ton war plötzlich aus dem Allerheiligsten des Geschlechts gedrungen, wo im Samen jene feinsten Kennzeichen ruhen, leicht und doch untrüglicher als jede andere fleischliche Verwandtschaft und die von

Zeit zu Zeit in einem Ausdruck, einem Ton, einer Bewegung, einem Blick zum Vorschein kommen.

«Schwesterchen, Schwesterchen, warum gleichst du mir so?» sagte Vana, von einer plötzlichen Rührung ergriffen, die sie nicht zu verbergen vermochte.

Sie preßte das kleine, weiche Geschöpf verzweifelt an ihre Brust und hielt sie da.

Und das Kind suchte sich nicht von ihr zu lösen, sondern blieb in der engen Umschlingung, blieb in der zärtlichen Wärme.

Sie schmiegte sich mit kleinen Bewegungen ihrer Muskeln an sie, um fester an ihr zu hängen, und spürte die mütterliche Wärme, die aus diesen Armen strömte und sie durchdrang, eine mütterliche Wärme, die auch Vana langsam in ihrer jungfräulichen Brust aufsteigen fühlte, zusammen mit der erwachenden Erinnerung an jene andere, die sie beide in jener fernen glücklichen Zeit umgeben.

‹Und wann kehrst du mir wieder – o mein fröhlicher Sohn, sag, sag? – Und wann kehrst du mir wieder? – Ich hab ja nichts andres als dich.›

‹Wenn das Frührot im Westen steigt – o liebste Mutter...›

Der Refrain klang nicht als Wort, aber als Melodie im Herzen Vanas, vielleicht auch im andern kleinen Herzen.

Auf die Scheiben der Fenster senkte sich immer tieferes Blau, das Dunkel sammelte sich in den Falten der Vorhänge, in den Winkeln, in den Türen. Das Geräusch der Stadt drang nur undeutlich bis in diese Stille herein. ‹Wenn die Steine im Meere schwimmen – o liebste Mutter...› Vana bemerkte, daß Lunella eingeschlafen war, und die Seele wollte ihr vor Rührung vergehen. Sie rührte sich nicht, machte nicht die leiseste Bewegung. Wie Miß Imogen in der Tür erschien, machte sie ihr mit den Augen ein Zeichen nicht näherzukommen. Die Engländerin zog sich zurück. Die Kleine schlief mit der Wange an der Schulter ihrer Schwester: auf den Knien ausgestreckt, die sie trugen. Vana spürte den Duft und die Wärme ihrer Haare, den ruhigen Atemzug, die ganze grazile Weichheit ihrer Knochen. Sie lauschte auf das Schweigen: die Dinge schienen darin auf den Grund zu sinken wie in einem Meer. ‹Wenn die Federn schwer wie Blei sind – o liebste Mutter…›

Der Abend war hereingebrochen. Das Blau in den Fenstern ging in Violett über, vielleicht stand der Abendstern schon über der höchsten Zypresse des Gartens. Der erste Ton des Englischen Grußes rührte eine Welle auf, die ihr das Herz überflutete. – ›Wenn der Herr Gericht hält über Lebende und Tote…›

Und es war diese Woge selbst, die ihr zu den Lidern stieg und überzutreten drohte. Sie hielt sie zurück, ließ sie sich nach innen ergießen, aus Furcht, die heißen Tropfen möchten auf das Gesicht der Schlafenden fallen und sie wecken. ‹Ah, schlafen, schlafen, nichts mehr wissen, sich an nichts mehr erinnern, zum Frieden eingehen ohne Erwachen!› Sie dachte daran, daß es ihr eines Tages, um glücklich zu sein und dem Himmel für ihr Leben zu danken, genügt hätte, ihren Kopf an eine grausame Brust zu lehnen und ein wenig zu weinen – und einzuschlafen und nie mehr zu erwachen. Jetzt war es ihre kleine Schwester, die dies tat, und es war ihr, als tue sie selbst so jener Mutter gegenüber, der immer wieder die verhüllte

Antwort der Verzweiflung entgegenklang. Die Glocken läuteten. Das Dunkel ward schwärzer. Der Atem Lunellas ging gleichmäßig. Schläfrigkeit verbreitete sich aus dem schlaffen, süßen Körper. ‹Finche tu ti rammenti, finche io non mi scordi!› Die Lider Vanas wurden schwer. Ihre Atemzüge gingen im gleichen Rhythmus wie die der unschuldigen Kleinen. Die Zeit verströmte ins Dunkel. Plötzlich erhob sich im Dunkel ein Schrei des Entsetzens. Und ein anderer Schrei antwortete, denn auch Vana war in der Verwirrung des Schlafes vor Entsetzen aufgefahren, wie sie die Hände Lunellas ihren Hals umklammern und ihren ganzen Körper in sich in Zuckungen schütteln fühlte. «Vanina, Vanina!» Sie schrie, als sei sie am Sterben oder sehe jemand sterben, schrie wie im Dunkel des etruskischen Grabes. Miß Imogen stürzte erschreckt herbei, machte Licht, sah die beiden Schwestern aneinandergeklammert und totenblaß.

«Mein Gott, mein Gott, was ist geschehen?»

«Nichts, nichts, Lunella ist aufgewacht und hat sich vor dem Dunkel gefürchtet.»

Die Kleine zitterte noch am ganzen Körper, und Vana vermochte ihr eigenes Beben nicht zu unterdrücken.

«Wieviel Zeit ist verstrichen? Ist es spät? Wieviel Uhr ist es?»

«Es ist beinah neun!» sagte Miß Imogen.

«So spät? Du mußt jetzt essen, liebe Kleine! Du mußt dir jetzt dein Essen bringen lassen!»

«Geh nicht fort, Vanina! Geh nicht fort! Bleib bei mir heute abend!»

«Ich bin noch so, siehst du. Ich muß mich umkleiden, dann komm ich wieder.»

«Nicht weggehen!»

«Ich sage dir ja, ich komme wieder.»

Sie küßte das unruhige Kind, nahm den Rosenstrauß und ging nach der Tür.

«Kommst du wieder, Vanina?»

«Ich komme wieder.»

Die Kleine ging ihr bis zur Schwelle nach. Vana lief rasch den Korridor hinab. Das verhaltene Schluchzen zersprengte ihr die Brust.

Sie ging die Treppe hinab, wandte sich nach ihrem Zimmer. Sie traf niemand an. Das ganze Haus schien verlassen und unheimlich. Sie rief:

«Francesca!»

Ihre Zofe antwortete nicht. Sie rief:

«Chiara!»

Dann trat sie in ihr Zimmer und legte die Blumen auf ihr Kopfkissen. Sie hielt die Angst nicht aus und verließ das Zimmer wieder, lief nach den Zimmern Isabellas.

«Chiara!»

Die Zofe antwortete. Sie war da, in Isabellas Schlafzimmer.

«Ist Isabella zurück?»

«Nein, gnädiges Fräulein, sie hat sagen lassen, daß sie nicht zurückkommt, wir sollen nicht auf sie warten.»

«Wie hat sie es sagen lassen?»

«Sie ließ mich ans Telephon rufen.»

«Von wo aus?»

Die Zofe schlug die Augen nieder, mit einem verhaltenen Lächeln.

«War sie selbst am Telephon? Haben Sie ihre Stimme erkannt?»

«Ja, gnädiges Fräulein.»
«Gegen welche Zeit war es?»
«Vor einer halben Stunde.»
«Schön.»
Eine so entsetzliche Bitterkeit krampfte ihr den Magen zusammen, daß die Zofe glaubte, sie habe gelacht. Es war in der Tat entsetzlicher als das Erbrechen des Aasgeiers vor dem Tode.
«Und mein Bruder, ist er nach Hause gekommen?»
«Er kam zurück, kleidete sich um und ging wieder aus. Er diniert in der Stadt.»
«Wo ist Francesca?»
«Ich glaube, unten in der Garderobe.»
«Rufen Sie sie, sie soll nach oben kommen und mich auskleiden!»
«Wollen Sie, daß ich Sie auskleide?»
«Nein.»
Sie empfand plötzlich Abscheu vor ihr. Es war der gleiche Ton, die gleiche Stimme, wie damals in der Nacht in Brescia. Wie hätte sie sich jetzt von diesen Händen berühren lassen können?
«Wann wünschen Sie das Abendessen?»
«Überhaupt nicht.»
«Sie essen nicht zu Abend?»
«Nein.»
«Fühlen Sie sich nicht wohl?»
«Rufen Sie Francesca!»
Die Zofe ging hinaus. Sie blieb allein in dem großen Gemach mit grünem Damast an den Wänden, das nach Jasmin duftete wie der sommerliche Garten in Volterra. Das große Bett war hergerichtet, das lange, weiche und

durchsichtige Nachhemd lag auf dem spitzenbesetzten Umschlag der Decke. Auf dem Toilettentisch glänzten zahllose Gegenstände aus Glas, Metall und Elfenbein: Parfümflaschen, Dosen, Kämme und Bürsten mannigfaltigster Art, und überall in Schalen und Kästchen Instrumente von größerer Feinheit und Mannigfaltigkeit, als die irgendeiner anderen Kunst – alle Werkzeuge und alle Geheimnisse im Dienst der siegreichen Körperschönheit. Zum letztenmal erweckte die Macht des Hasses in ihrer Vorstellung die biegsame Erscheinung ihrer Schwester mit den Windungen der tückischen Muränen. – Sie hatte gesiegt, hatte noch einmal gesiegt. Noch einmal hatte sie, gewiß, das brüllende Raubtier mit Wollust und Liebe betäubt! Nichts war geschehen. Die gefährliche Stunde war vorüber. Er hatte sie nicht im Zorn zerschmettert, nicht auf die Straße gejagt, er glaubte ihr, fürchtete sie, hatte sie wiedergenommen, zur Wut und Schande der Verleumderin. – Bilder der Schande bestürmten die Unglückliche. Sie sah wieder das entsetzliche Tier auf dem Gesichte des Mannes erscheinen, den sie geliebt hatte über Leben und Tod. Und aus dem wilden Schauder floß ihr Kraft. Ihr Rücken straffte sich, ein fester Knoten von Macht schürzte sich in ihrer Seele. Eine erhabene Verachtung flammte auf ihrem schmalen, abgemagerten Gesicht, unter der Masse ihres Haares, das um ihre Stirn gewunden war wie das Tragkissen, das einer auf dem Kopf trägt, der große Lasten zu heben hat. Sie dachte sofort daran, daß sie keine Waffe besaß und daß sie eine sichere Waffe brauchte. Einer deutlichen Erinnerung folgend, suchte sie rings im Zimmer herum. Endlich sah sie den gesuchten Gegenstand aufblitzen: es war ein mauri-

scher Dolch mit einem Griff aus Chalcedon, der von Andronica Inghirami herstammte, deren Namen auf einem Türstein in der Badia eingehauen steht zusammen mit dem Namen von Ugo Riccobaldi und darunter ein Schild mit drei Sternen. Sie nahm ihn, steckte ihn zu sich, ging hinaus und auf ihr Zimmer zurück. Sie wachte über sich selbst wie ein Krieger, der fürchtet, ein feiger Gedanke könne durch den Spalt seines Helms eindringen. Sie empfand kein Mitleid mit sich selbst noch mit irgend jemand, nur mit Lunella. Sie widerstand deshalb der Versuchung, sie noch einmal zu sehen. Sie widerstand einer andern verzweifelten Versuchung, die sie einen Augenblick befiel: der Versuchung, sie nicht im Hause der Schande zu lassen, sondern sie mit sich zu nehmen an den Ort, wohin keine Entweihung reicht.
«Gott schütze dich! Gott behüte dich! Wenn die Seele unsterblich ist, will ich dich selbst behüten, wie eben vorhin, als du mich nicht sahst.»
Sie wußte, wie man eine Tote zum Begräbnis schmückt: sie erinnerte sich ihrer Mutter. Sie schmückte ihren jungen Körper, hager und stark wie der einer sieghaften Märtyrerin. Sie wusch ihn. Ließ sich geduldig kämmen, wählte das schönste unter ihren weißen Kleidern. Vermied es, sich im Spiegel anzusehen, um nicht Mitleid mit ihrer Jugend zu empfinden. Aber sie war so schön in ihrer demantenen Strenge, daß die Zofe einen Ausdruck der Bewunderung nicht unterdrücken konnte.
«Geh mit Gott, Francesca!»
«Sie rufen mich morgen früh?»
«Ich rufe dich.»
Sobald sie allein war, schloß sie die Tür. Zog den Dolch

der Andronica hervor, nahm ihn aus der Scheide, untersuchte ihn, prüfte die Spitze auf dem Daumennagel. Ein Schauer durchlief ihren ganzen Körper, aber ihr Herz blieb stark. Sie legte den Stahl neben den Rosenstrauß, wie um ihn zu weihen. Sie verscheuchte die letzten häßlichen Bilder, die sie noch bestürmen wollten. Sie wollte nur an eines denken. ‹Da bin ich. Ich bin bereit!› Sie sah im Geist noch einmal den Helden im roten Fahnentuch eingeschlagen, ein schwarzes Tuch um den Kopf gewikkelt, um die Wunde in der Schläfe zu verdecken. Und die Vision war so stark, als stünde das rauhe Feldbett neben ihrem jungfräulichen Lager.

Sie ging zum Fenster, öffnete es: die Nacht stand sternklar, aber kalt über den dunklen Gärten mit Zypressen und Lorbeer. Sie grüßte mit ihren Augen die jungen Sterne im Frühlingshimmel, unterschied den Wagen, die Leier und die Plejaden. Ihre Hand spürte die starken Schläge des Herzens unter den Rippen, wie sie nach dem Zwischenraum tastete. Sie ließ das Fenster offen, löschte alle Lichter außer dem einen an ihrem Bett. Sie entblößte ihre Füße – stieg auf den Rand des Bettes, streckte sich aus, schloß ihre Füße zusammen, wie um sie den silbernen Fußspangen darzubieten – richtete ihren Oberkörper noch einmal auf und legte die Rosen auf ihre beiden nackten, eng zusammengeschlossenen Füße, wie um den Ritus der Totenhochzeit zu erfüllen. Dann löschte sie das letzte Licht. Den Edelsteingriff fest in der Hand, bettete sie ihr Haupt wieder auf ihr reiches, stolzes Haar, das so stolz schien, als nähre es sich von ihrem Mut.

Und nun fühlte sie sich schön, von jener Schönheit, die

sie nur einmal durch Tränen auf dem Gesicht des hingestreckten Helden gesehen.
Und der Rest war Schweigen.

Paolo Tarsis hatte kurz nach der verhängnisvollen Unterredung seine Wohnung verlassen. Er hatte alle Energie zusammengerafft, um seiner Verzweiflung und seiner Wut Herr zu werden. Einen Augenblick hatte er gezaudert, ehe er das Versteck ihrer Liebe aufsuchte. Dann war er entschlossen, der Gefahr zu begegnen.
In seiner Qual zusammengekrampft lag er da und wartete auf Isabella.
Sie trat ein mit einer ihrer luftigen Bewegungen, die sie immer noch dem jungen Windgott gleichen ließen, mit ihrem wunderbaren Mund, der durch den Schleier schimmerte, mit Spannkraft und Grazie in jeder Falte ihres Kleides. «Aini, Aini, da bin ich! Hast du geschlafen?»
Er war nicht aufgesprungen, ihr nicht entgegengegangen. Er hatte sie nicht sofort mit seinem unerschöpflichen Begehren empfangen, nicht sofort mit ungeduldigen Fingern ihr den Schleier emporgehoben, um ihren Mund mit Küssen zu verzehren, hatte sie nicht, noch ehe sie zu Atem kam, auf den Teppich niedergeworfen, wie ein verbrecherischer Gewalttäter, und jene Schauer der Furcht in ihr erneut, die sie mehr genoß als jede Zärtlichkeit. Warum? War er im Warten eingeschlafen? War er noch halb im Traum befangen? Sie war von der Helle draußen noch etwas geblendet und konnte ihn auf dem Diwan, der im Schatten stand, nicht gut unterscheiden.

Sie legte rasch Hut und Schleier ab, zog die Handschuhe aus, trat näher und beugte sich über den stumm Daliegenden. Ihre Augen hatten sich jetzt an das Dunkel gewöhnt, und sie bemerkte jetzt plötzlich, daß er sie mit offenen Augen starr ansah. Sie stieß einen leisen Schrei aus.

«Paolo! Willst du mich erschrecken?»

Es war wie an jenem Nachmittag am Meer, als sie die kleine Schwalbe vor ihrer Fensterbrüstung fand.

«Laß, laß! Du weißt, daß du mir Angst machst. Sieh mich nicht so an!»

Sie wich mit einem nervösen Lachen zurück.

«Warum machst du das? Du weißt, daß ich es nicht will. Ich will nicht, daß du mich so ansiehst, Paolo!»

Und ihr Lachen glich fast schon einem Schluchzen.

Sie trat noch einen Schritt zurück, aber er erhob sich nicht. Ein Schimpfwort, das Wort, das eine Dirne erröten macht, klang unvermittelt zwischen den vier Wänden des Zimmers. Dann trat eine Pause ein, wie nach einem Schlag, mit dem man jemand zu Boden streckt.

«Was hast du gesagt?»

Zu Boden gestreckt war sie noch nicht, aber etwas von ihr war sicher niedergebrochen, wenn sie selbst auch noch aufrechtstand. Ihre Beine wurden zu Eis. Ihr Herz wurde gleichsam gegen den Rücken, gegen die Wirbel gepreßt, gab alles Blut her. Hatte sie falsch gehört? Das Schimpfwort erscholl zum zweiten Male, noch roher, noch lauter.

«Bist du verrückt geworden?»

«Nein. Ich sage dir nur, was du bist!»

Und zum dritten Male schlug ihr die Schmähung ins Gesicht.

«Und jetzt hinaus!»

Er erhob sich drohend.

«Bist du verrückt?»

«Hinaus, wenn du nicht willst, daß ich dich auf die Straße werfe!»

«Paolo, Paolo!»

In einem Augenblick hatte sie begriffen. Sie trug die Schuld im innersten Mark und vernahm ihre Anklage. Ihr Gesicht schien zerstört wie eine Handvoll Asche. Keine Ader in ihr, die sich nicht leerte, kein Gelenk, das nicht nachgab, kein Muskel, der nicht bebte unter der Haut, aus der alle Wärme gewichen. Sie war wie verstümmelt, vernichtet. War in der Tat nicht mehr als Kehricht, den man auf die Straße wirft. Aber da regte sich eine Macht in ihr, die ihr zu Hilfe kam, eine Macht, die ihr die Adern wieder füllte, ihre Gelenke streifte, ihr die Muskeln spannte, ihr das Gesicht wieder färbte und die Stimme wiedergab: die lebendige, unbesiegliche Macht der Lüge. Stärker als ihre Nerven, ihre Sehnen und ihr Blut. Der Mann, der sie eben vernichtet hatte, sah sie plötzlich, gleichsam vervielfältigt, wieder aufleben, wie ein Ungeheuer, das nach jedem Keulenschlag sich wieder erneut und fürchterlicher aufbläht und immer zahlreichere Fangarme ausstreckt.

«Was für ein Wahnsinn hat dich auf einmal befallen? Was für einen Zaubertrank haben sie dir gegeben, um dich so zu vertieren? Du schmähst mich, jagst mich weg und hältst es nicht einmal für nötig, mir einen Grund anzugeben! Du bist von Sinnen! Du tust mir leid.» Entrüstung sprach aus ihrer Haltung, flammte in ihren Worten.

Ohne Aufschrei und beinah ruhig wiederholte er:

«Ich habe dir gesagt, was du bist! Und keine von den

Weibern, zu denen du gehörst, ist schamlos wie du. Es hat keinen Wert, wenn ich rede.»

«Ich verlange, daß du sprichst!»

«Was du getan hast, weißt du selbst.»

«Ich habe mich dir ohne Maß und Rückhalt hingegeben. Das ist mein einziges Unrecht!»

Heiß und flüchtig glitten ihm die Worte durch die Zähne, wie einer glühende Kohlen rasch von seinen Fingern schüttelt, die er aufgelesen hat, um einen Brand zu vermeiden:

«Ohne Maß. Freilich bist du maßlos genug, um dir einen Liebhaber im eigenen Haus zu halten, um den zu verführen, der dir am nächsten steht, unter den Augen deiner jüngeren Schwester...»

Sie machte einen Satz und schrie wieder voll Entrüstung:

«Ah, niedriger Tor, niedriger, gemeiner Tor! Wie wagst du, mir diesen ungeheuerlichen Verdacht ins Gesicht zu schleudern?»

«Es ist kein Verdacht, es ist Gewißheit!»

«Niedriger Tor!»

«Wie oft hast du selbst den Verdacht mit tausend trügerichen Andeutungen erweckt und genährt, aus kranker Lust an meiner Marter! Du weißt es, und ich erinnere mich an jedes Mal. Ich spüre noch alle Wunden davon. Nur glaubte ich, es sei nur ein Spiel mit der Vorstellung der Schuld, eine deiner tausend grausamen Perversitäten. Ich hielt es nicht für möglich, bei einem Geschöpf, das jeden Tag sich in meiner Umarmung windet und stöhnt und genießt und jeden Tag mehr fordert und jeden Tag sich leidenschaftlicher hingibt...»

«Du selbst verteidigst mich jetzt! Damit verteidigst du

mich selbst, gibst du selbst den Beweis deines Wahnsinns!»
«Zu allem fähig! Entsinnst du dich? Entsinnst du dich auf der Straße nach Mantua? Das war deine Antwort, das waren deine Worte. Mit diesen dunklen Worten stelltest du mir Qualen in Aussicht und Schande und drohtest du mir mit allem Bösen. Ah, hätte ich dich damals in den Staub geschleudert, hätte ich dich und mich gegen jene Baumstämme geschleudert und deine Falschheit und mein Verderben geendet!»
Sie stand unbeweglich da. Die Notwendigkeit, sich zu rechtfertigen, empfand sie als Erniedrigung. Der gequälte, wuterfüllte Mann vor ihr, der in seinen Schmähungen, seiner Verachtung, seiner Rachsucht jedem andern Manne glich, erschien ihr jetzt schwerfällig und beschränkt. Sie hätte ihm antworten wollen: ‹Es ist wahr. Ich entsinne mich. Aber ich sagte auch: Die Liebe, die ich liebe, hört nicht auf zu sagen: Mache mich leiden, mache mich immer noch mehr leiden! – Ah, warum bist du wie alle anderen, warum ist deine Eifersucht so blind, so tierisch? Ich liebe dich bis in den Tod! Das ist sicher. Wenn du jetzt wirklich die Kraft hättest, mich wegzujagen oder mich zu verlassen, würde ich es sicher nicht überleben. Und doch, die Schuld, deren du mich anklagst, ich habe sie begangen, und ich will mich nicht rechtfertigen. Ich habe sie begangen, weil ich die Liebe liebte, weil es eine Lüge ist, daß die Vollkommenheit der Liebe in der Vereinigung von zweien besteht. Und ihr Männer wißt das und wagt es nicht zuzugeben. Wie jede Gottheit erreicht die Liebe ihren höchsten Ausdruck nur in der Dreieinigkeit. Und das ist keine perverse Empfin-

dung, ist kein falsches Spiel in mir, sondern ein Wort, für das ich als Märtyrerin zeuge mit dem schmerzlichsten Blute meiner Brust. Solch eine Liebe verschmäht die Freude für ein unbekanntes, aber unendlich hohes Glück, dem die Seele unablässig in jenem reinsten Schmerze zuströmt: dem Schmerz ohne Hoffen. Aber das Paar braucht stets ein Joch und seufzt ewig darunter und beugt sich zum Staub und zur Erde, und vielleicht ist es unvermeidlich, daß der strenge Pflüger es leitet. Ah, wann wird der Geliebte aufhören, ein blinder Feind zu sein, und zum nachdenklichen Bruder der Lust werden? Ich weiß, ich weiß: du wirst es nie begreifen! Du wirst eher die Sterne in ihrem Kreislauf erfassen als mein Geheimnis! Kein Wort und keine Tränen werden dich je überzeugen, daß ich nicht dem häßlichen Laster gefolgt bin, sondern dem göttlichen Leidensdrange, den ich in mir trage. Ich habe weder Lust gesucht noch gegeben, ich habe nur eine bebende Hand in meine bebende Hand genommen, um hinabzusteigen und den Boden des Abgrundes zu finden oder vielleicht den Tempel der Unterirdischen. Mein Tun war nicht fleischlich, sondern war eine traurige Weihe. Und auch für dich, Schweigsamer, der nur zu Schmähung und Zornwort die Lippen öffnet, bin ich eine mystische Wissenschaft: nicht Glückseligkeit bin ich und auch kein Unheil, sondern ein tiefes Wissen.›
Mit gesenktem Kopf und wie abwesend ging sie gegen den Diwan zu, ließ sich ganz ausgestreckt hinsinken und bedeckte ihr Gesicht mit den Händen. Ihr bleicher Nakken, schamhaft wie ihr Geschlecht, ihre glatten Schultern, die Einsenkung ihres Rückens, ihre Taille, ihre Hüften, ihr langer Oberschenkel und ihre schlanken Beine,

die zum Teil unter dem aufgerafften Rock hervorsahen, waren sichtbar. Sie war ganz in den quälenden Zweifeln befangen, die ihre Seele bedrängten, und indessen verwirrte die Linie ihres Körpers die männlichen Instinkte Paolos.

«Du sagst nichts?» fragte er stumpf und beherrschte sich, um sich nicht auf sie zu werfen und sie zu mißhandeln. «Du sagst nichts jetzt? Du gestehst also?»

Die verhaltene Heftigkeit in ihm ermüdete sie, seine rauhen Fragen quälten sie wie ein unerträgliches Geräusch. Die Macht der Lüge wich von ihr. Der Wortschwall einer Rechtfertigung ward ihr unerträglich.

«Wie lange geht die Schändlichkeit schon?»

Sie empfand etwas wie Mitleid mit ihm, denn er erinnerte sie in diesem Augenblick an einen andern Mann, einen andern Liebhaber von ihr, der sie, wie er sich betrogen glaubte, fast mit den gleichen Fragen bestürmt hatte, fast mit den gleichen Bewegungen.

«Vielleicht hattest du ihn schon verführt, ehe du mich kennen lerntest und an dich locktest! Schon damals in Mantua lag etwas Schlüpfriges in seiner Affektation.»

Es war ihr unmöglich, diese bitteren Schmähungen zu ertragen, die nicht aus dem Zorn, sondern aus schlecht verhaltener Sinnlichkeit hervorzubrechen schienen, diesen engen, beschränkten Schmerz, eng und beschränkt wie jedes körperliche Leiden, wie eine Brandwunde, wie eine Verrenkung, wie ein Schnitt. Wieder einmal sah sie den Mann klein und erniedrigt vor sich, in eine langweilige Bestie verwandelt, sah wieder die Liebe, die auf vier Füßen ging und ihre leuchtende Stirn verloren hatte. Sie achtete nicht mehr auf seine Worte, hörte nur

noch das unterdrückte Stöhnen der Begierde in seiner Stimme.
«Willst du nicht antworten?»
Er hatte sie plötzlich an den Schultern gepackt und schüttelte sie. Sie blieb regungslos und wartete. Er ließ sie los und trat mit einem tiefen Schauder zurück:
«Geh», sagte er, «geh! Ich möchte dich nicht umbringen.»
Sie stand auf und sagte:
«Ich gehe.»
Sie standen einander gegenüber. Sie sah ihn nicht an, aber sie wußte, daß sein ganzes Sein einem Verhängnis zuneigte, von dem keine menschliche noch göttliche Gewalt ihn retten konnte.
«Ich gehe.»
Sie wandte sich um, um Handschuhe, Hut und Schleier zu nehmen.
«Adieu!»
Das Wort kam nicht über ihren Mund. Paolo hatte sich auf sie gestürzt, sie zu Boden geworfen, bildete ein Knäuel mit ihr. Er schlug sie mit der Faust ins Gesicht, auf die Arme, auf die Brust und brüllte dabei das Wort der Schmach.
Sie schrie nicht auf, versuchte nicht, sich zu wehren, aber bei jedem Schlag ließ sie ein leises Stöhnen hören, ein tonloses Flehen, das dem Stöhnen glich, mit dem sie damals in Mantua das Wunder des ersten Kusses begleitet hatte, leise und schwach wie das Klagen eines kranken Kindes. Sie spürte den süßlichen Geschmack im Mund, den sie kannte, und diesmal war es nicht nur ein einzelner Tropfen. Dann spürte sie, wie der andere Mund sich auf

den ihren stürzte, schwerer als die Faustschläge, wie die Mißhandlungen aufhörten und die Hände zu einer andern Gewalttat übergingen, wie das Fleisch in ihr Fleisch eindrang, gleich dem Eisen, das tötet. Und im Grau der Dämmerung, im Dunkel dieses Alkovens der Liebe, zwischen diesen vier Wänden, die vier schwarzen schweigenden Zeugen glichen, war es jetzt wie ein wilder Kampf zwischen zwei um den Leib zusammengefesselten Gegnern, klang stärkeres und stärkeres Keuchen, wie aus Hälsen, an denen die Adern zum Zerreißen schwellen, und dies wilde Schüttern, wie wenn einer die rötesten Wurzeln des Lebens aus ihrem tiefsten Grund zu reißen und über die Grenze zu schleudern versuchte, die der Wollust des Menschen gesetzt ist.
Er heulte auf, als hätte sich diese Grausamkeit an ihm vollzogen, erhob sich, fiel wieder zusammen. Sie schüttelte sich mit einem Röcheln, das in Weinen überging, in ein Weinen, das noch viel unmenschlicher klang als sein Schrei. Und beide blieben sie wie zerschmettert auf dem Boden liegen im violetten Schein des Abends und fühlten sich beide lebend und befleckt, mit etwas Leblosem, das zwischen ihnen lag, wie die Überreste einer dunklen Mordtat zwischen ihren getrennten Leibern. Und sie hörte nicht auf zu weinen. In den Scheiben der Fenster lag immer dunkles Blau. Das Dunkel fing sich in den Falten der Vorhänge, in den Ecken, in den Türen. Der Lärm der Stadt drang nur undeutlich bis in diese Stille. Und sie weinte unaufhörlich.
Ihr Weinen war wie das Weinen Lunellas, war wie ein Gießbach, überschäumend, zügellos. Die rasch aufeinanderfolgenden Stöße des Schluchzens drohten sie zu er-

sticken. Ihr Gesicht schien im Fluß der Tränen gleichsam seine Härtung zu verlieren.

Er schleppte sich plötzlich mit Händen und Füßen nach dem Teppich. Der erste Ton des Englischen Grußes drang in das wachsende Dunkel. Er hielt inne, denn ein neuer, heftigerer Ausbruch von Weinen nahm ihm die Kraft, machte ihn wieder zu einem hohlen, elenden Ding.

«Isabella!» rief er und zitterte an allen Gliedern.

Sie hörte nicht auf zu weinen. Er richtete sich empor, er wankte an der Wand entlang. Ein Schimmer von Licht erhellte das Zimmer. Und jetzt sah er sie vernichtet und zerstört auf dem Boden zusammengekauert, in sich selbst zusammengezogen wie ein armes verscheuchtes Tier und die Arme über dem Gesicht gekreuzt, wie um sich zu verbergen. Und das Herz blutete ihm.

«Isabella!»

Er ließ sich neben ihr auf die Knie nieder, suchte ihr die Arme wegzuziehen, die sie hartnäckig über ihrem Gesicht gekreuzt hielt. Ihr Mund triefte von Blut und Tränen.

«Vergib, vergib!» stieß er verzweifelt hervor.

«Es ist wahr, es ist wahr: ich bin von Sinnen, ich bin gemein. Es ist wahr. Vergib, Isabella, vergib!»

Er war außer sich vor Reue, Mitleid und Leidenschaft. Zitternd bog er ihre Arme zur Seite und entdeckte die Spuren seiner Schläge, sah dieses arme, entstellte Gesicht, das ganz von Tränen durchtränkt war, als hätten sie sich von den Lidern unter der ganzen Haut ergossen.

«Verzeihst du mir? Verzeihst du?»

Er krümmte sich vor Angst, hielt ihre Hände.

«Verzeihst du mir?»
Und aus dieser Auflösung in Tränen, aus diesen armen, gefurchten und zerschlagenen Wangen, von diesem Kinn, das abgemagert schien in dieser trüben Stunde, aus diesem ganzen mißhandelten und im Leiden gleichsam zusammengerollten Geschöpf löste sich noch einmal etwas Kurzes, Unendliches, etwas Flüchtiges und Ewiges, etwas Gewöhnliches und Unvergleichliches: ein Blick, dieser Blick. Und das war alles.
Und sie blieben hingestreckt eins gegen das andere auf der gleichen Stelle, auf der sie den finstern Mord verübt, wortlos hingestreckt, überwältigt von einer Liebe, die größer war als ihre Liebe und die ihnen vielleicht jetzt von der Stätte der verfallenden und verlassenen Schönheit zurückkam.
«Liebst du mich?» fragte er in einem Hauch, in dem sein ganzes Leben atmete.
Sie schmiegte sich an ihn mit einer jener Gebärden von Hingebung, die unwiderstehlich waren, mit einer ihrer flüssigen Bewegungen, in denen sie dem nassen Gewande glich, das dem Körper anliegt, oder dem Öl, das in die Lampe gegossen ihre Form annimmt, still wird und leuchtet.
«Steh auf», bat er, «komm! Ich werde dich tragen.»
Und leise fügte er hinzu:
«Ich werde dich entkleiden, ich werde dich waschen.»
Sie antwortete:
«Es ist spät. Ich muß gehen.»
Beim Aufstehen schwindelte ihr. Wie sie wieder zu sich gekommen, blickte sie erstaunt und mißtrauisch überall umher, spähte in alle Ecken. Dann sagte sie mit einem

ungewohnten Ausdruck, als sei sie eine andere geworden oder träume:
«Heute abend muß ich früher gehen. Ich muß früh nach Hause kommen. Sie könnten mich hinausschließen. Heut ist Freitag. Ich hätte nicht ausgehen sollen. Das Tor ist sicher geschlossen. Und ich muß auf der Straße bleiben. Sie lassen mich nicht mehr herein. Gewiß spionieren sie mir nach! Gewiß wissen sie jetzt, daß ich hier bin! Ich werde zu spät kommen. Sie werden mich hinaussperren...»
Ihre Worte wurden zusammenhanglos. Eine geheime Furcht schien ihre Gedanken aufzulösen.
«Was sagst du da, Isabella? Wie können sie dich hinaussperren, wer?»
Rasch antwortete sie:
«Die Hyäne. Mein Vater und die Hyäne.»
Dann schüttelte sie sich, schlug mehrmals mit den Wimpern, um eine Vorstellung zu verscheuchen, die sie erregte, drückte den Rücken ihrer Hand auf den Mund und betrachtete dann den Handrücken, auf dem eine Blutspur sichtbar wurde. Er starb vor Bangigkeit, vor Scham und Zärtlichkeit beim Anblick ihres kleinen entstellten Gesichts, der geschwollenen roten Lider, des wunden Munds.
«Isabella!» rief er, wie man jemand anruft, um ihn aufzuwecken.
«Da bin ich», antwortete sie.
«Mir war es, als sagtest du merkwürdige Dinge.»
«Was sagte ich?»
«Komm, ich werde dich auskleiden, ich werde dich waschen. Bleib hier bei mir, ich flehe dich an! Ruhe dich bei

mir aus! Geh nicht weg! Es darf nicht sein, daß wir heute abend auseinandergehen.»

«Ich muß gehen. Sie erwarten mich.»

«Du kannst von hier aus Chiaretta benachrichtigen. Geh nicht, verlaß mich heute abend nicht, Isabella!»

Er überhäufte sie mit Liebkosungen.

Sie ließ sich überreden, ließ sich ins Nebenzimmer führen. Und für einen Augenblick umfing sie die Illusion. Sie kamen sich wieder vor wie bei einem ihrer geheimen festlichen Abende, wenn die Zimmer voll von Blumen waren, wenn sie an einem kleinen Tisch saß mit auserlesenen Gerichten und Speisen, wenn sie sich entkleidete und über ihrer Nacktheit einen der langen, farbigen Gazeschleier trug. Er ging hinaus, um die geschickte, verschwiegene Frau zu verständigen, die die Bedienung besorgte. Als er zurückkam, fand er Isabella, wie sie vor dem Spiegel sorgfältig die Spuren der Schläge in ihrem Gesicht untersuchte. Sie hatte auf der Stirn eine lange rote Schramme, eine andere am Hals und über dem rechten Ohr, eine schwärzliche Anschwellung an der Oberlippe, an verschiedenen Stellen Quetschungen, die anfingen, sich dunkel zu färben. Sie lächelte in den Spiegel, ohne sich umzudrehen, und ihre Lippe schmerzte von der Bewegung der Muskeln.

«Was soll ich sagen, wenn sie mich fragen?» Dann wandte sie sich um und fügte hinzu: «Vana wird nicht fragen. Sie wird erraten.» Sie stand unruhig auf.

«Ich muß Chiaretta benachrichtigen.»

Nachdem sie gesprochen hatte, blieb sie noch vor dem Apparat und horchte, die Wange gegen den schwarzen Trichter geneigt.

«Ich tue unrecht hierzubleiben!» sagte sie.
Er bemerkte etwas Ungewohntes an ihr.
«Aber warum bist du so unruhig?»
Es war nicht ihre gewöhnliche Unruhe, die er an ihr kannte, es war etwas anderes, das sich in beginnenden Bewegungen äußerte, in kleinen Muskelzuckungen, in flüchtigen Blicken, die ihr nicht gehörten. Unter den Linien ihres Gesichts, die Schmerz und Tränen schon geändert hatten, erschien zuweilen, fast unbemerkbar, eine fremde Linie, die auftauchte und wieder verschwand. Er beobachtete sie mit unablässiger Aufmerksamkeit, ohne selbst zu wissen warum.
«Laß mich dir beim Auskleiden helfen!»
Wie sie ihm den Rücken zuwandte, um sich von ihm aufhaken zu lassen, sagte sie plötzlich ernst und ohne Bitterkeit:
«Vana hat mich bei dir angeklagt.»
«Nein, du irrst dich.»
«Vana ist heute bei dir gewesen.»
«Du irrst dich.»
«Arme Kleine, Süße!»
Trauer und unendliches Mitleid lagen in ihrem Ton.
Er hatte sie traurig gesehen, fröhlich, zärtlich, zornig, lasziv und grausam. Er hatte sie von allen Seiten gekannt, von allen Seiten gesehen, nur nicht von dieser. Es war wie ein resignierter, beruhigter, gesammelter Ernst.
«Sieh», sagte sie und betrachtete ein Mal, schwarz wie Tinte, auf ihrem Arm, «mein wirkliches Blut ist schwarz!» Sie hatte die Ärmel von ihren Armen gestreift, von ihren Armen, nicht voll, aber fest und schön geformt, die die frischeste Frische des Lebens in sich zu

tragen schienen wie eine Girlande, die sich mit jeder Frühe erneute. Ihre nackten breiten Schultern wurden sichtbar, ihre kleinen Brüste auf dem tiefen Brustkorb, gewölbt wie die Brust der tönenden Musen. Der Saum des Hemdes war wunderbar als Ausschnitt und Stickerei, das kunstvoll gefügte Mieder hatte die Zartheit und Vollkommenheit eines Blumenkelches, die Bänder, die von da nach unten liefen, um die Strümpfe zu halten, waren voll sinnreicher und kostbarer Schnallen und Schleifen.

Alle ihre Hüllen hatten ihren Anteil an der intimen Eleganz und schienen um so reicher und feiner zu werden, je mehr sie sich der Haut näherten. Jetzt fielen sie wie schlaffe Hindernisse, die diesem Körper so wenig anstanden als einer Statue, gleichsam weggedrängt von einer stolzen Strenge, die ähnlich dem Marmor jede einzelne Form größer und glatter erscheinen ließ. Wie sie die Schuhe ausgezogen hatte und mechanisch mit ihrer gewohnten Bewegung die Spitze des Strumpfes anfaßte, um ihn abzuziehen, berührte ihn dies unangenehm, wie eine kleine weibliche Manier, die mit der Erhabenheit ihres Körpers im Widerspruch stände. Er kniete nieder und löste selbst die langen glatten Beine aus ihren Hüllen, und so war sie ganz nackt, ohne zu lächeln.

«Jetzt geh!» sagte sie.

Als sie wieder in das Zimmer trat, in dem der kleine Tisch bereitet war, trug sie eines jener Gewänder mit tausend Falten, die ohne ihren Körper zu einer Art enggewundenem Seil zusammenschrumpften und, sobald sie geschickt mit dem Kopf in sie hineinschlüpfte, sich wie zahllose Fächer öffneten. Das, welches sie jetzt trug,

war schwarzblau mit grünen Adern. Der Saum zeigte ein rotgedrucktes Fruchtmuster.
«Die Nelken von Bocca d'Arno?» sagte sie und bemerkte auf dem schmalen Tisch die großen, gekräuselten, schieferfarbenen Blumen.
Das trübe Feuer in ihm flammte wieder auf.
Sie aß mit Unterbrechungen, manchmal mit einer plötzlichen Gier, manchmal mit qualwollem Widerwillen. Auf der Stirn hatte sie die rote Schramme, auf dem Arm das dunkle Mal, an der Lippe die schwärzliche Schwellung, und die Stille wurde von Zeit zu Zeit vom Lärm der Volksmenge aus einem nahegelegenen Amphitheater unterbrochen.
«Erinnerst du dich an den Abend, wo ich dich zu meinem Verlobten ernannte? Ich nannte dich Maimûn. Erzählte dir die Geschichte von der freigelassenen Gazelle, sprach dir von meinem Jasmingarten. Erinnerst du dich?»
«Ja.»
«Dann sprach ich dir von Vana, von Vanas Leidenschaft. Dann von dem kleinen lila Taschentuch, das sie mir in Mantua, im Gemach des Labyrinths, gereicht hatte, um mir das Blut des ersten Kusses abzuwischen.»
«Ja», antwortete er mit einem dumpfen Ton in der Brust und hörte wieder die flammende Stimme der olivfarbenen Jungfrau, die vom Windstoß eines Gewitters ihm zugetragen wurde.
«Ah, warum ist sie jetzt nicht mit ihrem kleinen Taschentuch gekommen und hat es mir wieder hingereicht, um mir den Mund abzuwischen, der von deinem Faustschlag geblutet hat?»

Ohne Hohn, ohne Bitterkeit, ohne Groll sprach sie, aber auch ohne Lächeln, nur mit jenem resignierten, beruhigten, gesammelten Ernst. Es hatte ihn nicht so viel Mühe gekostet, als er in Luzon, eng in Ketten geschlossen und von Hunger geschwächt, sich vorgenommen hatte, seinen Henkern ohne ein Wimperzucken ins Auge zu sehen.
«Morgen wird kein Blut mehr dran sein, aber ich werde zu ihr gehen und sagen: ‹Sieh meinen Mund an, liebe kleine Schwester! Es ist nicht vom Kuß meines Geliebten.› Und werde sie küssen, denn du wirst mich nie mehr küssen können, Aini.»
Er wagte nicht, sie zu unterbrechen, obschon seine Qual jedes Maß überstieg. Sie hatte eine der großen Nelken genommen, hielt sie am Stiel und stützte die Hand auf das Tischtuch, auf dem Früchte, Süßigkeiten, Wein, Kristall und Silber schimmerten. Und etwas wie der Flügelschlag des sich wiederholenden Geschicks lag in der eingeschlossenen Luft des Raumes. Er erinnerte sich an ihr Gesicht von damals, herausfordernd und krampfhaft im Rahmen der enggewundenen Flechten, mit dem goldigen Kerzenlicht auf ihrem Hals und ihren Locken – das Gesicht der Versucherin.
Aber wie unendlich geheimnisvoller war das Gesicht, mit dem sie ihm jetzt gegenübersaß, mit den Spuren der Gewalttat, die er nicht zu unterdrücken vermocht hatte, dies Gesicht, das er geschlagen und geküßt hatte und das ihm weder Schlag noch Kuß nähergebracht.
«Habe ich mich vielleicht zwischen euch gedrängt? Habe ich dich ihr weggenommen? Und wie hätte ich dich nehmen können, wenn du mir nicht schon gehört hättest? Gewiß, damals am Abend in Bocca d'Arno schien es

dir ungeheuerlich, daß ich anfing, dir von der Liebe meiner Schwester zu sprechen. Aber ich suchte sogar, sie dir zuzuführen. ‹Bring ihn dazu, dich zu lieben!› sagte ich zu ihr. Du fandest es ungeheuerlich. Aber wer will über die Liebe zu Gericht sitzen? Wie bringst du es fertig, zu verdammen oder loszusprechen? Nichts ist gewiß als die Grausamkeit und der Hunger des Herzens, und Blut und Tränen und das Ende, das allem gesetzt ist. Und man weiß nicht einmal, wann die Stunde des Weinens gekommen ist. Aber vielleicht gibt es noch einen ferneren, tieferen Schmerz zu entdecken. Kennst du den meinen?»
Sie hatte einen jener Momente, in denen sie sich selbst gleichsam aus ihrem Block herausschuf und den Raum einnahm, wie die Schulter, wie die Brust der Aurora auf dem Mediceergrab sie einnimmt.
«Komm!» sagte sie, stand auf und nahm ihren Geliebten an der Hand. «Ich will dich noch einmal in meinen Armen halten.»
Sie zog ihn nach dem andern Zimmer, gegen das grüne Bett, das ihr Fieber kannte und ihre Träume, wollüstig wie Umarmungen, und ihr Erwachen mit dem Stachel immer neuen Begehrens.
«Komm! Erkenne mich ganz, eh du von mir gehst! Atme mich ein! Ergründe mich! Hier ist unsere grüne Grotte. Denk dir, wir seien tief im Grund des Ozeans; denk, der Ozean decke uns, und laß nichts Fremdes an uns rühren! Presse deinen Schmerz gegen meinen Schmerz! Ja, spürst du nicht, spürst du nicht, daß meiner der größere ist? Fühlst du nicht, wie mein Blut schwillt, meine Adern sich dehnen? Ich weiß nicht, was für ein neues wunderbares Wesen sich heute aus mir gebären will. Fühlst du

es? Kannst du es mit deinen Armen umfassen. Nein, heute nacht vermagst du nicht, mich in deinen Armen zu halten. Aber ich werde dich umschlingen.»

Es war ihm in der Tat, als sei sie ins Riesenhafte gewachsen, als sei es seinen Liebkosungen nicht mehr möglich, überall hinzugelangen. Und sie war reiner wie die Aurora, ausgehauen im Stein der menschlichen Qual und nur unter der Brust mit jenem Gürtel gegürtet, der wie der Reif ist, der Tag und Nacht auf der Erdkugel scheidet – nicht mehr Jungfrau, aber noch unfruchtbar und erschöpft von den Bangnissen der unerfüllten Mutterschaft.

«Erkenne mich», sagte sie, «erkenne mich ganz, eh du von mir gehst, eh du mich verläßt! Presse deine Qual gegen meine Qual! Schüttle mich, hebe mich empor und fühle die Last in mir, die schwerer ist als mein Fleisch! Mach mich noch einmal bluten, wenn du noch nicht weißt, wie mein Blut schmeckt! Quäle mich noch mehr, o mein Geliebter, quäle mich immer noch mehr, bis du mir gleich wirst! Denn nur in der Grausamkeit können wir uns gleich werden. Denk an meine Tränen, wie ich an das Wort denken werde, mit dem du mich schlugst...»

Eine rasende Verzweiflung überkam Paolo. Keine Liebkosung befriedigte ihn, denn keine war ihr neu. Vielleicht sprach sie dies alles nur, um ihn seine Einsamkeit empfinden zu lassen. Und von Zeit zu Zeit drang das Geräusch der eingeschlossenen Volksmenge im Theater zu ihnen durch die Stille der Nacht, wie ein Gebet von Blinden.

«Da bin ich. Nimm mich, wie ich bin, einmal wenigstens! Umschlinge *mich* und nicht den Traum deiner Begier! Laß mich einmal wenigstens ganz dir gehören, besitze du mich einmal wenigstens ganz!»

Er schloß ihr den Mund, um ihre Worte zu ersticken, sog mit seinen Lippen ihren Atem ein, ihren tiefsten Atem, von dem nur die Adern wissen, die Träume und die Gedanken. Er faßte mit einer Hand ihr Kinn, mit der andern ihren Nacken, wie beim ersten Kuß, und hielt sie und trank, bis in seinen Speichel der Geschmack des Blutes kam.

Sie lagen im Fieber, jenseits von Zeit und Welt. Sie versuchten, aus ihren lebendigen Leibern ein immer engeres Band zu flechten, ihre beiden Leben zu einem Tod zu vereinen, der einem neuen Leben gliche.

Sie hielten nur inne, um durch das Fleisch hindurch zu fühlen, wie ihre Seele sich verzehrte und jedes von ihnen glaubte, die gequälte Hälfte an sich reißen zu können. Sie hofften, sie im Speichel zu spüren, im Blut, in den Tränen, im Schweiß, im Samen. Sie brachen zusammen und erhoben sich wieder.

Sie sprach:

«Erkenne mich ganz!»

Sie sprach:

«Suche mich! Ergründe mich!»

Sie sprach endlich:

«Töte mich!»

Und es war umsonst. Sie brachen erschöpft zusammen. Er blieb wie leblos liegen. Sie richtete sich unersättlich wieder auf, stützte sich auf den Ellbogen, sah nach den Wänden, lauschte in die Nacht hinaus, bebte vor Erwartung. Alles war Schweigen. Der Lärm des Amphitheaters war verstummt. Ihr wachsames Ohr vernahm das Schluchzen eines Wasserstrahles in dem kleinen Garten. Und unter dem Eindruck dieses Geräusches füllte sich ihr Herz wieder mit den Wassern der Qual, lief über und ergoß sich. «Worauf hörst du?» frug Paolo, ohne die Augen zu öffnen. Sie sah nach ihm hin. Er lag da auf der linken Hüfte, den Kopf zurückgebogen, die eine Faust unter die Wange geschoben, das eine Bein etwas unter das andere, ausgestreckte, gekrümmt und den rechten Arm gerade an der Hüfte anliegend bis zum nervigen Schenkel – wie der Mann aus Theben, dem es nicht gelungen, das Rätsel zu lösen, und der dafür Brust und Kralle der Sphinx gespürt. Sie sah ihn an, wie er getrennt von ihr dalag und doch Gebein von ihren Gebeinen, Fleisch von ihrem Fleisch. Sie sah ihn in seiner Einsamkeit, alle Glieder seines Körpers um den wilden Schmerz zusammengekrümmt, und doch unlösbar von ihr.

War dies die letzte Nacht, das letztemal? Sie zuckte in allen Fibern, wie sie sich über den Besiegten beugte, und stöhnte mit einem Ton, der aus ihren tiefsten Eingeweiden kam:

«Stirbt man so?»

Und sie wußte nicht, warum sie das sagte. Und er antwortete nicht, sondern reckte sich nur wie einer, der den Geist aufgibt.

Ihr Geist verwirrte sich. Das undeutliche Gefühl eines Doppellebens beherrschte ihren Körper. Sie suchte ihre Sinne zur Aufmerksamkeit zu zwingen, aber es gelang ihr nicht mehr, das Wasser im Garten zu hören, noch sonst ein erkennbares Geräusch. Die Stille lebte ihr trügerisches Leben, mit Tönen, die ihre Natur änderten, sobald das Ohr sie zu unterscheiden versuchte. Plötzlich war es ihr, als höre sie das Geräusch der Schritte von jener Nacht in Volterra, jenen undeutlichen, unaufhörlichen Schritt, der sie mit Entsetzen erfüllt hatte.

Sie stieß einen Schrei aus:

«Vana!»

Im Dunkel der Tür sah sie die weiße Erscheinung der Schwester, das Haar aufgelöst, wie damals, das Weiße in den Augen leuchtend wie damals, den Blick starr auf sie gerichtet, die Hand auf die Brust gepreßt.

«Vana! Was machst du hier? Wie bist du hereingekommen? Vana!»

Sie sprang vom Bett herab und auf sie zu. Die Erscheinung war verschwunden. Sie lief durch die Tür ins Nebenzimmer und rief sie bei Namen. Sie stand allein in Nacht und Grauen.

«Paolo!»

Er kam herbei. Umfaßte sie, trug sie aufs Bett zurück, hielt sie in den Armen.

«Hast du sie nicht gesehen?»

Die Kiefer zitterten ihr so, daß sie kaum die Worte zu formen vermochte.

«Du hast geträumt! Isabella, Isabella, hab keine Angst! Zittre nicht so!»

Er selbst ward seines blinden Entsetzens nicht Herr.

«Es war Vana, es war wirklich Vana! Wir haben sie gesehen. Ich habe sie fast berührt. Sie lief weg. Such nach ihr... Vielleicht ist sie noch da!»

«Du phantasierst.»

Er faßte an ihre Schläfen, um zu fühlen, ob sie heiß waren, versuchte sie zu beruhigen.

Sie stöhnte:
«Halt mich, halt mich fest!»
Sie war nicht mehr das große Geschöpf des Titanen, war nicht mehr die Aurora. Sie war nur noch eine arme, bebende Kreatur, die sich an seiner Brust zusammenkrümmte und Zuflucht und Schutz verlangte.
«Ich friere.»
Sie schlug unaufhörlich mit den Zähnen. Im Vorrücken der Nacht hatte die Wärme des Zimmers abgenommen.
«Deck mich zu! Ich friere.»
Er deckte sie zu.
Sie wand sich mit ihrem Körper um ihn, saugte sich ganz an ihm fest, daß es schien, als besitze ihre Haut die Eigenschaft von Schröpfköpfen und Saugarmen. Von Zeit zu Zeit stöhnte sie mit dem Ton eines kranken Kindes. «Ahi!» stöhnte sie, denn die Schürfungen fingen jetzt an, ihr weh zu tun, denn ihr Schmerz setzte sich jetzt aus vielen kleinen Schmerzen zusammen.
Aber allmählich stieg ihr aus dieser Umschlingung ein langsames Wohlgefühl, wie wenn ein aufgepfropfter Zweig seinen Saft mit dem Saft der andern Pflanze zu vermischen beginnt.
«Ahi!» stöhnte sie, aber schon war es nicht mehr die kindliche Klage.
Es war der Lockruf des andrängenden Begehrens. Und das Blut schwoll, und die Adern dehnten sich, und sie ward wieder groß und mächtig. Und noch einmal versuchten sie, ihre beiden Leben zu einem Tod zu vereinen, der einem neuen Leben glich.
Sie sprach:
«Stirbt man so?»

Und sie sanken zusammen und erhoben sich wieder, und die Nacht verstrich. Und sie sanken wieder zusammen, um sich nicht mehr zu erheben. Ein tierischer Schlaf sank auf ihre dampfenden Leiber, erdrückte sie.

Durch die Spalten der Läden drang der Tag, bleich erst, dann strahlend. Und das plötzliche Pochen an der Tür zum Gang vermochte diesen Schlaf nicht zu brechen, der in der Tat ein Bruder des schwarzen Dämons schien.

Erst als sie an der Schulter gerüttelt wurde, fuhr Isabella mit einem Satz empor. Sie schrie von neuem vor Entsetzen auf, denn sie glaubte sich zu Häupten das Weib mit dem glatten roten Haar, dem sommersprossigen Gesicht, den Albinoaugen stehen zu sehen, das Weib, das das unheilvolle Kraut in der gestreiften Schürze trug, die Nähterin des Leintuchs, auf dem sie diesen tiefen Schlaf geschlafen ...

Aber sie war es nicht, war es noch nicht.

Es war die Bedienerin, die, als ihr Pochen umsonst blieb, sich entschlossen hatte hereinzukommen und sie aufzuwecken.

«Gnädige Frau, Ihre Zofe ist da. Sie sagt, sie müsse Sie sofort sprechen!»

Es gelang ihr immer noch nicht, den Schlaf abzuschütteln.

«Chiaretta!» stammelte sie und fiel in die Kissen zurück. «Was willst du?»

«Wachen Sie auf, gnädige Frau, wachen Sie auf!» wiederholte die Bedienerin.

Paolo hatte die Augen geöffnet und spürte im ungewissen Dämmer, in dem noch die verschleierte Lampe brannte und der Morgen durch die Läden schien, jene

geheimnisvolle Atmosphäre, die das Unheil begleitet. Er sprang sofort auf, fuhr in ein Kleidungsstück, ging auf den Gang hinaus, fand Chiaretta verstört und in Tränen aufgelöst.
«Was ist geschehen?»
«Das gnädige Fräulein...»
«Vana?»
Sie vermochte zuerst nicht fortzufahren und machte nur eine entsetzliche Geste, jene Geste, die keinen Zweifel übrigläßt. Dann fand sie allmählich die Kraft, auf seine angstvollen Fragen zu antworten, und erzählte alles in verworrenen, abgerissenen Worten: die entsetzliche Entdeckung, das offene Fenster, der starre Körper... Die Stimme versagte ihr von neuem, denn zwischen den Vorhängen war ein Gesicht erschienen, das dem im Hause drüben glich. Isabella hatte zugehört, hatte verstanden. Und weniger traurige Bemühung wäre es gewesen, die jungfräuliche Leiche zu waschen und zu kleiden, als jetzt diesen lebenden Körper, noch feucht von Schweiß, noch dampfend von Wollust, von grausamen Mälern entstellt, erschöpft vom langen Martyrium der Liebesnacht, und vom Grauen jetzt unaufhörlich geschüttelt, wie von der ausgestreckten Pranke eines Raubtiers, das das erschöpfte Opfer töten will, ohne daß ein einziger Blutstropfen quillt.
Und dann kam das erbarmungslose Licht des Tages und die Sonne auf dem Pflaster und die Ankunft vor dem halbgeschlossenen Tor des Trauerhauses, dann kam die Stiege, halb auf den Knien erklommen, der Anblick des elenden Vaters und der erbärmlichen Stiefmutter, die die Witterung der Beute hergeführt, und später das Erschei-

nen der Eindringlinge im Namen des Gesetzes, und weiterhin all die Schmach und all die Verzweiflung.
Und alles, alles, aber nimmer Schweigen.

Nun folgten Tage, in denen das Leben wirklich der Erzählung eines Betrunkenen glich, rot von Schmach und Schicksalswut. Wo immer Wille und Schmerz einen Ausweg suchten, fanden sie den Weg verrammelt, stießen sie an eine blinde Mauer, auf einen verborgenen Hinterhalt. An jenem Abend in Mantua hatte ein wahnsinniges Bedürfnis zur Flucht den jungen Menschen von Schwelle zu Schwelle, von Gang zu Gang, von Saal zu Saal durch die unwiderrufliche Verwüstung des Palastes gejagt: jede Tür eine Drohung, jede Treppe ein Grauen, jeder Gang ein Abgrund. Jetzt irrte jeder der drei Überlebenden wie er: nicht im sommerlichen Palast der Träume, sondern im Wirrnis und Geflecht der Ereignisse und Geschicke, im Zwang der Hindernisse und Nöte, im Geheimnis des eigenen Geistes und in der Zufälligkeit der äußeren Ereignisse. Jeder Versuch zur Tat schien das Gespenst eines Verbrechens nach sich zu ziehen.
In einer Stunde, der trübsten von allen, war es Paolo Tarsis, als käme ihm Botschaft von seinem Freunde, der ihm über den Tod hinaus die Treue hielt. Aus unendlicher Ferne kehrten ihm alte bekannte Worte im Herzen wieder: ‹Komm mir näher, daß wir für ein wenig uns einer an den andern pressen und der Tränen des Todes genießen!› Und das Gelübde der traurigen Braut ward nunmehr auch sein Gelübde: ‹Bald, bald komme ich!›
Der Jahrestag von Brescia näherte sich. Schon war der

neunte Monat seit dem Tag der Trauer verstrichen. Das Volk der Stadt, das sich zum neuen Fest der Lüfte rüstete, hatte beschlossen, auf dem Flugfeld ein Erinnerungszeichen an den Gestürzten zu errichten. Nach dem Wettbewerb des vergangenen Jahres war die Statue der Viktoria auf dem ländlichen Karren mit den sechs lombardischen Rindern in ihre Zelle zurückgekehrt, aber die römische Säule mit ihrer tiefen Kannelierung und dem korinthischen Kapitäl mit verwitterten Akanthusblättern war mitten im Feld aufrecht stehengeblieben. Auf Beschluß des Volkes sollte eine neue Statue, zu der das Ärar der Stadt die Bronze lieferte, an Stelle der alten treten und dauernd das Andenken des ligurischen Helden verherrlichen.

Das Werk war dem bolognesischen Bildhauer Jacopo Caracci übertragen worden und stand jetzt fertig in der Werkstatt des Gießers. Der Künstler hatte es in zwei Exemplaren in Wachs ausgeführt: die eine Statue war für das Feld bei Brescia bestimmt, die andere sollte auf dem Felsen von Ardea von den Gemeinden Latiums gemeinsam aufgestellt werden. Jetzt forderte er Paolo Tarsis auf, dem Guß beizuwohnen.

Seit Wochen atmete dieser wie unter einem ewigen Alpdruck. Rasch traf er seine Vorbereitungen zur Fahrt über den Apennin mit einem Gefühl der Erlösung, so unwiderstehlich war in ihm das Verlangen, den Ort zu wechseln, den Gespenstern zu entrinnen, mit Macht den Morgen einzuatmen.

Es war ein Morgen im April, aber die Fahrt war freudlos. Die Berge standen düster und in Wolken gehüllt. Über den ganzen Apennin wehte ein eisiger Wind. Er hielt zweimal die Maschine an und war im Begriff, umzukehren: zweimal kämpfte er die Ahnung nieder, die ihn peinigte. In Bologna hatte seine Bangigkeit so zugenommen, daß er keine Ruhe fand, bis er den Versuch machte, die Stimme der unglücklichen Freundin wenigstens aus der Ferne zu hören. Er wartete lange auf dem Telephonamt. Das Pochen seines Herzens füllte die dumpfe Zelle. Im Apparat war nichts vernehmbar als ein unverständliches Stammeln, und er ergoß umsonst seine Bangigkeit in den schwarzen Trichter.

Später ging er nach der Werkstatt des Gießers. Ein dünner Regen fiel. Unter dem geräumigen Schuppen brannte schon der Gießerofen. Der Rauch verbreitete sich unter dem Dachgebälk, strich über die Haufen von Erde und Ziegelsteinen, um die Risse und Löcher der Mauern. Und die Erinnerung an die Hölle von Monte Cerboli schoß ihm durch den Kopf.

Jacopo Caracci führte ihn an den Rand einer Grube, in deren Dunkel sich die Arbeiter bewegten. Unter Ketten, Tauen, Flaschenzügen vorbei, zwischen Reisigbündeln, Traggestellen, Tiegeln und Körben mit Rohmetall hindruch führte er ihn nach der Gießgrube der beiden Wachsmodelle, die ihre Decke aus Lehm noch nicht erhalten hatten. Eine mächtige Gestalt mit ausgebreiteten Flügeln reckte sich ihm entgegen. War es Dädalus? War es Ikarus? War es der Dämon des kühnen menschlichen Fluges selbst? Es schien eher einer der vier Sklaven Michelangelos (die der Titane unfertig im Block zurückgelassen und die sein Neffe Lionardo dem Herzog Cosimo geschenkt), der endlich mit einem Stoß der Schultern, mit einem Stoß des Knies die bittere Knechtschaft gesprengt und mit der Kraft der befreiten Arme zwei Flügel wie große Schilde am Spannriemen ergriffen hätte, um sich mit der ganzen Spannkraft der gefesselten Beine auf die Fußspitze zu erheben und zum Fluge abzustoßen. ‹Der Reiher!› Der Sieger von Brescia vernahm wieder den Schrei der Menge in sich, fühlte wieder den Rausch des Augenblicks, in dem ein ganzes Volk in ihm sich erneute und jauchzte. Es wäre nicht möglich gewesen, die Energie des einen unter vielen in einem Sinnbild von erhabenerem Stil zu gestalten. Er sagte es dem Künstler, der tiefbewegt schien. Er erinnerte auch im Äußeren an den Buonarroti, mit dem platten Gesicht eines bärtigen Silen auf dem kleinen sehnigen Körper. Aber das Metall wollte noch nicht in Fluß kommen. Es fehlte dem Ofen an Zug. Die Tiegel und der Gußkanal waren noch nicht bereit, die Gießer arbeiteten noch in der Grube. Der Meister beobachtete den regnerischen Himmel und beschnupperte den Wind wie ein Seemann. Er setzte die Zeit des Gusses für eine späte Nachtstunde an. Paolo Tarsis ging weg und versprach wiederzukommen. Er irrte in der Schirokkoluft des Abends durch die melancholische Stadt mit ihren endlosen Bogenreihen.

‹Freund, Freund, finde ich dich wieder!› sprach er zum Geist der geflügelten Statue und zum lebendigen Bild des toten Genossen. Noch starrte ein Teil seiner Seele gequält auf die fernen Greuel zurück, aber die räumliche Ferne und die Änderung des Ortes gaben ihm ein unwillkürliches Gefühl von Befreiung. Es war ihm wie die Wiederkehr eines stillen Abends der Freundschaft nach so vielen wirren und ruhelosen Abenden. ‹Freund, Freund, finde ich dich wieder! Hättest du geglaubt, daß wir uns noch einmal finden, nachdem ich so lange verirrt? Siegst du, siege ich, siege ich, siegst du! Das war mein Gedanke damals, das war der deine. Sieh, jetzt haben sie uns zwei gleiche Statuen gemacht! Eine nach der andern werden sie aus dem gleichen Ofen gegossen werden, für deinen Sieg und für meinen Sieg, zu deinem Gedächtnis und zu meinem Gedächtnis. Wenn sie am Jahrestag deinen Namen feiern, muß nicht auch der meine genannt werden? Und muß ich nicht, um deinetwillen, um meinetwillen noch vor jenem Tag das große Wagnis unseres kühnsten Traumes versuchen? In dieser ganzen Zeit von Niedrigkeit und Wahnsinn habe ich dich schlafend in meiner tiefsten Seele bewahrt, ließ ich dich unter der Oberfläche meiner Leiden schlummern. In den Pausen zwischen dem betäubenden Getöse lauschte ich auf deine Atemzüge. Und manchmal war es mir dann, als hörte ich deine Stimme, die den Kurs bestimmte. Denkst du noch daran? – Westsüdwest! Ein Strich südlich!› Und er sah wieder die Höhe von Ardea vor sich, das Tal des Incastro, den Kranz der Latinischen Berge und eine dorische Säule, die das Meer der Circe an den Strand gespült und die sie jetzt auf dem Ochsenkarren nach der Burg führten und dort aufrichteten und mit einem Triumph- und Opferbild von Erz krönten. Er träumte von einem unendlichen Flug, über ein Wasser, das wie die Lethe ihm alle Erinnerung der irdischen Ufer nähme. Der Hauch der Freundschaft schien einen Augenblick seinen Schmerz zu sänftigen, in der warmen Feuchte des Aprilabends, in dem die alte Stadt mit ihren Ziegelmauern, ihren Türmen, ihren endlosen Bogengängen zum Himmel dampfte.

‹Und ich, Aini? Bin ich dir nichts mehr?› fragte jetzt ein blutender Mund. ‹Denk an meine Tränen, wie ich an das Wort denken will, mit dem du mich schlugst...›
Und die Qual begann von neuem, heftiger als je.
Er nahm einen Wagen und ließ sich nach dem Hotel bringen, in der Hoffnung, dort eine Nachricht zu finden, ein Telegramm, eine Antwort. Nichts. Ein schwerer Omnibus, pomphaft wie ein Leichenwagen, rumpelte in den Hof, mit einer einzigen Fremden: klein, alt, krumm, verrunzelt, die ihn mit zwei Uhuaugen ansah. Unter dem Säulengang erkannte er den Tisch wieder, an dem er mit Isabella bei dem kurzen Aufenthalt auf der Fahrt nach Mantua gesessen. Ein Hausknecht hatte einen Putzlappen darauf vergessen. Die Rohrstühle standen leer herum und starrten ihn an.
Nach dem Essen ging er wieder durch die Straßen und wußte nicht, wie er seine Unruhe betäuben sollte. Unter einem grell beleuchteten Bogen hervor hörte er eine lärmende Menge, ein Getöse von Beifallklatschen. An der Mauer und an den Pfeilern hingegen die Bilder von riesigen Boxern, den Oberkörper entblößt, die Fäuste in ungeheuren Handschuhen. Er betrat einen großen überfüllten Saal, den der Atem von tausend erregten Menschen verpestete. Auf einem mit Stricken abgesperrten Podium kämpften ein Weißer und ein Neger. Hinter ihnen stand der Kampfrichter. Aber es war kein Kampf. Es war eine ekelerregende Schlächterei. Der Weiße war schon in einen wüsten Blutklumpen verwandelt, seine Lippen waren zerfetzt, die Nase eingeschlagen, die Augenlider angeschwollen, das ganze Gesicht unkenntlich entstellt. Trotzdem wehrte er sich noch mit übermensch-

lichem Mut und spie Blut und Verwünschungen gegen seinen Gegner. Der Neger grinste höhnisch mit dem breiten Maul voll gelber Zähne und führte erbarmungslos Schlag auf Schlag gegen den Kiefer des Weißen. Es wäre ihm ein leichtes gewesen, ihn jetzt durch einen Stoß in den Magen ein für allemal hinzustrecken; aber er hatte anscheinend einen alten Streit auszutragen, eine langsame Rache zu vollstrecken. Sein Gegner war jetzt am Rand seiner Kräfte, und er hielt ihn wie eine Strohpuppe aufrecht, indem er ihn durch seine raschen Schläge von rechts und links immer wieder ins Gleichgewicht brachte. Der ganze Boden war mit Blut bespritzt. Die Menge heulte aus ihren tiefsten Eingeweiden: «Aufhören! Aufhören!» Die gelben Zähne glitzerten in einem affenartigen Grinsen. Die Polizei schritt ein.

Paola Tarsis, der sich früher oft für derartige Schaustellungen begeistert, floh entsetzt, das Herz in der Kehle. Er dachte an einen Tag, an dem er mit seinem Freund in Sidney von den Stufen eines ungeheuren Stadiums herab, das zwanzigtausend Menschen faßte, dem Endkampf zwischen dem Neger Jack Johnson und dem Kanadier Tommy Burns zugesehen hatte, der auch, wie der hier, in einer Schlächterei geendet hatte. Im Dunkel, am Ende eines Säulengangs, sprachen ihn zwei, drei Dirnen an. Aus einem rauchigen Café kam eine liederliche Gesellschaft mit Mandolinen und Gitarren. Ein grüner Lichtstrahl aus dem Schaufenster einer Apotheke beleuchtete die nassen Fußspuren auf dem Pflaster.

Und es war eine Nacht im April.

Er ging nach der Gießerwerkstatt.

Jacopo Caracci erwartete ihn beim Ofen.

«Nun?»

«Das Metall beginnt zu schmelzen.»

Sie standen schweigend beieinander. Der Bildhauer hatte eine kleine braune Wachskugel zwischen den Fingern und zerdrückte sie unaufhörlich. Der Ofen leuchtete und fauchte aus allen Zuglöchern. Der Meister stieß eine lange gebogene Stange in eins der Löcher und prüfte die Masse. Beim Herausziehen glühte die Stange in seiner Hand, die fast unverbrennbar schien, und seine ganze Gestalt flammte im Widerschein auf. Zwei schweißtriefende Arbeiter zogen die beiden letzten Körbe mit Rohmetall herauf und ließen die Klumpen, einen nach dem andern, in die Glut hinabgleiten, die ihre behaarten Arme versengte. Der Ofen stöhnte und polterte in seinem eisernen Gerüste, durch das Zugloch der Stange sah man das flüssige Metall aufleuchten.

«Fertig?» frug Caracci, etwas blaß, und ließ die Wachskugel fallen.

Die Arbeiter verteilten, auf allen vieren kriechend, brennendes Reisig in dem Kanal, der von der Wand des Ofens nach dem Gußloch der Form führte, um den frischen Lehm auszutrocknen. Einer von ihnen hielt schon den Eisenhaken, mit dem der Zapfen ausgestoßen und das flüssige Metall entfesselt werden sollte. Der Meister war auf die Planke gestiegen, die quer über den Gußkanal gelegt war. «Soll ich?» frug der Mann mit der Eisenstange.

Jetzt war es Paolo Tarsis, als bebe in der Luft eine religiöse Erwartung, wie im Augenblick des Mirakels. Er atmete mitten in der Seele des Feuers und in der seines Bruders. Er spürte den ersten Schlag des Eisens im

Brustbein. Eine tobende, flammende Ader ergoß sich aus der Öffnung, göttlicher als die himmlischen Meteore. Und es war nicht der Fluß des Metalls, der in den Verästelungen der Gußform fauchte und zischte, um die Höhlungen der schönen Statue zu füllen, es war die Schönheit und Unsterblichkeit eines neuen Lebens selbst, die das erhabne brüderliche Bild verewigte und die Seele des Überlebenden wie in einer plötzlichen Reinigung erhob. Wie die Form sich gefüllt hatte, der Hebel sich senkte, der Zapfen die sprudelnde Mündung schloß und das überlaufende Metall im Erstarren sich dunkler färbte, empfand er, daß die Weihe des Feuers sich in ihm vollzogen hatte.

Er wandte sich zu Jacopo Caracci und bemerkte seine Blässe unter der Maske von Staub und Ruß; er sah, daß beide auf dem Rande der Schmelzgrube standen, und daß er selbst Brandspuren auf seinem Gesicht hatte.

«Bis wann die meine?» frug er den Künstler.

Der verstand sofort, daß die Frage sich auf den zweiten Guß bezog.

«In zwei Wochen.»

«Und das Metall?»

«Es ist schon da und ist gut. Kommen Sie und sehen Sie es sich an!»

Er führte ihn nach der Stelle, wo die Metallklötze angehäuft lagen.

«Ich weiß nicht, ob ich wiederkommen kann», sagte ihm Paolo Tarsis. «Aber versprechen Sie, daß Sie mich benachrichtigen werden!»

«Auf jeden Fall.»

«Ich möchte Ihnen ein kostbares Pfand anvertrauen. Die

Hände, die solch ein Kunstwerk modelliert haben, sind ohne Zweifel sichere Hände.»
Eine so männliche Wärme lag in dieser Stimme, daß der Künstler Paolo Tarsis ansah und noch einmal erkannte, daß der Schmerz schöpferisch ist. Er fühlte, daß in ihm sich ein großes Ereignis vollzog. Es schien, als berühre sie beide in dem Augenblick der Genius der Freundschaft. Und er sagte einfach:
«Bei meinem Glauben an mich selbst.»
«Lächeln Sie nicht über meinen Aberglauben! Ich anvertraue Ihnen diesen Ring. Er hat keinen andern Wert als das Datum, das in ihm eingegrabene Datum. Wenn das Metall der zweiten Statue im Schmelzen ist, werfen Sie ihn in den Tiegel.»
Es war ein einfacher Messingreif vom Halfter eines Pferdes, jenes Pferdes, das auf der Sulu-Insel das lange Messer des *juramendato* in der Brust aufgefangen hatte.
«Es soll geschehen», sagte der Bildhauer.
«Lassen Sie mich jetzt das Wachsmodell noch einmal sehen!»
Sie stiegen in das Dunkel hinab. Ein rußgeschwärzter junger Mensch erleuchtete den Weg mit einer Fackel. Die Erinnerung an Aldo in der etruskischen Gruft durchzog Paolo Tarsis' Geist mit einer Fülle von trüben und grausamen Dingen.
«Heb die Fackel hoch!» sagte Jacopo Caracci zu dem jungen Arbeiter.
In ihrem tiefbraunen Ton schien die Statue schon in Bronze gegossen – die Füße auf die Spitzen gehoben, die Sehnen gespannt, um sich von der Erde abzustoßen, die beiden Schwingen erfaßt wie zwei riesige Hohlschilde,

das Gesicht glühend emporgereckt, wie um den Himmel in sich zu saugen.

Sie verabschiedeten sich voneinander, wie zwei Menschen, die ein geheimes Versprechen bindet. Als er an der Gießgrube vorbeiging, sah Paolo das überschüssige Metall, das im gemauerten Kanal zurückgeblieben war. Er bückte sich, um ein Stück, das am Rand eines Ziegels hervorragte und das er schon erkaltet glaubte, aufzuheben; aber er verbrannte sich die Finger. Der rußige junge Arbeiter faßte es mit einer Zange, hielt es in einen Eimer und ließ es aufzischen. Dann reichte er es Paolo hin. Es hatte die Form einer Hand.

Es war noch tiefe Nacht, aber die Wolken öffneten sich hier und dort und ließen die matten Sterne hervortreten. Der verhüllte Mond verbreitete in den einsamen Säulengängen eine weißliche Helle, wie die beginnende Morgendämmerung. Was machte Isabella? Sie schlief nicht mehr: sie hatte den Schlaf getötet. Auch er hoffte nicht, die Augen schließen zu können.

Erst gegen Morgen schlief er etwas. Es war ihm, als habe er seinem Freund noch einmal die Totenwache gehalten. Als er aufwachte, war es spät, keine Nachricht war eingetroffen. Er hieß seinen Mechaniker die Vorbereitungen zur Abfahrt treffen. Dann ging er aus, um sich aufs Telephonamt zu begeben. Der regenfeuchte Platz glänzte in der Aprilsonne, als stimme sich alles auf die Grazie seines Brunnens ab. Das Ziegelbraun der alten Stadt schien etwas von seiner Trübe und seiner Blutfarbe zu verlieren und in ein frohes Rosa hinüberzuspielen. Er empfand ein verzweifeltes Verlangen, die Stimme wiederzuhören, die ihn so unbeschreiblich quälte.

Voll Unruhe betrat er die gepolsterte kleine Zelle. Sie erinnerte ihn an jene anderen Zellen, deren Polsterung dazu dient, den Schrei der Verzweiflung zu dämpfen. Anfangs hörte er im Apparat nichts als ein Rollen, wie von einem fernen Lastfuhrwerk, dann hörte er, wie Isabella auf seinen Anruf antwortete.

«Isabella, bist du's?»

«Nein, nein, ich bin es nicht.»

«Aber du bist es doch! Ich erkenne deine Stimme! Verstehst du mich?»

«Oh! immer dieser Schritt.»

«Welcher Schritt? Was sagst du?»

«Ich weiß nicht, ich weiß nicht. Mein Kopf ist so schwach! Der Kopf dreht sich mir, und dann kommt das Weib und nimmt mir ihn fort.»

«Isabella! Was für ein Weib?»

«Die mit der gestreiften Schürze.»

Ein Frost durchlief seine Knochen. Aus der weiten Entfernung, aus dem schwarzen, gefühllosen Mundstück stieg der Hauch des Wahnsinns auf, strich über sein Gesicht und ließ ihn erstarren.

«Isabella, hör mich an!»

«Wo bist du? Bist du in Mantua? Ah, du hättest nicht hingehen sollen!»

«Weißt du nicht, daß ich hier bin? Warte auf mich! Ich fahre gleich ab.»

«Du hättest nicht in jenen Spiegel schauen sollen. Ich fürchte mich, ich fürchte mich!»

«Isabella, hör mich an! Hörst du mich? Ich fahre sofort ab. Willst du mich nicht sehen?»

«Ah! wie könnte ich dich jetzt sehen, nach dem, was ich

getan habe?» Und dann fuhr sie mit schwacher Stimme fort, als rede sie zu sich selbst:
«Wo war ich diese Nacht?»
Er hatte geglaubt, daß nach der Trostlosigkeit jenes plötzlichen Erwachens im grünen Zimmer das Leben ihm nichts Schlimmeres mehr bringen könnte. Aber nichts von allem, was geschehen war, kam dieser entsetzlichen Angst gleich, die in der Enge des Raums zum Ersticken wurde, nichts seinen verzweifelten Anstrengungen, Hilfe zu bringen, die dieses neue Marterwerkzeug stets zunichte machte – dieser Apparat, der gleichzeitig nahebrachte und auseinanderriß, der mit der Illusion der Gegenwart spielte und mit der Wirklichkeit der Entfernung.
«Wo bist du gewesen? Bist du ausgegangen? Wann?»
«Nein, nie! Ich bin nie ausgegangen, aber...»
«Rede doch!»
«Hörst du, wie sie immer auf und ab geht?»
«Isabella, Isabella! Ich fahre eben ab. In drei Stunden bin ich bei dir. Komm hinüber in unsre Wohnung!»
«Wie kann ich? Du weißt doch, was ich für eine bin! Du hast es selbst gesagt...»
Eine fremde Stimme unterbrach plötzlich das Gespräch. Ein langes heftiges Läuten folgte. Als er aus der Zelle trat, sahen sich alle Leute nach ihm um, so entsetzlich war sein Ausdruck.
Er fand keinen Atem mehr. Es war ihm, als könne er keinen Atem mehr schöpfen als aus jenem Mund, den der Wahnsinn vertrocknet hatte. Er hetzte die Maschine mit dem Pochen seines Herzens die steilen Hänge hinauf, lauschte gespannt auf die Geräusche jedes einzelnen Teils

am Wagen. Er wußte, daß ein Schicksal an dem Überspringen eines Funkens hing, am Loswerden eines Kabels. Wenige Kilometer vor Covigliano im Apennin bemerkte er, daß der Motor aussetzte. Sein eigner Herzschlag setzte aus. Der Mechaniker schüttelte den Kopf und runzelte die Stirn. Der Magnet versagte. Alle Versuche waren umsonst. Sie blieben in der Einsamkeit auf der Straße liegen. Als ein Postwagen vorbeifuhr, ließ sich Paolo nach Covigliano bringen, um Hilfe zu suchen. Es war bald fünf Uhr, und seine Angst wuchs und wuchs unter dem Druck trüber Ahnungen. Er brachte einen Mechaniker aus dem Hotel mit zur Stelle. Nach einstündiger Arbeit setzte sich die Maschine wieder in Bewegung. Aber kaum einen Kilometer weiter versagte sie wieder; da stand sie auf der einsamen Bergstraße, eine leblose schwere Masse, mit dem stumpfen Ausdruck eines halsstarrigen Viehes. Alles Probieren, alle Anstrengungen blieben vergeblich. Paolo fing an zu verzweifeln. Das Wetter war außerordentlich mild. Der Tag ging zu Ende. Eine große Klarheit lag auf den einsamen Bergen. Alle Spitzen vergoldeten sich, alle Schatten spielten ins Rosa hinüber. Der fühllose Mond erhob sich ohne Glanz und ohne Feuer hinter einem Berggipfel, der wie eine Schulter aussah, die noch den Zipfel eines dünnen violetten Gewandes festhielt. Er dachte wieder an den Vollmondabend im August am Strand von Pisa, an die weiße, oleanderumrahmte Terrasse, an den Tanz der Horizonte, den Mimus der Biene. Wo war Isabella jetzt, was machte sie? War sie auf dem Weg zum Versteck? Und fand dann die Tür geschlossen?

Die Zeit verging. Das Licht schwand. Alle Anstrengungen, den versagenden Mechanismus zu reparieren, waren vergeblich. Wie sollte er es anstellen, um nach der Stadt zu kommen? Jede Hoffnung, den Motor in Gang zu bringen, hatte er aufgegeben. Er lauschte auf irgendein fernes Zeichen, auf irgendein Gefährt, das des Wegs käme. In der Tat hörte er vom Paß her das bekannte Knattern eines Wagens.

Jetzt fühlte er sich in Sicherheit. Er erkannte die Maschine seines Bekannten Maffeo della Genga, voll mit Damen in Schleiern und Kapuzen. Sie waren auf einer Vergnügungspartie. Auf seine Bitte gab man ihm erst den Chauffeur, um mit seinem eigenen zusammen noch einen letzten Versuch zu machen. Dann, wie es Nacht wurde, bot man ihm an, sich noch in das vollbesetzte Automobil einzudrängen.

Sie brachen auf und ließen den Kadaver auf der Straße liegen. Von Covigliano schickten sie ein paar Ochsen zurück, um die Maschine nach dem Ort hereinzubringen. Dann fuhren sie ohne Aufenthalt in der Richtung auf Florenz. Das ganze Gebirge war in Violett getaucht. Es war kalt. Die Gesellschaft wurde etwas trübe, drängte sich zusammen und schwieg. Paolo empfand, daß jede Minute von unberechenbarer Bedeutung sein konnte und daß er vielleicht einer dunkeln Katastrophe entgegenging. Auf jeden Fall war keine Minute zu verlieren. Aber sie verloren zehn in der Nähe von Pratolino, um die schlecht instand gehaltenen Scheinwerfer anzustecken. Es war schon acht Uhr vorbei, als sie in die Stadt einfuhren. Paolo wurde vor der Tür seines Absteigequartiers abgesetzt. Er dankte kurz, öffnete die Vortür und schickte sich an einzutreten. Ein Diener aus der Wohnung über ihm kam ihm die Treppe herunter entgegen, als hätte er ihn erwartet, und wollte ihm etwas mitteilen. Er murmelte eine Entschuldigung und sagte dann leise auf der Schwelle zu ihm:

«Eben vorhin, es mag ungefähr acht Uhr gewesen sein, hörten wir bei Ihnen klingeln und stark an die Tür pochen. Gleich darauf kam ein Mann die Treppe zu uns herauf und fing an, ungebührlich an unserer Tür zu hämmern. ‹Macht auf!› schrie er, ‹wir sind von der Polizei. Gehört die Frau da unten zu Ihnen ins Haus? Macht auf, oder wir schlagen die Türe ein!› Und dabei schlug er unaufhörlich wie ein Wilder mit Händen und Füßen gegen die Tür. Die gnädige Frau war außer sich vor Schreck und erlaubte mir nicht, aufzumachen. Ich ging dann ans Treppenfenster und sah hier unten eine große schlanke Dame am Geländer stehen. Sie sah aus wie die Dame, die immer zu Ihnen kommt. Noch ein zweiter Mann stand bei ihr. Sie stand da wie in einer Erstarrung. Der Mann an unserer Tür polterte noch eine Zeitlang fort. Dann, wie er sah, daß wir nicht aufmachen würden und daß die Dame unten nicht zu uns gehörte, stieg er wieder zu dem anderen hinunter, und sie fingen von neuem an, gegen Ihre Tür zu hämmern. Ich hörte undeutlich, wie die Dame verzweifelt und mit erstickter Stimme rief: ‹Lassen Sie mich! Lassen Sie mich! Ich bin es nicht!› Ich konnte nichts tun, um ihr zu helfen, denn Mrs. Culmer ließ mich in ihrer Angst nicht aus der Wohnung heraus. Nachher sah ich vom Fenster nach der Straße aus, wie die Dame in eine Droschke stieg, die auf sie gewartet hatte, und mit den beiden Männern wegfuhr, den einen neben sich, den andern ihr gegenüber. In der Dunkelheit konnte ich die Wagennummer nicht erkennen. Aber im Augenblick, ehe die Dame wieder in den Wagen stieg, hatte ich den Kutscher gefragt: ‹Wo ist die Dame eingestiegen?› und ich glaube verstanden zu haben: ‹Piazza d'Azeglio›. Es kann kaum zehn Minuten her sein, daß ich den Wagen am Ende der Straße verschwinden sah. Wären Sie zehn Minuten früher gekommen, hätten Sie sie noch hier gefunden.»

Seine erste Eingebung war, ihr die Straße hinab nachzulaufen. Aber schon nach ein paar Schritten sah er die Nutzlosigkeit ein, sie ohne nähere Angaben zu verfolgen. Er lief wieder ins Haus zurück, stürzte ans Telefon. Es war unmöglich, die Verbindung mit ihr zu bekommen, denn in ihrer Wohnung antwortete niemand.

Er gab sich alle Mühe, seine Energie zusammenzuhalten und die Klarheit nicht zu verlieren. Aber die seltsamsten Vorstellungen schossen ihm durchs Hirn. Was in aller Welt konnte geschehen sein? Wie war sie in die Hände der beiden Polizisten gefallen? Hatten sie sie vielleicht auf der Straße umherirrend gefunden und sie nach Hause zu bringen versucht? Hatte sie selbst die geheime Adresse angegeben? Und warum verlangten dann die Polizisten mit solcher Hartnäckigkeit, in die Wohnung von Mrs. Culmer eingelassen zu werden? Oder handelte es sich vielleicht um einen Erpressungsversuch von zwei Unbekannten, die sich zur Ausführung ihrer Absicht als Geheimpolizisten ausgaben? Wo hatten sie dann die Unglückliche hingeschleppt? Was fingen sie mit ihr an? Also auch der entsetzliche Augenblick in der Sprechzelle in Bologna war noch nicht der Gipfel seiner Qualen gewesen! Und auch dieser Augenblick, sicher, war es noch nicht!

‹Ich muß sie finden, muß wissen, wo sie ist!› sagte er in seiner Verzweiflung vor sich hin, unter dem unheimlichen blitzartigen Aufleuchten von Vorstellungen. Der Duft des Jasmins von Volterra erfüllte das grüne Gemach. Das schwarze und blaue Gewand Isabellas hing am Kopfende des Bettes mit seinen tausend geschlossenen Fältchen wie ein gewundenes Seil. Jetzt kehrten ihm die seltsamen Worte wieder, die sie in der letzten Nacht beim Auskleiden hervorgestoßen: ‹Sie werden mich nicht mehr hereinlassen. Sicher spionieren sie mich aus! Sie wissen jetzt, daß ich hier bin... Mein Vater und die Hyäne.› Hatten vielleicht diese beiden die Abscheulichkeit ausgeheckt?
Er raffte allen Mut zusammen, schickte sich an auszugehen, war auf alles gefaßt.
Ehe er irgendeine andere Nachforschung anstellte, mußte er auf die Quästur für den Fall, daß die zwei Männer wirklich Polizisten waren und sie vielleicht schon wie eine Dirne aufs Depot gebracht hatten. Er ging hin. Er spürte den eigentümlichen Geruch in diesem Gebäude, melancholisch wie der in Hospitälern und Gefängnissen. Eine geheimnisvolle Geschäftigkeit herrschte in Sälen und Gängen. Läutwerke klingelten unaufhörlich, hinter einer Tür hörte man jemand schluchzen und bitten. Ein Kommissar empfing ihn höflich und fast salbungsvoll. Auf der Quästur wußte man von nichts, kein Befehl war ausgegeben worden, kein Rapport war eingelaufen. Keine Dame war im Depot eingeliefert worden; außerdem schien es ausgeschlossen, daß die beiden Männer Polizisten gewesen seien, wenigstens nach dem rohen Vorgehen des einen von ihnen. Die Polizei wählt be-

kanntlich andere Mittel, um in eine verschlossene Wohnung einzudringen. Nicht Heftigkeit, sondern Schlauheit, nicht Gewalt, sondern Kriegslist. Auf jeden Fall versprach der höfliche Kommissar, sofort alles in Bewegung zu setzen und das Geheimnis aufzuklären.

Es war ein Viertel vor elf. Die Nacht schritt vor. Was tun? was denken? was erwarten? Handelte es sich vielleicht um eine Entführung? Wer konnte sie ausgeführt haben? Wer konnte der Anstifter sein? Und welches der Zweck? Und die Worte der Unglücklichen, die sie damals unter der geschwollenen Lippe, unter dem blutigen Zahnfleisch hervorgestoßen hatte, klangen ihm wieder in seinen Verdacht herein: ‹Die Hyäne... Mein Vater und die Hyäne!› Er entschloß sich, nach dem Borgo degli Albizzi zu gehen. Das Haus lag verschlossen da, undurchdringlich mit den Fugen seiner mächtigen Steinquadern. Kein Fenster war erleuchtet. Kein Lebenszeichen war an diesem Steinhaufen voll Wucht, Schweigen und Dunkel zu bemerken. Er zog die Glocke. Niemand antwortete. Er läutete unablässig, zu jedem Wagnis entschlossen. Endlich erschien in einem Fenster des Mezzanin gerade über dem Portal der Kopf des Portiers:

«Es ist niemand da. Sie sind alle in Volterra.»

«Ist die gnädige Frau nicht nach Hause gekommen?»

«Es ist niemand da.»

«Aber die gnädige Frau war doch heute da?»

«Jetzt ist sie nicht da.»

«Wo ist sie?»

«Es ist niemand hier. Sie sind alle in Volterra.»

Das Fenster verdunkelte sich wieder, das Haustor mit seinen Beschlägen und Nägeln war nicht zu erstürmen.

Der große Steinhaufen lag wieder schweigend und verlassen. Er ging auf die Quästur zurück. Der Kommissar hatte in der ganzen Stadt bei allen Polizeiposten nachgefragt, vergeblich. Er ging nochmals zur Wohnung von Mrs. Culmer zurück, weckte den Diener, fragte ihn nochmals aus, diesmal mit noch mehr Überlegung, mit noch mehr Geduld. Aus seinen Antworten begann jetzt eine entsetzliche Vermutung in ihm aufzusteigen.
Er versuchte von neuem zu telefonieren. Keine Antwort. Es war ihm, als höre er das Läutwerk durch das Dunkel des leeren Palastes schrillen. Wo war sie? Wo war sie? Wo hatten sie sie hingeschleppt?
Er dachte nicht daran, zu Bett zu gehen und untätig den Anbruch des Tages zu erwarten. Er ging von neuem aus, betrat zum drittenmal mit großer Überwindung das Polizeigebäude. Keine Nachricht. Je weiter die Nacht vorschritt, desto unheimlicher wurde der Ort. Im Schweigen ringsum war es wie das Brodeln eines einzigen großen Kessels voll Unrat.
Er war müde und hungrig, aber er fand keine Ruhe. Er wandte sich wieder nach dem Borgo degli Albizzi, spähte nach allen Fenstern, beobachtete jede Quader, fuhr bei jedem Geräusch von Rädern oder von Schritten zusammen. Seine wahnsinnige Angst trieb ihn schließlich nach der Piazza d'Azeglio, von der der Diener gesprochen hatte, und er irrte dort in den Gartenanlagen umher, in denen abends die Dirnen auf der Lauer stehen. Leichte Wolkenschauer strichen über die Gipfel der Bäume, weiß vom Mond beschienen. In der Stille hörte man nichts als hier und da den Aufschlag des Hufes von einem Pferd, das schon zu lange auf seinen vier müden

Beinen stillgestanden. Er fragte zwei oder drei Kutscher aus, die in einer Reihe hintereinander schliefen. Sie vermochten nichts zu sagen, vermochten nichts, als ihm ihren branntweinstinkenden Atem ins Gesicht zu blasen. Endlich kehrte er, überwältigt von Ekel und Müdigkeit, nach seiner wirklichen Wohnung zurück, nach der Wohnung, in der ihn Vana aufgesucht hatte, um ihm das entsetzliche Geheimnis aufzudecken: ‹Ich habe es geahnt, habe es gesehen, habe es gehört.›
Er schlief nicht. Er wusch sich von all dem Schmutz und Ekel und ging dann mit Tagesanbruch wieder nach dem anderen Appartement. Der höfliche Kommissar hatte versprochen, ihm einen Beamten herüberzuschicken, der ihm Nachricht bringen würde und der die Aussagen des Dieners von Mrs. Culmer zu Protokoll nehmen sollte. Er hatte sich jetzt resigniert, die ganze Schmach zu erleiden, wie eine Marter, der man sich nicht entziehen kann, aber die doch einmal ihr Ende finden muß.
Der Beamte kam: ein zweideutiges, blasses, klebriges Gesicht mit zurückweichendem Kinn, unsicheren Augen. Es war die menschliche Spielart des aristotelischen Aals, der, nicht männlich, nicht weiblich, aus dem Schoß der großen Allmutter Fäulnis entsprungen.
Er sagte rasch:
«Die Dame ist in ihrer Wohnung, seit gestern abend ist sie in ihrem Hause. Unser Kommissar hat heute früh, sobald das Haustor geöffnet wurde, den Portier vernommen und ihn dazu gebracht, die Wahrheit zu sagen. Die Dame war gestern abend gegen zehn von zwei Männern nach Hause gebracht worden, von denen einer sich für einen Polizeibeamten ausgab und bei der Ablieferung der

Dame ein Protokoll aufnahm. Doch ist bis jetzt kein Rapport eingegangen, und wir wissen nicht, was eigentlich geschehen ist. Wenn Sie erlauben, werde ich jetzt den Diener vernehmen!»
Der Diener kam herunter und wiederholte seine Erzählung. Es kam dabei zutage, daß noch vor ihm eine Dienstfrau die ersten Worte mit dem angeblichen Polizisten gewechselt hatte.
Sie wurde herbeigerufen. Sie war fett und friedlich, mit kleinen Schweinsäuglein. Während sie herschwatzte, hatte sie hinter sich den Diwan, auf dem damals in der Stunde der Schmach Isabella zusammengebrochen war. Er sah sie wieder daliegen, gegen die Kissen gepreßt, den bleichen Nacken entblößt, mit ihren glatten Schultern, ihren geschwungenen Hüften, mit ihrem langen querliegenden Oberschenkel, mit den Beinen, die unter dem Rock hervorsahen. Und wie das Weib weiter erzählte, gestaltete sich das Abenteuer immer entsetzlicher, die gräßliche Vermutung ward Gewißheit: es war ihm, als höre er das schmachvolle Wort plötzlich im Zimmer widerhallen, in dem ein langer Sonnenstreifen auf dem Teppich leuchtete.
Er nahm alles nochmal von Anfang an durch: Die Droschke fuhr mit drei Personen an. Einer von den beiden männlichen Insassen, ein magerer junger Mensch in einem grauen gestreiften Anzug, klingelte und klopfte erst an der unteren Tür und kam dann herauf und fing an, vor der Tür von Mrs. Culmer Lärm zu schlagen. Aus seinem Verhalten ging hervor, daß er die Unbekannte auf der Piazza d'Azeglio überrascht und für eine von denen gehalten hatte, die die Passanten anzusprechen

pflegen. Er hatte ihre Adresse verlangt und sie dann hierher gebracht, weil er hier eine Art von galantem Haus vermutete. Dann schimpfte und lärmte er, weil er annahm, daß die ‹padrona› sich aufzumachen weigere, um einer gefährlichen Haussuchung zu entgehen. Deshalb schrie er dann: ‹Gehört diese Frau nicht hier ins Haus? Ruft die Hausherrin! Ich muß mit der Hausherrin sprechen.› Alles ganz unmißverständliche Manieren. Die Dienstfrau gab einen noch sichren Hinweis. Der Polizist hatte sich an die Unbekannte mit der Frage gewandt: ‹Aber was machten Sie denn dann auf dem Platz, was machten Sie da?›

Jetzt sagte der menschliche Aal und vermied fortwährend, den hellen Augen Paolos zu begegnen:

«Mir scheint, die Sache klärt sich: wahrscheinlich handelte es sich doch um einen Polizeibeamten. Er muß die Dame auf der Piazza d'Azeglio gefunden haben, wo sich eben gegen Abend im Schatten der Anlagen eine zweifelhafte Gesellschaft aufhält. Das merkwürdige Verhalten der Dame ist ihm aufgefallen, und er hat einen Irrtum begangen... Wir werden die Sache verfolgen. Wir werden den wahren Hergang erfahren.»

Paolo hörte das Wort der Schmach im Zimmer widerhallen. Zum erstenmal, zum zweitenmal, zum drittenmal. Und nach jedem Mal eine Pause, wie nach einem vernichtenden Schlag. Er sah ihr entstelltes Gesicht wieder vor sich, das nur noch einer Handvoll Asche glich. Dann spürte er wieder die wilde Wut in sich aufbrausen, sah sich selbst, wie er die am Boden Liegende auf Gesicht, Arm und Brust schlug und das Schimpfwort hervorbrüllte.

Konnte das Schicksal dies unglückliche Geschöpf mit einem schimpflicheren Fußtritt vernichten? Welche Phantasie reichte an diese Wirklichkeit heran? Den letzten Stoß, der nötig war, um ihre schon wankende Vernunft vollends zu zerrütten, hatte der Zufall mit einer Sicherheit erteilt, die der sorgfältigsten Berechnung würdig gewesen wäre. War nicht in ihren letzten Worten, die er aus weiter Ferne gehört, schon eine Andeutung des Entsetzlichen gelegen? ‹Du weißt ja, was ich bin, du hast es selbst gesagt...› Sie hatten sie für eine Dirne gehalten, die in einem öffentlichen Garten den Passanten auflauert. In ihrem Schreck hatte sie gewiß die Adresse ihres Liebesversteckes angegeben, weil sie dort Schutz und Verteidigung zu finden hoffte; und sie hatten sie dann nach diesem Haus zurückgeschleppt wie nach einem Bordell, wie um sie an den Ort ihres unsauberen Gewerbes zurückzubefördern. Und die Tür war verschlossen gewesen, war trotz Faustschlägen und Fußtritten verschlossen geblieben.

Paolo starrte auf den Sonnenstreifen auf dem Teppich. Das Leben war also so, wie es ihm letzthin abends im Schmutz des Regenwetters erschienen unter den Bogenhallen in Bologna zwischen Blutbad und Unzucht, zwischen Café und Apotheke. Und um dahin zu kommen, hatte er sich Flügel geschaffen? Er ging. Hielt einen Augenblick unten an der Treppe, starrte auf das Eisen des Geländers und auf die Stufen aus weißem Marmor. ‹Es wäre schon der Mühe wert, ein Ende zu machen, nur um nicht immer das kleine gelbliche Nachtlicht vor sich sehen zu müssen, das gestern abend die Treppe beleuchtete und das das trübseligste Ding auf Erden ist, trübseli-

ger und schauerlicher als das erbrochene Aas des verendeten Geiers – o Vana, Glückliche du, gerettete Märtyrerin!› Er ging nach seiner Wohnung zurück, nach der Wohnung, in der das Bild Giulio Cambiasos in seinem Ebenholzrahmen auf dem Schreibtisch stand. ‹Die paar Minuten in Pratolino, der Aufenthalt, um die Scheinwerfer anzustecken! So ist das Spiel des Lebens. Aber wo haben sie nachher das unglückliche Geschöpf noch hingeführt? Wo wurde sie herumgeschleppt, bis sie vielleicht endlich ihren wirklichen Namen und ihre wirkliche Adresse angab und nach Hause gebracht wurde?›
Nur ein einziger Mensch konnte ihm in dieser Verzweiflung von Nutzen sein: ihr Arzt. Er hatte ihn kaum ein paarmal getroffen, kaum ein paar Worte mit ihm gewechselt. Aber in seiner viereckigen, massiven Erscheinung, in seiner breiten Hand hatte er sofort etwas von Zuverlässigkeit, von Offenheit, von Großmut empfunden: eine klare, männliche Güte, eine gemessene Energie, einen wachen Intellekt. Er suchte ihn auf und traf ihn zu Hause.
Er war schon bei der Kranken gewesen und erschien niedergeschlagen und unsicher, denn er kannte das ganze Abenteuer nur von dem Augenblick ab, wo die Unglückliche von zwei Unbekannten nach Hause gebracht und dem Portier übergeben wurde. Paolo fand nicht den Mut, ihm sein eigenes Elend und seine eigene Verstörung zu gestehen. «Ich fand sie nicht in ihrem Zimmer», sagte der Arzt, «sondern in einer kleinen Stube im Mezzanin, einer Art von Treppenkammer. Sie hatte sich gestern nacht dort verkrochen wie in einer Höhle und weigerte sich, herauszukommen. Ihr Bruder und die

kleine Schwester sind in Volterra. Die Unglückliche weiß jetzt, daß ihr Vater und die Stiefmutter sich schon in ihrem Palast häuslich niedergelassen haben. Als sie vorhin nur einen Augenblick ihre Feindin sah, die sie ‹die Hyäne› heißt, brach sie in solche Schreie des Entsetzens aus, daß die Leute unter dem Fenster stehenblieben.»

Paolo hatte einen so verzerrten Ausdruck im Gesicht, daß der Arzt innehielt.

«Fahren Sie nur fort!» sagte Paolo, als befinde er sich nicht im Sprechzimmer, sondern unter dem Operationsmesser. «Fahren Sie fort, bitte!»

«Trotz allen Zuredens gelang es mir nicht, sie aus ihrer Höhle hervorzulocken. In der Kammer ist nichts als die nackte Wand, ein altes Feldbett und ein wackliger Stuhl. Ihre Wahnsinnsausbrüche sind von unerhörter Heftigkeit, und ich bin mir noch nicht über alle Ursachen klar. Eben war ihre ganze Antwort auf mein Zureden: ‹Ich kann nicht, ich kann nicht heraus von hier. Die Schutzleute werden mich arretieren und aufs Depot bringen. Mein Name steht im Register auf der Quästur. Wissen Sie nicht, Doktor, was für eine ich bin? Wissen Sie es nicht? Erst gab es nur einen auf der Welt, der es wußte und sagte. Jetzt ist der hingegangen und hat mich in das Register einschreiben lassen. Die Schutzleute kennen mich. Alle kennen mich. Wie wollen Sie, daß ich herausgehe? Ich heiße nicht mehr Isabella Inghirami. Wissen Sie, wie ich heiße, Doktor? Gehen Sie auf die Straße herunter und fragen Sie den ersten besten, der vorbeikommt. Wie soll ich von hier herausgehen, mit so einem Mund? Sehen sie nicht, wie er blutet? Zuerst war es nur ein kleiner Tropfen, ein kleiner, kleiner Tropfen. Vana hat ihn gesehen und hat ihn mir abgetrocknet, mit einem kleinen Taschentuch hat sie ihn mir abgewischt, und dann hat sie es aufbewahrt, hat den kleinen roten Fleck aufbewahrt und hat gewartet. Jetzt, sehen Sie, jetzt lecke ich immerzu mein Blut ab, und es hört nicht auf zu fließen. Wer hat mich so geschlagen? Er, immer derselbe, der mich ins Register einschreiben ließ . . .› »

«Fahren Sie fort, bitte!»

«Aber was ist Ihnen? Sie werden unwohl.»

«Durchaus nicht, fahren Sie fort!»

«Jetzt hat die Kranke in der Tat stigmatische Erscheinungen im Mund. Das Zahnfleisch blutet ihr, ihre Lippen sind trocken und aufgesprungen, alle Muskeln im Gesicht sind verzerrt. Sicher ist diese Idee die stärkste von ihren Wahnsinnsvorstellungen. Aber es sind noch andere da, unter denen sie noch mehr leidet und die noch tiefer gehen und deren Ursprung ich nicht feststellen konnte.»

«Sagen Sie, sagen Sie!»

«Vielleicht können Sie mir eine Erklärung geben! Die Kranke glaubt von Zeit zu Zeit, jemand im Innern ihres Schädels auf und ab gehen zu hören, erregte Schritte, die ihr hinter dem Stirnbein klingen. Ihr Entsetzen vor dieser Marter und vor der Ewigkeit dieser Marter ist so fürchterlich, daß man einem derartigen Anfall nicht ohne tiefstes Mitleid zusehen kann. Sie findet auch in den Zwischenpausen keine Ruhe, denn sie lebt fortwährend in der Angst und in der Erwartung, diesen Schritt wieder zu hören. Wenn sie spricht, hält sie immer wieder inne, um zu lauschen. Wenn sie ihn herankommen hört, krümmt sie sich in sich selbst zusammen und stammelt verworrene Beschwörungen, die ich nie verstehen konnte, so stark zittern ihre Kiefer vor Entsetzen. Einmal sagte sie leise mit kindlichem Ausdruck: ‹Wir müssen gehen, gehen, wir müssen aufbrechen und wandern, zu Fuß müssen wir wandern, wer weiß wohin!› Und es scheint mir, als spiele in dieser Vorstellung ihre kleine Schwester eine gewisse Rolle, denn in einem bestimmten Augenblick sprang sie auf und schrie in entsetzlicher Erregung: ‹Nein, nein, das nicht! Sie nimmt mir Lunella fort, man nimmt mir Lunella! Das nicht, das nicht! Nimm sie mir nicht weg! Wo willst du hin mit ihr, wo schleppst du sie hin? Siehst du nicht? Sie ist noch so klein und kann nicht mit dir kommen ... Laß sie! Warum tust du mir das? Siehst du nicht, in welchem Zustand ich bin? Ich kann dir ja nichts mehr zuleide tun. Du gehst über mir hin und her, du schreitest über mich weg. Ich bin der Weg für deine Füße geworden.›»

Paolo preßte sich die Schläfen zwischen den Händen und gab zu erkennen, daß er nicht weiterzuhören vermochte. Schlaflosigkeit, Hunger, Müdigkeit und Aufregung brachen endlich seine Kraft. Die Schläfen drohten ihm zu zerspringen. Der schmerzhafte Krampf seines Körpers übertäubte jede andere Qual. Er vermochte nichts anderes mehr, als sich hinsinken zu lassen und viele Stunden regungslos im Dunkel liegen zu bleiben. Und dies war der erste Tag der letzten Prüfung.

Am Tage darauf, nach einer Nacht, die er zwischen Schlaflosigkeit und Alpdrücken verbracht, sprach er den Arzt wieder. Die Wahnsinnsanfälle der Kranken waren noch heftiger geworden. Es war bis jetzt unmöglich gewesen, sie aus ihrem Versteck herauszuziehen, ohne einen gefährlichen Widerstand zu riskieren. Ihr Vater und die Hyäne, die abwechselnd an der Tür wachten, hatten sich bereits über die Notwendigkeit geäußert, die Unglückliche in einer Heilanstalt einzuschließen. Der Arzt entwarf von beiden und von der wilden Habgier, die sie mit Besorgnis maskierten, ein erbarmungsloses Gemälde. Der feste Entschluß, um jeden Preis ein Verbrechen zu verhüten, gab Paolo seine äußere Ruhe wieder.

«Was könnte ich tun, um sie zu retten?» fragte er. «Meinen Sie, es wäre gut, wenn sie mich sieht?»

Der Arzt schien überrascht.

«Sprechen Sie ohne Rückhalt! Schonen Sie mich nicht, bitte!»

«Die Kranke vermeidet ängstlich, den beim Namen zu nennen, der sie bluten gemacht», antwortete der Arzt traurig und teilnehmend. «Was ist das für ein Name, den sie da verschweigt?»

«Der meine.»

Eine peinliche Stille entstand zwischen ihnen.

«Was ist zwischen der Zeit, in der sie allein ausging, bis zum Augenblick, in dem sie mit den zwei Unbekannten zurückkam, vorgefallen?» fragte der Arzt und sah Paolo gerade in die Augen. «Können Sie es mir sagen?»

Paolo erzählte, was er wußte, ohne irgend etwas zu verschweigen.

«Jetzt verstehe ich manches», sagte der Arzt, «darunter eins, das vielleicht das Wichtigste ist. Die Kranke ist überzeugt, daß ihre Sistierung ein Racheakt des ... Ungenannten war und daß er, während sie vor seiner Tür von den beiden Männern mißhandelt wurde, drinnen stand und zuhörte und sich an ihrer Schande weidete und nicht öffnete.

Paolo sprang auf. Er zittere an allen Gliedern.

«Sie haßt mich?»

«Ich bemerke, daß ihre Abneigung von Stunde zu Stunde wächst und immer grausamere Formen annimmt. Heute früh hat sie während eines Anfalls zum erstenmal Silbe für Silbe das Wort ausgesprochen, mit dem sie, wie sie sagt, geschändet worden ist.»

Paolo vermochte nicht mehr den Blick der blauen Augen auszuhalten, die auf ihn gerichtet waren. Ebensowenig vermochte er etwas zu seiner Rechtfertigung hervorzustoßen. Er beugte sich unter das Geschick, nach dem ihm von der Unglücklichen nichts als Übel kommen sollte, in der Liebe, im Wahnsinn und im Tod. Er schwieg und ließ seine Einsamkeit sich in der Härte seines Schweigens widerspiegeln wie in einer Tafel von schwarzem Marmor.

Am dritten Tag erschien der glatte Mensch mit der süßlichen Stimme und den unsicheren Augen wieder. Er kam, um ihm das Ergebnis seiner letzten Nachforschung mitzuteilen.

Er blieb immer aufrecht vor ihm stehen und sprach mit unterdrückter Stimme:

«Dienstag nachmittag gegen sechs ist die Dame auf der Treppe von San Firenze gesehen worden. Die Angabe ‹Piazza d'Azeglio›, die von einem Irrtum des Dieners oder einer falschen Aussage des Kutschers herrühren mag, hat sich als unwahr herausgestellt und unsere Nachforschungen zunächst irregeführt. Der ganze Vorgang hat sich auf der Piazza di San Firenze abgespielt, zwischen sechs Uhr und sieben Uhr dreißig etwa. Nachdem die Dame erst in sichtlicher Erregung vor der Kirche gezaudert hatte, trat sie in die kleine Tür, die nach der Kapelle führt. Dann kam sie wieder heraus, nahm einen Wagen und gab eine Adresse in Borgo degli Albizzi an. Unterwegs entschloß sie sich anders und hieß den Kutscher zurückfahren. Sie hielt sich wieder vor der Kirche auf und trat wieder in die gleiche Tür ein. Als sie zum zweitenmal herauskam, war es schon dunkel. Wie sie laut zu phantasieren anfing, näherte sich ihr ein großer magerer Mensch und fing an, mit ihr zu reden. Der Mann rief seinen Begleiter herbei und gab sich für einen Polizeibeamten aus. Beide ließen die Dame in einen andern Wagen steigen und brachten sie in das Haus, in dem sich die vom Diener der Mrs. Culmer geschilderte Szene abspielte. Wenige Minuten vor achteinhalb Uhr brachten die beiden Männer die Dame wieder in den Wagen und fuhren ohne bestimmtes Ziel mit ihr herum, immer in der Erwartung, von ihr eine bestimmte Angabe zu erhalten. Wie sie über die Piazza Beccaria fuhren, ließen sie vor dem Café halten, stiegen aus und setzten sich an einen Tisch. Die Dame trank etwas, die beiden Männer tranken ebenfalls. Wie lange sie dort wohl sitzenblieben? Der eine von ihnen, der Magere, sagte: ‹Ich lasse nicht nach, bis ich sie nach Hause gebracht habe und weiß, wer sie ist und wo sie wohnt!› Wie es scheint, gab die Dame endlich, gegen zehn Uhr, ihre Adresse im Borgo degli Albizzi an. Die zwei brachten sie dahin. Der Magere – der andere sprach nie ein Wort – bezeichnete sich als Polizeibeamter und ließ den Portier ein Papier unterzeichnen, irgendein kleines, beliebiges Stück Papier. Die Dame eilte delirierend die Treppe hinauf und verschwand. Ihre beiden Begleiter entfernten sich. Die sorgfältigsten Nachforschungen, um den bezeichneten Mann unter unseren Beamten ausfindig zu machen, sind ergebnislos geblieben. Kein diesbezügliches Rapport ist dem Quästor vorgelegt worden. Nach meiner Ansicht war der Mensch irgendein verwegener Verbrecher, der es auf eine Erpressung abgesehen hatte. Unsere Nachforschungen dauern fort.»

Und der Beamte entfernte sich mit seinem gewohnten zeremoniellen und verbindlichen Gebaren.

Paolo Tarsis sah im Geist das elende Kaffeehaus vor sich, sah Isabella Inghirami – sie, die Herrin aller Grazie und aller Eleganz, sie, den großen Abendfalter, der an Leichtigkeit die sommerlichen Lüfte übertraf, sie, der es gegeben war, sich plötzlich selbst wie eine erhabene Statue aus ihrem Block herauszuformen und sich der Aurora des Buonarroti zu gesellen – er sah sie vor sich, an einem Tisch zwischen den beiden Galgengesichtern bei einem unsauberen Glas, an dem sie ihre brennenden Lippen netzte ...

Und der vierte Tag war der Tag der Tamar.

Erst frug der Arzt:

«Wissen Sie mir etwas über das Weib mit der gestreiften Schürze zu sagen?»

«Ich verstehe nicht recht.»

«Die Kranke sieht von Zeit zu Zeit ein rothaariges Weib mit Albinoaugen und einer gestreiften Schürze, die ‹so riecht›. Sie weigert sich, sich hinzulegen, weil man ihr ein Leintuch ins Bett gelegt habe, das dies Weib genäht, das Leintuch mit den drei Bahnen. – Wissen Sie nichts aus der letzten Zeit, das zur Aufklärung verhelfen könnte?»

«Nichts.»

Sie schwiegen einen Augenblick nachdenklich.

«Und der Haß?» fragte Paolo Tarsis. «Nimmt der immer noch zu?»

«‹Und darnach warf Amnon einen großen Haß auf sie.› Haben Sie eine Bibel?»

«Gewiß.»

Paolo holte die Bibel und reichte sie dem Arzt.

«Jeder Tag bringt eine neue geheimnisvolle Wendung», sagte der Arzt. «Gestern abend hatte sie einen ruhigen Augenblick zwischen zwei Anfällen. Die entsetzliche körperliche Unruhe ließ eine Zeitlang nach. Sie ließ sich zum Sitzen bewegen.»

«Das Essen hatte sie hartnäckig zurückgewiesen. Sie war von tödlicher Blässe und Erschöpfung. Die Zuckungen, das Umherirren des Blickes, das plötzliche Auffahren hatten nachgelassen. Nur die ewige Bewegung, mit der sie sich das Blut vom Munde wischte, dauerte fort. Sie sah eine Zeitlang starr geradeaus, dann begann sie mit einem unerwarteten Ton einen Vers aus der Bibel herzusagen, den hier.»

Er suchte im zweiten Buche Samuelis und las:

«‹Und darnach warf Amnon einen großen Haß auf sie, so daß sein Haß größer war als die Liebe, die er zu ihr gehabt hatte. Und er sprach zu ihr: Hebe dich weg und gehe von mir!› Ich fragte sie unvermittelt: ‹Wer ist Amnon?› Sie antwortete: ‹Er, der mich von sich gejagt und die Tür hinter mir verschlossen hat.› Dann fing sie wieder an zu phantasieren. Es ist ein so wilder Aufruhr in ihr, daß ihre menschlichen Kräfte nicht ausreichen, um ihn niederzuhalten. In ihren wirrsten Anfällen zeigt sie noch eine unglaubliche Kraft der Beherrschung. Ich spüre in ihr fortwährend ein inneres Bemühen um einen verborgenen Knäuel in ihrem Gewissen, auf den sie sich mit ihrem ganzen Sein wirft, um ihn nicht auftauchen und sichtbar werden zu lassen.»

Er schwieg nachdenklich, das Buch in Händen, den Zeigefinger zwischen den Blättern an der Stelle im Buche Samuel. Er hatte die Art der großen Beichtiger, der großen Seelenhirten. Er pochte an das Geheimnis, mit fast unmerklichem Pochen, und wartete dann in Schweigen, nicht ohne jedoch in diesem Schweigen den unausgesprochenen Dingen ein schweres Gewicht zu verleihen.

Nach einer langen Pause fragte Paolo: «Ihr Bruder Aldo sieht sie nicht? Er hat keinen Versuch gemacht, sie zu sehen?»

«Ich glaube, er liegt krank in Volterra; aber auch wenn er käme, würde ich ihn nicht zu ihr lassen. Für den Augenblick bin ich gezwungen, die strengste Isolierung vorzuschreiben. Ich schütze sie so auch am besten vor ihrem Vater und der – andern.»

Es trat ein neues Schweigen ein.

«Und Isabella hat nie nach ihm verlangt?» frug Paolo mit einer Stimme, die er gereinigt zu haben glaubte, ehe sie aus seinem Munde kam, und die jetzt doch mit seinem dunkelsten Blut gefärbt hervortrat, wie der rauchende Bach bei den Volterranischen Strudeln, der sich nach dem Wolkenbruch mit Rötel gefärbt.

«Ich habe Ihnen die Geschichte mit Amnon nicht zu Ende erzählt», antwortete der Arzt und schlug das Buch wieder auf. «Die Kranke delirierte ununterbrochen unter einer beherrschenden Vorstellung. Nach einer Art langen, unverständlichen Selbstgesprächs sagte sie plötzlich mit einer Klarheit, vor der sie selbst zu erschrecken schien: ‹Und doch, die Schuld, die du mir auferlegst, ich habe sie begangen, und es gibt keine Rechtfertigung!› Daraufhin wiederholte ich meine Frage und sah ihr fest in die Augen. ‹Wer ist Amnon?› Sie hatte ein unbeschreibliches Lächeln, dann sagte sie langsam einen andern Vers her, den sie mühsam aus ihrem Gedächtnis hervorholte wie aus dem Feuer: ‹Und Amnon war in solcher Kümmernis, daß er krank ward aus Liebe zu seiner Schwester Tamar.› Ich wiederholte meine Frage nochmals auf das eindringlichste: ‹Aber wer ist denn Amnon?› Sie sprang auf mit einer jener raschen Bewegungen, in denen sie einer Windhose aus Asche und Glut gleicht, und schrie: ‹Mein Bruder, mein Bruder!›»

Und der fünfte Tag war der Tag des Erinnerns. Die Kranke hatte sich von Chiaretta die alte Spieldose mit dem Stahlkamm bringen lassen. Sie stieß sich an den Spitzen der Walze die Finger blutig wie damals, als sie sechs Jahre alt war. Sie kauerte sich über der Spieluhr zusammen, um den Luftzug des kleinen doppelten Windflügels zu spüren, und lauschte auf die dünne Stimme, die aus der Tiefe ihrer Kindheit emporstieg.

«Merkwürdig», sagte der Arzt zu Paolo, «dieses Zirpen beruhigt sie und übertönt sogar den Laut der Schritte, die sie über sich hört. Heute früh sagte sie: ‹Bringt mir Lunella, gebt mir mein Scherenmütterchen wieder; sie soll kommen und Tiapa mitbringen und ihre Schere und hierbleiben und mir ein Bildchen ausschneiden, und wir wollen alle drei zusammen leben, und die Spieluhr soll immer spielen, immer spielen.›»

Paolo sah sie wieder auf die Terrasse heraustreten, halbnackt in mondfarbener Gaze, den bläulichen Stern mitten auf der Stirn und den geheimnisvollen Gegenstand in ein Stück Seidenstoff eingeschlagen in Händen. «Ich habe mir diese Art von Traumzustand, in dem sie jetzt befangen ist, und ihr Verlangen nach Lunella zunutze gemacht und sie überredet, sich nach Volterra bringen zu lassen.»

«Nach Volterra?»

«Ich habe es wohl erwogen. Hier kann sie unter diesen Umständen unmöglich bleiben. Sie hat vom Vater und von der Hyäne alles zu fürchten. Die angestrengteste Wachsamkeit genügt hier nicht. Dagegen ermöglicht die abgeschlossene Villa von San Girolamo nicht nur vollkommene Ruhe und Einsamkeit, sie hat auch den Vorteil, in der Nähe einer Heilanstalt zu sein, an deren Spitze ein begabter, gewissenhafter Arzt steht, in den ich volles Vertrauen setze. Außerdem weiß ich, daß der Vater sich dieser Überführung nicht entgegensetzen wird. Wir dürfen nicht vergessen, daß ihm eine gesetzliche Autorität zusteht, und müssen deshalb mit ihm rechnen. Ich werde alles ohne Zeitverlust bewerkstelligen. Die Abreise soll morgen stattfinden.»

Bis zu diesem Augenblick hatte Paolo noch nie das Vollgefühl des Auseinandergerissenwerdens, der unwiderruflichen Trennung gehabt. Diese Überführung schien ihm der endgültige Hingang dieser Seele. Er dachte jetzt nicht an den Jasmingarten, den Hafis besungen, er dachte an die Burg des Wahnsinns und an die Gräberstadt. Dann mußte er an die verwundete Antilope denken mit den Augen, groß und zärtlich wie die Augen Leilas.

Wie zum Abschied kehrte er abends noch einmal in ihr Liebesversteck zurück, in die grüne Grotte.

Die Treppe lag düster da, schwach erleuchtet von der gelblichen Flamme, die auf dem Vorplatz brannte. Sie erschien verlassen und schweigend, aber für ihn hallte sie von den Schlägen wider, die der Unbekannte gegen seine Tür geführt.

Im Innern der Wohnung begannen die Dinge mit solcher Gewalt gegen seine Sinne aufzuleben, daß er die Ansteckungskraft des Wahnsinns zu fürchten anfing. Sie erschienen ihm wie Isabella, wie die lebendige Schönheit Isabellas, wie ihr Haar, wie ihr Nacken, wie ihre Arme, wie ihre Schultern, wie ihre Brust, wie ihre Knie, wie ihre Knöchel. Alle beseelten sie sich, vermenschlichten sich, bekamen ein pathetisches, wissendes Aussehen. Isabella war überall; wenn er sich bewegte, spürte er sie, berührte er sie. Die nahen Erinnerungen nahmen Fleisch und Bein an, krochen auf allen vieren auf ihn zu, erstickten ihn mit einem dicken Atem wie der von wilden Tieren. Dann stürzten sie aufeinander los, zerfleischten sich unter sich selbst, und die wildesten blieben am Leben und tobten weiter. ‹Denk an meine Tränen, wie ich an das Wort denken werde, mit dem du mich geschlagen!›

Und der sechste Tag war der Tag der Schändung. Der höfliche Kommissar ließ Paolo Tarsis sagen, er habe ihm einige Mitteilungen delikater Natur über das Geheimnis der Schreckensnacht zu machen. ‹Was gibt es noch Neues? Was kann es noch Traurigeres geben?› sprach der Überlebende bei sich selbst.
Vielleicht fuhr Isabella gerade jetzt auf Volterra zu, durch die Kreidefelsen des Val d'Era, durch die unfruchtbaren Mergelwüsten. Er sah plötzlich wieder hinter einer kreidigen Anhöhe die Stadt der Winde und der Mauern mit ihrer langgestreckten Silhouette von Zinnen und Türmen auf dem Gipfel des Berges hängen wie am Rand eines dantesken Kreises.
Wie um ihr das Geleite zu geben bis zu den drei Zypressen, bis zu den drei Kreuzen auf dem kahlen Hügel, ging er noch über die Piazza San Firenze, ehe er sich zu der ungewissen Unterredung auf die Quästur begab. Die kleine Tür, durch die sie eingetreten, öffnete sich unter einem Fenster, das mit schweren Eisenbarren vergittert war. Der Gang war weiß getüncht, die Wände mit Denk-

steinen und Wappen bedeckt. An der Decke hing eine lange hölzerne Leiter, zwei andere lange Leitern lehnten unten an der Wand – ähnlich denen, die zur Kreuzigung gedient. Eine hölzerne Kanzel stand verlassen neben dem Ausgang. Alle diese Dinge, die er jetzt zum erstenmal sah, begannen in ihm zu leben, als seien auch sie vom Leben Isabellas durchtränkt. Das Herz weitete sich ihm in einem verzweifelten Gefühl von Erbarmen, als er im Dunkel das Weihwasserbecken erkannte. Es glänzte ein wenig Wasser darin, in das die Unglückliche vielleicht mit einer gewohnheitsmäßigen Bewegung die Finger eingetaucht, um sich zu bekreuzigen. Er schritt über einen Grabstein und einen kurzen Korridor mit schwarzen Wandschränken hinab, trat in die Kapelle ein, betrachtete die schwarzen und weißen Platten des Bodens, auf denen sie gekniet, der Marmorbalustrade gegenüber, die den Altarraum abschloß. Er betrachtete alles mit aufmerksamem Auge. Die Formen der Dinge drückten sich in seinem Schmerze ein, eine neben der andern, ohne sich übereinanderzulegen.

‹Was mag sie in dem langen Zeitraum getan haben? Blieb sie auf den Knien liegen? Saß sie da? Betete sie? Konnte sie noch beten? Und was war ihr Gebet?›

Er schaute und schaute. Seine Augen weiteten sich, wie um alles zu sehen, alles aufzunehmen; sein ganzes Gesicht lebte das Leben des Blickes wie in der Stunde von Mantua, wie im verfallenen Palast, wo alle Zeichen beredt waren und alle Erscheinungen sangen.

Unter der Kuppel am Altar der Jungfrau hing ein Kranz von Votivkerzen um das heilige Bild. Zwei silberne Lampen brannten zu beiden Seiten. Rechts und links waren zwei geschlossene Türen, auf deren Flügel zwei brennende goldene Herzen leuchteten, und auf der einen Tür wie auf der andern stand die Inschrift: Reliquiae sanctorum. An der rechten Wand ein Beichtstuhl, ein anderer an der linken, dabei zwei Bänke. Auf welcher von ihnen hat sie gesessen? Es war ihm, als könne er es erraten; er wählte die eine und setzte sich. Er fühlte das Dunkel von der Decke niedersteigen. Durch das Gittertor sah er in die weiße Kirche mit ihren Pilastern aus hellem Stein. Er sah die dunkeln Gänge voll von Schränken und Beichtstühlen. Eine Frau, fast in Lumpen, ging an ihm vorüber und sah ihn mit zwei fiebernden Augen voll unendlichen Elends an. Sie hielt ihm die offene Hand hin, ohne eine Bitte auszusprechen, nahm das Almosen, ohne zu danken, und verschwand im Dunkel mit schleppendem Schritt, als sei ihr der Rücken gebrochen.

Und auf der Spur der Bettlerin, in einem Augenblick, wo das Dunkel noch tiefer von der Decke sank, erschien ihm für einen Moment Isabella wie ein Wirbel von Asche und Blut und das Stigma im Munde. Er stand auf, um der Halluzination zu entrinnen, lief durch den Korridor, trat auf den Platz hinaus. Die Laternen brannten schon. Der Steinblock des Bargello ragte in den silbrigen Himmel. Der bläuliche Campanile der Badia wartete schon darauf, daß der erste Stern sich an seiner Spitze entzünde. Eine Wagenreihe stand längs dem Trottoir mit müden, traurigen Pferden; die Kutscher lagen in der Haltung von Betrunkenen oder Verrückten da. ‹Welcher von ihnen hat die arme Irre mit ihren beiden Begleitern gefahren?› Er ging durch die Via del Proconsolo über den Domplatz im hellen, warmen Silber des Aprilabends nach dem Ort der Schande, spürte wieder den unbeschreiblichen Geruch, traurig wie der in den Spitälern und im Gefängnis. Er mußte an das fremde Weib mit der gestreiften Schürze denken.

Er betrat das Zimmer, in dem ihn der höfliche Kommissar erwartete, mit dem Gefühle eines Gemarterten, der zur letzten Tortur von einem Verließ ins andere kommt. Hinter den gefühllosen Gläsern seiner goldenen Brille hervor eröffnete ihm der eifrige Beamte rasch und präzis das Folgende:

«Nach peinlichen und diskreten Nachforschungen ist es mir gelungen festzustellen, daß keiner der beiden Unbekannten zur Polizei gehörte. Es handelt sich um zwei Kumpane, ein richtiges Verbrecherpaar. Der Lange, Hagere, der sich so gewalttätig aufführte, ist ein gewisser Stefano Ferri, eine Kanaille niedrigster Art, Zuhälter, Erpresser und Dieb. Der Dicke führt den Spitznamen ‹der Priester› und ist ein gewisser Beppe della Luzza, ein ausnehmend verkommenes Subjekt. Dante hätte ihn sicher wie jenen anderen Priester de' Mozzi zur Strafe des Feuerregens verdammt.»

Und der Mann gefiel sich in dieser treffenden Anspielung auf die ‹Göttliche Komödie› mit einem dünnen Lächeln, das hinter seinem Visier von Glas hervortrat.

«Die beiden Kumpane sind fortwährend auf der Suche nach lichtscheuen Unternehmungen. Wieso befanden sie sich an dem Abend auf dem Platz? Die Piazza di San Firenze ist abends der Versammlungsort der ganzen Prostitution, die in den Straßen und Gäßchen hinter der Kirche und dem Tribunal haust. Es gibt dort in der Nähe auch eine Art von Café mit Weibern. Die beiden Unternehmer haben dort ihr Standquartier. Mit welcher Absicht können sie sich der Dame genähert haben? Es ist nicht gerade anzunehmen, daß sie beim Anblick der delirierenden Dame von Mitleid ergriffen wurden. Sahen sie sie überhaupt zum erstenmal, oder war der Streich schon länger geplant? War es die Dame, die ihnen die bewußte Adresse gab, oder kannten sie sie schon? Beabsichtigten sie einen Erpressungsversuch und in welcher Form?»

Der Beamte fuhr fort, mit wachsender Rhetorik Frage auf Frage zu häufen, wie Cicero gegen den Vatinius. Er gab seiner Stimme einen fast pathetischen Ausdruck, wie er zur letzten Frage kam, die einer schmählichen Vermutung Raum gab.

«Und was fingen die beiden mit ihrem unglücklichen Opfer in dem langen Zeitraum an, der zwischen der Wegfahrt von Ihrer Wohnung und der Ankunft im Borgo degli Albizzi liegt? Mit allen Mitteln werden wir, wenn Sie wollen, die Wahrheit festzustellen suchen.»

Paolo Tarsis brauchte einige Augenblicke, ehe es ihm gelang, sich auf die Füße zu erheben. Er erklärte weitere Nachforschungen für unnötig, dankte, ging. Die Welt erschien ihm wie eine ungeheure Kloake. Jede Schönheit, jede Grazie war vernichtet. Das Antlitz der Liebe selbst erschien ihm obszön wie das eines betrunkenen Hanswursts. Er sah die göttliche Isabella Inghirami zwischen dem Zuhälter und dem Päderasten vor einem schmutzigen Glas in einem stinkenden Kaffeehaus sitzen. Das Schicksal hatte das Wort der Schmach aufgefangen und erfüllt. Und dies war der sechste Tag der letzten Prüfung.

Und am siebenten Tag sprach der Irrende zu seinem Herzen das Wort des Odysseus:
‹Herz halt aus und trage noch dies! Weit Hündischers trugst du . . .›
Und schüttelte sich und machte sich auf den Weg, und sein Wille und sein Schmerz waren eine einzige gestählte Härte.

Am zwanzigsten April gegen Abend erhielt Paolo Tarsis vom Bildhauer die versprochene Nachricht. Die Feuer brannten in der Werkstatt des Gießers, das Metall schmolz im Tiegel, auf dem Grund der Gußgrube in ihrem Mantel von Lehm wartete die Statue mit allen ihren gierigen Adern auf das glühende Blut.
Auch in Paolos Werkstatt in Ardea brannten die Feuer. Den ganzen Tag hatte er schweigend mit seinen Mechanikern an dem großen Vogel gearbeitet. Auch er trug die blaue Bluse und schonte seine Hände nicht, die allzu weiß geworden waren. Tief in der Brust trug er Plan und Absicht. ‹Westsüdwest, ein Strich südlich!› Es handelte sich für ihn nicht mehr darum, das jenseitige Ufer zu erreichen; es genügte ihm, in der größten Distanz von der Küste auf dem Meere zu scheitern. Er hatte den ganzen Apparat durchgesehen und verbessert: einen neuen Motor eingebaut, ein neues Benzingefäß, eine neue Schraube. Mit großer Sorgfalt hatte er über sich einen umgekehrten Kompaß aufgehängt mit einer Seekarte, auf der die Lage der möglichen Landungsplätze verzeichnet war und die sich selbständig nach der Nadel

einstellte. Am Schluß sagte er zu seinem Vorarbeiter, eben jenem Giovanni, den er von Giulio Cambiaso übernommen hatte:
«Morgen bei Tagesanbruch mache ich einen Probeflug.»
In diesen Tagen der Arbeit hatte er nur selten das Schweigen gebrochen: zu einem Hinweis, zu einer Anleitung, zu einem kurzen Befehl. Aber um so häufiger hielt er mit dem toten Freunde Zwiesprache. Unaufhörlich bebte die Erinnerung in ihm, als hätte sich sein Herz verdoppelt, und Ton, Blick und Geste des Toten waren ihm lebendig und gegenwärtig wie damals, als sie hier nach all ihren Irrfahrten und Expeditionen mit glühender Geduld die ersten Apparate erbaut und ihre ersten Flüge unternommen hatten.
Der Abend brach herein. Einer nach dem andern brachen die Sterne um den Hesperus hervor. Ein Hirt trieb seine Herde, vielleicht nicht zur Hürde, sondern zum Orakel des Faunus drunten im heiligen Hain, wo zwischen den Dünsten der Erdspalte und dem Plätschern der Quelle der uralte Gott der Italiker noch unter den geopferten Schaffellen schläft und im nächtlichen Schweigen sein Traumorakel gibt.
Paolo verließ den primitiven Schuppen aus Holz und Eisen nicht, der die großen weißen Flügel barg. Er ließ sein Feldbett aufschlagen, das gleiche, auf dem er damals die Leiche des Freundes im roten Fahnentuch aufgebahrt. Er ließ seine Mechaniker in der anstoßenden Werkstatt schlafen, gab die letzten Befehle für den nächsten Morgen, blieb mit seinem einzigen Gedanken allein.
Es war das gleiche Schweigen wie zur Zeit, als die kriegerische Stadt der Rutuler um die Königsburg des Tur-

nus schlief, wehrhaft auf den Felsen, die die Gräber ihrer Toten bewahrten. Man hörte nichts als drunten im Tal das Rauschen des Incastro, gleichmäßig und ununterbrochen wie die Zeit. Ein Hund heulte von einem Gehöft. Ein Karren ächzte auf der Landstraße nach Anzio. Über den Bergen von Lavinium glänzte der Bär. Es war wie eine schon erlebte Nacht, die im Umlauf der Jahre wiedergekommen aus weiten, weiten Fernen.

Paolo ging bis zu der Säule, die später die Statue tragen sollte. Der große Stein lag noch am Boden, aber schon etwas emporgerichtet auf Reisigbündeln, die wie Kissen unter einem Schläfer waren. Er setzte sich darauf und dachte an die Tätigkeit, die jetzt um die ferne Statue in Bologna herrschte. Hatte der Bildhauer jetzt seinen Ring in den Tiegel geworfen?

Er ging in den Schuppen zurück, trat zu dem Papyruskäfig, der vom Gebälk herabhing. Der Vogel hörte ihn und rührte sich. Es war einer von den beiden Reihern, die Giulio Cambiaso wie Schutzgottheiten geliebt und gepflegt hatte in den alten fröhlichen Tagen. Er hatte ihnen die Namen von zwei mystischen Ahnen aus dem ältesten Latium beigelegt: Daunus und Pilumnus. Als Penaten hausten sie im Schuppen von Holz und Eisen. Der eine war verschwunden, und nur noch Daunus lebte traurig und nachdenklich in seinem ägyptischen Käfig weiter.

«Hätt ich Platz für dich auf der Maschine, ich würde dich mitnehmen, armer Einsamer!» sagte er mit einem Lächeln, und die phantastischen Modulationen klangen ihm im Ohr, die Giulio zu erfinden liebte, um sich mit den beiden alten Penaten in ihrem weißen Federkleid und den olivgrünen Füßen zu unterhalten. «Einstweilen wache

über meinem letzten kurzen Schlaf, morgen hoffe ich länger zu schlafen!»
Er wusch sich und legte sich dann auf sein Feldbett, wie in der Zeit, da sie zusammen unter dem Zelt gelebt hatten. «Meine Statue ist gegossen!» sagte er und dachte daran, daß der Ritus des Feuers vollzogen war.
Er sah im Geist die Form sich füllen und überlaufen, sah, wie der Hebel sich senkte, der Zapfen die sprudelnde Öffnung verschloß, das glühende Metall stockte und sich sofort zwischen Lehm und Ziegel dunkel färbte. Er schlief ein.
Es graute über den Albaner Bergen, als er sich erhob. Seine Mechaniker glaubten Giulio Cambiaso zu hören, von so ungewohnter Heiterkeit war die Stimme, mit der er seine Befehle erteilte. Der Schuppen füllte sich mit Dröhnen. Die Bretter zitterten, der Staub wirbelte auf, der Reiher schlug mit den Flügeln. Er lauschte aufmerksam auf den siebenfachen Klang der Explosion. Die Zylinder waren nicht mehr in der Form eines Fächers angeordnet, sondern strahlenförmig und mit ihren Kühlrippen aus dem vollen Stahl herausgedreht.
Die neue Schraube ergab einen vorzüglichen Zug. Die Mechaniker maßen noch einmal ihre Leistung und hatten den Längskörper der Maschine mit einem Strick an einem metallenen Meßapparat befestigt, der seinerseits an einem Pfosten hing. Das Seil spannte sich, als brenne der große gefangene ‹Reiher› vor Ungeduld zu entschweben. Ein Mann kniete am Boden und beobachtete den Zeiger.
«Fertig?» frug Paolo.
«Fertig!»

Die Schraube stand still, der ‹Reiher› wurde losgebunden. Der siebenfache Schlag seines sternförmigen Herzens schwieg.
«Daunus!» sagte Paolo und trat zu dem Papyruskäfig, in dem der weiße Vogel unruhig mit den Flügeln schlug.
«Ich will auch dir die Freiheit geben, Daunus, an diesem schönen Aprilmorgen. Vielleicht wartet Pilumnus auf dich in irgendeinem Weiher!»
Er band den Käfig los, während seine Leute die Maschine an den Querstäben des Mittelkörpers und an den Bügeln der Tragfläche faßten und sich anschickten, sie ins Freie hinauszuschieben. Er stellte den Käfig auf den Boden und öffnete ihn. Lächelnd erinnerte er sich an die virgilischen Worte:
«Daune», rief er dem Vogel zu, «nunc ipsa vocat res. Hac iter est!»
Aber der melancholische Gefangene schien nicht an die Freiheit zu glauben, die sich ihm bot.
«Daune, hac iter est!» rief er ihm nochmals aufmunternd zu.
Der Vogel erwachte aus seiner Erstarrung, setzte seine langen, schwärzlichen Krallen aus dem Verlies, lief eine Strecke weit wie auf Stelzen. Dann bog er graziös den Hals zwischen den Schultern nach hinten, bis der lange Federbusch auf seinem Kopf seinen Rücken berührte, und schwang sich in die Morgenluft.
Paolo folgte ihm mit dem Blick.
«Wo wirst du hinfliegen?»
Ein Flügelschlag von Melancholie traf seine Seele, wie er den letzten der Penaten in dem Frühlingshimmel

verschwinden sah. Alles umher war bräutlich, das Meer, der Strand, Hügel und Berge.

«Hac iter est!»

Er sah auf das Tyrrhener Meer des Odysseus und des Äneas, das in halkyonischer Helle und Friedlichkeit dalag. In Kürze war alles bereit. Er verriet sein Vorhaben den Mechanikern mit keinem Wort, keiner Bewegung. Faßte selbst die Schraube an den beiden Flügeln und drehte sie an. Horchte auf den Schlag des Motors. Stieg auf den Sitz. Griff ruhig nach dem Steuer.

«Los!»

Wie der Vogel, den er eben freigelassen, lief die Maschine eine Strecke weit auf ihrem blauen Rauchstreifen dahin, hob sich dann mit einem großen Schwung, stieg rasch in die Höhe und stürmte dem Meere zu.

«Westsüdwest, ein Strich südlich!»

Seine Leute und die Hirten der Gegend sahen, wie er hoch oben dem Flußlauf des Incastro folgte, dann über die Mündung hinausflog, höher und immer höher stieg, allmählich die Farbe der Luft annahm, klein ward wie ein Vogel und sich in der Unendlichkeit verlor.

«Ihr werdet sehen, auf einmal ist er in Sardinien!» sagte lachend der jüngste von den Arbeitern.

«Sollte mich nicht wundern.»

Sie waren guter Dinge, ohne Zweifel, ohne Befürchtungen. Nur Giovanni schüttelte den Kopf und nahm den leeren Käfig auf.

Er sah ringsum nichts mehr als Wasser, Wasser, Wasser in einer unendlichen, lichten Einsamkeit, in der er ohne Störung, ohne Änderung unbeweglich auf seinen flachen Schwingen zu schweben schien. Es war die große halkyonische Heiterkeit der mythischen Zeiten, die erste Morgenfrühe ohne Windhauch, ohne Welle. Und wie diese vollkommene Einförmigkeit das Gefühl der Bewegung verschwinden ließ, so verschlang die Stille jedes Geräusch. Der Gang der Maschine fand keinen Widerhall und glich der Bewegung des Herzens und der Adern, die der Mensch nicht hört, wenn er mit sich und der Welt in Einklang ist. Ein plötzlicher Glanz traf die ganze Oberfläche des Meeres, wie der Schlegel des Musikers, der das Fell der Pauke mit einem einzigen sicheren Schlage trifft. Er wandte sich um, und seine Wange war mit Gold übergossen. Seine Tragflächen leuchteten, alle Rippen schienen durch die Bespannung, die Metallteile funkelten, eine glitzernde Straße zeichnete sich auf dem Wasser ab. Es war die Sonne.

Die traumhafte Erstarrung wich von ihm. Seine Hände belebten sich und betätigten wieder die Steuerung. Er bemerkte ein Schiff, das in südöstlichem Kurs seine Richtung kreuzte. Er senkte sich etwas gegen das Geschrei der Matrosen und der Passagiere zu, die sich auf dem Verdecke drängten, überholte es, stieg wieder höher. Der Klang des strahlenförmigen Motors war voll und gleichmäßig, der kreisende Stern der Schraube bohrte sich unermüdlich in die Luft, nichts störte das Gleichgewicht zwischen Flügel und Flügel, zwischen Kopfende und Schwanzende. Die leichte westliche Brise wehte ohne Stöße, ohne Sprünge und Wirbel. Das Meer verfärbte sich hier und dort wie eine Decke von Brokat. Aber die Stille war jetzt erfüllt vom Knattern des Motors, auf das er in ununterbrochener Aufmerksamkeit lauschte, in ständiger Erwartung des ersten Aussetzens. Die Einsamkeit bestand nur noch aus Wasser und Luft, ohne Nebel, ohne eine Rauchwolke, ohne einen Streifen Land. Er glaubte eine Pause im Motor zu hören, dann noch eine, dann mehrere in verschiedenen Zwischenräumen. Er achtete auf seinen Herzschlag mit einem inneren Lächeln. Er war rascher geworden. «Was mache ich, wenn der ‹Reiher› in dieser Windstille ein paar Stunden auf dem Wasser treibt? Warte ich zu, oder bohre ich ihn gleich in den Grund?» Der Klang des Motors wurde wieder gleichmäßig. Der Wind frischte auf, peitschte das Wasser und warf hier und dort Schaum auf. In der Ferne färbte sich das Meer dunkler und dunkler. Er begann der Steuerung eine schärfere Aufmerksamkeit zuzuwenden. ‹Wenn ich Zeit und Geschwindigkeit rechne, habe ich ungefähr siebzig Seemeilen zurückgelegt. Bin genau in der Mitte des Meeres. Ein schönes tiefes Grab habe ich unter mir. Was für ein schöner Tod, lieber Freund! Erinnerst du dich an die Fino-Insel bei der Maddalena, wenn wir im Scaphander zu den Gärten der Sirenen hinabstiegen?› Er empfand wieder in seinem ganzen Körper jenes neue Wohlgefühl, jene ungewohnte Empfindung von Leichtigkeit, als sei die Schwere trotz des ungeheuren Gewichts der Taucherrüstung aufgehoben. Er erinnerte sich mit besonderer Deutlichkeit an die eigentümliche Göttlichkeit der Hände, die allein in direkter Berührung mit dem Wasser blieben und die in der zittrigen opalisierenden Dämmerung die lauernden Blütenkelche der raubgierigen Pflanzenwelt berühren konnten. ‹Wann wird der Taucher wieder zum Abgrund steigen, um die Sirene zu finden, die er niemals fand?›

Und die Zeit verstrich, die Zeit verstrich. Ein anderes Schiff tauchte auf und kam ihm gerade entgegen, mit Kurs nach Osten auf die italienische Küste zu. Er sah es unter sich wie eine lichte Nußschale mit einer wehenden Feder von Rauch. Das Geschrei von drunten drang kaum, kaum bis zu ihm herauf. Er flog in bedeutender Höhe, und die Geschwindigkeit peitschte ihm das Gesicht im Ausschnitt der Sturmhaube. In der Unbewegtheit seiner Todeserwartung begann sich eine unbestimmte Unruhe zu regen, die bald als Hoffnung, bald als Reue, bald als Schreck erschien. Der kreisende Stern der Schraube bohrte sich unermüdlich in die salzige Meerluft. Er hatte schon über hundert Seemeilen zurückgelegt. Sollte der Tod sich in Leben wandeln? Der Tag des Opfers zum Tag der Verklärung werden? Er warf von Zeit zu Zeit einen Blick auf seine Hände am Steuer, seine Hände, nackt wie die des Tauchers, die aus dem Scaphander hervorragen, und sie schienen ihm auf einmal mit wunderbarer Macht begabt. Da waren sie, unermüdlich wie die beiden Flügel der Schraube, ohne Beben, ohne Ermatten, ohne Fehlen. Der Klang des strahlenförmigen Motors war voll und kräftig. Die Sonne, die hinter seinem Rücken höher stieg, brannte auf seine Flügel, aber warf keinen Schatten. Der große ‹Reiher› aus Holz, Metall und Leinwand kannte keinen Schatten, war luftig, gleichsam unwirklich wie ein Ding von den jenseitigen Ufern, wie ein gespenstisches Symbol. Aber in seinen

beiden Händen arbeiteten Knochen, Muskeln, Sehnen und Nerven an einem verzweifelten Werk des Lebens, waren toll von Leben, wie die Hand, die die Waffe zur letzten Abwehr schwingt, wie die Hand, die sich im Schiffbruch an den Rand des Bootes klammert oder an die Felsen des Riffs.
Und sein Herz durchlief ein neuer Schauer, ein Schauer, wie ihn zum erstenmal ein menschliches Wesen fühlte. Die Minuten schnellten ab, eine nach der andern, wie die Funken der Zündung. Licht, Blau und Woge flohen unaufhörlich vorüber. Das Unerhoffte ward plötzlich erreichbar. Er sah sich wieder Angesicht in Angesicht mit seinem Piloten wie an jenem Tage der Trauer, als er ihn fragte: ‹Willst du es? Willst du es?›
Und sein Herz bebte, denn in ihm war die Lust zu leben neu erwacht, der Wille, zu leben um des Sieges willen. Was konnte das sein, was dort unten in der Ferne am äußersten Rand des Horizonts lag, jene lange, bläuliche Wolke? Eine Bergkette? Das Land? Er sah auf seine beiden Hände und spürte, wie sein ganzer Körper sich vorrückte, wie um die Angriffsfläche des Windes zu verkleinern, wie um sich der Form der Spindel und des Pfeiles anzugleichen. Er fühlte, wie seine Pupillen starr an der fernen Erscheinung hingen, mit einer Intensität, die das Gefühl des Wunders noch verstärkte. Es war das Land! das Land!
Es war das Leben!
Und die Zeit verstrich, und der strahlenförmige Motor dröhnte im regelmäßigen Rhythmus, und der Stern der Schraube bohrte sich in den Himmel.
Es war der Sieg!

Er hörte ein leichtes Knirschen, hörte, wie etwas in der Nähe seines linken Fußes fiel. An der plötzlichen Hitze merkte er, daß das kleine Aluminiumschild am Auspuffrohr abgefallen war und das ausströmende heiße Gas direkt auf seinen Fuß traf. Aber da lag das Land. Er sah es unaufhörlich größer werden, näher kommen mit seinen Bergen, Hügeln, Wäldern und Küsten. Der Wind wehte ihm jetzt in Stößen, Wirbeln und Böen entgegen. Er kämpfte und stieß vor, Angriff gegen Angriff. Er bemerkte unter sich auf der gleichförmigen Meeresfläche eine Flottille von Unterseeboten, die halb untergetaucht in Schlachtordnung manövrierten. Er verstand sofort, daß Terranova, das Kap Figari, Portocervo, Caprera und die Maddalena weiter nördlich lagen und daß er etwas südlich abgekommen war, aber er schwenkte nicht ab, hielt den Kurs gerade weiter. Noch einmal zog er im Geist eine Linie, gerader als die, die der Zimmermann mit Schnur und Menning zieht. Da lag die Küste, verlassen, unfruchtbar und golden. Der tiefliegende Strand schien zur Landung günstig. Er sah eine unförmige Hecke von Kakteen, etwas weiter in einer grünen Bucht bei einer kegelförmigen Hütte eine Schafherde. Weiter südlich einen sandigen Küstenstreifen vor einem dunklen Gehölz. Hier beschloß er zu landen. Und landete in Traum und Wunder sicher und leicht, unbewußt und ungedenk, unmittelbar am Brechen der Wellen.

Kein Geschrei, kein Triumphgetön, keine Menge mit bleichen Gesichtern und ausgestreckten Händen. Wildes Schweigen, einsamer Ruhm. Und noch frischer Morgen und ruhiges Atmen des kindlichen Meeres, das die gebogenen Arme der Erde wiegten, und kein Wort als das der verborgenen Nährerin, die Leben kennt und Tod und was werden soll und was nicht vergehen kann und die Zeit eines jeden. Er blieb einen Augenblick erstaunt und unbeweglich. Dann schickte er sich an, auf den Sand zu springen, aber der Schmerz der tiefen Brandwunde entlockte ihm einen Schrei und ließ ihn zurücksinken. Dann sah er sich rings nach einer Stütze um und stieg vorsichtig aus, setzte sich auf den einsamen Strand und fing an, die Reste des verkohlten Leders von dem verbrannten Fuße abzulösen. Da er völlig erschöpft war und den Schmerz des Gehens nicht aushielt, rutschte er langsam bis ans Wasser vor und tauchte den Fuß ins Meer.

László F. Földényi

«Es wird uns nicht verziehen, umsonst gelebt zu haben»

Nachwort zu Gabriele d'Annunzios Roman «Vielleicht – vielleicht auch nicht»

Es ist immer sehr aufschlußreich, wie ein Werk begonnen wird. Besonders bei einem Roman, wo der Autor einen bedeutenden Anteil seiner angesammelten Energie auf etwas wenden muß, das die ursprüngliche Intensität schwächt und zurücknimmt, damit er selbst allgemeinverständlich und für jeden zugänglich wird. In keiner anderen Gattung spielt die sorgfältige Komposition, die Balance der einzelnen Elemente, das gründliche Abwägen der Kräfteverhältnisse, der Retardierungen und Zuspitzungen eine so große Rolle, wie gerade im Roman. Der Autor muß ständig auf der Hut sein, daß jenes Paradoxon sich nicht als zerstörerisch erweist, daß er mit prosaischen Elementen eine Welt zu schaffen versucht, die nicht nur nicht prosaisch ist, sondern aufgrund ihrer Unendlichkeit und ihrer Unfaßbarkeit zerstörerisch auf alles Prosaische wirkt. Auch in den großen Romanen kann die sogenannte epische Ruhe nicht den ständigen Wirbel verdecken, der den selbstzerstörerischen Charakter dieser Gattung offenbart; ein Schriftsteller muß kein Sterne, Dostojewski oder Céline sein, um zu bemerken, daß die Materie, die er in das Korsett einer Romanform zu zwängen versucht, eben diese am liebsten aus allen Fugen sprengen möchte. Je offensichtlicher es ist, daß der äußerste Horizont nicht der Horizont der Prosa ist, um so verletzbarer ist die Form des Romans. Aber sonderbarerweise kann dies eine Offenbarung von Stärke sein: denn je weniger sich der Autor der Welt der Prosa verpflichtet, um so freier geht er mit der Romanform selbst um, gestaltet sie nach Gutdünken und macht sich dabei zuweilen über die Regeln dieser Gattung lustig. Dann wird jedoch nicht nur die Gattung Roman verdächtig; auch die Welt wird es, die sich in der prosaischsten aller Gattungen selbst entdecken will, die Erfüllung in etwas sucht, was diese Erfüllung von vornherein verhindern möchte.

Nur die Größten wagen es, ihre Werke so zu beginnen, wie D'Annunzio seinen Roman ‹Vielleicht – vielleicht auch nicht›. Die Größe ist in diesem Fall ein Zeichen der Sicherheit: der Autor ist kein Gefangener der Prosa und deshalb verfügt er selbstsicher über sie. So, wie er später über Fiume herfallen wird, so stürzt er sich auf die Welt seiner eigenen Gestalten. Sein Anfang ist nicht dadurch kühn, daß er in medias res beginnt – verglichen mit der Totalität des Lebens ist sowieso jeder Anfang willkürlich – sondern weil er ohne Umschweife von vornherein die höchste Stimmlage anschlägt. Die Leidenschaft zwischen Paolo Tarsis und Isabella wird nicht vorbereitet oder begründet – schon im ersten Augenblick ihres Erscheinens sind sie Gefangene des später über sie hereinbrechenden Verhängnisses, ebenso wie eine andere Isabella und deren Geliebter, die bei ihrer ersten Begegnung im Garten von Fontainebleau vom Abgrund des Todes und des Wahnsinns gestreift werden (Verdi: Don Carlos). Und dennoch: diese hemmungslose Intensität explodiert «meisterhaft»: einige Seiten und alles erschließt sich dem Leser im Keim. «Vielleicht» – mit diesem Wort aus Isabellas Mund beginnt der Roman, und damit beginnt der Wirbel der Unsicherheit, der sich später zur Unfaßlichkeit vertieft. «Alles ist Spiel», sagt gleichfalls sie, und zieht damit die Verläßlichkeit von allem in Zweifel. Das Auto, mit dem sie wie mit einem Kampfwagen auf den alten römischen Straßen entlangrasen, beschleunigt diesen Wirbel: «sein kriegerisches Dröhnen (ist) wie der Wirbel einer ungeheuren metallenen Trommel». Es ist nicht zu entscheiden, ob dieser Trommellaut die Ekstase hervorruft, oder ob es die Leidenschaft ist, die sogar eine tote Maschine noch zur Ekstase hinreißen kann – auf jeden Fall sind Paolo und Isabella ebenso Verkörperung wie Opfer der alles durchwirkenden Kraft, die bald als maschinelle Kraft, bald als Leidenschaft und bald als Liebe in Erscheinung tritt. Das Blut der beiden einander erregenden Menschen entzündet sich «wie das Benzingemisch, das unter den Funken des Magnets in den Zylindern unter der langgestreckten Motorhaube explodierte». Dieser ‹Liebestod› des Benzingemischs ist eine ungeheuer gewagte Assoziation: die Erotik der Maschine steigert die Liebesleidenschaft, so daß sich schließlich für den mit der tödlichen Gefahr kokettierenden, aber zutiefst verzweifelten Paolo die ganze Welt zu einem einzigen Wirbel verdichtet. Aus diesem Wirbel (der gleichzeitig das am häufigsten wiederkehrende Motiv der ersten Romanhälfte ist) von Lärm, Staub, Leidenschaft und Verzweiflung tauchen Isabellas lange Beine für den Bruchteil eines Augenblicks auf, der einzige sichere Punkt, ein stummes Ausrufezeichen. «glatt wie die an den hellen, silbernen Kruzifixen von tausend gläubigen Lippen poliert». Doch wer sich jemals in einer dämmrigen und – menschenleeren Kirche von dem ans Kreuz genagelten Christus, dessen nackte Schenkel von den Bildhauern meist besonders liebevoll geschnitzt wurden, erotisch angezogen gefühlt hat, der kann auch nachfühlen, was Paolo für die unerreichbare

Frau empfunden hat: über eine bestimmte Grenze hinaus wird die Leidenschaft so intensiv, daß sie sogar ihr Objekt überholt, das sie doch erreichen möchte, und weitet sich ins Unendliche aus. Auf dem Boden der erotischen Leidenschaft tobt die religiöse Leidenschaft, die aber letztlich kein Ziel hat, nicht einmal Gott, sondern sie verschlingt und vernichtet sich selbst.

Wir befinden uns erst auf der siebten Seite, aber Paolo beginnt schon das Schweigen zu ahnen, das auf dem Grunde jeder Ekstase herrscht: «Über den Schlag des Motors hinaus und über das Lachen der Frau, die beide aus derselben maschinellen Unbewußtheit zu kommen schienen, vernahm er das grenzenlose Schweigen.» Dieses Schweigen charakterisiert den unendlichen, von Gott verlassenen Weltraum, und es «ertönt» zwischen den Herzschlägen, wenn der Körper für einen Augenblick die Möglichkeit des Todes zu erwägen beginnt. Das Schweigen, das Paolo Tarsis im Roman zum ersten-, aber nicht zum letztenmal fühlt, ist die Unmöglichkeit selbst, mit der jede kompromißlose Leidenschaft irgendwann einmal konfrontiert wird, und die denjenigen, der die Leidenschaft durchlebt, dazu treibt, daß er auch das Objekt der Leidenschaft zerstört. Nicht aus Haß oder Grausamkeit, sondern um dem Grenzenlosen die Treue zu bewahren. «Er empfand ein wildes Verlangen . . ., sie möchte aufhören zu sein», erfahren wir über Paolos geheimes Verlangen, und wir befinden uns noch immer am Anfang des Romans. Er liebt Isabella so sehr, daß er sie am liebsten vernichten würde – und damit würde er seine Liebe zur Maßlosigkeit beweisen. Isabella ist lediglich deren Verkörperung. Wenig später setzt D'Annunzio – wie ein echter Mystiker – Isabella schon mit dem unerreichbaren Gott gleich, die «den Ort, wo sie gerade war, zum Mittelpunkt des Weltalls zu machen schien». Dieser Gott ist jedoch nicht der Gott der Gläubigen; wem er sich nähert, den entflammt er und treibt ihn zum Wahnsinn, wie Paolo. Ein Mensch, der mit der Maßlosigkeit und dem Unmöglichen konfrontiert wird, wird selbst maßlos und entledigt sich seines Selbsts: wenn auch nur für eine kurze Zeit, aber er wird wahnsinnig, denn der universale Wahnsinn hat ihn berührt. «Alle Macht ihres Begehrens und alle Bilder der Lust stürmten auf sie ein und drehten sich in einem Wirbel des Wahnsinns», schreibt D'Annunzio über Isabella, und schon – noch immer am Anfang des Romans – stehen vor uns nicht lediglich zwei Liebende, sondern eine götzenhafte, unberührbare, vom drohenden Wahnsinn flammende Göttin und ein Mann, der in der begehrten Frau das Universum erobern möchte, um so selbst zu einem übermenschlichen Wesen zu werden – und so die Reinheit seiner Leidenschaft zu bewahren, die selbst ebenso brennend ist wie der Wahnsinn. Wie in der ersten Hälfte des Romans das am häufigsten gebrauchte Wort der «Wirbel» ist, so ist es in der zweiten Hälfte des Romans der «Wahnsinn»; und D'Annunzio beweist so sein tiefes Gefühl für Rhythmus und Symmetrie (das heißt die äußerste Ohnmacht des Lebens), daß dieses Verhältnis auch in der ersten Szene des Romans anzutreffen ist.

Und als sie in Mantua den Palazzo Ducale betreten, und auf einem Fresko an der Decke die Abbildungen eines Labyrinths entdecken, da erlangt das erste Wort des Romans, das «vielleicht», schon seine wahre Tiefe. Isabella «hatte ihr Gesicht gegen das Blau und Gold der Decke erhoben. Ihre Seele lag wie aufgelöst über ihrem Haupt, reich und unentwirrbar, in ihren tausend Rätseln erscheinend. Sie las mit schwimmendem Auge das entsetzliche Wort, das da oben zwischen den labyrinthischen Linien unzählige Male in den tiefblauen Feldern geschrieben stand. ‹Vielleicht, vielleicht, vielleicht.›»

Der Mann und die Frau irren in einem Labyrinth umher; und während jeder für den anderen der bedrohliche Minotaurus ist, sind sie doch beide gleichermaßen einem sie überragenden unbeeinflußbaren Schicksal ausgeliefert.

Weder typische Bestandteile der Sezession, noch Requisiten aus der Jahrhundertwende oder die zuweilen künstlich erscheinenden Gefühlsausbrüche können jene Kraft verhüllen, deren Auswirkung nicht nur im Roman, sondern auch im Leben zerstörerisch ist. D'Annunzio kennt diese Kraft nicht nur, sondern er beherrscht sie auch; und im Lichte des Horizonts, den diese Kraft vor ihm erschließt, erscheinen auch die Regeln der literarischen Gattung als zufällig. Das ist die Erklärung für die «Hemmungslosigkeit», die diesen Anfang mit seinem ‹Vielleicht – vielleicht auch nicht› kennzeichnet: statt den Leser nach den Regeln des Romans angemessen vorzubereiten, überrumpelt er ihn und führt ihn innerhalb weniger Augenblicke in eine Richtung, die über die Gattungsgrenzen des Romans hinausweist – am ehesten vielleicht zur Musik hin. Die erste Szene ist wie die Ouvertüre einer Oper: der Leser wird über alles im voraus informiert, ohne daß er die späteren Ereignisse kennen würde. Eine Erklärung für die Wirkung d'Annunzios ist eben seine Fähigkeit, die Kräfteverhältnisse zu beschreiben, ohne deren gesellschaftliches (prosaisches) Umfeld zu berühren; er sieht genau, daß dieses lediglich Kulisse ist und sich von Epoche zu Epoche verändert, doch die in der Tiefe des Lebens eines jeden Menschen verborgenen Leidenschaften und deren Rhythmus werden hiervon nicht beeinflußt. Während die meisten Romane, die die Leidenschaft zum Thema haben, diese in den Rahmen der Epoche und der Gesellschaft stellen, so stellt D'Annunzio die Epoche und die Welt vor den Spiegel der Leidenschaft, und auf diese Weise umgeht er die Regeln der Gattung.

Aus der Unvereinbarkeit von Werden und Vergehen ergeben sich die verschiedensten Spannungen; und da es keine Leidenschaft ohne Spannung gibt, ist im Grunde jede Leidenschaft ein Wissen über die Vergänglichkeit und den Tod. Die Helden D'Annunzios, Verkörperungen der Leidenschaft, leben bis zu einem gewissen Grad mit dem Tod im Bunde, und dadurch erscheinen sie teils als Monstren, teils als unmenschlich oder als außerordentlich verloren. Im Vergleich zu den bekannten Charakteren des bürgerlichen Romans sind diese Figuren ohne Ausnahme «unzeitgemäß» – eingeschlossen Paolo mit seiner Schwärmerei für das Fliegen; seine Begeisterung für die Technik ist auch nur ein Indiz für seine Leidenschaft, und deshalb nicht vergleichbar mit der Leidenschaftslosigkeit der modernen technikbeherrschten Welt. So ist auch zu verstehen, daß anstelle der «gesellschaftlichen Position» der Frau für D'Annunzio ihre biologische Bedingtheit entscheidend ist, und wenn zum Beispiel vom Fliegen die Rede ist, so ist für ihn die damit verbundene Gefahr viel wichtiger als die technische Exotik, und wenn der Mensch diese Gefahr mißachtet, so kann er selbst ein gefährliches Wesen werden – ein ebenbürtiger Partner des Todes. Die Frau und das Fliegen – das sind die beiden Wirbel, die für Paolo Tarsis die Möglichkeit darstellen, sich dem Unaussprechlichen, das ihn grundsätzlich beschäftigt, zu nähern, mit seinem eigenen Schicksal konfrontiert zu werden.

Isabella ist von Anfang an nichts als die Personifizierung des Wirbels; aber während sie am Anfang den Wirbel von Hingabe und Zurückweisung verkörpert und darin lediglich eine dieser raffinierten femmes fatales des fin de siècle, wie wir sie von den Bildern Klimts und Beardsleys kennen, ist, so erscheint später ein Wirbel in ihrer Person, der sich des Seins selbst immer wieder entledigt. «Wirbel von Asche und Blut», schreibt D'Annunzio über sie am Ende des Romans; nicht wegen ihrer «weiblichen Kniffe» wird sie verhängnisvoll, sondern wegen ihrer Biologie, zudem nicht nur für den durch sie leidenden Paolo, sondern auch für sich selbst. «Paolo konnte sie nicht ansehen, ohne einen Schwindel zu empfinden. Wenn ihre Augen sich trafen, bemerkte er zwischen ihren Lidern etwas viel Unendlicheres als den einfachen Blick eines Menschen, etwas wie den Ausdruck eines uralten wilden Instinkts, älter als die Sterne.»

Für diesen uralten und wilden Instinkt gibt es keine Erklärung; die sich in Isabella und der Weiblichkeit offenbarende Unfaßbarkeit ist die Offenbarung des äußersten Schweigens, das Paolo von Beginn an fühlt; und es ist letztendlich dieses Schweigen, dem gegenüber sich der Mann hilflos fühlt, nicht jedoch die Frau ... «Und auch für dich, Schweigsamer, der nur zu Schmähung und Zornwort die Lippen öffnet, bin ich eine mystische Wissenschaft: nicht Glückseligkeit bin ich und auch kein Unheil, sondern ein tiefes Wissen», sagt Isabella zu Paolo. Wie blaß und kraftlos sind im Vergleich dazu die Gedanken zur Gleichberechtigung der Frauen, mit denen man sie schon zur Zeit der Entstehung des Romans bewaffnen wollte. Als wenn die Gleichberechtigung imstande wäre, dieses äußerste Chaos einzudämmen, das in der Dunkelheit jedes Körpers eingeschlossen ist; als wenn aufklärerisches Gedankengut der Qual ein Ende bereiten könnte, die daraus entspringt, daß der Mensch gerade dem ausgeliefert ist, was sein allereigenstes ist: seinem Körper. In der Person der Isabella hat D'Annunzio sein tiefes Wissen um das Chaos offenbart. Das ist die einzige, der Frau wirklich würdige Emanzipation, auch dann, wenn sie für die sogenannte Frauenbewegung zerstörend ist: ohne zerstörende Wirkung gibt es keine Aufwärtsentwicklung. In bestimmten Augenblicken, schreibt d'Annunzio, «war keine organische Substanz mächtig wie die ihre ... Das Licht, das auf sie fiel, verwandelte sich. Es war nicht mehr das Licht des Tages oder das Licht der Lampe, es war die Schicksalsflamme, die seit Beginn der Welt Kampf, Lust und Trauer des Menschen beleuchtet.» Es ist nur zu gut verständlich, daß Paolo Isabella zuweilen am liebsten umbringen würde. Nicht aus Eifersucht, auch nicht aus männlicher Eitelkeit, sondern aus Furcht vor dem Chaos: je eher sich ein Mensch im Körper des anderen verliert, wie in einem Labyrinth, um so eher erfühlt er das Chaos, das in seinem Inneren herrscht und einmal ihn selbst vernichten wird. Wenn er den anderen zerstören will, dann tut er es aus Furcht, er beschleunigt seinen eigenen Tod, um damit die Zeit des Fürchtens zu verkürzen. Das Schicksal der wahnsinnigen Isabella erfüllt sich paradoxerweise in der Person Vanas, die sich zeitweilig zu ihrer Schwester so verhält, wie die Justine Marquis de Sades zu Juliette. «Es wird uns nicht verziehen, umsonst gelebt zu haben», sagt einmal Vana zu Isabella. Ihre späteren Gedanken erhellen den tieferen Sinn dieses Satzes. Er bezieht sich weder auf den Glauben an ein Leben im Jenseits, noch auf ein göttliches Urteil, sondern auf die Erfüllung des Schicksals: der Mensch kann das eigene Schicksal nur dann erfüllen, wenn er sämtliche in ihm schlummernden Möglichkeiten auslebt. Auf Isabella bezogen heißt das, daß das im Menschen verborgene Chaos befreit werden muß – wenn das Chaos früher oder später sowieso den Menschen besiegen wird, dann soll es lieber nicht von hinten, sondern Auge in Auge angreifen. Vana sieht deshalb den Sinn des Lebens nicht darin, daß der Mensch ständig vor dem Jüngsten Gericht in Furcht zittert, auch nicht in einer «nützlichen» Lebensführung (die im Bezug auf den Tod die vollständige Vergeblichkeit darstellt), sondern in der Leidenschaft – genauer gesagt in der tödlichen Leidenschaft, die den Tod noch hier, im Leben erlebbar macht, und insofern eine Art von Unsterblichkeit verleiht. «Ich hatte schon dem Tod ins Antlitz gesehen, hatte mich schon über den Abgrund gebeugt», sagt Vana, und später fügt sie hinzu: «an manchen Tagen habe ich die heilige Lust gespürt zu glühen, allein zu sein und zu glühen, nur um des Glühens willen.» Vanas Selbstmord ist keine Flucht, sondern eine extreme Erscheinungsform der Liebe: es ist die Liebe zur Liebe, die so sehr auf nichts anderes Rücksicht nimmt, daß sie schließlich nur im Tod eine Auflösung findet.

Für D'Annunzio ist die Frau der Ursprung der Leidenschaft, die Leidenschaft dient jedoch dazu, wie dies der ganze Roman zeigt, daß sich die Personen das Leben aneignen und so ihr eigenes Schicksal klar erkennen können. Dieses klare Erkennen ist unvorstellbar, ohne daß sich die Kraftlinien des Lebens aufklären; nur dann ist das Leben überblickbar, wenn die Leidenschaft Herr über den Menschen wird. Dann hört die Verwirrung auf, die dem Menschen im Zustand der Leidenschaftslosigkeit alles unklar und fremd erscheinen läßt. ‹Vielleicht – vielleicht auch nicht› ist kein Roman der Liebe, sondern ein Roman der Leidenschaft; und wie auch der intensive Anfang des Romans beweist, so suggeriert D'Annunzio, ohne es direkt auszusprechen, daß nur das Leben mit einem hohen Intensitätsgrad das wahre Leben ist, das es wert ist, gelebt zu werden – auch dann, wenn es stärker der Bedrohung des Todes ausgesetzt ist, als das Leben auf einem niedrigeren Intensitätsgrad. Das Fliegen im weiten Sinne des Wortes hat deshalb eine zentrale Bedeutung im Roman: nicht die Faszination der Technik, sondern der Zauber der Kraft und der Gefahr sind für D'Annunzio entscheidend. Es wäre überflüssig, über das Flugzeug ein Wort zu verschwenden, wenn es nur eine technische Rolle spielen würde; D'Annunzio interessieren nicht vor allem die Schrauben, Propeller, Fahrgestelle und Motoren, sondern die Möglichkeit, die Grenzen des menschlichen Körpers zu erweitern. Paolo Tarsis spürt immer wieder das *Lebewesen* im Flugzeug, nicht die tote Maschine: «Er fühlte von neuem, wie sein Körper die ganze Maschine regierte, daß im Innern seiner Flügel wie in den hohlen Knochen der Vögel die gleiche Luft kreiste wie in seinen Lungen. Wieder ward das Gefühl in ihm lebendig, nicht mehr ein Mensch in einer Maschine zu sein, sondern ein einziger großer Körper mit ihr.» Das Flugzeug ist ein Wesen aus Fleisch und Blut und deshalb ebenso ein Objekt der Erotik, wie eine Frau. Wenn Paolo in einem Flugzeug sitzt und in die Höhe steigt, wird er genauso vom Chaos mitgerissen, wie wenn er in den Körper einer Frau eindringt. Endlich durchlebt er, wovon er zuvor nur eine unklare Ahnung hatte.

In seinem Werk über den Zusammenhang von Aviatik und Literatur entgeht Felix Philipp Ingolds Aufmerksamkeit die aus der Leidenschaft entspringende Faszination des Fliegens. Er schreibt: «D'Annunzio mißversteht (und verharmlost) die moderne Technologie als ungebrochene Fortsetzung traditioneller Mythologien, die motorisierte Fliegerei ist für ihn dädalisches Künstlertum, jedenfalls wird sie nicht im Kontext von Wissenschaft, Wirtschaft und Technik gesehen. In diesem Sinn ist D'Annunzios angebliche (oder anscheinende) Progressivität nichts anderes als der Ausdruck einer reaktionären Ideologie mit pseudoreligiösem Aufriß.» (F. Ph. Ingold: *Literatur und Aviatik*. Suhrkamp, Frankfurt am Main, 1980. S. 32) Abgesehen davon, daß «Vielleicht – vielleicht auch nicht» keine Broschüre oder ein Pamphlet über das Fliegen ist, sondern ein aus vielen Fäden gewebter, aus komplizierten Gefühlsbeziehungen komponierter Roman, für den das Fliegen lediglich eine Ebene darstellt, so geht die Ideologiekritik wie immer davon aus, daß die Welt aus leblosen Dingen besteht und dem Menschen gegenüber neutral ist. Für D'Annunzio erfüllt das Thema des Fliegens vor allem den Zweck, zu zeigen, daß es nichts gibt, was nicht Auslöser für eine Leidenschaft sein kann, beziehungsweise es gibt für die Leidenschaft oder für ein Leben, das auch seine Grenzen wahrnimmt, nichts, das seine neutral erscheinende Fremdheit bewahren könnte. Nur im Zustand der Leidenschaftslosigkeit, wenn man das in allem schlummernde Chaos und den allem Lebendigen drohenden Tod vergißt, kann die Welt wie ein Konglomerat lebloser Dinge erscheinen, und die Technik lediglich als eine wirtschaftliche oder technische Errungenschaft.

Die Ideologiekritik scheint nur dann gültig zu sein, wenn man absichtlich und mit Gewalt vor sich zu verbergen versucht, daß das Leben – ungeachtet aller Besonnenheit und Ernsthaftigkeit – doch ein einmaliges, ausnahmsloses Wunder ist. Nicht Mythologie und Wissenschaft (Ökonomie, Technik) stehen einander gegenüber, sondern jene Betrachtungsweise, die das Leben unbedingt zergliedern will (und es auf diese Weise, ohne es zu wollen, multiplizierbar erscheinen läßt, und so den Mythos der Unsterblichkeit vertritt – denn ist nicht vom Tod aus betrachtet die Wissenschaft, die Ökonomie und die Technik ein Mythos, mit dem der sterbliche Mensch sich ablenkt?) und jene, die nur ein *einziges* Leben sieht, und deshalb in *allem* den drohenden Tod fühlt. Auf die Beziehung D'Annunzios zur Technik können Nietzsches Worte angewandt werden: «Im Grunde ist das aesthetische Phänomen einfach; man habe nur die Fähigkeit, fortwährend ein lebendiges Spiel zu sehen und immerfort von Geisterschaaren umringt zu leben, so ist man ein Dichter.» (Friedrich Nietzsche: Sämtliche Werke. Hrsg. von Giorgio Colli und Mazzino Montinari. Deutscher Taschenbuchverlag, München, 1980. Bd. I. S. 60–61). Und ein noch früherer Denker, nämlich Friedrich Schlegel, hat sich in einem ähnlichen Sinn geäußert, daß nämlich die wahre Aufgabe der Dichtkunst nicht darin bestehe, Kunstwerke zu schaffen, und daß ein Dichter kein außergewöhnliches Wesen sei, sondern einer, der dem universellen Ausgeliefertsein des Menschen Ausdruck verleiht: «Man soll von jedermann Genie fordern, aber ohne es zu erwarten. Ein Kantianer würde dies den kategorischen Imperativ der Genialität nennen.» (Friedrich Schlegel: Athäneum Fragmente, 116. In: Werke in zwei Bänden, Aufbau Verlag, Berlin-Weimar, 1980. S. 204). Die Genialität besteht darin, in Wissenschaft und Ökonomie die Wurzeln des Mythos zu entdecken und einzusehen, daß die Errungenschaften der Technik ihre Entstehung letztendlich nicht dem menschlichen Wissen oder dem Fortschritt zu verdanken haben, sondern dem durch den Tod gefährdeten Leben, das selbst eine Erscheinungsform des ständigen Wirbels zwischen Sein und Nichtsein ist.

Es wäre sinnlos Genialität zu fordern, wenn der Mensch nicht ein im Grunde ausgeliefertes Wesen wäre. Es ist kein Zufall, daß die Genialität letztlich die Heraufbeschwörung gerade des Todes, dieses letzten Kriteriums menschlichen Ausgeliefertseins, bedeutet: die Todesleidenschaft, die nicht so sehr nach Glück, Zufriedenheit oder «genialen» technischen Errungenschaften strebt, sondern – durch deren Vermittlung – nach dem Durchleben des Unerträglichen und Unmöglichen. In diesem Sinne ist in dem Roman D'Annunzios das Fliegen eine Bedingung für die Genialität: für ihn ist offensichtlich, daß weder die Wissenschaft, Ökonomie und Technik die eigentliche Basis des Fliegens sind, sondern etwas, das jeder festen Grundlage beraubt ist: der Abgrund, das Unmögliche, und im Prinzip macht auch nur dies die Wissenschaft (Ökonomie, Technik) möglich. Der Leser hat das Gefühl, daß D'Annunzio nur deshalb das Wunder im Fliegen entdecken kann, weil er dies in die Perspektive des unbegrenzten, den Tod voraussetzenden Lebens stellt. «Also der Tod lauert immer dabei?» fragt Vana Giulio, bevor dieser mit seiner Maschine in den Himmel aufsteigt. «Wie bei allem» antwortet der Pilot, und fügt dann hinzu: «Tod ist bei jedem Spiel, das wert ist, gespielt zu werden.» Und obwohl Giulio wenig später abstürzt und dabei umkommt, ist sein Tod wie der des Ikarus: Verklärung. In gewissem Sinne hat er, indem er den Tod herbeigerufen hat, diesen selbst besiegt; denn mit seinem Absturz hat er nicht nur tiefe Leidenschaften in anderen geweckt, sondern ist auch selbst seinen Absturz vorwegnehmend in einen solchen Zustand geraten, von dem aus gesehen der Tod nicht Vernichtung ist, sondern lediglich eine Variante des alles überragenden Lebens. «Er schoß abwärts, wendete, flog vorbei, in einem Dröhnen des Siegs, einem Wirbel von Glanz, weiß und leicht, funkelnd von Messing und Stahl, ein Bote des höchsten Lebens», schreibt D'Annunzio über ihn, und wenig später liest man: «Es schien, als sei jenseits der Grenze die Gefahr verschwunden, als sei der

Mensch durch das Übermaß der Kühnheit selbst straflos und sicher geworden.»

In der Tiefe des gefährlichen Lebens verbirgt sich nicht Tollkühnheit oder Ruhmessucht, sondern die Sehnsucht nach einem Zustand, in dem der Mensch «straflos und sicher» wird – der Allmittelpunkt des Universums, wie Isabella, die auf ihre Weise ebenfalls in ständiger Gefahr lebte: sie hat die in ihrem biologischen Sein verborgene Gefahr ans Tageslicht gerufen, um so alle bisher nur verdeckten Möglichkeiten des Lebens restlos auszuleben. «Es gibt Menschen, die in der Gefahr geboren werden. Für sie gibt es keine Gefahr», sagt Giulio über Paolo. Ein Leben, das die Gefahr heraufbeschwört, so wie D'Annunzios gesamtes schriftstellerisches Wirken, kann ideologisch leicht als dekadent abgestempelt werden, und wenn man dazu noch Nietzsches Wirkung erwähnt und einige dunkle (aber nichtssagende) Anspielungen auf Mussolini und den Faschismus im allgemeinen macht, dann scheint es, daß der Mythos D'Annunzio geklärt sei. Dies bezeugt jedoch nicht die Richtigkeit der verurteilenden Ideologie, sondern macht nur die Furcht deutlich, wegen der sie nicht willens ist, irgendeine Gefahr zur Kenntnis zu nehmen, und wenn sie doch die Gefahr zur Sprache bringt, dann hält sie diese lediglich für einen technischen Fehler, der früher oder später korrigiert werden kann.

Hier verrät die Ideologiekritik aufs neue ihr Bestreben, zusammen mit der Gefahr auch den Tod aus ihrem Gesichtskreis zu verbannen, und so das Leben ärmer zu machen – und es paradoxerweise durch das Ausschalten des Todes abzutöten. In der Gefahr, sei sie welcher Art auch immer, erscheint das Chaos; das Chaos, das das Leben nicht nur bedroht, sondern es auch aufrecht erhält. Das gefährliche Leben (oder die Genialität, oder das, was Bataille als Souveränität bezeichnet), ist eben eine

Beschwörung des Chaos; das Reich der Leidenschaft, in dessen Reihen der Mensch sein ganzes Leben lebt und nicht nur hier und da einen Abschnitt. Man braucht dazu nicht unbedingt in die Höhe zu fliegen oder in die Tiefe zu stürzen. Die Höhe oder Tiefe der Gefahr ist keine physische Qualität, sie ist in allem, und durch den Zauberschlag der Leidenschaft kann sie in allem auftauchen und den Menschen in ihren Strudel mitreißen: im Fleisch, in der Erotik, ebenso wie im selbstvergessenen Genuß, in der Freiheit, im Verzicht, – oder – wenn wir an den Roman ‹Vielleicht – vielleicht auch nicht› denken, im Inzest, in der technischen Katastrophe, oder eben im grenzenlosen Verlangen. Das Leben, das die Gefahr zurückweist, beruft sich auf die Ordnung, die tatsächlich ein unverzichtbarer Strukturbestandteil des Lebens ist. Aber die Ordnung gibt es nur, weil etwas da ist, das geordnet werden kann. Die Bedingung für die Ordnung ist, was jenseits von ihr ist: nicht die Unordnung (sie ist nicht die Vorbedingung, sondern nur die Verneinung der Ordnung), sondern das Chaos, das die Ordnung leben läßt und sie deshalb auch durchdringt. Das gefahrvolle Leben, das Durchleben des Chaos, welches die Ordnung in Abgründe zerstückelt, ist die Bejahung des vollständigen Lebens, das den Tod miteinschließt. «Gänzlich entschwinden aber kann (die Gefahr) niemals, nicht nur deshalb, weil das menschliche Herz nicht nur der Sicherheit, sondern auch der Gefahr bedürftig ist», schreibt Ernst Jünger im Jahre 1931 im Vorwort des Buches mit dem bezeichnenden Titel «Der gefährliche Augenblick». Dieses Buch enthält Berichte von Überlebenden technischer *und* natürlicher Katastrophen. (Ernst Jünger: Über die Gefahr. In: Der gefährliche Augenblick. Hrsg. von Ferdinand Bucholtz, Junker und Dünnhaupt. Berlin, 1931, S. 31). In der Gefahr erweitert sich das im übrigen so begrenzte Leben, und wenn auch der Mensch in diesem Augenblick nicht das Reich der unendlichen Möglichkeiten erblickt, sondern nur die grenzenlose Bedrohtheit, so empfindet er dies doch als reicher, als die eingegrenzte

Welt der relativen Sicherheit. Die eingegrenzte Welt ist die Welt des Bürgers, der – hier sei wieder Ernst Jünger zitiert – «selbst … am besten gekennzeichnet (ist) als der Mensch, der die Sicherheit als höchsten Wert erkennt und demgemäß seine Lebensführung bestimmt. Seine Ordnungen und Systeme sind darauf angelegt, den Raum gegen die Gefahr abzudichten, die sich manchmal, in Zeiten, während deren kaum ein Wölkchen den Himmel zu trüben scheint, in große Fernen verliert. Dennoch ist sie immer vorhanden; sie sucht ewig wie ein Element die Dämme zu durchbrechen, mit denen die Ordnung sich umringt.» (ebenda, S. 11)

Die Gefahr ist kein Gegensatz zur Ordnung, sondern – wie in unseren Tagen Paul Virilio bewiesen hat – eins ihrer Bestandteile. Der Roman D'Annunzios ist deshalb so überwältigend, weil er die Gefahr nicht als etwas darstellt, das hinter dem Horizont lauert, und das man – mit der Hilfe der Technik aus unserer Welt ausschließen kann – sondern als etwas, das immer gegenwärtig ist und das man ebenso wenig ausschließen kann, wie den eigentlichen Grund jeder Gefahr: die Vergänglichkeit. Auch in dieser Beziehung sprengt der Roman die Grenzen der Gattung. Ein Kennzeichen des bürgerlichen Romans war von Anfang an, daß er die Gefahr aus der Welt verbannt hat und auch noch in den bedrohlichsten Situationen die zuverlässige Ordnung als maßgebliches und letztes Prinzip angesehen hat, (Robinson). Damit, daß D'Annunzio die Welt in die Perspektive der unaufhebbaren Gefahr gestellt hat, und diese zusammen mit der Leidenschaft als bestimmend betrachtet, durchbricht er die unausgesprochenen Gesetze des bürgerlichen Romans. Ein durch die Gefahr erweitertes Leben kann nur schwer romanhaft dargestellt werden, erweckt doch der Roman, unabhängig davon, was sein Thema ist, wegen seiner Konstruktion, seiner grundsätzlich rationalen Einstellung im Leser die Vorstellung von *Ordnung*. «Vielleicht – vielleicht auch nicht», der in diesem Sinne die großen, die Form revolutionierenden Romane des zwanzigsten Jahrhunderts vorbereitet, erweckt manchmal nicht den Eindruck eines Romans, sondern den eines mythischen Epos, in dem selbst die Personen nicht aus Fleisch und Blut bestehen, und keine individuellen Figuren sind, sondern die Verkörperung von übermenschlichen Wesen. Die folgende Vorstellung von Paolo ist dafür ein Beispiel: «Paolo Tarsis hatte die wildesten Gebirge erklommen, war den verworrensten Flußläufen gefolgt, hatte alle Wüsten durchstreift. Er hatte die Schatten der Tropen kennengelernt, die dem Auge erst schwarz erscheinen, und die, wenn man sie betritt, hell und leuchtend sind wie anderes Licht. Die verschiedensten Menschenrassen, mit ihren Tieren und Waffen: die alternden, die schläfrig, das Kinn auf den Knien, an zerfallenen Mauern hokken, die jungen erobernden, die mit der Wildheit ihrer Kraft die Welt bewegen. Er kannte die Feuer der Höchsten, aus denen sich der Strom des Eisens in die neuen Städte ergießt, und die einsamen Lagerfeuer der Nomaden, die mit trockenem Kamelmist unterhalten werden.»

Unbestreitbar ist etwas Parodistisches in dieser Vorstellung, wie überhaupt in der Figur Paolos: Wie Heinses Ardinghello ist auch Paolo ein universaler, übermenschlicher Mensch, und dadurch bisweilen disproportional. (In seiner Studie ‹Heinse als Vorläufer› aus dem Jahre 1908 erwähnt Felix Poppenberg ebenfalls D'Annunzio als späten Verwandten Heinses. In: Insel-Almanach auf das Jahr 1908.) Und doch sagt diese Disproportioniertheit mehr aus, als wenn die Figur eingegrenzt wäre: aus ihr fließt die tiefe Sehnsucht, die nirgends zur Ruhe kommen kann, und doch diese Möglichkeit überall sucht. Die Unvereinbarkeit der profanen Welt und des Mythos bildet die Spannung, die Paolo, aber auch die anderen Personen des Romans am Leben erhalten, daran sterben Vana, dadurch wird Isabella wahnsinnig und Paolo wird daran stumm. Aber diese Spannung ist auch ein Beweis der Kraft: nach ihr tut sich der Strudel auf, der die Grenzen jeden Lebens bedroht.

Der Mythos erfüllt den Menschen mit dem Gefühl des Zuhauseseins. Das moderne Leben, das scheinbar über starre Grenzen verfügt und wohlgeordnet erscheint, gibt dem Menschen trotzdem das Gefühl der Heimatlosigkeit. Der Grund für dieses Gefühl ist die Eingeengtheit; diese wiederum rührt daher, daß man versucht, die Menschen der Vollständigkeit ihres Lebens zu berauben. Nicht von den praktischen Möglichkeiten ist hier die Rede, im Gegenteil, aber eigenartigerweise ist gerade der Reichtum an Möglichkeiten ein Symptom und Folge einer Deprivation. Die Vollständigkeit des Lebens beinhaltet immer auch seine Negation, den Tod: und paradoxerweise fühlt der Mensch im Schatten des Todes und der Gefahr, daß er wirklich sein *eigenes* Leben lebt, und dann beginnt er sich selbst zu finden, wenn die Welt der Ordnung ihm unter den Füßen wegrutscht. Dann ist er zu Hause. Der Mythos ist unvorstellbar ohne die überall drohende Gefahr. Die desakralisierte Welt versucht genau dieses zu verhüllen, und dafür opfert sie das Gefühl des Zuhauses. Auf eine Weise ist natürlich auch dies eine Variante des Mythos, wenn auch eine perverse.

In der Gefahr lebt der Mensch auch in einer fortwährenden Negation, aber sein Wesen wird dennoch von einem einzigen Ja erfüllt – daher das Gefühl des Zuhauseseins. In die Ordnung eingeschlossen, den Mythos abweisend, besteht das Leben doch nur aus ständiger Verneinung – aber dieses Leben führt nicht zum Ja, zum Zuhause, sondern bestenfalls zu Ideologien, zu Theorien, die die Affirmation ersetzen. D'Annunzios Roman versucht an genau diesem Punkt die Welt zum Leben zu galvanisieren: er hat versucht, die moderne, den Mythos verneinende, bedachtsame, vorsichtige und aufgeklärte (auf ihre Weise ebenfalls mythische) Lebensart «umzukrempeln». Er hat versucht, die Möglichkeiten des Mythos zu schaffen, indem er die profane Welt mit der Welt der Leidenschaft, der Erotik, der Gefahr und der Kraft «impfte»; er hat die beiden nicht einander gegenüber gestellt und sich keiner von beiden verpflichtet, sondern hat, in einer an Wagner erinnernden Weise, aus den Mängeln der beiden einen einzigen Strudel geschaffen. Die Unbehaustheit des nackten Lebens wird so zur Vorbedingung, um ein höherwertiges Zuhause zu finden.

Die letzten Seiten des Romans sind genauso intensiv wie die ersten. Jedoch, während dort der Wirbel vorherrschend war, ist es hier das Schweigen, das nicht im Widerspruch steht zur Kraft und zur Leidenschaft. Paolo, der mit seinem Flugzeug über dem endlosen Ozean fliegt, sieht nirgends mehr das Festland. «Er sah ringsum nichts mehr als Wasser, Wasser, Wasser in einer unendlichen, lichten Einsamkeit, in der er ohne Störung, ohne Änderung unbeweglich auf seinen flachen Schwingen zu schweben schien. Es war die große halkyonische Heiterkeit der mythischen Zeiten, die erste Morgenfrühe ohne Windhauch, ohne Welle... Die leichte westliche Brise wehte ohne Stöße, ohne Sprünge, ohne Wirbel.» Und als er landet, empfängt ihn dieselbe Stille, die ihn am Himmel begleitet hat: «Kein Geschrei, kein Triumphgetön, keine Menge mit bleichen Gesichtern und ausgestreckten Händen. Wildes Schweigen, einsamer Ruhm. Und noch frischer Morgen und ruhiges Atmen des kindlichen Meeres, das die gebogenen Arme der Erde wiegten, und kein Wort als das der verborgenen Näherin, die Leben kennt und Tod und was werden soll und was nicht vergehen kann und die Zeit eines jeden.»

Es ist, als ob der allererste Vertreter der menschlichen Rasse auf den verlassenen und stummen Globus hinabgestiegen wäre, um diesen zu erobern und sich darauf einzurichten. Es ist früh am Morgen. Die letzten Sterne verschwinden vom Firmament und die Morgenröte färbt den Himmel. Die Worte eines anderen Beschwörers des Morgens, von d'Annunzio «der gewaltige Barbar» genannt, drängen sich hier auf, die letzten Sätze der ‹Morgenröthe› – ohne jeden Kommentar: *«Wir Luftschiffahrer des Geistes!* – Alle diese kühnen Vögel, die ins Weite, Weiteste hinausfliegen, – gewiß! Irgendwo werden sie nicht mehr weiter können und sich auf einen Mast oder eine kärgliche Klippe niederhocken... Aber wer dürfte daraus schließen, daß es vor ihnen *keine* ungeheure freie Bahn gebe...! *Andere Vögel werden weiter fliegen!*... Die Schaaren viel mächtigerer Vögel, als wir sind, ... dahin streben werden, wohin wir strebten, und wo Alles noch Meer, Meer, Meer ist! – und wohin wollen wir denn? Wollen wir denn *über* das Meer? Wohin reißt uns dieses mächtige Gelüste, das uns mehr gilt als irgend eine Lust? Warum doch gerade in dieser Richtung, dorthin, wo bisher alle Sonnen der Menschheit *untergegangen* sind? Wird man vielleicht uns einstmals nachsagen, daß auch wir, *nach Westen steuernd ein Indien zu erreichen hofften,* – daß aber unser Loos war an der Unendlichkeit zu scheitern? Oder, meine Brüder? Oder? – » (Nietzsche: Band III. S. 331)

(Aus dem Ungarischen übersetzt von Doris Fischer.)